秋実神婚譚

秋実神婚譚
～茜の伴侶と神の国～

タカサト

十二神

睦月

大《おお》暁《あけの》神《かみ》

五黄大社が祀る夜明けを司る神。
闇宵比売と対になる神であり、
太陽神、あるいは出生の神と
されている。

如月

筒《つつ》紀《ぎ》霜《しも》比《ひ》売《め》

雨木羽大社が祀る氷雪の姫神。
あるいは霊山・叢雲山の化身。
雪のような純白の姿を持ち、
気性は無情。

弥生

佐《さ》嘉《か》狩《がりの》神《かみ》

瀧沼大社が祀る獣と狩猟の神。
獣の特徴を持った姿を持ち、
五感に優れる。
猟師が多い山間部で多く祀られる。

卯月

豊《とよ》季《すえ》比《ひ》売《め》

豊末大社が祀る四季を司る姫神。
悪戯好きで気紛れに人を弄ぶ
性質を持つと言われる。
常に草木を纏った姿を持つ。

皐月

阿《あ》須《す》理《り》憂《うの》神《かみ》

加賀見大社が祀る人心を司る神。
人にまつわる祈願のために
詣でる者が多くいる。
常に顔を隠した姿を持つ。

水無月

火《か》座《ざ》之《の》幻《まど》比《ひ》売《め》

朱門大社が祀る幻惑の姫神。
逢いたい人の姿を願うと、その
相手と巡り合うことができると
言われている。

文月

須《す》豆《ず》嵐《あらの》神《かみ》

凪浜大社が祀る災いと恵みを
もたらす神。
人の身より遥かに身の丈は大きく、
角を持った姿を持つ。

葉月

手《た》兼《がね》戦《いくさ》比《ひ》売《め》

金野大社が祀る戦事の神。
陰陽両側面を併せ持ち、彦神と
姫神それぞれの名と姿を持つ。
気性は冷静かつ苛烈。

長月

龍《たつ》那《な》美《みの》神《かみ》

大狛大社が祀る美や芸事を司る神。
美しいものを好み、醜いものを
忌避する。
輝かしい美貌を持つと言われる。

神無月

禍《まが》日《ひ》蝕《くい》比《ひ》売《め》

猪野河大社が祀る魂を喰らう
陰の姫神。
姿は醜く、蔑まれる者に救済を
与えると言われている。

霜月

玉《たま》櫛《くし》炉《ろの》神《かみ》

種子江大社が祀る火と技を司る神。
遠い昔、中津国から人間の女性を
見初めて娶ったと言われ、夫婦円満
の祈願に多くの人々が詣でる。

師走

闇《くら》宵《よい》比《ひ》売《め》

白保大社が祀る黄昏を司る姫神。
黄泉の国を継いだ神でもあり、
人間の死に関与する。
病の快癒を祈願する者が多い。

松《まつ》田《だ》秋《あき》実《さね》

中津国の染物職人の息子。長月生まれの16歳。
手指の染料がとれないほどに
仕事熱心で、優しく素直な性格。
「神婚祭」で生贄に選ばれた妹の身代わり
となり、神の国に召されたが
自分は伴侶ではなくただの奉公人だと思っている。

龍《たつ》那《な》美《みの》神《かみ》

美しさを好み、醜さを嫌うといわれる長月の神。
紅葉色の艶やかな長髪と、銀杏の金色の瞳を持つ。
命を尊び、傷ついた動物を拾うような
心優しい神なのだが物言いは荒めで、
売られた喧嘩は買う性格をしている。
対極する弥生月の佐嘉狩神とは犬猿の仲。

イラスト　あおのなち

秋実神婚譚 ～茜の伴侶と神の国～

序

しゃん、と明瞭な鈴の音《ね》が、今にも雨を零《こぼ》しそうな曇天の下に響き渡る。

普段閉め切られている社の祭壇はすっかり解放され、外には参拝客が集まっていた。普段は閑散とした境内だが、今日は特別な祭祀《さいし》のために人で溢《あふ》れ返り、誰しもが社の中の少女へ熱心な視線を注いでいる。

赤い衣に金の簪《かんざし》。巫女《みこ》とは違う華やかな装い。少女が華奢《きゃしゃ》な腕を振るうごとに、神楽鈴が厳かな音を奏でる。その優美な仕草と、白い面差しの容色の美しさに、参拝客たちからは感嘆の声が漏れていた。

「今年の贄《にえ》はまた美しい娘だな。紅《こう》と言ったか、まるで天女のようだ」

「ああ、あの娘か。離れたうちの村でも評判を聞いている。たいそう器量が好《よ》いという話だったが」

「舞も素晴らしいこと。あれならタヅナミ様もお気に召すでしょうね」

そんな参拝客たちのやり取りを、少し離れた後方で聞きながら、少年——秋実《あきざね》は小さく息を吐いた。

数年に一度、月の巡りが神域の頂に掛かる年。国を挙げて、若い人間の贄が一人、十二神の内の一柱《ひとはしら》に奉じられる。どの生まれ月の加護を受けたかによって奉じられる贄が選ばれ、この仕来《しきた》りは神婚祭《しんこんさい》と呼ばれた。贄は神の恩寵《おんちょう》への感謝として伴侶となるべく捧げられ、神の国に迎えられて二度と人の世に戻ってはこない。

今年の贄が捧げられるのは十二神の一柱、龍那美神《たつなみのかみ》——この国の長月《ながつき》に最も力を持つ神で、芸事を司《つかさど》り、輝くような美しい姿を持つ美神だという。その神に捧げられる贄が社の中の娘、秋実の妹の紅だ。

離れた集落にまで噂《うわさ》が届く美しい容貌と、高貴な家柄の娘と見紛《みまが》うような気品ある立ち居振る舞い。着飾って薄く化粧を乗せた姿は、天女と謳《うた》われるのも無理からぬ輝かしさだ。美しいものを好み、醜いものを厭《いと》う彦神《ひこがみ》のために、彼の贄にはとびきり美しい長月の生まれの少女が選ばれる。

龍那美神を祀《まつ》るこの大狛大社《たいはくたいしゃ》で、贄は日が暮れるまで何度か祭壇の前で神楽舞を奉納し、夜に輿《こし》に乗せられて大狛《たいはく》山の頂に送られる。贄を残して担ぎ手は山を下り、長月を終えるまで山は閉ざされて禁足地となる。伴侶となった贄はその晩、神の国に迎えられるという。

――だが、どうしても不安が拭えない。

「雨が降りそうだ。せっかくの嫁入りだというのに、タツナミ様はご機嫌がお悪いのだろうか」

「雨の中、山に入るのは危険だ。どうにか夜までもってくれればいいんだが」

それを聞いて胸中にほんの少しの期待が沸き上がるのを、秋実は後ろめたく自覚していた。

神に捧げられるとはいえ、夜に独りで山中に置き去りにされるなど、平素ならばとても考えられないことだ。獣や夜盗の危険がないとは限らない。抑々《そもそも》、山の中で待ったところで、本当に神の迎えが来るものなのか。もしそうでなければ、ただ只管《ひたすら》山の中で死を待つことになるのではないか。いっそ土砂降りになって山に登れなければ、そんな目に遭わずに済むのでは――。

――しゃん。

思案に沈みかけた秋実の意識を、ひと際鋭く振られた鈴の音が呼び戻す。社の中で、たおやかに微笑《ほほえ》む紅がゆっくりと衣を翻した。赤い打掛の裾をさばく仕草はどこまでも静謐《せいひつ》で揺るぎがない。

だが、秋実は我に返った途端、先ほどまで誰もいなかったはずの隣に人影を捉えて、ゆっくりとそちらに視線を向けた。

背の高い男だった。黒髪を一つに結い、白衣《はくえ》と浅黄《あさぎ》の袴《はかま》を身に着けている。身なりは大狛大社の神職の男性だろうかとも思うのだが、顔を面で覆っているのがどうにも奇妙だ。

秋実の視線に気付いたらしく、面を――白い犬の面のようだった――ずらし、男性は秋実の側の顔半分を見えるようにしてこちらに視線を向けた。

目が合って逸《そ》らすこともできず、秋実は呆然《ぼうぜん》と尋ねる。

「宮司様……禰宜《ねぎ》様でございますか」

「なぜ格を下げる」

「いえあの……思いの外《ほか》お若くていらっしゃいました

ので。他意は」

この大社の宮司にしてはずいぶん若い気がしただけで、決して悪意があるわけでない。威厳を感じない云々《うんぬん》の理由ではないとすぐに答えるが、相手は何も言わず、聞いているのかいないのかも分からなかった。

ただ、社の中を眺めるその横顔を見て、秋実は思わず尋ねた。

「神主様、何やら怒っておいでですか」

結局宮司なのか禰宜なのか答えなかったため無難にそう呼びかけると、彼はまた秋実を見た。

眉をひそめてどこか険しい顔をしており、祭祀の最中の神職らしからぬその表情がつい気に掛かった。だが、彼は秋実を見て、途端に怪訝《けげん》な顔に変わる。

「俺の顔を見て言うことがそれだけか？　老若男女がこぞって色めきたつこの容貌が見えないか？」

「はあ……確かにお美しいとは存じますが……」

何と返していいのか分からず、反応に困った。実際、面の下には確かに造り物めいて見えるような美しい造作が潜んではいたのだが、容貌の美醜とは関係のない職にあるせいか、どこがどう美しいと評していいものかあまり考えが浮かばない。

曖昧な表情を浮かべながら、社の方へ視線を戻そうとした。だが、それより早く男の両手が頬《ほお》を挟み、無理やり顔の向きを変えさせられる。

いきなりのことに、危うく首の筋が攣《つ》るところだった。秋実は困惑しながら、目を覗《のぞ》き込んでくる男の視線をじっと受け止める。公衆の面前で危害を加えてくるとは思えず、抵抗するなどという手段も忘れていた。

一体何を考えているのか。男は少しの間そうしていたかと思うと、すぐに興味を失ったように両手を離した。

「野木原《のぎわら》の染匠《せんしょう》の息子か。着物の美醜しか分からんわけだ」

いきなり言い当てられた秋実は、挟まれた頬を押さえながら少し戸惑う。

野木原という集落に住む着物の染匠、秋実の父である松田時仁《まつだときひと》は都の方だと比較的名前の知られている職人だ。父のことを知っているというなら不思議はなかったが。

「ご存じですか」

「見れば分かる」

父ならまだしも、自分の顔を知っている人など、集落の人間ぐらいしか思いつかない。だが、さすがにそれであれば面識がある。秋実の顔が父に似ていると言われたこともなく、時仁の面影を見つけることも難しいはずだ。

果たしてどこをどう見たらそう言い当てられるものかと不思議には思うが、男の曖昧な返答に段々興味を失って、秋実は投げやりになる。

「……左様ですか」

「信じてないな」

「ええと、神主様ですからね。きっと神通力などお持ちなのでございましょう」

「さては興味がなくて適当言ってるな、お前」

図星だった。

自分の手には染料が染み付いていて、洗っても落ちずに今も残っている。見る者が見れば染料と気付けるかも知れない。染め物をするというだけなら幾らでも職人の家があるが、他にも何か目星を付けられた理由があるのかも知れない。

だが、事実とはいえまるっきり自分が無礼であるかのような物言いは少し心外だ。ようやく社へ視線を戻して、秋実は静かに呟《つぶや》いた。

「妹の晴れ舞台なのでございます。……どうしても、気がそぞろになってしまって」

遠方に嫁入りするのであっても、手紙ぐらいはやり取りできる。その気になれば会いにも行ける。けれど、これは違う。神の国などという、本当に存在するかどうかも分からないような、得体の知れない場所へ行くのだ。不安でないはずがない。

嫁入りの打掛を仕立てていた離れの作業小屋の中で、夜が来るごとにこっそりと独りで泣いていた紅の姿を思い出す。社の中で微笑みを絶やさないその気丈さが、いっそう秋実の胸をきつく締め上げた。

秋実は我知らず懐を押さえるように胸元で拳《こぶし》を握る。

犬面の男は嘲るように唇の端を持ち上げた。

「晴れ舞台、な」

「……栄誉なことでございますので」

「そう思っている奴《やつ》は、懐に物騒なものを仕込まない」

「！」

　びく、と秋実の肩が揺れる。緊張と共に見上げた視線の先で、男は顔色を変えない。咎《とが》めるつもりがあるのかないのか。秋実の目に、その表情はどうも関心がないようにも見える。

　だが、秋実が面《おもて》に湛《たた》えた緊張は解けない。懐の内に忍ばせた小柄《こづか》を上から押さえながら、掠《かす》れた声でどうにか尋ねる。

「なぜ……」

「神通力なんぞ持っているのやも」

「お咎めなさいますか」

「刃物を持っているだけで咎めがあるなら、おちおち草刈りもできんな」

　嘲るように笑う男に、秋実は動悸《どうき》のする胸元を押さえながらゆっくりと息を整える。何を考えてのことかは分からないが、そのつもりがないことは理解した。

　何度か息を吐き、意識して身体の強張《こわば》りを解いていく。

「……神主様ならご存じでしょうか。神の国とは、どのような場所でございましょう」

　そこは紅が泣き暮らすことのないところなのだろうか。――そうであればどれほどいいだろうと、藁《わら》にも縋《すが》るような思いで秋実は問い掛けた。無意識にも、心の内に掛かった靄《もや》のような不安を晴らしてくれる言葉を求めていたのだろう。

　だが、男はすぐには答えなかった。秋実の視線を受けて軽く目を細め、正面が見えるように面を軽く持ち上げて再び社を見た。

「どうしてこんな贄の仕来りが始まったのか知っているか」

　いきなりの質問に少し面食らった。戸惑いながら、秋実は皆が口にしている通りを答えた。

「神託があったと聞き及んでおりますが。違うのですか」

　誰しもそう聞かされている。疑うこともなかったし、真偽を確かめようもない。訝《いぶか》りながら答えると、男は白け切った様子で嘆息した。

「馬鹿《ばか》らしい。一体どんな物好きの神が、わざわざ人間の子供を差し出せなんぞと要求するものか。そんな物好き、せいぜいあの忌々しいサカガリぐらいなものだ」

サカガリ。

聞き覚えがある、と思って記憶を探ると、思いの外すぐに出てきた。瀧沼《たきぬま》大社の祀り立てる十二神の一柱。弥生《やよい》月の主の神の名前だ。

「佐嘉狩神《さかがりのかみ》様ですか？」

「敬称なんぞ付けなくていい。あんな悪趣味な畜生野郎」

「そういえばタツナミ様とは対極の月の神様でしたね。まさか神主様までそうとは思いませんでしたが」

祀っている神様同士相性が悪いと、社の神主までそうなってしまうものなのだろうか。どういう理屈なのかはよく分からないが。

意外そうに呟く秋実へ、男もまた少し思いがけないような顔をしながら視線を落とした。

「詳しいな」

「四季を学ぶのに十二神の存在は不可欠でございますので。木々や草花に関連して覚えます」

父の時仁は十二の月それぞれを意匠にした着物を十二着仕立てていた。すべてに異なる草花や木々の柄を描き、使う色にも様々と苦心していたようだった。あれらはすべて大名家に納められたため、今は家にはないが、その頃父に教え込まれた。

だが、秋実は急に表情を曇らせる。

「これは十二神の求めた贄ではないということでございますか」

「人など娶《めと》ってどうする」

「では……それならばなぜ、贄の仕来りなど」

仮に男の話が真実であるならば、神の国に迎えられることなどないのではないか。

微《かす》かな焦りと苛立《いらだ》ちの滲《にじ》む問い掛けに、男は面を外した時のような険しい表情を浮かべた。

「……ある時に、凶作と伝染病と乱とが次々に起こった」

秋実は困惑を面に浮かべた。男は秋実を見ないまま、淡々と言葉を続けた。

「前年が天候に恵まれず、凶作に加えて年貢の取り立てによって飢え、冬の内に多くが死んだ。縁者が弔えばまだ幸いで、天涯孤独な屍《しかばね》は晒《さら》され続けた。雪が解けて、腐敗した屍は病を呼んだ」

まるでそういう唄でも諳《そら》んじるかのように淡々と、男は何の情も込めない声を紡ぐ。

抑揚がないのに、不思議なほど彼の声は鮮明に、秋実の脳裏にその光景を描かせた。想像ですらも凄惨《せいさん》な光景を。

「朝廷は何の救済もしなかった。それが不満を呼び、民の乱を招いた。働き手が乱で命を奪われ、作物の収穫もままならず、また民は飢えた。果たしてどの要因が一等響いたものだか。都の民の半分近くが命を落とした。あの頃は、子供が生まれ育つよりも、亡骸《なきがら》が増える方が多かった」

思い描いただけで目を覆いたくなるほどの凄《すさ》まじい災禍だ。

祖父の話でも聞いたことがない。ただ、彼の表情を見ると偽りや妄言を語っているとも思えず、秋実は背筋の寒気を禁じ得なかった。

「それは……いつのことでしょうか」

「さてな。百年か二百年ほど前だったか」

「なぜそんな昔のことをご存じなのですか？」

「語られる場所には残っているものだ」

そんな答えにもならないことを言って、男は僅《わず》かに視線を下げた。

「当時の為政者は己の無能と強欲を棚に上げ、愚かしくも神々の怒りだとほざいた。そして、怒りを鎮めるために生贄を立てるようにと指示した」

秋実の顔色が変わる。それが何かはすぐに気付いた。

「……生贄」

「十二の大社のそれぞれの月に、人間の生贄を一人ずつ」

足元が崩れて崖から落ちていくような、身の竦《すく》む思いがした。

一番に恐ろしかったのが何かは自分でも分からない。

ただ、そこに神託や神秘が存在せず、間違いなくこれは人間が始めた所業が今も続いているということ。そして、これまでの贄がどうなったのかということに、否《いや》が応でも考えが至ってしまった。

握った手が強張って解けなかった。男の声だけが無機質に続いた。

「神託を騙《かた》り行わせた。その後、当時の朝廷は滅び、都も移り、病も乱も収まった。ただ、誰がなぜ始めたかも分からないまま、形骸化した贄の仕来りだけが十二の大社に残され、今も続いている」

小さな溜《た》め息は、ありありと軽蔑の感情が滲んでいた。

「他者の命を軽率に侵す、醜悪な為政者の始めた無為な仕来りだ」

「……無為」

これから紅に降り掛かることには、何の意味もない。

頭では理解しても、どうしても気持ちが受け入れられずにいた。そんなことのために、これから紅がどんな末路を迎えるのかと思うと堪《たま》らない。恐ろしさや不安はゆっくりと冷たい怒りを呼んだ。

「では、神の国というのは……」

「死ぬだけだ」

と、短く言って、青褪《あおざ》めた秋実の表情に気付いて、ぽつりと付け足す。

「……中には律儀に贄を迎えるか、逃がしてやる神もいたようだがな」

それがどこか気休めのように感じて、秋実はぎこちなくも僅《わず》かに表情を緩めた。そんな突拍子もない慰めを言ってくれるような人だと思わなかった。

「まるで神様がいるようなことを仰せになるのですね……」

「それは愉快な質問だ。よく言った」

ほんの僅か気を緩めた拍子に、少し震えは収まった。

意図して深く呼吸を繰り返し、血の気を失うまで固く握り締めて冷たくなっていた指先の感覚を取り戻す。まだ完全に落ち着いたとは言えないが、今はもっと他に為《な》さなければいけないことがある。

男は少し顔色を取り戻した秋実を見て、また無遠慮に尋ねてくる。

「それで。お前の妹は、それを承知であそこにいるわけか?」

死ぬつもりがあるのかと暗に含んだ問い掛けに、秋実は努めて落ち着いた態度でゆっくりと首を横に振った。

「違います。美しさと器量を認められて選ばれただけで、きっと妹自身は望んでおりませんでした」

「だが、大狛山に置き捨てられるというのはそういうことだ。お前も薄々分かっていたから、そんなものを隠し持っているのだろう」

「……」

「連れて逃げるか」

「……考えなかったと言えば嘘《うそ》でございます」

今日に至るまで栄誉に浮かされて、愚かにも考えないようにしていた。けれど、いざ事態が差し迫ると、疑問と不安が溢れ出して止まらなくなった。——神の国などという、誰も見たことがない場所。その存在を疑ってはいたが、実際に存在しないというのなら話は違ってくる。

懐の小柄を着物の上からそっと押さえて、諦めたように瞑目《めいもく》する。

「ですが、恥ずかしながら腕に自信がありません。贄を奪えば罰がある。これは他に手段がない、本当に最後の賭けに使います」

贄の逃走は大きな罪だ。それを助けた人間のみならず、贄自身にも大きな責が及ぶ。捕まればどのみち命はないだろう。衝動的にわずかな望みに賭けるより、まだ他に打つ手は残されている。——荒事に賭けるとしたら、もう他に手段が残されていない時だ。

秋実はふと視線を上げて男を見上げる。

「神主様。無為と知っているのならば、なぜ十二の大社は神婚祭を続けておられるのでございますか。なぜ止《や》めさせては下さらないのでしょうか」

神主が知っているなら、宮司だって知っているはずだ。それならば、無為だと理解しながらこの神婚祭を執り行っているということになる。どうにも大社の宮司たちの考えが読めない。

だが、男は白けたように「なぜ？」と訝る。秋実を見据えてくるくろがねの瞳が、凍りつきそうに冷たく感じてぞっとした。

「これは元々お前ら人間が始めたことで、今も望んで続けていることだ。止めさせたいなら自分たちの力でそうするべきだろう。人を救うすべは、人が考えて然《しか》るべきなのだから」

「……難しいことを仰せになられるのですね」

「なぜ贄を捧げるのか疑問にさえ思わない、思考停止の代償だろう。干渉するつもりはない。縋る相手に俺を選ぶのは間違いだな」

「そのようでございますね」

彼の言う通り、それを望む民がいる。自分も同じだった。神秘に目隠しされて思考さえ投げ出し、当たり前のようにそれを受け入れていた。彼らにとってこの祭事は死とは結びつかないのだ。

どこか空虚な彼の言葉に、秋実も諦めて一つ嘆息した。

「助力を望めないことは承知いたしました。……助けて下さらないまでも、せめて見逃しては頂けるのでしょうか」

少しでもこの男に逃走の企てを密告する気があるのなら、このまま捨て置くわけにもいかない。彼はどうするのだろうかと横顔を窺《うかが》うと、何か考えている様子だった。

果たして秋実の問いを聞いていたのかどうか疑わしくなる沈黙の後、急に秋実を見て男は尋ねてくる。

「ところでずっと気になっていることがあるのだが」

「……あの。私は今それどころではございませんので。ひとこと見逃すと仰せになって頂ければ、すぐにでもお暇《いとま》したいところでございまして。何しろ急ぎ段取りを整えなくてはいけませんので」

「場合によっては力になってやるからまあ待て」

「たった今、縋る相手を間違っていると仰せになったばかりでは」

「喧《やかま》しい奴だな。質問に答えろ」

先に山に入って、暗闇に乗じて紅を逃がそうと算段を巡らせていたところだ。一度家に戻り、食べ物や灯《あか》りや着替えなどを用意しなければいけないと色々思案していたが、男の急な話の転換に困惑する。

場合によっては力になるとは、彼は秋実の行為を咎める意図はないということになるのだろうか。

悩んでいると、男が社の中を指差した。

「あの娘の衣装。あれはお前の拵《こしら》えたものだな」

秋実の手に染み付いて、洗っても落ちない赤い染料の要因。

この状況でなぜそんなことが気になるのかと不思議に思いながら、秋実は頷《うなず》く。婚礼衣装として紅が纏《まと》っている赤い打掛は、確かに秋実が手がけたものだ。

「ええ。父にお願いして、初めて一から図案を決めて染め、仕立てた衣装です。それが何か」

「見事だな、成人前の腕とは思えん」

金と黒の布地に、紅葉《もみじ》の赤。黒地の上だけが青紅葉で、嫁入りに相応《ふさわ》しい豪奢《ごうしゃ》な打掛に仕上げた。舞の間、時折参拝客の中からも打掛への讃嘆《さんたん》があったのは聞こえていた。不安が勝って喜ばしく感じなかったのも事実だが。

「大人しそうななりで、あんな大胆な柄を描くとは」

「大狛山は、紅葉《こうよう》の美しさで評判でございますので、紅葉《もみじ》がいいのではと思ったのです。紅葉《もみじ》の青が映える黒と、赤が映える金色で、格別に華やかにしようと。大狛大社が祀る、美しいものを好むという美神であるタツナミ様には、お気に召して頂けるのではないかと思ったのですが」

「見えないと思って内側に縁起物でなく、魔除《よ》け厄除けの意匠をしこたま盛り込んでおいてか」

「兄心でございますね」

胡乱《うろん》げな問い掛けに、秋実は顔色を変えずに言い切った。言葉はなかったが、物言いたげな男の視線が刺さるので、さりげなく顔を背けた。

だが、次の拍子にはその顔が曇る。龍那美神に捧げられる紅のための衣装。けれど、幾ら着飾ったとしても何の意味もないのだ。

「……今となってはそれこそ無為な衣装でございました。死出の装いなら、白装束が一等相応しい」

少し皮肉を含ませて秋実は微笑んだ。

打掛を羽織らせてやった時の、紅の笑顔が思い出される。こんなに素晴らしいものを着られたのだから、それだけでも格別に幸せ者だと冗談めかしていた。自分たちの前では涙を見せなかった紅の虚勢が、今は思い出すほどに苦しい。

絶対に死なせたくないと改めて思う。

俯《うつむ》く額に手を添えられ、無理やり視線を上げさせられた。その手つきは乱暴でなく、男の声音もまた同様に意外なほど優しく響く。

「その呆《あき》れた兄心も含めて、あれは美しい。そう捨てたものでもない」

慰めにしてはずいぶんと尊大な物言いだ。だが、同情の気配を含まないそれが却《かえ》って気楽で、秋実は脱力するように微笑む。

「……妹が」

その讃嘆の対象が自分だけの力ではないことを、秋実はもうずっと長い間知っている。

「子供の頃から図を描いていて、一番に喜んでくれたのが妹でした。いずれ高貴な方に着物を納める日も来ると、いつも手放しに褒めてくれるので。私はそれが誇らしくて、研鑽《けんさん》を重ねるのが苦ではありませんでした。私の腕が見事だと仰せになって頂けるのならば」

紅がいなければ、こうして褒められることもなかったのだろうと思えば。

「有難く、妹への賛辞として頂戴いたします」

男は初めて嫌味なく笑った。輝くようなその笑顔に、秋実は少しの驚きと共に見入っていた。

「懐かしいな。お前が生まれて間もない頃、長月に生まれた赤子のお前を抱いた松田時仁が、芸事を授かれるようにと大狛大社に祈願に来た。二年後、その妹を抱いて容色に恵まれるようにまた祈願に来た。兄妹揃《そろ》って長月に生まれたのかと可笑《おか》しかったな」

「……何を……」

「その時に時仁がそれぞれ納めていった反物、あれはとても素晴らしかった。縁起を担いだ豪奢な柄で、お前たちの幸福の祈願に相応しかった」

愈々《いよいよ》秋実は笑えなかった。

集落の人間なら知っている者もいるかも知れない。

大狛大社の神主なら、反物のことを知っているかも知れない。けれど、そのすべては無理だ。当事者以外にここまで何もかも訳知りの人間がいるとは考えられない。

たった今会った瞬間から、この男はあまりにも何もかもを知りすぎている。

「なぜ、そんなことを」

「松田時仁は、息子の名前を秋実だと言っていた。今年十六か。まあ、丁度いい年頃だな」

「あなたは」

「妹の紅を助けてやってもいい」

秋実は我に返り、はっと顔色を変えた。抑々なぜ今この時、黙ってこの男の話を聞いていたか。他でもないその目的のためだ。

「ただし、条件が一つ」

「私に報いることができるものであれば！」

「お前が贄となれ」

秋実は予想もつかなかった返答に、一瞬言葉を失って呆然とした。

贄、と男の言葉を繰り返すが、戸惑いは拭えない。もしや茶化されているのだろうかと疑いさえ頭に過《よぎ》らせながら、秋実は恐る恐る尋ねる。

「……タツナミ様の？　御冗談を」

「冗談か」

「抑《そも》、皆が認めません。彦神様であられるのに、男の贄などお召しになるはずがないと退けられるでしょうし……妹と違って十人並みの容色でございますので」

なれと言われてなれるものでもない。今から贄を変えてくれと誰に訴え出ればいいのか分からないし、それになんの意味があるのかも正直よく分からない。

男はくだらないと一蹴した。

「神と並べばどれだけの美女も南瓜《かぼちゃ》同然だ。気にするまでもない」

「妹を南瓜呼ばわりはさすがに承服いたしかねます。撤回を」

「妙なところで因縁をつけてくるな」

お前という輩《やから》は、と男に溜め息を吐《つ》かれて、秋実は落ち着かない思いになる。この男がどうやって紅を助るつもりか、一向に見えない。――見えないながらも、不思議と疑う気持ちは湧かなかった。

ただ、紅の代わりに自分がと言われても、何の心の準備もしていない。動揺ばかりなのが現状だ。どこをどう呑《の》み込めばいいのかと戸惑っていると、男は淡々と情のない口調で言う。

「そうだな、ついでに今後二度と長月の贄は出さないとも約束しておくか。ただ、承諾すれば、お前の命は失われる。家族に会えない。生きて戻った妹とも。郷《さと》の景色に見《まみ》えることも今後一切ない――それでも是と答えるつもりがあるか」

「正直、なぜそれが必要なのか理解をいたしかねておりますが……」

秋実は正直に思ったままを言った。なぜ無為だと分かっていて自分の命が要《い》るというのか、そしてなぜ自分の命の代わりに将来贄がいなくなるのか。先ほどまで干渉するつもりもなかったはずなのに、何があって考えを変えることになったのかも疑問だ。

ただ、秋実がどうするかは決まっている。

「私の家には末に弟がおりますから、跡取りにも困らないでしょう。選ぶべくもない。私でよろしいのでしたら、もちろん」

せっかく半人前程度にはなれたのにいなくなるのは家族に対して少々申し訳なく思うが、替えがきく以上迷う余地はない。

「返事は是です」

軽く拳を握りながら答えると、男は何を思ったか微かに目を細めた。

「命が惜しいと思わないか」

「無論、惜しいです。なるべく苦しまずに死なせて頂ければいいと思っております。でも、妹を見殺しにして生きながらえようとは思わない」

「自分より妹が大切か。家族愛にしてはだいぶん行き過ぎていやしないか」

「ずいぶんと美しいものの見方をなさるのですね」

まるっきり理解できないという男の表情に少し笑って、秋実はゆっくりと首を横に振る。

「そうではないのです。ただ、紅がいなくなった後、どう生き私はきっと事あるごとに一生を悔いながら生きることになります。染匠の腕を褒められるたび、毎年紅が生まれた日を迎えるたび、私はきっと何度も紅が失われたことを苦しく思い、そうさせた世の中を恨めしく思います。……それはおそらく、どうしようもなくやりきれなく、つらい」

紅は独りで泣いていたのに、それを見過ごした自分に対して怒り、嘆きながら生きていくことになる。紅を助けなかったことをこの先何度も顧みて、自分を責めながら生きていくのは、きっと苦しくてつらい。

それに、この先他の娘が贄として犠牲になっていくこともいやだ。

「後悔しない方を選びます」

「それはいいな。潔いのは美徳だ」

男は握り締めていた秋実の手を取って、やんわりと拳を解かせる。心底怖くないと言えば嘘で、虚勢を張るために強く握り過ぎていたせいで、手のひらに爪の跡が残っていた。慰撫《いぶ》するように手のひらを撫《な》でて、男は笑う。

「美しいものは好ましい。茜《あかね》の指も。白い肌だけが美しさではない。言うほど十人並みではないからもう少し自分を高く見積もるといい」

赤い染料が染み込んで取れない手を、男は思いの外優しい眼差《まなざ》しで眺めていた。慈しむような手つきも声音も、とても気のせいでは片付けられないほどで、いつの間にかはじめの不機嫌そうな空気も消えていた。

「俺にこれだけ言われる人間はそういない」

秋実は困惑しながら摑《つか》まれた手をそっと解く。妹の容貌を褒められて誇らしくこそ思えども、自身の美しさなど頓着しなかったのでどう受け止めていいか分からない。

「あなたに好かれたところで何も利はないのですが……時にあなたは一体どなたなのでございましょうか。先ほどから不思議ではあったのですが、装いは神主様のようでいて、振る舞いはどこか、それとは違うような。いえあの、ただ違和感があるという意味で――」

「よく聞いた」

曇天の下、それまでどろりと滞っていた空気に、

さっと風が吹き差した。

いきなりの突風で一斉に葉擦れの音が鳴り渡り、大社の幕が大きくはためく。参拝客がざわめく中、一瞬だけ紅の動きが止まり、心配そうにこちらを見た。

「大狛大社崇《あが》める長月の守護、龍那美神」

男は面を外して尊大に笑う。世に謳われる通りの、輝くばかりの美しさ。虚言であればあまりにも畏れを知らない、先ほどまで秋実にとっては存在すら危ぶまれていたその名前を、なぜだか少しも疑おうとは思えなかった。

「たびたび求めもしない醜い骸《むくろ》を山に供えられて大変気分を害している。祭り見物ついでに場所を変えろと文句を言いにきたのだが」

紐《ひも》で括《くく》られた長い髪が突風に舞い上がり広がる。みどりの黒髪は、瞬《まばた》きの間に紅葉《もみじ》の鮮紅《せんこう》一色に変わる。黒い瞳も今や、銀杏《いちょう》の金色だった。

「――その、お姿」

「人間はたいがい愚かで醜いが、美しいものに対する執着は不思議と神でも及ばない。ただただ感心する」

気付けば雲が散り、空が晴れていた。秋旻《しゅうびん》の空の柔らかな青の下、くれないの髪に目を逸らせなかった。

――長月の龍那美神。美しさを好み、醜さを嫌う。芸を司る神。大狛山の代名詞とも言われる、息が詰まりそうなほど激しく燃える紅葉《こうよう》が、そのまま人の姿をしているようだった。

「命は奪わないが、家族は奪うことになるな。お前を神の国に連れて帰る」

呆然としたまま、しかし聞き捨てならない言葉に秋実はどうにか反応した。

「先ほど、命を失うと仰せになりませんでしたか」

「怯《ひる》むかと思ってからかってみたが、存外そうでもなかった」

「美神と謳われる神の美しさとは、心根のことではなかったのでございますね……」

明白《あからさま》な嫌味のつもりだったが、龍那美神は涼しい顔のままで、聞いている様子は微塵《みじん》もなかった。

次に瞬きした一瞬の内に、彼の髪と瞳は見間違いかと思うほどあっさりと元の黒に戻っていた。あの姿では大変な騒ぎが起きてしまうからだろう。犬面を顔の前に翳《かざ》して人目を遮りながら、龍那美神は呆れたような目鼻で秋実を窘《たしな》める。

「お前も妹が惜しいなら、妹が同じようにお前を惜しむと考えるべきだ。そう簡単に無駄に命を投げ出す方を選ぶな」

「……意地の悪いことを仰せになられる」

自分が言い出したことなのにと非難の気持ちもありながら、今になって激しく心臓が早鐘を打ち出し、大きな動揺が押し寄せてくる。幾ら聞こえのいいことを言っても、死ぬのはやはり怖かった。きっとこの神様はそれも見透かしていたのだろう。

安堵《あんど》と共に深く息を吐きながら、改めて疑問を尋ねる。

「私などお召しになって、何になります」

「あの打掛が気に入った。俺のために布を染めて着物を仕立てて貰《もら》う」

「それは……何も私をお連れにならなくとも、幾らでも献上いたしますものを」

贄というから何かと思えば、どうやら着物を作れということらしい。

それならわざわざ神の国に行くこともないだろうと思うが、龍那美神はうんざり顔で溜め息を吐いた。

「人の子の命なんぞたかが知れているだろう。数十年では割に合わん。神の国ならまだ命は永《なが》い」

「そういうものでございますか」

神の命と比べればあまりに短いかも知れない。そういうものなのか――とすぐに思い直して、秋実は納得する。干渉する気のなかった神様が、人間一人のために願いを聞き入れてくれるのだから、きっとそれほどのことなのだろう。

男は少し底意地の悪い笑顔で冗談めかした。

「神の国に迎える。贄として貰うのだから、席は伴侶でいいか」

本気なのか冗談なのか分からない。秋実は溜め息を吐きながら控えめに辞退を伝えた。

「……他にはないのでございましょうか」

「ない。自分の白無垢《しろむく》を仕立てるならそのぐらい待ってやってもいいが」

「左様な姿をご覧になっても仕方がないでしょう」

秋実は結構ですと素っ気なく答えながら、伸べられる手へ諦めと共に自分の茜の手を差し出した。


――その夜、一人の娘が輿に乗って大狛山の頂に送り届けられたが、翌朝になって、家の前で眠る娘の姿が発見された。

目を覚ました後に聞くと、娘は自分の足で山を下りたわけではなく、一晩中山の中にいたはずなのだという。だが、気が付くと意識を失っていて、家の前にいたのだと答えた。

娘の身体には傷一つなかったが、輿入れの際に纏っていた打掛がなくなっていた。

そして、その日の内に、まるで娘と入れ替わるかのようにして、娘の兄が忽然《こつぜん》と姿を消した。

輿入れの着物がたいへん美しく評判だったため、それを手掛けた兄が消えたことは、同じように騒ぎになった。だが、帰ってきた娘が、長月の神があの素晴らしい腕を見初《みそ》めたのだろうと困ったように笑い、それが噂に流れた後、その内静かに消えていった。

数十年後、次に長月の神婚祭が決まった際に大狛大社へ捧げられたものは、長月生まれの匠《たくみ》が手がけた反物だった。贄を捧げずどうなるかと不安の声を上げる者もいる中、その年の神婚祭は雲一つない秋晴れだったという。

以来、大狛大社で贄が選ばれることはなくなり、代わりに、見事な出来栄えの反物が捧げられるようになった。また、後に他の大社でも徐々に贄の仕来りは失われ、代わりに技巧を尽くした献上品が捧げられるようになる。大狛大社には龍那美が見初めた職人が祀られるようになり、それが工芸の神として揃って信仰されるようになることも、ずいぶん先の話である。

壱《いち》

十二の神を崇める中津国《なかつくに》には、古くから神に贄を捧げる仕来りがあった。

十二の大社に十二の神。生まれ月ごとに加護を授ける神がおり、中津国の人間に安寧を与える。時に彼らへの祈りのために、時に恩寵への感謝の証《あかし》に、伴侶となるべく人が立てられ、神の国に迎えられた。

——そういう、言い伝えではあるが。

松田秋実は傍らを歩く男の横顔を見上げる。

陶器のような肌に、彫り物のような完全な造りのかんばせ。上背がありすらりと長い手足。絹糸の光沢ですら足りず、さらに油を撫でつけたような艶やかな長髪。一寸《ちょっと》驚くような輝かしい容姿の美男ではあるが、それ以上に驚くのはその色だ。

紅葉《もみじ》のような鮮紅の髪に、銀杏のような金色の双眸《そうぼう》。燃え盛る秋の山の色だ。赤茶けた髪を持つ人間はさほど珍しくないが、こうも鮮やかな髪色の人間を、秋実はこれまで見たことがない。瞳の色がここまで明るいのだって、秋実が知る限り猫ぐらいのものだ。

それも不思議はない。なにせ彼は人間ではないのだから。

——十二神の一柱、長月の守護の龍那美神。

世に美神と謳われる通りの姿は、人の顔の美醜に疎い秋実でも、視界に入ればそのたび美しいなとしみじみ思う。流し目一つで年頃の娘が軒並み恋焦がれることだろう。

そんな彼が、どんな気紛れなのか秋実を贄として迎えるというのだから、果たして何の冗談なのかと、未だ実感は追い付かない。

「龍那美様」

僅《わず》かに息を切らして呼び掛けると、涼しい横顔だった龍那美が振り返る。

「どうした」

「あの……もう一時《いっとき》は歩いているかと思うのですが……一体どちらへ？　あの……」

神婚祭から一夜明け、龍那美の気紛れで代わりの贄となった秋実は、妹が生家に戻るのを見届けてから家を抜け出してきた。ひと目を避けながら龍那美が待つ郷の外れで合流し、少し歩いて山の麓のどこかの鳥居を抜けた。——そのはずだった。

気付けば潜《くぐ》ったはずの鳥居はなく、龍那美と二人、山道と思《おぼ》しき木々に囲まれた隘路《あいろ》の最中にいた。

何が起きたのか分からなかった。ただ、紅葉《こうよう》の盛りの山は息が詰まるほどの美しさだった。心なしか空気もきんと澄んでいる。

大狛山に似ている気がしたが、歩いてきた距離を考えるとそこまで辿《たど》り着かない。どこか違う場所なのだろう。だが、その疑問を質《ただ》す言葉も失い、只管景色に見とれながら龍那美に従って歩き続け——そのまま、すでに一時。

休みも取らずに延々と足場の悪い山道を歩くのは、そろそろ限界だった。

だというのに、龍那美は息の乱れ一つなく、憐憫《れんびん》の籠った目で疲れ果てた秋実を見下ろす。

「貧弱だな」

「仰せになりましたね。人間の大多数をそう呼んだことになりますよ……私は人並みでございますので」

「もう見えている」

見えている。

何が。——目的地が？

龍那美の視線に釣られるようにして、秋実は顔を上げた。

延々続くと思われた、木の根でできた歪《いびつ》な天然の階段。それを上っていった先には、木々の切れ間——白く光が差している箇所が見える。

山の頂上ならば、標高にもよるだろうが一時やそこらではなかなか着かないはずだが——龍那美が目指して歩いていたのはあそこなのだろうか。

「動けないなら休んでいけばいい。俺は先に行く」

「いえ、参ります、が……」

これが父であったら、少し待ってくれるとか気遣ってくれるとか、そういう思い遣りがあるのだろうが——彼はそうではなさそうだ。

ぎこちなく姿勢を正すと、秋実は歩き出した龍那美を追い掛けてまた先へと進む。一度止まったせいで、足の痛みはいっそう脈打ち激しく感じた。

気力を振り絞って最後の坂道を上っていくと、白い切れ間だと思っていた場所はゆっくり景色を帯びていく。ここまで続いてきた赤と黄色と緑の色彩ではなく、屋根瓦の黒と木材の茶色が見えてくる。あそこに建物があるのだと言わずとも分かった。

泥濘《ぬかる》みを進むような重い足取りで、やっとのこと目的地であるところの開けた場所に立つ。すると、秋実の目の前には大狛大社――ではなく、それと見紛うほどよく似た、大しめ縄が印象的な立派な建物が現れた。

秋実が遠目に建物と思った黒瓦は門だった。その奥に建物があって、幾つか棟が分かれている。果たして何丈あるだろうか、目の前にあるわけでもないのに見上げるほどに大きい。

秋実は呆然と息を吐いた後、龍那美を見上げる。

「龍那美様。こちらは……」

「俺の家だな。大狛宮《たいはくぐう》――と言っても、この山ごと全部をそう呼ぶのだが」

「家？　宮……山ごと？」

「ついてこい」

もう一寸説明が欲しいのだが。

そう思いながら、早々に建物に近付く龍那美から離されないようまた歩く。ちっとも合わせて歩こうという意識を感じない態度に、もしや歓迎されていないのだろうかと少しの不安が過ったが、後戻りもできない。どうすることもできず、門を潜って本殿に近付く龍那美を追い掛ける。

「帰ったぞ。いないのか、コロ」

それほど大きな声ではなかったと思う。建物の中にいれば気付かないのではと思ったが、次に龍那美が何か言うよりも早く、建物の中からはとたたたと慌ただしい足音が聞こえてきた。

龍那美が辿り着くより早く扉が開け放たれ、息を切らした少年が転がるように飛び出してきた。

「はっ、はひ、お呼びでしょうか主様……！」

声が裏返っていた。悪鬼に呼び付けられたかのような慌て振りだった。

何もそれほど慌てることはないのではと心配する秋実の前で、龍那美は少しも彼を慮《おもんぱか》ることなく横柄そのものの態度で言う。

「嫁を貰ってきた。急ぎ飯の支度をしろ」

「……はッ!? 嫁御……とは、どなたの。人間……しかも男《おのこ》……の姿しか見えないようですが」

「聞こえてなかったのか。飯の、支度を、しろ」

「ひゃんッ!! ししし失礼いたしました直《ただ》ちにぃ!!」

二つ折りに畳むような勢いでお辞儀したかと思えば、また転がるように走って去っていった。

挨拶をする隙もなく消えた少年に秋実が呆然としている間に、龍那美はさっさと履物を脱いで玄関に上がる。あんなに山を登ったのに汚れ一つない足に感心しながら、秋実ものろのろと履物を脱いだ。

だが、龍那美と違いすっかり足が汚れているので、このまま上がるわけにもいかない。懐に入れていた手拭いを取ろうと板間に座ると、後ろに人影が揺れた。

不思議に思って振り返ると、今度は少女がそこに立っていた。

おかっぱ頭で、大粒の黒い瞳が印象的な少女だった。彼女は微笑んで秋実へ手拭いを差し出してくる。

「あの、汚してしまうのですが……よろしいのでしょうか」

少女は何も言わずにこくこくと頷く。秋実は微笑みを返して手拭いを受け取った。

「では、ありがとうございます。松田秋実と申します、お世話になります」

「…………」

「あの、あなたは」

「律《りつ》だ」

言葉のない少女に尋ねると、龍那美が廊下の向こうからそう答えを寄越した。振り返るともうずいぶん遠くにいる。このままだと見失ってしまうと思い、慌てて足を拭いて板間に上がり、履物を揃える。

洗って返そうと思ったが、少女——律は秋実の手から早々に手拭いを取り上げた。そして、秋実の手を引いて、龍那美のいる方とは別の方向へぐいぐいと引っ張って行こうとする。

手を引かれるまま二、三歩動きながら、秋実は困惑する。

「あの……？」

幼い少女に抵抗するのはどうにも気後れしてしまう。無理にその場に留《とど》まることもできず、どうするべきかと伺うように龍那美に目配せしてみると、角の向こうで引き留めもせず秋実を見送る姿があった。

——行ってこいということなのだろう。

知らない土地で、連れてきた龍那美と別れるのは少しばかり心許《もと》ないところもあるのだが、幼子相手に警戒しようとは思えない。それに、幼い律の姿は、少しだけ妹の幼かった時を思い出させる。

手を引かれるまま秋実は廊下の奥へとどんどん進んでいく。

途中、幾つかの部屋の前を通り過ぎたが、どれも美しい障子絵が描かれており、たびたびそれらに目を奪われた。龍那美の許諾は必要かも知れないが、時間があるようなら一つ一つじっくり見て回りたいところだ。そんなことを考えて気を散らしながらも律に従って歩いていると、突き当たりに玻璃《はり》の嵌《は》め込まれた格子戸が現れる。

律が躊躇《ためら》いなく格子戸を開けた。律に手を引かれるまま秋実が戸を潜ると、ふわりと柔らかい、どこか少し塩辛いような匂いが鼻孔に触れる。

——嗅いだことのある匂いだ。

立ち上る湯気で、そこが何なのかすぐに分かった。

「温泉……」

格子戸を潜ると外に繋《つな》がっていた。

足元はすのこが敷かれていて、それが岩場の窪《くぼ》みまで続いている。窪みの中は絶えず溢れ出すほどの湯が湛えられ、水面が揺れていた。頭上には屋根が掛かっているが、壁がなく、あの圧倒されるような紅葉《こうよう》がぐるりと温泉を囲む。それほど強くはないが、覚えのある独特の匂いがあたりに立ちこめている。家族と温泉に浸《つ》かりに行った時と同じ匂いだ。

「温泉宿……？」

龍那美は自分の家だと言っていたが、この立派な温泉を見ると、普通の家とは思えない。いや、普通の家に住む神様というのもおかしな話だが、それにしたってこれは格別珍しい。

立派な温泉だ。まさかこれが日常なのだろうか。

身を軽く乗り出してみると、こんこんと底から湯が湧き上がり揺らめく様子が見える。顔に掛かる湯気が温かく、浸かればさぞかし心地いいことだろうと想像してしまうほどだ。さすがは神様のお住まいというべきなのだろうか。

と、繋がれていた小さな手が離れた。

不思議に思って振り返ると、律が木の椅子に置いてあったものを持って、秋実に渡してくる。そして、すのこの端まで秋実を押しやると、踵《きびす》を返して格子戸から出て行ってしまった。

――入れということなのだろうか。

渡されたものを確かめると、どうやら着替えのようだ。さらりとした絹地は心地良く、気後れしてしまうような上質な手触りだ。散々山道を歩いて汗と泥にまみれた着物をもう一度着るわけにもいかないかと、有難く借りることにして、秋実は改めて周囲を窺う。

疲れたには疲れたが、まさかこんな光景が待ち構えているとは想像だにしなかった。

湯気に混じって、外から吹き込んできた涼やかな風がゆるりと流れ、頬をさらりと撫でていく。裸足《はだし》で踏みつけた岩が硬い。

五感ははっきりしているのに、地に足のつかないような夢心地だ。ただそれは、どこか家族と遠出をした時のような非日常という感覚であって、二度と戻れない黄泉路《よみじ》を進むような、取り返しのつかない感覚ではなく。

――自分はもう二度と家族に会えない。親しい人にも。郷里の景色を見ることもない。

言葉としては理解していても、実感とは程遠い。果たしてそれがどんな生活なのか、今はまだ少しも想像できず、秋実は溜め息と共に諦めたように思考を打ち切った。

湯浴みを済ませ、律に案内された部屋へ入ると、すでに龍那美が盃《さかずき》を傾けていた。

「秋実。上がったか」

「はい。それはもう……この世のものとは思えぬ大変な極楽で……」

「稀《まれ》に見る腑抜《ふぬ》けた顔だな」

反論の言葉もない。疲れた身体が嘘のように気力を取り戻した——というより、むしろ全身の緊張という緊張が抜け切って、ものを考える力までも全部湯の中で洗い流されてしまったような気がする。

「冬になると雪景色になるんだが、いかんせん脱ぎ着するのに寒いのがどうにもな」

「想像もつきませんが……きっとさぞ絶景なのでしょうね」

龍那美に空いていた座布団へと目配せされ、秋実はひとこと断ってからそこに腰を下ろした。

「今さらなのですがここは、誠に龍那美様のお住まいですか？　何だか地続きでしたので実感がなくて……私たちが申している神の国という、そういった場所になるのでございましょうか？」

大狛山に似ているが、あそこにこういった建物があるというのは見たことも聞いたこともない。

龍那美は今さらかというような顔をして答える。

「そうだな。散々歩いてきただろう」

「どこぞの山道を歩いていると思っておりましたが……もしや、あの鳥居の先からすべて？」

「神域をどこぞの山道だと」

「あっ、申し訳ございません」

確かに清浄な空気だとは思ったが、山の中だからかと思ってあまり深く考えなかった。まさか疾《と》うに神域に入っていたとは露ほども考えなかったが、言われてみると確かに——この世のものとは思えないほどの美しさだった。

「先ほど、大狛宮と仰せになっておりましたか」

「そう。俺の神域は大狛宮と呼ぶ。この建物のことを指すこともあるが、特に呼び名を分ける必要も感じていなかったし、予定もない」

「まさかと思うのですが、龍那美様は出入りのたびにあの山道を……？」

「まさかだな。新参者は歩かせる仕組みになっているだけだ。自分の宮で何でそんな不自由な思いをしなきゃならん」

「そうでございましたか」

神域というからには、色々と決まりもあるのだろう。今日は自分が新参者だから延々歩いてきただけで、普段はあれほど歩くことはないようだ。一本道だったので迷いようもなかったし、そうなると龍那美は秋実に付き合っていただけだったのだろう。

思い遣りを感じないと思っていたが、そうでもなかったのかも知れない。

「納得いたしました。何だかこう、もっと仰々しい場所なのではないかと構えていたのですけれど、存外馴《な》染《じ》みのある景色でしたので、少し安堵しております」

「拍子抜けだと？」

「いいえ。……あんまり紅葉《こうよう》が美しかったので、道中でも湯の中でも、ずっと見とれておりました」

世辞でも過剰な賛辞でもなく、純粋に思ったままの言葉を漏らす。

「豪奢で華美な景色でなく、圧倒されるような自然の美しさで……この宮も。何だか、龍那美様の意外な姿を見たようで、不思議な心持ちがしております」

「金銀で飾り立てた華美な作り物ばかりが美しさでもないだろう」

「そうですね。それは……分かります」

着物とて、柄と金糸銀糸で埋め尽くせば美しいというわけではない。

通り掛かりに見てきた建物内も同じだ。この大広間は絢爛《けんらん》豪華な金襖《きんぶすま》で、四枚ひと続きの花鳥の図柄が描かれているが、他の襖はゆったりとした筆運びの水墨の絵が多かった。どれも迫力があり美しかったが、幽玄の美というのか、深い趣のあるものだった。龍那美という神様は、おそらくそういったものを好むのだろう。

——贄を選ぶ人間は、容貌や身なりの美しさを求めていたようだった。けれど、おそらくこの神様が好むのは、そういうものではない。

妹を思い着物を染めた時の、指に残った染料の茜色。冬に備えて葉を落とす前の、ひとときだけ燃え盛るような激しい紅葉《こうよう》の山。それを美しいと感じるような神様なのだ。

そして、人の生き死にに頓着しないようでありながらも、山に打ち捨てられる贄にどうとも思わないような、情のない神様でもなくて――。

じっと龍那美を眺めていると、急に襖の向こうから声が掛けられた。

「主様、お食事をお持ちいたしました……！」

先ほど顔を見た少年の声だった。

返事を待たずに襖が開けられ、緊張した面差しの少年が入ってくる。手に漆器の御膳を持っており、料理のいい匂いが漂ってくる。

少年が龍那美の前に御膳を置き、続いて入ってきた別の少年が秋実の前にも御膳を置いてくれた。その後、律も姿を現し、何も言わずとも秋実の傍らに羽織を置いた。湯冷めしないようにだろう。

「コロ助、夜霧《よぎり》、律、並べ」

龍那美の一声で、少年二人と少女が横並びに座って頭を下げる。

皆子供だ――と思って戸惑っていると、龍那美が無造作に「秋実だ」と短く言うので慌てた。

「あっ、松田秋実でございます。よろしくお願いいたします」

「白露《はくろ》です！」

「夜霧でございます」

「………」

白露。夜霧。律。

――たった今コロ助と呼んでいたのは何なのだろうか。

とはいえ、顔を上げた三人はやや硬いような面持ちで視線を返してくる。やけに――髪の色が明るい。それに夜霧という少年は、龍那美に似た金色の瞳をしている。律は黒い髪だが、茶や白の髪が何房か混じっている。

「律に頼んであるから、身の回りの不足は律に言え。

口は利かないが目端は利く」

「承知しました。お世話になります」

「あのう……」

白露が上目遣いに龍那美を窺う。どうにもびくびくした姿勢で、活発そうな顔立ちと相まって何だか妙に可愛《かわい》らしい。

が、彼は困惑が拭えないように秋実と龍那美を交互に見る。

「そちらは人間ですよね？　主様、人間に食事を出してしまって、本当にいいのですか？　人間は……」

「今言う」

「でっ、出過ぎたことを……お許しくださいぃ……！」

「？」

下がっていいと龍那美が言うと、じっくり顔を見る間もなく三人は早々に立ち上がって退室していく。

襖を閉じ、足音が遠ざかっていくのを待って、秋実は怪訝な顔をしながら尋ねた。

「龍那美様。あの三人は、丁稚《でっち》のような方たちなのでしょうか？」

聞き間違いでなければコロ助――などと呼ばれていた少年は、龍那美のことを主と呼んでいた。であれば、彼の子供ということはなさそうだ。

「あれは人形《ひとがた》だ。子供の形は関係ない」

「ひとがた？　……男の子は何だかずいぶん龍那美様を恐れていたようですが、まさか苛《いじ》めておられるのでは」

「何の疑いだ。俺はそんなに暇じゃない」

そうは言うが、秋実が龍那美と会ったのは、彼が物見遊山で大狛大社の祭りに来ていたからだ。暇でないという主張はあまり信憑《しんぴょう》性が感じられなかった。

それにしても、あの少年は奇妙なことを言っていた。

「それで、あの。私が食事をすると何か問題があるのでしょうか？　神様と同席するなんて、失礼に当たるのでございましょうか？」

「そういうことではない。……盃を取れ」

「違うならば、なぜ……」

立ち上がった龍那美が、秋実の傍らに座る。燗瓶《かんびん》を差し出され、秋実は慌てて盃を取った。

とろりと透明な酒が注がれ、途方に暮れながらそれを見下ろす。

「お酒、でございますか」

「固めの盃、というほど鯱《しゃちほこ》張《ば》ったものでもないが。酒は飲まないか」

「飲んだことがない、というだけで……いいえ、頂きます」

「待て」

湯上りでもないはずなのに、近くに座られると香でも纏っているようなよい匂いがする。

戸惑いながら、言われるまま盃を持つ手を止めると、龍那美がじっと秋実を見る。

冷たいような金色の瞳。まるで値踏みするような、決して温《ぬく》もりを感じるような類《たぐい》のものではない瞳だ。

こういう時、相手が何を考えているのか分からなくなってしまう。

「龍那美様？」

「二度と戻れないと言ったが、実際のところ、今はまだそこまで至っていない」

「え？」

龍那美の手を取った。神域に入った。もうとうに戻ることができなくなっているのだと思っていたが、実はそうではない――思いがけない言葉に秋実は困惑する。

「神域の決まりは往々にしてその地の主の意思が関わる。ただ、それとは別に、神の国には共通する仕組みがあって、それは神が個別にどうこうしようとしたとて、決して動くことはない」

「……仕組み？　決まり事で、破れば罰があるようなことでございますか？」

「抑々、破った者がいたというのを、俺は知らない。神の国ではどこも同じだ。俺が決めたわけではないから恨まれても詮無きこと」

「と仰せになりますのは……」

「入っただけなら出るのに障りはない。ただ――神域で煮炊きしたものを食べると、その地に留め置かれて二度と戻れなくなる。……腹が空いているか？」

急に一体何を尋ねるのか。

そう思いながら答えようとして、はたと気付いた。あれだけたくさん歩いてきた。疲れ果てているし、もうとっくに食事の時間になっているはずなのに、ちっともそう思わない。

「そういえば……あまり、空腹は感じません。もうひと時ほどは、食べなくても平気そうなほど」

「ここにいる間はそうなる。飲まず食わずでも三日ほどは何ともないだろう。水ぐらいなら特に障りはないはずだが……恐ろしければ腹が据わるまでは酒も食事も口にするべきではない」

「……せっかく出して頂きましたのに？」

「お前が客分だからだ。手を付けようが付けまいが、それを惜しむ必要はどこにもない」

客だから、酒と料理を出す。そこに他の理由はなくて、食べないからといって何の問題もない。そういうことなのだ。

高貴な家の出でもないので、出されたものを食べないというのはあまり考えられないが、一先《ひとま》ずそれは置かなくてはならない。

「その地に留め置かれるというのは、一体……どういう仕組みなのでございましょうか」

「水が上から下に流れることに仕組みなどない。そういうものだ、というだけだ」

「心は。……変わりますか？　私の意思にかかわらず、私の執着や愛着がなくなるような……そういう変化を伴うことでございますか？」

「いや」

どうしてその土地から離れられなくなるのかが、具体的に想像がつかない。もしや、食事をするとこの場所に執着を抱くような、強い心変わりがあるのでは。そう不安に思ったが、龍那美の否定でひとまず安心する。

一瞬だけ、龍那美の目に、憐憫のような色が過ったような気がした。

「——ただ、郷里への執着も、家族への愛着も、変わってしまった方がいっそ楽なのやも知らん、が……」

ぐい。

秋実は朱塗りの盃に口を付けると、迷わず傾けて中身を干した。

初めて口にする酒はきつく鼻をつく匂いがして、常温のはずなのに喉や胃の腑を熱くするような感覚がする。――決して味自体が美味だという感じはしないが、口に残る甘いような風味は、なかなかに悪い気はしない。

が、慌てたような龍那美の手に盃を取り上げられる。

「ッおま、え、話を聞いていなかったのか⁉」

初めて声を荒げた龍那美に驚きながら、秋実は慌てて答える。

「き、聞いておりました、大丈夫でございます。落ち着きなさって下さいませ」

「聞いていた輩の行動ではないから言っているんだが⁉」

「……あんまり怖がらせないで下さいませ」

自分が慌てるならばまだ分かるが、どうして彼が慌てるのだろう。

そう思って何だか少し可笑しくなり、秋実はふと相好を緩めて静かに言う。もう戻れないとか、腹が据わるまで口にするべきではないとか。そんな脅すような言い方をしてわざと不安を煽《あお》るのは、結局のところ秋実が後悔するかも知れないという配慮によるのだろう。

――秋実のためと言っても障りはないはずだ。

「正直、今はまだ、遠方の地に物見旅に来たような感覚で……まだ色んなことが分かっておりません。けれど、お約束を頂いた以上、私から違《たが》えることはいたしません」

妹の命と、この先の贄の命。それを助けてくれると約束してくれた。そのために一時は自分の命を捧げてもいいと思ったし、すでに一度死んでいると思えば、郷里にそれほど執着するわけにもいかない。

「もしあんまりつらくなったら、龍那美様にお縋りするやも知れませんが。神様ですからね、民草が思い煩って傍《そば》で泣き喚《わめ》いたらさすがに喧《やかま》しいし、お捨て置きにもなさらないでしょう」

「……お前の泣き喚く顔ならいっそ見たいわ」

「まだ起きていないことを色々思い悩んでも仕方がございませんし。せっかく心積もりをしてきたつもりですのに、改めて念を押されるとさすがに尻込みしてしまいますから、これがよいのです」

龍那美は正気を疑うような眼差しでじっと秋実を見る。人ならざるこの美しいかんばせに、穴が開きそうなほど顔を覗き込まれると、さすがにどうしても落ち着かない気持ちになる。それがどれほど渋い表情であってもだ。

それに、と秋実が笑う。

「存外に龍那美様が面倒見のいいことは、分かりましたから。今はそんなに心配することもないかなと思っております。……とてもよい匂いがしているのですけれど、この御膳、頂いてもよろしゅうございますか?」

龍那美はかつてなく、目いっぱい呆れたような表情で。

「好きにしろ」

そう言って、諦めたような溜め息を吐いた。

いい匂いだとは思っていたが、椀《わん》の蓋を開けていくと、それまで感じなかった食欲をひどく掻《か》き立てられた。

大粒の栗《くり》が混ざった白ご飯、身のほろほろと柔らかな焼き鮭《じゃけ》に、香りのいい焼いた松茸《まつたけ》。山菜の吸い物や煮物。他にも旬の食材が盛り込まれた料理が並び、そのどれもが大変に美味だった。すっかり平らげてこれ以上ないというほどの上機嫌になった。

腹が満ちた秋実は、廊下の先の暖簾《のれん》の前で一度立ち止まり、緊張を落ち着かせるように小さく息を吐く。

まだ面識のない家人に挨拶をしたいと言ったところ、厨《くりや》に行けばいるはずだと、空の鉄瓶を渡された。果たしてどちらがついでの用になるのか、酒の補充を言い付けられている。

「あの、お仕事中のところを失礼いたします」

一声掛けて暖簾を潜ると、中に幾つも人影があった。

先ほどの白露、夜霧、律の三人。それと、先刻は見掛けなかった男性と、女性が一人の、五人だ。皆、仕事が一段落したのか、厨の作業台で食事をしているところだった。

明るい茶色の髪の女性が慌てたように立ち上がる。

「まあ、ご伴侶様！　こんなところにお越しにならずとも、呼んで頂ければ参りますのに！」

「ご……ああいえ、お構いなくお食事をなさって下さい……！　お邪魔したのはこちらですので！」

というか抑々伴侶というわけでもない。確かにそういうお題目で拾われた自発的な捧げ物ではあるかも知れないが、龍那美自身本気でそう思っているわけではないだろう。

どう誤解を解いたものかと悩みながら名乗ろうとすると、それより先にコロ助、ではなく白露という少年が立ち上がった。大粒の黒い瞳がきつく吊《つ》り上がっている。

「お前、人間……どういうつもりで主様に近付いたか知らないけどな！　あの方はお前みたいな貧相な男の人間なんかと好き好《この》んでつがうわけないんだからな‼　軽い気持ちで付いてきたなら、さっさと泣いて帰った方が身のためなんだぞ！」

──それは当然、自分のような貧相な男などと彼が好き好んでつがうこともないのだろうが。

一瞬秋実はそれを考えたが、ぐるる、という犬の唸《うな》り声のような音が聞こえて、思わずはてと首を傾《かし》げる。

まるで──というより、犬が威嚇する時の音そのものだ。人間がどう逆立ちしたって出せようもないその音に驚いて、反論する言葉を忘れる。

──そう、ひとがた。そう言っていた。ひとがたとは、何だ？

「大体、主様はどうしてこいつを大狛宮に連れてきたんだ。人間なんて連れてきたって、どいつもこいつも尻尾を巻いて逃げ出すだけなんだから意味ないのに！　錦木《にしきぎ》もこんな奴に食事なんか作って、どうせ怖がって食べもしな──いたっ！」

秋実が考え込んでいると、急に白露の悲鳴が聞こえて、その声ではたと目の前の光景に意識を戻す。すると、立ち上がった律が小さな拳を振り上げて、何度も白露を叩《たた》いているところだった。

「いた、痛い律、ごめんて、ごめんなさい！」

「…………」

「謝るから、毟《むし》らないで！」

「ご伴侶様、お見苦しくてごめん下さいまし。楓《かえで》と申します。それと、まだご挨拶をしていないと思いますが、あちら」

楓と名乗った女性は同じ空間で行われる諍《いさか》いを歯牙にもかけず、作業台の向こうで立ち上がった男性の方を手で指した。

「厨番の錦木です。お初に御目《お》にかかります」

「楓様と、錦木様ですね」

「呼び捨てて下さいませ。我々はこの屋敷の奉公人ですので」

柔和な微笑みを浮かべるのは、秋実と変わらない黒髪と黒い目の男性だった。何だか少し親近感を覚えながら軽く頭を下げる。

「松田秋実と申します。中津国の都合で、伴侶という名目で来たので、龍那美様はそう仰せになるのですが。染匠……の、半人前でございます。私も奉公人のような立場になるかと思います。お世話になります」

「こちらこそ。……他にもう一人おりますが、炭焼きの火の番で今は外しています」

どうやらまだ顔を合わせていないのは一人だけのようだ。残念そうな錦木に後ほど訪ねていくと告げると、彼はまた柔和に微笑んだ。

むくれた顔の律は、もう叩いていない代わりに無言で白露の足を踏み付けている。白露の大きくつぶらな黒い瞳がうるうると涙を湛えているのがどうにも可愛らしく、止めていいのか迷ってしまう。

「あの……龍那美様が彼をコロ助と呼んでいたのですが、あれは……」

「ああ」

声を潜めて思わず尋ねると、楓が微笑ましそうに目を細めながらひっそりと言う。

「白露が、主様に食べて頂きたくって山にきのこを取りに入ったのですけれど。取ってきて、お出ししたのが毒きのこで……」

「えっ」

「お命に障ったりはしないのですが、痺《しび》れで一日寝込まれて……罰としてひと月の間、呼び名が犬っころの『コロ助』ですの」

――確かに犬に似ている、というか、それ以上な気もするが。

それであんなに恐縮しきった態度だったらしい。過失とはいえ神様に毒を盛ったのだから確かに畏れ多いことだろう。――本当に龍那美が好き好んで苛めているわけではないようだ。命にも障らないようだし、色々と、よかった。

呆然と白露を眺めていると、楓が可笑しそうに頰に手を当てる。

「律が何だかそわそわしていると思ったら、あなたがいらっしゃるからだったんですね。楽しみにしていたらしくって」

「私を？」

「ええ。私どもは存じ上げなかったのですけれど……律は予《あらかじ》め何だか仕事を頼まれていたのかしら」

人が来る予定があるのなら、家人に前もって知らせておいた方がいいのでは――と思うが、楓の態度を見る限りいつも通りで、それに不満を持っているわけでもないようだ。おおらかだ。

とはいえ、律だけ先に話を聞いていたというなら、少し思い当たることがある。

「何か不足があれば律さ……律にと、龍那美様から。私の面倒なんかを見るよう言われているのやも知れません」

「まあ。そうですね、色々と不便があるかも知れませんもの。律はとっても気が利きますし。身の回りにいない時は、私どもにもお声掛け下さいまし」

「ありがとうございます。……あ、そうでした」

そこでようやく、用件であるところの手に持っていた鉄瓶のことを思い出す。

「お酒が切れてしまったので、おかわりを頂きにきたんです。ご挨拶も兼ねて、龍那美様にお願いしてお邪魔したのですが……どちらにありますか？」

場所が分かれば自分でと思ったのだが、先に錦木が動いて秋実の手から鉄瓶を受け取った。

奥に酒樽《さかだる》があるらしい。後をついていくと、錦木が厨の隅にあった樽の上の柄杓《ひしゃく》を取って、蓋を外す。

「主様だけでなく、神様は皆お酒を好まれますからね。一晩で何度も行き来するので、もう樽ごとお出ししてもいい気もするのですけれど、そうなると今度はあるだけ飲んでしまわれて」

「そんなにお召しになるのですね」

「主様お一人ならまだいいのですが、神様が集まって酒宴が始まると、それはもうすごいことに……ですので予備の酒器と酒樽のための部屋があります」

「おおごとでございますね……」

そういえば、食事の間も龍那美は延々盃を傾けて、箸の進みは遅かった。食事以上に酒を飲んでいるのではないだろうか。それが何人もとなると、凄まじいことになりそうだ。

樽酒を移した鉄瓶を、錦木は秋実の手に返した。

秋実はそれを受け取りながらまた尋ねる。

「そういえば厨番と言っておりましたが、今日の料理もすべて錦木が？」

今は厨に五人いるので、一体誰が厨仕事をしていたのか分からない。あの美しく美味《おい》しい食事すべてが、錦木の手によるもので間違いないのかと尋ねると、彼は困ったような微笑みで「ええ」と頷いた。

「ですが、無理してお召し上がりにならずとも、大丈夫ですよ。主様も、きっとそのおつもりでしょうし、いきなり恐ろしいことを言われたら、誰だって悩むのは仕方がないことで……」

「いえ、頂きました」

「いただ……いた？」

一瞬、その場の空気が止まった気がした。

箸の動く音一つしなくなった厨の中で、秋実はそんなに驚かなくてもいいのではと思いながら「はい」と答える。

「とても美味しくて、家の食事は別格なのですが、それ以外で一番と言われたら、私きっと今日の御膳のことを挙げると思います。錦木は素晴らしい腕をお持ちなのですね」

見た目も味も、どれを取っても絶品だった。食材が抑々いいのかも知れないが、鮭や松茸の焼き加減や、吸い物の香りの立ち方などは、決して食材がいいだけではない。特別に舌が肥えているわけでもない自分でも、感動するような美味しさだった。

「「「…………」」」

「……さてはお前、実はすごく頭が悪いのか？　痛い痛いごめんなさい！」

白露の堪えきれなかったというような呟きは、続く律の拳による悲鳴で有耶無耶《うやむや》になった。

我に返ったような錦木が、どこかまだ戸惑いを拭い切れない様子ながら、恐る恐る問い掛けてくる。

「ええと……おかわりは如何《いかが》ですか」

まだありますので、と遠慮がちな錦木に、秋実はぱっと表情を輝かせて迷わず答えた。

「ぜひ」


食事を済ませて、炭焼き中だという最後の一人に挨拶に行った。大柄な男性で、荒鷹《あらたか》という、彼もやはり人形なのだと白露が教えてくれた。

そのまま秋実は屋敷に戻るつもりだったが、見せたいものがあるのだと、白露と律に手を引かれながらまた別の場所へと向かった。

「人形っていうのは、主様が人みたいに作った入れ物に、動物の魄《はく》を入れて名前をつけた小間使い。オレと律は犬の魄でできてて、毛色なんかは、元々の犬の色してるんだって」

「犬の魄……魂魄《こんぱく》のようなもの？　生きていた頃は犬だったってこと？」

「そう！」

人形が何か尋ねると、白露は自慢げに教えてくれた。言われてみると、大きな黒い瞳や毛の色は、確かに郷里にいた犬を彷彿《ほうふつ》とさせた。白露の髪は確かに赤毛の犬に似ているし、律の黒い髪も白や茶の毛房の色も、言われてみれば黒毛の犬があんな色だ。性格も――もしかしたら幾らか関係しているのかも知れない。

夜霧や荒鷹の瞳は金色だったが、あれも元々動物だった頃の本来の色なのだろう。

ますます納得した――それで犬っころの『コロ助』だ。

「他の神様も、似たような人形に身の回りの世話をさせてる」

「人間の子供の姿なのは関係ないのだと、龍那美様は仰せだったけど……それは龍那美様がそういう外見で作ったということ？」

「うーん……どうなんだろ。でも、オレはここにもう百年ぐらいはいるし。その間ずっとこのなりだから、別に見たまんまの子供ってわけじゃないからな」

「じゃあ、私よりずっと年上なんだ」

「そうだぞ！　敬え人間！」

「はい。頼りになります」

元気な少年の頭を撫でまわしてやると、もっとと言いたげに手に頭をぐりぐりと押し付けて目を細めるから愛らしい。

律が無言でもう片方の手を引いてくるので、律の頭も撫でてやると、満足そうに目を瞑《つぶ》る。尻尾があれば左右にぶんぶん振れているのだろうと何となく想像できて、本当に人の姿でも犬なのだなとしみじみ実感した。

ひとしきり撫でてやると満足したのか、秋実の手を摑んでまた跳ねるような足取りで先へ歩き出す。

「楓たちはもっと長いから、もっと年上。いつぐらいからいるのかは――オレも分かんない。そういえば聞いてない」

「律と夜霧も？」

「夜霧はオレの半分ぐらい。律はオレの一寸前だって聞いたけど……どのぐらいだっけ？　十年ぐらい？」

律がこくこく頷いている。楓、錦木、荒鷹は長くここにいて、それ以降は律、白露、夜霧の順のようだ。一番短い夜霧が五十年。――殆《ほとん》ど人間の生涯か、それよりも長い年月を幼い外見のままで過ごしているのだ。

龍那美が心配して念を押すのも無理はない。本当に、途方もない年月だ。これから自分はそれだけの時を過ごすのだろう。

想像もつかない。現状では、そう言うしかないのも事実だが。

「着いたぞ！」

白露の明るい声で、秋実ははっと思案から引き戻される。白露が指さす先を見ると、屋敷の裏からさほど離れていない場所に、瓦屋根の小屋のようなものが建っている。

「ここは？」

「北宝殿《ほくほうでん》っていうんだけど、ずっと酒樽入れてただけのところ。最近は取りにいくのも面倒だからって中を本殿に移したから、しばらく空っぽだった。入って！」

また酒――と思いながらも、白露と律にいっそう強く手を引かれて、秋実は足早に建物に近付く。

扉に鍵などはなく、横に押してみると簡単に開いた。中は暗くて何があるのかよく見えなかったが、白露と律が手に持っていた行灯《あんどん》を掲げて中に入っていく。

仄《ほの》かな灯りに照らされた小屋の中を見て、秋実は驚きに思わず声を上げた。

「えっ……」

小屋の中は、空っぽなどという状態から遠くかけ離れていた。

壁側には戸棚が幾つも設《しつら》えられて、中には入れ物――染料が入ったものだ――が隙間なく並んでいた。どれも真新しい。大小様々の筆も、一見しただけでは数えきれないほど並んでいる。他の棚の中にはたくさんの紙や糊《のり》、まっさらな絹地が収められていた。小屋の奥はどうやら火が焚《た》けるようで、冬でも問題なく作業ができそうだ。

――何より、家の作業部屋にとても似ている。

「わっすげー……」

ぽつりと白露が呟いたので、秋実は驚きから少し自分を取り戻す。

「本当に……これはすごい。白露が知らないなら、誰がこれを？」

白露の反応からするに、この状態の北宝殿には今初めて入ったのだろう。となると、用意したのは別の誰かだ。尋ねると、白露は「律」とすぐに答えた。

驚きながら秋実が視線を向けると、律はこくりと気恥ずかしそうに頷く。

「律が？」

「昨晩、主様に用意するよう言われたんだって。律、あちこち駆け回って用意したんだぞ」

「一日もなかったはずなのに？　……大変だっただろう？」

律はふるふると首を横に振ると、秋実の手を取った。手のひらに指で何かをなぞる。それが文字だと、すぐに気付いた。

──『夜霧』『荒鷹』『手伝い』。

何となく言いたいことは想像がついた。

「夜霧と荒鷹もこれを？」

律はこくりと頷く。

「何でオレには声を掛けないんだ……」

「……忙しそうだったからだって」

「そ……そうかもだけど」

蚊帳の外だったのが面白《おもしろ》くないようだ。律が手のひらに書いたままを伝えると、しょんぼりと耳と尻尾が垂れているのが見える気がする。

秋実は導かれるようにふらふらと小屋の中に入る。暗い板間があり、履物を脱がなくてはいけないようだ。暗いが、どうやら掃除は済んでおり、裸足で踏んでも埃《ほこり》っぽさがない。

木棚の中には、父が使っていた馴染みの染料から、都で評判の職人の染料、噂で聞いてはいたけれど実際に見たことがない希少な染料まで揃っている。都のどんな大きな問屋でさえ及ばないのではと思うほどだ。色糸の数も無数にある。筆だって柔らかいものから硬いもの、大小異なるものがずらりと揃い、どれも腕のいい職人の手によるものだと分かる見事な毛揃いだ。まっさらな絹地だって、見るまでもなくきっと上物だろう。

──これがすべて、自分のために用意されたもの。

「あまりにも……過ぎた品物ばかりで」

言葉もうまく出てこない。吐息が漏れるような微かな声で呟くと、扉の方からまた別の声がした。

「お前の家にあるようなものを一通り律に伝えたが、見真似《みまね》だから不足があるだろう。他は追々か」

「龍那美様……」

さり、と土間を踏み締めて木戸を潜る。何でも知っている神様は、夜でも燃えるような赤い髪が鮮やかだ。両手にそれぞれ鉄瓶と盃を持っているので、それで歩いてきたのは正直どうかと思うが。

胸がいっぱいで、とても指摘する気が起こらない。

「ええと……ありがとうございます。誠に……何と申し上げていいのか、あの、驚いて言葉が出てこないのですけれど」

「酒だの飯だのできた路を塞ぐ前に、自分の道具は確かめた方がいいな」

「お、仰せの通りでございますね……」

まさかこんな用意があるとは思わなかったから、何もないところからゆっくり集めていくのを想定していた。龍那美は未だに可笑しげなものを見るような視線を向けてくるから、今になって自分の無鉄砲さが恥ずかしくなってくる。

じわりと熱くなる頬を押さえながらどうにか言う。

「せっかくの道具に恥じないよう精進いたします……」

「ずいぶん律が頑張ったようだな。打掛をたいそう気に入っていたから」

「打掛？」

「昨晩用件ついでに見せた時、長いこと眺めていた」

律はきらりと目を輝かせて、秋実の手を取った。

小さな指が字を書いていく。『綺麗《きれい》』『来て嬉《うれ》しい』。

――あの打掛を見たのだ。それで、自分が来るのを楽しみに、準備をしながら待っていてくれたのだろう。

「ありがとう律、あんまりすごくて驚いたよ。律たちのおかげですぐに仕事ができそうだ」

両手で頬や頭をわしゃわしゃと撫でてやると、律は満足そうに目を瞑ってされるがままだ。外見は人の子供なのに扱いはこれでいいのかと少し戸惑いは残っているが、こうも嬉しそうな反応をされると止められない。

手酌で盃を傾けながら、龍那美がやはり奇異なものを見るような眼差しで言う。

「今から仕事は止《や》めろよ……」

「さすがに……龍那美様、何だか私のことをとても突飛な人間だとお思いでは。誤解なさっております」

「説得力が……いやいい」

微妙に言い淀《よど》むのがまったく納得できない。

「夜は冷える。ほどほどにしろ」

短く言って、龍那美は小屋の中から早々に姿を消した。

秋実はふと湧いた疑問のために律を見る。

「律、文字ははじめから書けた？」

ふるふると、首を横に振る。否定だ。

秋実はやはりと思いながらまた尋ねる。

「では、文字を教えたのは……龍那美様？」

こくり、と首肯が答えた。特に驚かなかった。そうだろうな、と思ったのが正直なところだ。

懐に入れたとはいえ個々にそれほど目を掛けるのが、決して普通とは思わないが。

律と白露は龍那美の声掛けのためか、いそいそと戻る用意を始める。遠ざかる行灯の灯りの端で、秋実はもう一度ぐるりと小屋の中を見回し名残惜しく思いながら、ゆっくりと戸口の方へと向かった。


与えられた自室でぐっすり眠って、家人たちと朝餉《あさげ》を取った。龍那美はどうやら朝が遅いらしく、秋実は起きてくるまで洗濯や掃除の手伝いをしていた。

昼近くになって、そろそろ作業のために与えられた北宝殿に籠ろうかと思い始めた頃に、ようやく龍那美が起き出してきた。

その手には手紙があった。

「――神在月《かみありづき》の神議《かみはか》りの呼び出しが来た」

これ以上ないというほど苦い顔の龍那美が、手の中の手紙を半ば握り潰しながら言った。いつの間に手紙が来たのだろうと不思議だったが、それ以上に彼の言う神議りが分からない。

何しろ龍那美ときたら寝間着でいたので、身支度のために部屋に追い返しながら秋実は尋ねる。

「神議り……とは」

「天神《てんしん》が一堂に集まって縁結びの会議をする……という建前の、酒飲み」

「酒……」

本当に神様は酒飲みしかいないらしい。

だが、そういえばと思い出す。神々が集まるという話は記憶にあった。

「神在月……に、神様が一つ所に集まるというのは、聞いたことがあります。ですので、その地以外では神がいなくなる、神無月《かんなづき》と呼ばれるのだと」

「合っている。神在月と呼ばれるのは、神議りの会場になる大社の地だけだ」

「では、毎年のことなのでは？　左様にお厭いなさるのは何故《なにゆえ》でございますか？」

部屋に戻って髪を梳《くしけず》りながら尋ねると、龍那美は軽く頭を動かして溜め息を吐いた。少しの沈黙の後、急に振り返って秋実を流し見て、まだ不機嫌に言った。

「『迎えた伴侶の人間を連れてこい』と書いていやがる」

「伴侶……」

またその言葉か——と思ったのは一瞬で、それが自分のことだとすぐに思い出した。伴侶はともかく人間というならおそらく他にいないだろう。

つまるところ、神々の会議に、自分が。

「ご冗談……ですよね？」

だが、龍那美の顔を見れば、冗談でも何でもないことは十分に分かった。

弐《に》

秋実が身支度を済ませて玄関に向かうと、龍那美が外に出るところだった。

「——秋実。着替えたか」

はいと答えながら、秋実は改めて土間に立った龍那美をまじまじと見る。

袷《あわせ》と袴は普段の装いとそう変わらないが、上に黒い袍《ほう》を重ねている。冠などは付けないらしい。真紅の髪を軽く結い、簪がゆったりと揺れる。着物は殆ど黒一色でも、ここまで様になるものかと感心した。さすが世に美しさで謳われる美神と言うべきか。

秋実はしみじみそんなことを思いながら下駄《げた》を引っ

掛けて土間に下り、先に出た龍那美を追って外に出る。

門の手前には大きな荷車があり、土産用の酒や食べ物、細工物などがたくさん積み込まれていた。これを牽《ひ》いていくとしたら自分だろうか——と思ったのは一瞬で、荷車の傍には荒鷹の姿があった。

「もしや荒鷹も一緒ですか？」

秋実の姿を見て、荒鷹が軽い会釈をする。龍那美よりもさらに長身なので立っていると圧倒されるが、その割に意外と細身だ。だが、実際はそこから想像できないほどの剛腕の持ち主で、主に大狛宮の力仕事をしている。

彼はふいと金色の目を伏せて答える。

「ええ。荷運びで、向こうで下ろしたらすぐに戻りますが」

「そうなのですね」

これから行く先は、秋実の知らない場所だ。喩え途中までだとしても、知った顔が一人でも多いと安心する。

荷を確かめる龍那美を眺めていると、玄関から家人がぞろぞろと出てきた。

「お支度が済んでいらっしゃいますね。お二方とも、誠にご立派ですこと」

龍那美と秋実の姿を見て、楓が明るい笑顔を零す。その後ろには白露と律、錦木がいる。夜霧はあまり日中に動かないらしいので、おそらく大狛宮のどこかで寝ているのだろう。

「予定は一週間でしたか」

「付き合ってられん。適当に切り上げて帰ってくる」

「荒鷹の迎えが要るようでしたら、先にお知らせ下さいまし」

朗らかな楓の言葉にああと返し、龍那美は秋実と荒鷹を振り返った。

——何を思ったか小さく溜め息を吐いたのは、おそらくまだ行き渋る気持ちが拭い切れないせいなのだろうが。

「まあ、準備も済んだことだし、行くしかないか」

——どうしてそうも厭そうなのだろうか。

とはいえやはりここで時間を潰しても仕方ないと見

たのか、行ってくる、と後ろの家人たちに無造作に言うと、門の方へ向かって歩き出した。留守居の三人は深々と頭を下げる。

「行ってらっしゃいませ」

秋実も「行って参ります」と声を掛け、白い玉砂利を踏み締めながら龍那美の後を追った。少し後ろで荷車を軋《きし》ませ、共に荒鷹も歩き出す。

――三人が今から向かう先は、神の国の大社だ。

龍那美に聞いたところ、稲佐浜《いなさはま》大社という場所があるのだという。そこは主がおらず、人形だけがいつも管理している状態らしい。土着の神が集まる中津国の神在月とは違い、神の国の稲佐浜大社は天神だけが集まる神在月なのだと言っていた。

――秋実はその神在月の会議、神議りの場に呼ばれてこれから向かうところだった。

だが、出発して秋実があれ、と思ったのは、ここに来るまで延々山道を登ってきた記憶があるからだ。下るにしても荷車は危険だ。龍那美が言うには、山道を歩くのは新参の者だけなのだという話だったが、だとすると他に出入りの道があるのだろうか。

「あの、龍那美様――」

不思議に思い、秋実が門を潜る龍那美へと声を掛けようとした時だった。

ふと、目の前から龍那美の姿が消えた。

「えっ？　龍那美様、どちらに……」

慌てて駆け足で龍那美の向かった先を追い掛け、秋実も門を潜る。――その途端に、周囲の景色が変わった。一面の紅葉《こうよう》が、気が付けば松の緑一色だった。

驚いて思わず周囲を見回したが、そういえば前にも同様のことを一度経験していたと思い出す。

周囲を窺うと、潜ったはずの門がない代わりに、頭上に古い杉材の鳥居があった。先ほどと同じく前を龍那美が歩いており、足元には真っ直《す》ぐ立派な白い石畳の参道が続いている。両側は見事な松の林だ。

ぱっと見た限り、どこかの社の正門という印象はあったが。

自然と逸《はや》る動悸を抑えながら、後ろ姿に声を掛ける。

「龍那美様、まさかこちらは」

「稲佐浜大社。……の、正門。ここから少し歩くが、大した距離じゃない」

「神様というのは誠に型破りですね……」

しばらく歩くのを覚悟の上ではあったが、まさかここまでの肩透かしを食らうとは思っていなかった。歩くと言っても遠くに屋根の見える社が目的地ならば、四半刻もかからないだろう。

遠く前を歩く人影が幾つか見える。それ以外に荷車を牽いているのは付き人だろうか。神様なのか人形なのか人間なのか、秋実の目にはまったく区別がつかない。皆が真っ直ぐに石畳の上を進んでいるところを見ると、やはり自分たち同様に神在月の会議へ行くところなのだろう。

「よもや、心の準備をする間もないとは思いませんでした」

半ば嘆くように溜め息を吐くと、一瞥《いちべつ》を寄越した龍那美が、いつもと変わらぬ態度で投げやりに言う。

「山道を歩くか？　俺は御免だぞ」

この状態が龍那美にとっては当たり前であって、秋実の動揺などはまったく理解ができないことなのだろう。

秋実は苦く笑って短く「いいえ」とだけ返した。


神在月の会議に秋実が呼ばれたのは、まだ月の変わらない先月のことだった。

呼び出しが来た、と不機嫌そうに言う龍那美は、すでにその手の中で手紙を握り潰した後だった。

その手紙の中には、神在月の神議りの場に、伴侶の人間を連れてくるようにと書かれていたらしい。余程龍那美の癇に障ったのだろう。秋実もさすがに驚きを隠せず、何の冗談かと思ったのだが、龍那美は憤った様子で首を横に振った。

「暇人どもが、人の神域の出来事を逐一監視して、出歯亀根性丸出しときた。実に厭《いや》らしい連中だ。……頭が痛い」

自分が龍那美の神域である大狛宮に来て、まだ一晩しか経《た》っていない時だった。確かになぜ知っているのか不思議ではあるが、果たしてそれが監視されていることになるのかは疑問だ。

「そういうことなのでしょうか……」

「そうでなくとも昨日今日のことだろう。一寸やそっとじゃ動かないくせに耳ばかり早い。くそ……ふざけやがって、雷が落ちろ」

実際に落ちかねないので、神様が軽々しくそんな悪態を吐くものではないのでは。

そう思ったが、口には出さなかった。しばらく思案げに龍那美の言葉を咀嚼《そしゃく》した後、秋実は恐る恐る尋ねる。

「……欠席を申し上げるわけにはいかないのでしょうか」

「申し上げようものなら難癖が付けられる。人間が十二神の呼び出しに応じないとは何ぞ姿を晒せないような邪心でもあるのかと」

「まさか」

「そういう性根のねじ曲がりくさった嫌味な連中だ」

あんまりな貶《けな》しようだ。秋実自身に縁ある神々ではないとはいえ、数多《あまた》の民草の拠《よ》り所に何ということを。

だが、ふと疑問が湧いて秋実は首を傾げる。龍那美がそうも憤るということはもしや、《そうすべき当然の礼儀ではない》ということなのではないだろうか。

「龍那美様、前例もなしに呼び付けられたということでしょうか。以前にどなたかが縁組をした際に、神議りの場で挨拶をしたとか、そういった倣いはございますか？」

「どうだったか。十二神の殆どが独り身だし、妻帯と言っても、大暁《おおあけ》の場合は……あれは伴侶というのか」

――大暁。

すぐに思い付いたのは睦月《むつき》の神、大暁神だ。夜明けの神、あるいは日輪の化身と言われ、その証に右の瞳は日輪の色をしているのだと伝えられる。龍那美が言うのはおそらく彼のことで間違いないだろう。

秋実の知る限りでは、伴侶を持つ神とは聞いていないが。

「妻帯なさっておいでなのですか？」

「前に言っただろう。律儀に差し出される贄を貰ってくる神がいると。あれが大暁だ」

「――では、人の伴侶が？」

驚いて秋実は思わず上擦った声で尋ねた。

神婚祭の贄は人が作った仕来りで、中津国で語られるように神々が干渉することはない。結果として命を失うだけのいたましい風習であったはずだが――。

そういえば龍那美は、中には本当に贄を迎えるか、贄を逃がして救う神もいるのだと言っていた。

だが、彼は呆れきった顔で溜め息を吐く。

「差し出される贄すべて貰い受けて気紛れの慰みにして、飽きたら見向きもしなくなる。結局側女《そばめ》として働いているようだが、そういう娘が大暁の神域には幾らでもいる」

「……妹が睦月の生まれでなかったことが、誠に喜ばしく存じます」

「当然だがあれらの娘が神議りの場に出たことは一度としてない。櫛炉《くしろ》が人間に惚《ほ》れ込んで妻にした時は……だいぶ昔の話だしな。目通りがあったかどうか」

「霜月《しもつき》の玉櫛炉神《たまくしろのかみ》様ですね。中津国でも有名なご夫婦です」

遠い昔、玉櫛炉神が中津国に下りた際に出会った娘に一目惚れし、その後何度も中津国に通って求婚し続け、やっとのこと妻にした――という、一途《いちず》さを表す逸話があるほどだ。玉櫛炉神を祀る種子江大社《たねがえたいしゃ》は、夫婦仲の円満を願って訪れる参拝客も多いと聞いている。

これまで霜月に差し出されてきた贄も娘ではなく、弟子にするための男児だ。

「では、やはり不思議ですね。通例のことでなければ、私が出席するのはやはり場違いなのでは。――手紙の主はどなたですか？」

「誰ということもない。大社の地から毎年送られてくる招集状だ。あそこは固有の神がいるわけでもない。逆を言えば、十二神の誰かが指示すれば基本的に逆らわない」

「ということは、十二神の内のどなたかが私を呼ぶよう仰せに？」

そういうことだろうなと、厭そうに龍那美は頷いた。

誰かは分からないが、とりあえず自分を棚に上げて呼ぶとは思えないので、大暁以外の誰かということになるか。

——人の伴侶の顔がそんなに気になるのだろうか。

「龍那美様、十二神のどなたかに人間の伴侶が来たら、顔の一つもご覧になりたいとお考えになります？」

ふと思い付いて尋ねると、龍那美は眉をひそめて愚問と言いたげに答える。

「むしろなぜ見せないのかと思う。面の一つも見せようとしないなら、よもや思うところでもあるのかと疑う」

「……」

自分を棚上げしてよくぞ貶したものだ。どうして迷わずその回答をするのに、自分のこととなるとあれだけ悪《あ》し様に言えるのだろうか。

神様の多くがこうなら、大暁でも遠慮なく秋実を呼び付けてくるだろう。誰が自分を呼んだのか分からない状況なのは、特に変わらないようだ。

「……承知いたしました。参りましょう」

諦めと共に受け入れると、龍那美は奇妙な生き物でも眺めるような眼差しを向けてくる。そんな目で見られるのも一度だけのことではないが、やはり微妙に納得がいかない。

「だからどうしてお前はそう珍奇な肝の据わり方をしているのか……」

「珍奇……いえ、私などのために龍那美様のお立場を悪くするわけには参りませんし」

「逆だ。お前一人如《ごと》きが何かしたところで悪くなるものか」

「そうでしょうけれど。あ、ですが私はこの宮から出られないのでは？」

今までと変わらず自由に動ける頭で考えてしまっていたが、そういえばと思い出す。そんな仕組みなのだと聞いていながら、すでに縛りを甘んじて受けたのだ。

ふと尋ねると、龍那美は「違う」と首を横に振る。

「神の国……人の言い方はどうも慣れないな。高天原《たかまがはら》の内ならある程度行き来できる。特にあそこは誰の神域でもないしな。住まうとなると話は別だが」

「そうでしたか。なんだか意外と窮屈な話でなくて安堵いたしました」

「そ……いや、もう何も言わない」

言っているも同然だ。

そういうのを確認してからにしろという話だろう。どのみち同じことなのだから前もって聞くも聞かないも変わらないと思うのだが、こんなに尾を引くとは思わなかった。

「大丈夫でございますよ、そうご心配なさらなくっても」

心外そうに「していない」と龍那美は言うが、面倒見のいい彼のことだからきっと間違いではないだろう。

「伴侶は誤解で、拾って頂いた人間の捧げ物だと言えばいいのですから。そう分かれば関心も薄れますでしょう」

「それが通用する連中でないから欠席もできないのだろうが」

「やはり直接口を利くなんてお許し頂けないような御方々でしょうか……？」

「話が通じない御方々だ。諦めろ」

想像はつかないが、確実に悪口だ。

とはいえ、彦神が男を娶ったとなっては何の冗談かと言われて終《しま》いだろう。一度顔さえ見せてしまえば、どのみちさほどの関心もなくなるはずだ。二度目の招きはないだろう。

「まあ……神様でございますからね。私なんぞの想像もつかないようなご気性なのやも知れませんが」

どちらにしても行かねばならないのだ。

何を準備すればいいのかと腹を据えて秋実が尋ねると、龍那美は諦めのように大きく一つ溜め息を吐いた。


建物中が朱塗りの柱と梁《はり》で、塗り壁は白く、擬宝珠《ぎぼし》は金色に輝いている。遠目にも鮮やかで、一体どれほどの労力が注ぎ込まれているのだろうと想像してしまうほどだ。

ひと際立派な大鳥居を抜けると、社の入り口と思しき場所に、出迎えのためか女性が数人並んで立っていた。

　龍那美の姿を見て深々と頭を下げる。

「ようこそお出《い》で下さいました。長月の龍那美神様」

「土産を下ろすのに手を借りる」

「仰せの通りに」

　抑揚のない声色だ。表情も乏しく、龍那美を見ているようで見ていない。女性たちの顔も、半分を面布《かおぎぬ》で覆い隠してはいるが、写したように同じ造形をしている——人間ではないのかも知れない、と秋実は何となく思った。秋実の知る人形とも違っており、むしろ焼き物の人形のような印象を受けた。

「今年は誰が来ている？」

「火座之幻比売《かざのまどひめ》様、須豆嵐神《すずあらのかみ》様、手兼戦比売《たがねいくさひめ》様がすでにお見えでございます。ご欠席の報を賜っておりますのは筒紀霜比売《つつぎしもひめ》様、阿須理憂神《あすりうのかみ》様、禍日蝕比売《まがひくいひめ》様、玉櫛炉神様、闇宵比売《くらよいひめ》様でございます」

「他はこれからか」

「ご出席とのご返答を賜っております」

「分かった。行くぞ」

　龍那美はそう秋実に声を掛け、社の階段を上っていく。慌ててその背を追い掛けて、秋実は尋ねる。

「荒鷹は」

「社殿に上がらない。あいつは適当に帰る」

　階段を上った先には広い拝殿の間がある。龍那美は迷わず右手側に続く廊下へと向かっていくが、それとは反対側の廊下からぞろぞろと男性——これも顔を半分隠しており、同じ顔かたちをしている——が現れる様子が見えた。龍那美と擦れ違うのを待って、彼らは外に続く階段を下りていく。

「あの方々は」

「大社の人形だ。荒鷹の牽いてきた車から荷を下ろすのは、あれの仕事になる」

「ああいった人形もいるのですか。何と申しますか……面妖、でございます、ね」

「毎年のことだが不気味だ」

　荒鷹が社殿に上がらない代わりに、彼らが荷を中に運んでくれるようだ。その一糸乱れず手足の揃った歩き姿を見ると、何とも不思議な、というより落ち着かない心地がするが。

早々に荒鷹とは別れ、奥へ進んでいく龍那美と離れないよう回廊を進む。どこまでも続く朱塗りの社殿。木材本来の色合いで建てられた大狛宮とはまるで異なり、一面の見慣れない彩色が、美しくはあるがひどく落ち着かない。

龍那美は進む足を止めずに尋ねてくる。

「火座《かざ》、須豆嵐《すずあら》、手兼《たがね》……は、知っているか」

「中津国の言い伝えでなら。水無月《みなづき》の、顔なき幻の姫神様。文月《ふみづき》の、嵐の神様。葉月《はづき》の、二つの姿を持つ姫神様ですね。……手兼戦比売様がなぜ二つの姿を持っているのかは、理由を存じ上げないのですが」

葉月の姫神は、彦神と姫神、二つの名と姿を持っている。戦を司る神であり、彦神の姿は古代の古強者《ふるつわもの》の姿をしていると言われているが――。

龍那美は頷く。

「あいつは陰陽《いんよう》でいう陰の月の神だからな。となると必然的に女の神になるんだが、争い事を司る性質上、どうしても女の神と相性が悪い。結果的に男にも女にもなった」

「争い事と姫神様の相性がお悪い？」

「女が戦をするわけではないからな」

「ああ」

「そのせいだか嗜好《しこう》が広すぎて節操がない」

「何の話なのでしょうか……」

廻廊《かいろう》から続く大広間に出ると、すでに到着していた者たちが、龍那美の姿を見てざわめいた。

「龍那美神」

「龍那美神様だ」

さざ波のようにざわめく声が広がり、それぞれ慌てた様子で深く頭《こうべ》を垂れた。

顔を伏せてしまうので、その顔立ちは分からない。ただ、すでにかなり多くの人数がおり、服装も容姿も本当に様々だ。襤褸《ぼろ》のような衣の者も中にはいる。顔は見えないが、明らかに獣の毛が生えたような姿の者も。――人間の集まりとは確かに違う。姿形がてんでばらばらだ。

彼らすべてが龍那美に頭を垂れて道を開けるので、後ろを歩く秋実は圧倒された。だが、龍那美は迷いのない足取りでどんどん奥に進んでいき、中央あたりにある部屋の敷居を迷わず越えて、続きの間に入る。

上座に近い座敷の端に腰を下ろす龍那美に倣い、秋実も斜め後ろに小さくなって座った。

ようやく会場に辿り着いてほっとするのが半分と、まだ会議の始まらない待ち時間が落ち着かないのが半分だ。きょろきょろと視線を巡らせ、その中の一人を見て秋実は堪えきれなかった呟きをひっそりと漏らす。

「本当に大きくてあらせられるのですね」

黒い袍を着た大男——座っていても、秋実の身の丈より大きいのではと思うような、頭に角を持つ神様の姿がある。

「須豆嵐神様でございますね」

「よく社の欄間を壊している。大狛宮にはとても呼べん」

「確かに。となると、須豆嵐神様のお屋敷はとても大きそうですね」

「だだっ広くて風情がない」

身の丈が大きいのだから、細々と荷物も置けないのかも知れない。

須豆嵐の隣におり、彼と会話している黒い袍の女性——茶褐色の髪の女性だ——もまた十二神なのだろう。

「あちらが手兼戦比売様？」

「そうだな。今年は女のガワらしい」

戦を司るという勇ましい性質からは意外に感じるような美女だった。男女なので一概に比較できるものではないが、龍那美に決して劣らない輝かしい美貌に、やはり人とは違うのだなとしみじみ思い知る。

黒い袍を身に着けているのはどうやら十二神だけらしい。座敷にいる他の神々は袷だったり狩衣《かりぎぬ》だったり法衣《ほうえ》だったりと様々だ。

よほど畏《かしこ》まった場なのかと構えていただけに、少し拍子抜けしている。龍那美がいいというので自分も袷の着物で袴ではないのだが、出立までこれでいいのかずいぶんと迷っていた。ひとまず服装で失礼はなかったらしい。

秋実は安堵しながら座敷に視線を巡らせ——ある一人を視界に映した途端に、表情を凍り付かせた。

「……どうした？」

息を呑んだ秋実の異変に気付いたのか。あるいは、立ち上がろうとする気配を気取《けど》ったか。

しかし、秋実はそれに答えず立ち上がる。他の神々には目もくれず一心に、その内の一人の方へと引き寄せられるように近付いた。

相手も秋実に気付いたらしく、怪訝そうに見上げてくる。秋実は彼女の前に呆然と立ち尽くし、まるでこの世のものではないかのような眼差しで相手を見据えた。

「紅……母様？　どう、して」

秋実の前には、黒い袍を身に着けた女性が座っている。

長い黒髪に、切れ長の黒い瞳。ほっそりとした白い面差し。神々のような輝かしい美貌とは異なるが、人の中に紛れてもぱっと目に付くような器量好しは、つい最近までずっと秋実の傍にあった人物の姿だ。

——妹の紅。あるいは、秋実の母親、蓉《よう》。

どちらの面影もあり、どちらのものともつかない。

しかし、秋実の胸の内を掻きたてるのに十分なその姿は、二度と会えないと分かっている今、秋実を大きく動揺させた。

魂が抜かれたように呆然と女性を見据えていると、女性がにこりと微笑んだ。

「どうしたの？　そんなに驚いた顔をして」

微笑む時の目の細め方。鈴を転がすような響きの声音。立ち上がる時の所作まで何一つ違うところがない。

「そんなに離れたところにいないで、こっちに来て、よく顔を見せて頂戴。悪い夢でも見たような顔ではないの。——さ、いらっしゃい」

白い指が伸ばされて、秋実は自然と一歩前に出た。

声、姿、表情。どれを取っても秋実のよく知る彼女たちのものだった。その声を退ける理由がない。動揺は、秋実の胸に深く根付いた安堵にすり替わる。幼い頃からの深い安らぎが人の姿をしているようで、正気で考えればおかしなはずの状況が、そうと認識できずにいる。

また一歩前に出た。細い指が秋実の頬に触れる。両手が秋実に触れ、彼女が秋実の目を覗き込もうとする。

「私の目を見て」

袍の袖が揺れた拍子に、淡く匂いが立ち上った。白檀《びゃくだん》を焚き染めた甘い匂い。それがふと鼻孔を優しく撫で、秋実ははっと我に返る。

——知らない匂いだ。

目の前の人物が何なのか分からなくなり、ぞっとした。

その瞬間、後ろに強く引っ張られて視界を黒く覆われる。

一瞬恐怖が過ったが、見えなくなる直前に赤い髪がひと房鮮やかに映り込んで、それが誰の腕なのかすぐに気が付いた。

「これは大狛宮の人間だぞ。主に無断で覗き見しようとはずいぶん礼を欠く行為だが、その認識があった上でのことか、火座」

秋実に向けての言葉ではないのに、思わず気圧《けお》されてしまうような重々しい声が、すぐ近くで強く響く。

視界を遮る黒い影は、龍那美の袍の袖だ。襟首を摑まれて、もう一方の腕を目の前に翳されて、女性の姿がまったく見えない。

驚いて硬直したまま声も出せずにいると、先ほどの女性のいた場所から「龍那美か」という呟きが聞こえた。

——その声が、これまでのものとまったく違っていた。

龍那美が視界を覆う腕を下ろした。目の前の女性はやはり紅や蓉を思わせる顔立ちと表情のままだが、声だけは誰か別の知らない声色だった。

「何じゃ、その方から儂《わし》の元へと参ったのじゃぞ。覚えのない者であったゆえ、覗いて見るかと思うたまでのこと」

「端《はな》から問う素振りもなく、声色を変える必要がどこにあった」

「さがじゃの。期待には応えねば。……おお怖い、知らなんだことにそう目くじらを立て睨《にら》みけつかりよってからに。左様に憤るぐらいなら、鎖ででも繋いでおくがよかろう」

――火座、と龍那美が呼んだことで、秋実はようやく平素の冷静さを取り戻した。

十二神の一柱、水無月の神、火座之幻比売。見る者によってその姿が異なり、本来どのような姿を持つのかは一切知られていないという。秋実の目に見えているその姿は、秋実の心を写し取った姿――幻でしかない。

秋実は先ほどまでの動揺を恥じながら龍那美に小さく詫《わ》びる。

「龍那美様、申し訳ございません。承知していたはずですのに、すっかり失念して、御手を煩わせてしまいました」

「まったくだ。とって食われかねない呆《ほう》け顔を晒していたぞ」

「返す言葉もございません……」

「火座に弄《もてあそ》ばれたいのでなければ直視するな」

さすがにもう間違いはしないだろうが、気を抜いた拍子にどうしても家族を思い出す。生まれてからずっと続いてきた愛着は、秋実の中に深く根を張り、たったひと月で消え失せるようなものではない。

できるだけ顔を見ないように視線を下げていると、火座が嘆きながら扇を広げる。

「惨《むご》い男じゃな。恋しき相手の幻を破るなぞ、無粋も極まれると汝《おぬし》自身で思わぬか」

「出来の悪い紛い物で満足する愚か者の姿は見るに堪えん。存在が無粋の塊が口を挟むな」

「相変わらず美神の名に大いに恥じる口穢《ぎたな》さ。聞いたか汝、十二神を相手に存在が無粋じゃて。信徒が泣くわい。そう思わんか」

扇で口元を隠す火座に気付き、視線を上げて秋実は答える。

「……お気遣い痛み入ります、火座之幻比売様」

「噂の贄じゃな。善《よ》いお子ではないか」

どうやら噂になっているらしい。

「知らぬこととはいえ、非礼を詫びよう。儂も相手にどのような姿に映っておるか、よう分からぬのじゃ。

声もな。時に死者を愚弄するとの誤解を招くこともある。気を悪くしたならばすまなかった」

——幻は生者に限らない。見る者によっては死者すらも幻として映し出す。死者を騙れば相手の怒りを買うこともあるだろう。当人の意図にかかわらず。

火座に決して秋実へ危害を加えようというつもりがないことは、よく分かった。

「滅相もないことでございます。こちらこそ、お許しもなく御前に参りましたご無礼をお許し下さい」

「よいよい。……龍那美、もうこれで手打ちにせんか。害意なきことは了解したはず」

「鎖に繋げという物言いが気に入らん。俺に指図するつもりか」

「ええい、己の監督不足を棚に上げて、器の小さき男じゃな。分かった分かった」

龍那美はふんと鼻を鳴らし、秋実の襟首を摑んだまま元々座っていた場所へと戻っていく。慌てて軽く火座に会釈をし、引っ張られるまま秋実もその場を立ち去った。


広間の端に座り込むと、秋実は龍那美の横顔を窺う。

「早々にご迷惑をお掛けしてしまいました……」

だが、龍那美は顔色を変えず軽い口調で言う。

「火座はそういう性分の神だ。端から分かっていたことぐらい、迷惑の内に入らない」

何でもないことのように答えられ、秋実は安堵しながら「ありがとうございます」と礼を告げた。

「……それであの、お伺いしてもよろしゅうございますか。覗き見、と言うのは……？」

目を覗き込もうとしていたのは分かる。声色を変えて相手を傍に引き寄せようとしていたことも。ただ、危害を加えるつもりではなかったかも知れないが、そうでなければ龍那美がわざわざ間に入ってくれた理由が分からない。

尋ねると、龍那美は流し目で秋実を振り返る。

「近くで目を見て、その人間の思念を読む……と言えばいいのか。名前や素性が大体分かる」

秋実は思わず感嘆の声を漏らした。

「千里眼のようでございますね」

「読める範囲はまちまちだ。相手の警戒度合が高ければ名前すら分からないこともある。それと、場所なんかも少し影響があるか。逆に言うと、気が緩んでいれば何から何までお見通しだな。生まれてからどこでどんな風に過ごしていてどんな環境にあるのか、誰が周りにいて何を考えているのか、本人の頭の中にあることが頭から尻まで全部だ」

　秋実は警戒度合、と龍那美の言葉を繰り返す。

「では、今のは……」

「身内や懇意にしている相手の姿をしていれば警戒などまるっきりないに等しい。止めなければ今頃、人に言えない殊勝な嗜癖から筆下ろしした日の記憶までありとあらゆる恥部を読み取られていたぞ」

「いえあの、そ……う、何でもございません……」

　どうやら火座は秋実が何者で、なぜここにいるのかというのを言葉より明白に確認するために、秋実の思念を読もうとしたようだ。ただ、それに付随して読まれる情報量があまりにも多すぎて、結果的に恥部までも晒される――のであろうと思うが。決して進んで恥部を暴こう云々ではないと思う、思いたいが。

　その言い分だと龍那美も読んだことはあるのだろう。人間が口外できない恥部の十や二十、神様なら知っていて不思議はないかも知れない。

　だが、頬を押さえて赤面していた秋実は、急に龍那美の横顔を覗き込んだ。

「……初めてお会いした日に、私を『覗き見』なさいましたね？」

　努めて感情を抑えた声でぽつりと言うと、龍那美はばつが悪そうな顔をふいと背けた。

「警戒していただろう。左程見ていない」

「何をご覧になりました」

「大したものは……名前と家と郷のこと、あとは殆ど仕事のことか。一等割合がでかいのが妹のことだから、要らぬ心配はしたが」

　余計なお世話が過ぎる。

　本当にそれだけかと疑わしい気持ちと、それだけでも十分に恥ずかしい気持ちで、秋実はとうとう両手で顔を覆い隠す。

初めて龍那美と会った日、彼は白衣と浅黄の袴で、神主の姿をしていた。一言二言会話をした後、何が気になったのか秋実の顔を摑んで目を覗き込んできた。

――そういえばあまりにも秋実のことを知りすぎていると思ったが、あれで読まれたようだ。

「神主様相手でございますから、そう強い警戒などはしていないかったかと……っ」

「それは、そう思ってあのなりをしているからな。社の神主から声を掛けられたら、他の社から来たと言えばいいし、民草から見れば警戒するに値しない相手だ。あれは勝手がいい」

小ずるい真似をする。

間違いなくこれは何か秋実にとっての恥の一つや二つを見ている。そう思って恨みがましい視線で龍那美を見る。

「少しでも私に対して後ろめたい気持ちがおありでしたら、お願いがあるのですが」

「結果的にはああした方がよかっただろうに。それに本当に大したものは見てな……あっ」

「『あっ』!?」

「……ああいや、分かった、帰ったら聞いてやる。よほどの無茶でなければ。一つでも二つでも」

「な、何を……何をご覧になられました」

龍那美はまた大したものじゃないと言うが、秋実は思わず龍那美の袍を摑んで詰め寄る。目を見ようとしないところがどうにも怪しい。ここで聞くような話ではないだろうが、気になって仕方がないのも事実で、顔を背ける龍那美にひどくもどかしい気持ちだった。

人に言えない恥部――思い当たることなら幾つもあるに決まっている。

ゆさゆさと摑んだ袖を揺さぶっていると、急に龍那美がこちらを見た――と思ったが、視線は別のところに向いている。

「……龍那美様？」

その神妙な顔色を見て、どうしたのかとその視線を追おうとした秋実の後頭部を、龍那美の手が摑んだ。

そのまま頭を下げさせられ、すんでのところで床に打ち付けるところだった。

「たっ……？」

「誰か来た。頭を下げていろ」

　秋実は慌てて手を重ねて顔の前に置いた。頭を押さえていた龍那美の手はすぐに離れる。

　こっそりと横目で広間を窺うと、十二神を除いては皆頭を下げて通り過ぎるのを待っている。先ほど龍那美と入ってきた時と同じだ。

　誰が来たのだろうか。

　近付いてくる衣擦《きぬず》れの音を聞きながら、じっと顔を伏せて待っていると、その音は目の前で止まった。

　影だけが僅かに視界の端に落ちる。

「それが人間の伴侶か」

　頭の芯に響くような声。理由もないのにぞわりと背筋が粟立《あわだ》つ感覚がある。龍那美にしろ火座にしろ、時折秋実が思わず委縮するような響きの声色を持っている。それと同質のものだ。

　十二神の誰か、声が低いので彦神なのだろう。おそらく、先ほどまでこの場におらず、出席の予定をしていた彦神――大暁、佐嘉狩のどちらかだ。

　龍那美が動じることなく答える。

「斬新な挨拶だな。残念ながら俺はその作法を知らないし応えようもない」

「男の贄を貰うとは、いつの間にそういう薄気味悪い趣向に走ったのだか。それともそんなに勝手が良かったのか、それは」

「それ？　何を指しているのか理解に苦しむ」

「……は」

　相手は鼻で嗤《わら》った。明らかな嘲りが込められた声だ。龍那美もどうしたことか端から喧嘩《けんか》腰で、声に微かな嫌悪が混じっていた。

「相変わらずやたらと人間を慮る。神のくせに人と同列のつもりででもいるのか？　虫唾《むしず》が走る綺麗事だな！」

「人だか獣だか分からんようななりをしておいて、お前はそんなに人より偉いつもりか？　綺麗事よりよほど滑稽でないか？」

「他ならぬなりばかりのお前が、俺のことをどうこう言えた立場か、ふざけるな！　人間などに神域を侵させて、どこまで神の品位を貶めれば気が済むんだ、十

二神の面汚しが！」

「品位だと？　人の神域で獣狩なんぞしくさったお前が神の品位を俺に説いたか⁉　鏡を見てこい……！」

——仲が悪い。

口論の間も只管床に額を擦《こす》り付けながら、秋実は声の主が誰なのかようやく見当がつけられた。

龍那美と相性の悪い対極の月の神。——弥生月の佐嘉狩神だ。

目の前に留まったまま通り過ぎもせず、許しもないので顔も上げられない。珍しく声を荒らげる龍那美と、佐嘉狩と思われる声の主が言い争いを続けるのを、只々頭を垂れて聞いているしかなかった。

龍那美の憤りはこうなった発端にまで向いたようだ。

「さてはここに呼び付けたのはお前だろう！　どうあっても面と向かって何かしら扱《こ》き下ろしたくて仕方がなかったと見える。人の神域の中がそんなに気になるのか、出歯亀粘着質‼」

「はあ⁉　何の話だ！　俺はわざわざこんな場所に連れてきて一体どういうつもりなのかと言わせてもらっているだけだろう……人間、それも長稚児《おせちご》なんぞに入れ込んで一時も離れられないとは、何たる醜悪な有様だと‼」

「い……ッ」

急に襟を摑まれて、顔を上げさせられた。

着物の合わせが喉元に食い込む。秋実は思わず顔を顰《しか》めながら、引っ張られるまま顔を上げる。

床に膝を突いて秋実を引き摺《ず》り起こした男と目が合った。そのある種異様な姿に、秋実は目を丸くして正面から食い入るように彼を見る。

一つに結った長い髪、猫のように瞳孔の細い白藍《しらあい》の瞳。——頭にぴんと尖《とが》ったふわふわの獣の耳と、袍の裾から伸びた大きく毛の長い尻尾。人の姿に獣の一部が引っ付いて、その面妖な姿が何とも秋実の目を引きつけた。

淡い色合いのそれが、何とも柔らかそうだ。

「……可愛い」

面食らい、思ったままを呟いた。

佐嘉狩の裏声った「は？」という声と、龍那美の

「正気か？」という冷ややかな声が同時に聞こえた。

うっかり口を滑らせてしまった秋実ははっと口を噤《つぐ》むが、もう遅かった。虚仮《こけ》にされたとでも思ったのか、みるみる眦《まなじり》を吊り上げていく佐嘉狩の、激しい怒りを肌で感じる。頭から血の気が引いた。

相手が刃物を抜いているわけでもないのに、身体が強張って動けない。尻もちをついて僅かに距離を取るが、その分すぐに激昂《げっこう》を露《あら》わにした佐嘉狩に詰め寄られた。

「何と言った、お前……今!!」

「申し訳ございません佐嘉狩神様、決して軽んじるつもりは……！」

「男と見れば色目を使って媚《こ》びるのが生来のさが、か、おぞましい!!　その手管で龍那美を誑《たぶら》かしたのかも知らんが、俺はそんな下劣な趣味は持ち合わせていない！　こうも汚らわしい輩が神聖な場に紛れ込むとは、恥を知れ……!!」

叫ぶ口元に鋭い牙が覗く。噛《か》み付かれやしないかという恐怖と、その痛みを何となく想像してしまい、ますます身体が竦んだ。

身動きが取れず、勢いよく伸びてきた手に摑まれそうになる。秋実が身を硬くして咄嗟《とっさ》に目を瞑った時だった。

「そこまで」

別な声が割って入り、佐嘉狩の手が止まった。

龍那美のものではない。恐る恐る目を開いて顔を上げると、見たことのない人の姿が二つ、そこに立っていた。どちらも黒い袍を着た十二神だ。

彦神は長い金の髪と、燃えるような赤い右目だ。左目は別な色をしているが、遠目でよく見えない。灰色だろうか。

姫神は緩く波打つ緑の髪に、幾重にも蔦《つた》が絡み付いている。柔らかに漂う甘い匂いの根源は、彼女の髪に飾られた金木犀《きんもくせい》だろう。小さな花弁が点々と鮮やかに髪を彩っていた。

――まだ現れていなかった十二神の二柱で間違いなさそうだ。

睦月の大暁神。

卯月《うづき》の豊季比売《とよすえひめ》。

佐嘉狩は大暁を振り返り睨み付ける。

「何様のつもりで俺に上から物を言う」

「いやいや、上から言ったわけではないが。若人は血気盛んだな」

扇を開いて微笑む大暁に、龍那美も頬杖《ほおづえ》を突きながら冷ややかに言った。

「助平爺《すけべじじい》はもう少し年相応に落ち着いたらどうだ」

大暁はとぼけた表情で「それは誰のことかな。私？」と首を傾げていた。本気で言っているのか、しらを切ろうとしているのか、どちらかはよく分からない。

だが、後ろで険しい表情をしていた豊季《とよすえ》が、龍那美の言葉にぎょっとした表情で口を挟む。

「一寸やだ、変な誤解しないでよ！　偶々《たまたま》入り口で一緒になっちゃっただけで、妾《わたし》が好き好んでこんなのと一緒にいるわけないでしょ、馬ッ鹿じゃないの!?」

「相変わらずぎゃんぎゃんと喧しいな。こっちは一匹ですでに十分うんざりしているんだが」

「一匹!?　それがもしや俺のことなら侮辱と取るぞ……！」

龍那美の当てこすりに、佐嘉狩がまた憤りを露わに掴み掛かろうとする。双方の間に扇を持つ腕を挟み、大暁はゆるりと苦笑した。

「まあまあ。会議を始めるから二人とも頭を冷やして貰いたいのだが」

「こいつが誰ぞ呼び付けたなどとわけの分からない言いがかりをつけるから!!」

「わけが分からないもクソもあるか！　お前が一等やりかねないと思って言っているんだ!!」

秋実は頭を下げる機会を見つけられないまま、集まった神々の姿を呆然と眺める。先ほどの失言の手前、依然激しいままの口論に口を挟むこともできなかった。

だが、大暁は何を思ったか少し驚いたように表情を変える。

「ん？　それが伴侶を呼ぶよう言われたことなら、呼ばせたのは私だけど。もしやそれで揉《も》めていたのか？」

――その瞬間、その場の三人が揃って大暁を見て愕《がく》然《ぜん》としていた。のみならず龍那美は堪えきれなかったように「他の誰でもなくお前だけは言うな」と低く怒りを湛えた声色で呟いた。

秋実は内心で『神様とは自分を客観視しないものなのかも知れない』と思いながらひっそりと肩を落とす。ここに来るまでまさかと思って可能性から外さずにはいたが、本当に他でもない大暁が神議りの場に呼び付けるとは。

大暁はまるっきり悪びれる様子もなく続けた。

「龍那美が贄を貰い受けるなど初めてのことだろう。驚天動地の大事件じゃあないか。美神が見初めた伴侶とは一体どんな絶世の美女かと、顔が見たくて早々に文を送らせたわけだ」

「は。人様の伴侶に助平心を出したわけか」

「いやいやそれは大変な誤解だ、純粋な好奇心だよ。まあ後から、女でなくて男だったとか、腕のいい職人だとか、いや男にしては見目の美しい若衆だとか、何だか巷間《こうかん》に色んな噂が立って何が本当かよく分からなかったから、実際にこの目で確かめようと思ったまで。どうせ皆も気になっていたのだろう？」

なあ、と誰にともなく呼び掛ける声に、残る二人は何も言わないが、同時に否定する言葉もないということだろう。一体どこまで噂が広がっているのか、家族が集落で心無い噂を立てられていまいかと暗澹《あんたん》たる気持ちになる。

――それにしてもなぜ龍那美は、伴侶について否定の言葉を口にしないのだろう。

襟を摑まれて乱れた着物の合わせを直しながら、秋実はそそくさと居住まいを正した。佐嘉狩に詰め寄られ、尻もちをついたままの姿勢で一連のやり取りを聞いていたのが恥ずかしい。

大暁はちらと秋実を一瞥した。

「名前ぐらいは聞いておこうか」

「……松田秋実と申します、大暁神様。畏れながら、私は伴侶ではなくて……」

「いいや、伴侶だ。そうでなければ帳尻が合わなくなる。……せっかく神議りに来たのだから、ゆっくりしてお行きなさい」

――帳尻とは、何のことだろう。

否定しようとした言葉が何か、大暁は理解していたことだろう。その上で完全に遮られて、まるで聞く気がないと言うかのように話は打ち切られた。

大暁はひらひらと扇を揺すりながら、秋実の前を通り過ぎて上座の方へ向かう。佐嘉狩と豊季もそれぞれこの場を離れ、広間の中にばらばらに腰を下ろした。

残された秋実が呆然としていると、隣の龍那美が言う。

「あいつは何も覗いていないぞ」

大暁のことだろう。

秋実は動揺を押さえ込むように深く息を吐いて答える。

「ええ。……ご興味がおありでないご様子でした」

「恐ろしかったか」

見透かしたような問い掛けに一瞬返事に詰まり、秋実は間を置いて「そうですね」と頷いた。

「囲まれてしまっては、少し……」

外見が並はずれて異様だとか、明白《あからさま》に剣呑《けんのん》な姿をしているとか、そういうことはない。ただ、そこにいるだけでずしりと肩が重くなるような存在感がある。あれだけの人数に目の前に立たれるとすっかり気圧されて、言葉を発するのにも難儀した。それを恐ろしいというなら間違いないだろう。

龍那美は立てた膝に頬杖を突いたまま秋実を見る。

「性質《たち》が悪いだけで、悪意があるのとは違うんだが」

「……いいのだか悪いのだか分かりかねますが」

「そうだろうな」

何の慰めにもならない言葉に、秋実は肩を落とすしかなかった。

最奥の屛風《びょうぶ》に背を向けて座った大暁は、閉じた扇をぽんと手のひらに打ち付けて、広間の隅まで聞こえるよう朗々たる声を上げる。

「さて、出席の十二神は揃った。毎年のことながら欠席も多いが、性質上仕方がない者もいよう。責めたとて詮無きこと」

十二神全員が揃わないものなのかとは思っていたのだが、どうやら性質が関わっているらしい。確かに、十二神の中には黄泉の国を預かる神や、醜い姿をしていると言われる神もいるという。そういう神々はこういった場には出てきにくいのかも知れない。

「――それでは皆の衆、神在月定例の神議りを始めようか」

果たしてそれがどんなものなのか、秋実は固唾を飲んでその様子を見守った。


日が傾いてくると、顔半分を布で覆った人形がどこからともなく現れて、行灯に火を灯《とも》していく。夕刻が迫る頃だというのに社殿の中は真昼と遜色《そんしょく》なく明るく、酒を酌み交わす賑《にぎ》やかな声も相まってその雰囲気も同様だった。

全員の目の前にはすでに御膳が運ばれていたが、秋実はそのすべてに手を付けることはせず、龍那美が自分の皿を寄越したり取り上げたりするのを待って食事を進めていた。

刺身や果物、壺《つぼ》焼きの貝類、塩焼きした川魚。生野菜や海草の酢みそ和え。どれも間違いなく美味だったが、殆どが火を入れないか、あるいは炭火で焼いただけの料理ばかりだ。誰の神域でもないこの場所では、釜で煮炊きしたものを食べても別段問題は起きないらしいが、万全を期して避けているのだろう。酒も出されたが、やはり口にしなかった。

種を除いて切り分けられた果物は瑞々《みずみず》しい。時期外れのものだというのに盛りのような甘味が不思議だ。龍那美に尋ねようかと思ったが、少し席を離れて須豆嵐と話しているようなので、黙々と一人で食事を続けるしかない。

所在なく広間の中を眺めていると、急に隣に座る人影があった。

振り返ると、茶褐色の髪の美女――手兼が秋実のすぐ傍にいた。酒盃《しゅはい》を片手に、赤い瞳が興味深そうに秋実の顔を覗き込んでくる。

「神在月の会議はどうだった、龍那美のご伴侶殿」

秋実の思念を覗こうとしているのか、それともただ顔を覗き込んでいるだけなのかは分からない。秋実はさりげなく目を伏せながら「秋実です」と呼び方を訂正する。

「一週間と聞いていたので、余程時間が掛かるお話なのだと思っていたのですが——まるで見当違いでございました」

「あっはっは！　違《ち げ》えねえな。皆口を揃えて言ってるぜ、ありゃあとんだ八百長会議だってな！」

手兼はその優美な外見からは少し予想できないような粗暴な口調で笑って、自分の膝を叩いた。龍那美も会議は建前だと言っていたなと秋実は苦く笑う。

『それでは皆の衆、神在月定例の神議りを始めようか』

そう言って大暁が仕切りを始めた会議だったが、次に来る言葉は秋実にとって意外なものだった。

『とはいえ元来、俗世の縁は俗世のもの。流れる水にむやみやたらと手を加えて干渉するは、時に世へ悪しき影響を齎《もたら》さん。それを承知で切り継ぎせんとする縁の是非は、我らで審議せねばならぬ。——在《あ》らば申し出よ』

大暁の言葉を聞き逃さんとしてのことか、物音一つしない広間の中で、龍那美が静かに、だが不思議とよく通る声で淡々と言う。

『ここにいる松田秋実は、すでに伴侶となるべく大狛宮で食饌《しょくせん》を喫した。よって、中津国での縁はすべて絶たれる』

『前例に従い認める。他に』

『願い出なし』

『同じく』

他にも何人かが同様の声を上げた。大暁がぐるりと広間を見回し、それ以上の申し出がないことを確認すると、彼はまた口を開いた。

『審議一件、裁可一件。他、申し出なしにより、これにて審議は終了となる。異議が在らば申し出よ』

大暁の声に続いて、何人かが『異議なし』と声を上げた。秋実の戸惑いを置き去りに、慣れた様子の十二神たちは大暁の続く言葉を待っている。

『異議なしのため、神在月定例の神議りはこれにて終了する。——以降は皆、思い思いに過ごされよ』

その言葉を皮切りに、人形が次々と広間に現れて膳を運び入れた。酒盃が配られ、酒樽や酒瓶がこれでもかと開けられていき、ものの四半刻と経たずに宴《うたげ》が始まった。

各々が思う通りに席を立ち、神も人形も入り乱れて秩序は早々に失われた。――そして今に至る、という状態だったが。

幾ら酒を好むとはいえ、まさか一週間の殆どすべてが宴の時間とは思わなかった。

「初めて来たモンは、面食らうわな。一応言っとくと、中津国の神で縁結びなんかはやってるもんで、それに任せっきりになってるって話なんだが」

手兼はひとしきりそう笑った後、秋実が差し出した徳利《とっくり》から酌を受ける。

「おっと、悪《わり》ィな。……ええ、お前さん酒は？」

「飲んでも障りはないと聞いているのですが、慣れない場では控えようかと」

「そりゃ利口だ。色ンな神域の酒が一緒くただ、人間なら下手に手ェ出さねえ方がいい」

そう言って一息に盃を干してしまったので、秋実は苦笑しながらまた徳利を差し出した。

「しッかし、こうして見てもまだ不思議なモンだな。まさか龍那美が男の伴侶を娶ったてなァ」

「いえあの、手兼戦比売様。そのことなのですが……」

大暁はまともに取り合おうとしなかったことだが、手兼はどうなのだろうか。

遠慮がちに首を横に振ると、彼女は「手兼で構わん」とざっくばらんに笑って手をひらひら振った。

その気安い態度に、秋実は軽く微笑みを浮かべながら続ける。

「手兼様、私は畏れ多くも龍那美様にお願い事を申し上げ、それと引き換えに大狛宮に参りました捧げ物でございますので。伴侶と言われるのは、事実とは異なっておりまして……」

龍那美自身、伴侶というのを否定したことがない。それでも、呼び名が伴侶であろうと内実の伴うものではなかったし、龍那美にその気もないだろう。ただ、幾らそれを説明しても周りから伴侶と扱われるものだから、いっそう秋実の困惑は深まる。

手兼はさほど驚く風でもなく、ただ少し不思議そうに小首を傾げた。

「捧げ物？　一体《いって》ェ人間の捧げ物をどうするってんだ、あいつァ？」

「私は染匠の家の生まれですので、龍那美様のお召し物を仕立てるとお約束を」

「なるほど。龍那美が気に入ったってこたァ、その歳《とし》でずいぶんいい腕してんだろうな。いずれ俺も反物を頼んでいいモンか？」

「それは、私は構いませんが……」

見透かしたように「龍那美を通すさ」と軽く言って、手兼は飄々《ひょうひょう》と笑う。龍那美が許すかどうかと秋実が気に掛けたのを分かってくれているのだろう。秋実もほっとしながら頷いた。

秋実の酌では追い付かず、自分で徳利を持って手酌で飲み続けながら、手兼は耳を疑うようなことを平然と言った。

「てっきり俺ァ、龍那美の野郎はそりゃもう逆上《のぼ》せ上がってご伴侶としっぽりしんねこで籠ってるモンかと思ってたが。こんな別嬪《べっぴん》を貰っておいて手付かずたァ魂消《たまげ》るな」

――美女のかんばせから飛び出す言葉とは思えない言いざまに、どうしても一瞬返す言葉につかえる。

「ええと、真の伴侶ではございませんし……龍那美様にそういった嗜好は、おそらくないかと」

だが、手兼はゆるゆると首を横に振った。

「内実は兎《と》も角《かく》、伴侶でないってことにゃならねえのが、神てェもんの面倒なところでな」

「……それは、どういうことでございますか？」

秋実の脳裏に、大暁の先の言葉が蘇る。

――帳尻が合わなくなる。

だから秋実は龍那美の伴侶だと、彼はそう言いたげだった。手兼が言いたいのもそういうことなのだろうか。秋実の考えていることと、彼らの考えていることには、何か大きな乖離《かいり》があるような気がした。

秋実に問われ、手兼はゆるりと目を細めた。

「俺らは確かに人にゃ及ばん力がある。すべてたァ言わねえが天変地異に干渉できるし、千里を見通す力もある。か弱い人間の拠り所でもある。だが、神そのものが自分の意思で自由に振る舞えるかってェと、存外そうでもねえ」

秋実は首を傾げた。そういえば、龍那美も神が個別に動かすことのできない仕組みがあると言っていた。それと同様の類だろうか。

「人とは異なっていても、神々にも理《ことわり》があるというものでしょうか」

「そうだな。理ってのが分かりやすいか。そんで誰がそれを作るかってェと、人間だ」

「人間？」

手兼は「そう」と赤い瞳を細める。

「人の歴史、個ではなく全《ぜん》の人間、書き記された証の積み重ね――ってとこか。喩《たと》えば俺が戦事以外にも、芸事の神として誰か一人に祀られても、そりゃ成立しねえだろ」

「それは……そうですね」

「ところが、それが何十年も経って、いつの間にか全の人間に芸事の神として認識されて祀られたとする。全の人間ってな、この場合あまねく万人とまではいかなくともいい。大多数ってとこだな。すっと、俺ァ戦事と芸事双方を司る神に成るし――どういう理屈なんだか、それに足る才覚も自然と付いてくるわけだ」

何となく話が見えてきた気がする。

「彦神と姫神、二つのお姿をお持ちになったのは……」

「そうそう、まさにそれだ。色んな地域で祀られて、彫像も男と女と両方ある。今生きている人間の誰も本当はどっちなのか知らねえし、正しい書物だって残っちゃいねえ。そのせいかね、今や元がどっちだったんだか自分でもサッパリだ。人が忘れちまったことはもう、自分ですらも分からねえ。まるっきり歴史ごと書き換えられちまったみてェに」

こんな具合に、と手兼が秋実の視線を遮るように手を翳し、次に下ろした瞬間には、そこには見知らぬ男性の顔――古強者の英雄の姿だと言われる手兼戦神の姿があった。

髪と目の色は変わらないにしろ、骨の作りから皮膚《はだ》の色、声色、何から何まで違っている。勇ましい印象の美丈夫だ。龍那美の言葉を借りるなら、これが『男のガワ』なのだろう。

手兼自身がそう望んだわけではないにしろ、人は長年そうして手兼を祀ってきた。だから手兼はそういう神に成った——そういうことだ。

「どっちが好みだ？」

「畏れ多いことですが……手兼様にとってより好ましい姿が、私も好ましく存じます」

「可愛げがあっていいねェ。楽ななァ男だが」

残念ながら今日は女のなりに合わせた格好だ——と言って、手兼は結局元の美女の貌《かお》に戻った。帯や着丈が合わないのだろう。

その後、また上機嫌で一息に盃を傾ける。

「明確に神が存在したから、人に祀られたんじゃねえ。人に祀られ、信仰される内に、そういう神が造り上げられると、まあざっくり言やそんな感じだな。……贄の仕来りが何で始まったかってなァ聞いたか？」

秋実は一つ頷いた。何ともいたましく衝撃的な話だ、忘れようがない。

「龍那美様に聞いております」

「同じように人が始めた仕来りも、百年二百年重ねりゃ、もうそりゃ神々にすら覆せねえ理に組み込まれる。ありもしねえ神託だって、人に語られ続けて在ったことになっちまってる。嘘を言い始めた人間はとっくに皆死んじまって、誰も本当のことなんざ分からねえんだからな。大衆にとっちゃ、選ばれた贄は本当に神の伴侶だ」

始まりは為政者が始めた生贄の儀式だ。十二神に伴侶を捧げるという名目で、命を捧げ続けてきた。だが、巷《ちまた》に伝えられるように、伴侶となるべき人間を差し出すよう神託が下されたという事実はない。それが分かっていても、その仕来りを続けてきた人間の月日が、積み重ねられて事実ごと変えてしまった。

「選ばれた者は伴侶であって、それ以外にゃならねえ。それを逃がすにしろ迎えるにしろ見捨てるにしろ、どう扱うかは自由だが、神の独断で勝手に違う何かに挿《す》げ替えるってなこたァできねえんだ。——俺らはそれを伴侶と扱う、そういう縛りがすでに生まれてるわけだからな」

「私は元々贄ではなく、妹が選ばれた贄だったのですが……それは理を歪《ゆが》めたことにはなりませんか？」

龍那美に何か困ったことが降り掛かりはしまいかと不安に思って尋ねると、手兼は「妹は家に帰《け》ェしたんだったか」と思い出したように言う。

「ご存じですか」

「噂でな。だが、実際に神婚祭の後に一人貰い受けた。客観的な事実としてそれは伴侶に該当する、だからお前さんは龍那美の伴侶だ——と、こうなる」

「伴侶でなければ、帳尻が合わなくなりますか」

「そうだな。帳尻が合ってるモンをわざわざ引っ繰り返されちゃ、他の奴はこりゃ堪らねえだろうよ」

——だから龍那美も否定することがなかったらしい。大暁も秋実の話を聞こうともしなかった。本当に意味のないことだからだろう。

「一先ず道理は分かりました。教えて下さってありがとうございます」

まだ納得したという域には達していないが、とりあえず『そういうものだ』ということは理解した。龍那美も秋実を本当に伴侶として娶ったわけではなく、そういう理があるために従ったようだ。龍那美自身が秋実に伴侶の立場を求めてそう呼んだわけでないことも。

手兼は大きく息を吐く。

「龍那美の奴も説明してやりゃあいいものを」

「私、知らないことばかりですから、まだ早いとお思いになったのやも知れません」

「そンな心の機微が理解できるような男だったか、あいつァ……」

と言いかけて、龍那美の方を見た手兼の言葉が切れた。

不思議に思ってその視線を追うと、先ほどまで須豆嵐と話していたはずの龍那美が、何やらまた佐嘉狩と言い争っている様子が見える。

手兼は空になった徳利を放り出しながら嘆息する。

「まァたやってら。ありゃどうにもならねえ」

秋実は果物を摘《つま》もうとしていた手を止めて、表情を曇らせる。

「仲がお悪いとは承知しておりましたが……止めなく

て大丈夫なのでしょうか」

「いい、いい。どうも定期的に揉め事が起こるんだよな。波があるってェか。放っておきゃァ収まるから気にすンな」

どうやらいつものことらしく、他の十二神も素知らぬ顔だ。宴の喧騒の中で、他の声に紛れてやり取りはよく聞こえない。

「さっきお前さん、佐嘉狩の野郎に絡まれてなかったか？　難儀したな」

「あ、いえあれは、私が佐嘉狩神様に失礼なことを申し上げてしまったので」

「んはは。どうせ何ぞ言う前からあいつァ怒ってんだ。気にすんな」

ひらひらと手を振りながら笑う手兼に、秋実は否定する言葉も口に出せず曖昧に笑う。

向こうの言い争いはまだ続いており、宴の雑談に紛れて断片的に口論が聞こえてくる。ただ、『狐《きつね》』だの『差し向けた』だのというごく限られた言葉だけなので、やはり内容は分からない。

「狐……」

首を傾げていると、手兼が「どうした」と尋ねてきたので、秋実は慌てて首を横に振る。

「佐嘉狩神様に言われたことは、私は気にしておりません。……ただ、私が龍那美様の貶される理由になるのは、さすがに申し訳が立たなくて。伴侶など誤解なのだと申し上げに参ったのですが、それも叶《かな》わないようですし……それが一番悩ましくて」

喩え事実無根であろうとも、十二神の伴侶など分不相応だというのは自分が一番分かっているし、誑かしたと責められ、謗《そし》られるのも十分に想像していた。だから、自分が佐嘉狩から蔑まれることはさして気にしていない。むしろ、面と向かって何か言ってきたのが今のところ佐嘉狩だけなので、いっそ拍子抜けしているぐらいだ。

ただ、自分のせいで龍那美が巷間から男色好みを疑われてしまっては、どうしても肩身が狭い。

「龍那美が貶されるのが厭だってか」

「私の命を奪うなどと、意地悪なことも仰せになるのですけれど。それよりも私、感謝することの方がずっと多いものですから」

「家族と離されて恨めしくねえのか」

「実はあまりつらい思いはしていなくて。……深く考えないようにしているというのもございますが」

「健気《けなげ》だねェ」

妹を助ける代わりに、秋実の命が失われるのだと嘯《うそぶ》いたが、それだって少しも恨めしいとは思っていない。どちらにしたってもう二度と家族に会えないのだから、同じようなことだ。脅かすような言葉で明確に覚悟を問われたからか、却って命があってよかったとさえ思える。

迷惑を掛けても、迷惑でないと言ってくれる。嘘で騙られたこともない。説明が少し足りないこともあるが、そのために取り返しがつかない状況になったことだってない。

「手兼様の仰せの通りでございますね。……自分のせいで恩人が貶されてしまったら、厭ですから。口論なされているのと見ると、あまりよい心持ちとは申せません」

いつも不仲なのだと言わんばかりに手兼は笑っていたが、自分がその理由になりたいとは思わない。揉めるのだったらせめて他の理由であって欲しいと思うので、これは秋実自身の利己心だろう。

沈んだ表情で秋実は目を伏せる。そんな秋実の横顔を見て、手兼は盃を傾けつつ面白そうに目を細めた。

「龍那美の奴が気にしねえんだから、そりゃお前さんの気持ち一つだな。好きにすりゃいいさ。言い返すにしろ堪えるにしろ、気が済む方がいい」

「確かにそうですね。私一人如きが何かしたところで、お立場が悪くなることもないと仰せでしたし」

「ま、俺としちゃァ派手に揉めてくれた方が、いっそ胸がすいて気分はいいがなァ。佐嘉狩が普段見下してる人間に横っ面張り飛ばされたりなんぞしたら、どんな面をするもんだか、考えるだけで面白くって！」

「いえあの、手兼様……私の腕ではそんな畏れ多いこと……」

「聞こえているぞ！」

咆哮《ほうこう》のような怒声が向こうから聞こえた。反射的に秋実の身が竦む。まるで地が揺れるような、全身に響く激しさのある声色だ。

当の手兼は大きく動揺することなくその声を受け止めていたが、舌打ち一つに続いて小さな悪態が聞こえた。

「……まずったな、地獄耳め」

猛然とこちらに向かってくる姿がある。佐嘉狩だ。

鋭く耳が尖っている。歯をむき出しにして、まるで今にも噛み付きそうな勢いでこちらに向かってくる。

抜身の刃を向けられたような恐怖に、思わず床にあった徳利を一つ倒してしまった。

そちらに気を取られて視線を落とした一瞬の内に、強く首を掴まれた。

首に痛みが走った。次いで、息ができない苦しさに襲われる。首に食い込む指の感触も。

ゆっくりと腕を持ち上げられて身体を引き摺り上げられ、秋実は自分の首を絞める佐嘉狩と視線を合わせる。

——正午を過ぎて僅かに黄色を帯びた晴天の瞳だ。

どれほど怒りを帯びていても美しいのだなと、こんな状況ですら思った。急に呼吸を妨げられて苦しいし、食い込む指の感触も痛い。なのに、視界に入った途端にそんなことを考えてしまうのだから、彼らという存在は不思議なものだ。

だが、隣にいる手兼が盃を落とし、徳利を蹴倒しながら半ば腰を上げる。

「おい馬鹿、佐嘉狩……！」

「俺の邪魔をするとこいつの首の骨が折れるぞ」

視線は秋実に向けたまま、全身の肌が粟立つような苛烈な声色が牽制《けんせい》した。手兼が途端に縛りを受けたように身動きを止める。

だが、依然佐嘉狩を睨み付ける手兼に、秋実はかろうじて彼女の名前を呼びながら片腕を上げて制した。

「った……ねさ、ま……」

大丈夫と言うように秋実はやっとのこと声を絞り出す。この上手兼まで佐嘉狩と争うようなことにはなって欲しくない。

だが、佐嘉狩を睨み付ける手兼は、苛立ったように低い声で咎めた。

「……俺の言葉が気に障ったてェなら、当たるべきはそっちじゃァねえだろうが」

「神聖たる神議りの場にのこのこと足を踏み入れたことが気に食わない。先の無礼の詫びもまだだ」

「なおさら、それは大暁の責だろう」

「それを許容するお前も同罪だ。こいつに害が及んだのは十二神の威信を蔑ろにした己のせいだとせいぜい自省して苦しむことだな。……龍那美、お前もそれ以上動くな！」

ぎ、と板間で足踏みする音がした。佐嘉狩に隠れて秋実からは見えないが、向こうで龍那美も庇《かば》ってくれようとしていたようだ。

秋実まで竦んでしまうほどに激しい怒りを湛えた龍那美の声が聞こえる。

「……人ひとり手に掛けたところで何になる」

「人には過ぎる栄誉だな。俺の気が済む」

龍那美が唾棄するように「くだらん」と一蹴する。

ぴく、と佐嘉狩の瞼《まぶた》が一瞬引き攣ったのが分かった。手兼が咎めた時とは明らかに反応が違う。

苛立たしげに佐嘉狩が怒鳴った。

「ほざいていろ！」

「っぐ……」

首に食い込む指の感触がいっそう強まる。特段恰幅《かっぷく》がいいわけでもないのに凄まじい力だ。片腕で秋実の体重を悠々と吊り上げている。

どんどん息が苦しくなっていく。血の巡りがせき止められ、頭が割れるような痛みを打ち出した。我知らず、もがくように佐嘉狩の腕に爪を立てて引っ掻いていたが、腕は小揺るぎもしない。

意識が遠ざかっていく感覚がある。逃れられない状況の中、初めて身をもって死の恐怖というものを思い知る。足元から這《は》い上がってきて少しずつ少しずつ全身を蝕《むしば》んでいくような感覚だった。

——このまま殺されるのか。

視界が明滅する。足を着こうとしても届かない。息苦しさに藻掻《もが》いて無為に何度も空を掻く足の先に、一瞬固い何かがぶつかって、秋実はふっと視線を落とした。

倒れた徳利から酒が流れ出している。

ふと、唇から声にならない声が零れた。

「――しょう、ぶを」

首に食い込んだ佐嘉狩の指がぴく、と反応した。ゆっくりと目を眇めて眉間の力を緩め、怪訝な表情を浮かべていく。

次の瞬間、佐嘉狩が秋実を掲げた手をぱっと放した。自重を支えられず、崩れるように床にへたり込んで、秋実は何度も咳《せ》き込んだ。

佐嘉狩は冷たく秋実を見下ろしながら、表情の失せた能面のような顔でぽつりと言う。

「何と言った」

「っは……です、から。勝負をと申し上げました」

「……二度言う必要はない。訳の分からないことを、気でも狂ったのかと質している」

「狂ってるのはてめえだろうが、この大馬鹿野郎が！何の権利があって人様の伴侶に手ェ出しゃァがる」

手兼が声を荒らげて、庇うように秋実と佐嘉狩の間に入った。佐嘉狩の後ろから龍那美が来て、彼もまた怪訝そうに秋実を見下ろす。

だが、意外なことに龍那美は、間に入った手兼の方を摑んで横に押し退《の》けた。

「あん？　何でェ、龍那美……」

「いいから」

秋実は息が整うのを待って、知らず眦に滲んでいた涙を拭った。そして、真っ直ぐに佐嘉狩を見上げる。

佐嘉狩の貫くような強い視線と目が合った。

「誰と、誰がだ。答えろ」

「私と佐嘉狩神様が、でございます」

「人如きが何を思い上がって勝負などとほざく。自分が俺と対等だとでも思っているのか」

とんでもないことだと、秋実は首を横に振る。その際、摑まれた場所がわずかに痛む。痕《あと》が残っては大狛宮の者に要らぬ心配を掛けてしまうだろうかと、状況にそぐわずそんなことが気になった。

「ですが、たとえ狐狸《こり》風情であろうとも、私は大狛宮の者でございます。無断で御手に掛けようとするは、大狛宮の主、龍那美神への無作法になりましょう」

わざと『狐狸』という言葉を強調して言うと、傍らの手兼が沈痛な面持ちで首を横に振っていた。騒ぎに気付いたのか、存外近くにいたらしい火座や大暁の失笑も聞こえてくる。

頭に血を上らせ明らかに激昂した佐嘉狩がまた詰め寄ってきた。

「俺が龍那美の怒り如き臆するとでも思うのか……!!」

だが、摑もうとする佐嘉狩の手を、今度は龍那美が摑んで制した。一瞬二人の視線がぶつかって、佐嘉狩が不愉快そうに大きく腕を払って引き剝がす。その後再び秋実に摑みかかってくる気配はない。

龍那美は何も言わず、ただ興味深そうな流し目で秋実を一瞥した。秋実は僅かに安堵で息を吐き、冷静に「畏れながら、そうではございません」と答える。

「龍那美様は無関係で、私のことで要らぬご迷惑を掛けられないということでございます。……その上で佐嘉狩神様が、私をお気に召さないというのならば」

秋実はゆっくりと立ち上がった。佐嘉狩の剣幕にすっかり身体は竦んでいて、うまく力が入らず一度蹌踉《よろ》けた。どうにかその場に踏み止《とど》まり、真っ直ぐに佐嘉狩を見上げる。自分の胸元に手を遣った。

「私個人と御勝負願います。私が負ければ命でも何でもお召しになって下さいませ」

固唾を吞んで事の次第を見ていた周囲が、一斉にざわついた。振り向く手兼は驚愕で目を皿のように丸くしている。促した龍那美すらも明らかな呆れ顔だ。

秋実自身落ち着いて見せていても、あまりに大それた宣言をしてしまい動悸が激しくなっていた。厭な汗も止まらない。

だが、ここまで言われては体面のために取り合わないわけにいかないのだろう。秋実を見る目はやはり軽蔑に満ちてはいたが、言動は幾分落ち着いていた。

「……わかった。お前の申し出を受けてやる」

「感謝申し上げます」

「それで、何の勝負を……」

だが、佐嘉狩の言葉は龍那美の「待て」という声に遮られた。

佐嘉狩は今にも矢で射るのではないかというような鋭い目つきで龍那美を睨むが、彼は腕組みをしたまま平然と佐嘉狩を見返した。

「こいつがお前に勝った場合は」

「あり得ん。殊勝な自害だと感心してやっているところだ」

「だとしても勝負事である以上必要な話だろう」

どうするのかと龍那美が問い掛けてくる。秋実は龍那美の視線を受けて一つ頷いた。

「長稚児趣味などという、いわれのない龍那美神への中傷について、今後そのような言動をなさらないこと。それと私の身の安全をお約束頂きたく存じます」

佐嘉狩は吐き捨てるように「好きにしろ」と言った。どうせ勝ち目もないのだからと言いたげだ。

知らぬ間に驚きから覚めていた手兼が、軽く手を叩いて衆目を集める。

「勝負事てェなら俺がこの場を預かろう。手兼戦比売が戦事の神の名によって勝敗を裁定する。お二方、異議はあるか」

佐嘉狩と秋実が首を横に振る。反論がないことを確かめると手兼がまた言った。

「さてそれで、勝負の内容だが――よもや十二神ともあろう者が、人間相手に自分の独壇場で立ち回ろうたァ思ってねえだろ。決めさせてやっていいか」

「そのつもりだ」

「だそうだ。どうする？」

秋実は一つ頷いた。凡《およ》そ内容については決めている。腕に自信はないし、荒事では勝ち目など万に一つもない。武器があろうと同じことだ。自分の持っているもので、勝機があるとしたらこれぐらいだろう。

一斉に周囲の視線を受ける中、秋実は意を決して短く答えた。

「――それでは、飲み比べを」

周囲にとってはよい余興でしかないらしく、一連の騒ぎを見ていたはずだが、その深刻さは微塵もない。いそいそと酒の支度を始めたり、佐嘉狩と秋実を取り囲んで囃《はや》したりしているのだから、まったくお気楽なものだ。

——負けたら自分は縊《くび》られるだろうに、周囲はそんなことには関心がないのだろう。

秋実と佐嘉狩は盃や樽に囲まれて、そのさらに外周に観衆が座っている。秋実が飲めるものをと手兼が配慮してくれたので、酒は大狛宮のものが運ばれた。注がれるたびに迷わず干していく秋実の横で、龍那美はたいそう胡乱げな視線を向けてくる。

「馬鹿なのか？　お前は？」

言われるだろうなと思っていたので、秋実は苦い笑みを返すしかない。

「十二神がそう仰せになるのならば、そうなのやも知れません……」

「訂正する。お前は馬鹿だ」

断じられてしまってはとうとう返す言葉もない。秋実は答える代わりに盃をまた一息に干して、小さく息を吐く。

神を相手に飲み比べなど、間違いなく無謀もいいところだ。大狛宮の中でも十二神の大酒飲みについては語り草だし、龍那美を見ていても底なしなのがよく分かる。彼にそう責められるのも無理はないだろう。

秋実は遠慮がちに尋ねた。

「……もし負けてしまったら、頂いたお約束は反故《ほご》になりますか？」

まだ一着も龍那美の着物を仕立てていない。妹の命を救って貰っておいて、自分が対価も差し出さずに死んだとあっては、果たして例の約束はどうなるのか気になった。この先、なくすと言ってくれた贄の仕来りが続くのかどうかも。

龍那美はあてつけるように大きな溜め息を吐いてから答える。

「そんなケチくさいことはしないが。……先月初めて酒を口にしたばかりの素人が、何を根拠に挑んだのか理解できない。佐嘉狩の言うように殊勝な自害のつもりなら、今からでも勝負の内容を変えろ」

「できかねます……それに、他の何だって神様には敵《かな》いっこないでしょう」

「向こう見ず勝負ならそこそこ目があるんじゃないか」

どうあっても貶されるのだなと段々可笑しくなってきた。先ほどまでは少し緊張していたのに、思わず笑ってしまって肩の力が抜ける。

向かいの佐嘉狩が苛立ったように口を挟んでくる。

「ずいぶん余裕そうだな」

命を懸けた窮地で談笑など、佐嘉狩の言う通り悠長なことだ。否定する言葉もないが、肯定するほど余裕があるわけでもない。秋実は改めて佐嘉狩を見据える。

「佐嘉狩神様、すでに十分お酒をお召しになっていらっしゃいましたのに、飲み比べなどを受けて下さってありがとうございます」

秋実はそれまで酒に口をつけなかった素面《しらふ》だ。昼過ぎから飲み続けていた佐嘉狩に挑むには、明らかに公正さに欠いていたはずだ。――それほど低く見積もられている証左でもあるだろうが。

秋実の思った通り、佐嘉狩は白けた顔でふんと鼻を鳴らす。

「それが魂胆か。残念ながらその程度の手心で己に勝ち目があると思っているなら、思い違いだ」

「そういうわけではございませんが……十二神の御方々がたいそうお酒にお強いことは、皆が承知しております」

佐嘉狩もまた胡乱な視線で秋実を見る。その目つきは龍那美が秋実に向けるものとよく似ていたので、もしかすると似た者同士なのではないだろうか、などという思いが秋実の心中に過る。相性が悪いのも同族嫌悪なのではと思ったが、さすがにこれは邪推だろうか。

秋実はまた一息に盃を干した。違和感があるかというと、まだ平気だ。鼻に抜ける独特の香りが慣れないとは思いこそすれ、特に変調は感じない。限界まで飲んだことは当然だがないので、果たしてどうなるのか不安はあるが。

完全に日が落ちてから、気が付けばだいぶ時間は経っていた。次第に夜が深まっていく中で、一斗樽の中の酒も少しずつ減っていく。それでもまだ秋実は一心に飲み続けていた。

その頃にはすでに何杯飲んだのか分からなくなっていた。酔いが回るより腹が膨れていく感覚の方が大きい。それでも延々盃を傾けていると、次第に周囲のざわめきが大きくなっていくのが分かった。

はじめは一息に干していた盃も、二口ずつ三口ずつと次第に量は減っていく。だが、見ている限りそれは佐嘉狩も同じで、明らかに酒の進みは遅くなっていた。勝負の様子を肴《さかな》に周囲で飲んでいた神々も、その内先に潰れて姿を消すか、広間の端で眠り込んでいる様子が見られた。

秋実の盃に人形がまた酒を注ぐ。からくり人形のように同じ動作を繰り返す人形の姿に、ひそひそと周囲で囁《ささや》き合う声が聞こえた。

「まだ飲むのか……？」

「何で平気そうな顔をしているんだ……？　とっくに潰れていてもおかしくないぞ」

秋実はまた柄杓で注がれた盃を見下ろして小さく息を吐く。さすがに胃が苦しかった。頬が少し熱い気もする。身体の感覚がふわふわとして、何だかいつもより頭が回らない気がした。

また一口酒を飲み下すと、傍にいた手兼がとうに酒を飲む手を完全に止め、困惑したように秋実を見る。

「お前さん、そろそろ無茶じゃねえか。幾ら何でも飲みすぎだろう。命取るなんて、神議りの場でそんな無体は周りが止めるだろうし、そう必死になんなくとも」

ここまですでに桁外れの量を飲んでいる。これだけ豪快な飲み振りを見せつけておいて、命を取らせるなどと無情なことはないと手兼は宥《なだ》める。

だが、秋実は首を傾げた。

「いいえ。一度決めたからには、破ったりはいたしません……佐嘉狩神様だって、そのおつもりはないでしょうし」

崩れるように秋実は破顔する。子供のような屈託のない笑顔に、手兼はいっそう戸惑いを深めた表情で龍那美の方を見た。

「龍那美、てめえも一向に止めねえようだが、大丈夫なのか、これ？」

「俺も知らん……」

「おい何かおっそろしいこと抜かしゃァがったか今？」

龍那美も完全に物見を決め込んで口を挟まない。が、さすがに酒を飲んでもいられない様子で酒盃はすっかり床に置いたまま、秋実と佐嘉狩が酒を飲んでいく姿をじっと眺めていた。

再び秋実が人形に盃を差し出し、柄杓で注がれる様を眺めていると、向かいの佐嘉狩が少しばかり虚《うつ》ろな目で秋実を見る。

「……酒乱の伴侶とは、龍那美の程度が知れるな。卑俗同士、存外似合いの伴侶で結構なのやも知らんが」

呻《うめ》くような声色で毒づくが、完全には舌が回っていない様子だ。一方の秋実も同じように呂律《ろれつ》が不確かではあるが、こちらは満面の笑顔を浮かべた。

「あはは、酒乱！　……初めて言われました。ふふ、それに似合いだなんて、そんなはずがございませんのに」

「……とうとう狂ったか」

「卑俗だとしたら、私ばかりでございます……。龍那美様は、ずっと尊い方でございますよ」

佐嘉狩が気分を害した様子で眉根を深く寄せた。気付いていながら、秋実は頬を上気させ、微睡《まどろ》むように微笑む。

「足下の命をご自身の愉楽のため好き好んで踏み潰すようなご趣味もない。そのような野卑を疎まれておいでになりますから。……どなたかとは違って」

――瞬間、空気が明らかに冷え切った。十二神のみならず、秋実の声を聞き取った神々までもが絶句して、陶然と微笑む秋実を凝視している。

佐嘉狩が澱《よど》んだ目で秋実を睨み付けた。

「……何だと？」

「贄のことだって同じです。百年以上繰り返していて、無為に命が奪われ続けて、それでも見て見ぬ振りを決め込んで。もっと早くに誰かが慈悲を掛けて下さったなら、もう止めさせようと思って下さったなら、それほど続くことなどなかったはずなのに。誰も彼も知らぬ振りをしてきたから、今もまだこんな愚かなことを続けているのでございます」

「だからなんだ。お前ら人間が自らの意思でやっているることで、ただの自業自得だろう。人の中で人を担ぎ上げて、勝手に殺していたところで、それが俺たちに何の関係がある‼」

「そう、無関係です。人が始めた、人の罪でしかない。それなのに龍那美様は私に手を差し伸べて下さいました。力を持つ神様が十二もいて、龍那美様ただお一人だけが。ですから以来私にとって、龍那美様は十二神の誰より尊い御方でございます」

秋実が話している間、佐嘉狩の顔色が明らかに怒りで青褪めていった。盃を持つ手や肩が大きく震える。それを静かに見据えて、秋実は駄目押しとばかりに強い口調で言い放った。

「――あなたよりも」

「分も弁《わきま》えず、さらには愚弄するか……‼」

佐嘉狩が帯に差していた太刀を抜いて立ち上がった。巻き込まれた燭台《しょくだい》が一つ倒れる。床に火が広がり、火消しのために人形が慌ただしく駆け寄っていく。

手兼がすぐさま後ろから佐嘉狩を羽交い絞めにした。だが、女性の腕であるせいか、半ば引き摺られそうになり、焦燥した声を上げている。

「待っ……佐嘉狩！　飲み比べの席で刀を抜く奴があるかい‼」

「ですから私はこれからその対価をお渡ししなければなりません。どんな手を使っても――喩え死んだって」

「お前さんも、一体《いって》ェどうした⁉　勝負の土俵に上がっておいて、何だってその上わざわざ佐嘉狩を怒らせるようなこと――」

「すみません」

「すっ……おい佐嘉狩、まだ勝負も終わってねえ内から危害なんぞ加えるな、堪えろ堪えろ‼」

「そうじゃぞ佐嘉狩、一度勝負を受けておいて見苦しい真似はよさんかー」

手兼のみならず、傍観していた火座も呑気《のんき》な野次《やじ》を飛ばした。しばらく藻掻いていた佐嘉狩も、なかなか手兼を振りほどけないためだろうか、疲れたように抵抗を止める。

ずいぶん酔いが回っているのか、佐嘉狩は激しく息を切らしていた。肩先が揺れている。秋実を睨み付けたまま、彼は渋々というように太刀を鞘《さや》に納める。

「くそ……ッ」

「はーまったく、コンの馬鹿力が……」

悪態を吐きながら、手兼が疲れたように佐嘉狩を解放する。刀を納めて安心したのだろう。

疲れたように席に戻ろうとする佐嘉狩へと、秋実は思い出した振りを装ってまた声を掛けた。

「――ああ、それにしても佐嘉狩神様」

苛立ったように振り返って秋実を睨み付ける佐嘉狩へ、秋実は晴れやかな笑顔で続けた。

「私、犬が好きなんです。その耳や尻尾、やはりとてもお可愛らしいですね。触らせて頂いてもよろしいでしょうか」

だん、と激しい音を立てて板間を踏みつけ、佐嘉狩は「殺す!!」と帯刀に手を伸ばした。

周囲のざわめきがまた大きくなる。気色ばむ佐嘉狩の様子を見て、手兼が慌てたようにまた彼を抑えようとした。

しかし。

「……ッう……」

いきなり俯いて呻き声を上げた佐嘉狩は、帯刀に伸ばした手で刀を抜くことなく口元を覆い、さっと踵を返した。

よろよろとした足取りで広間を横切り、廊下へ向かっている。途中床で寝ている神々を踏みつけ、避けきれなかった柱に肩口をぶつけ、覚束《おぼつか》ない足取りで勝負の場から離れていく。

広間を出て廊下に向かったようだが、そこから一度だけ騒々しい音が響いた。それきり足音もなくなり、物音もしない。何が起きたのか分からないまま、周囲にはまたどよめきが広がった。

「……何事だ……?」

「佐嘉狩神はどうされた」

物音を立てなくなった佐嘉狩の代わりに、様子を見にいった者が戻ってきた。その表情も声色も、まるで信じられないという思いが露わになっていた。

「……佐嘉狩神様が廊下でお休みになっているようだ

が……」

　途端、どよめきが一気に周囲に広がった。互いに視線を交わし合い、何事か言い合っていたかと思えば、最後には秋実の方へと視線を向ける。

　――佐嘉狩がもう飲めなくなった以上、すでに勝敗は秋実が握っていた。

　秋実は先ほどの笑顔もどこへやら、すでにどこか酔いの覚めたような表情で恐縮しきっている。

「私の無礼な物言いでお騒がせして申し訳ございません。……手兼様にも、大変に御手を煩わせてしまいました」

　未だ状況を呑み込めていない手兼も、秋実の詫びの言葉を受けてかろうじて返事をする。

「……お、おお」

「私、もうどのぐらい飲めばよろしいでしょうか。まだ佐嘉狩神様の方が多くお召しになっていたかと思うのですけど」

「ああ、そう、だな。えー……もう二合ぐらいか。そんでお前さんの方がちっとばかり多くなるはず……」

「では頂きます」

　盃では愈々まどろっこしくなり、秋実は徳利と一緒に置いてあった二合半升を取ると、自ら柄杓でなみなみと注いだ。

　衆目の中心で気後れすることなく口を付けると、立ったまま豪快に飲み干していく。さすがに一息では苦しく、息継ぎのために二、三度に分けながらも、完全に升を空にした。

　無造作に升を落として、深く息を吐く。固唾を呑んで見守っていた周囲に目配せもせず、口元を拭った秋実はまるで独り言のように言った。

「――これで私の勝ちでございますね」

　秋実の呟きを皮切りに、静まり返った堂内には次第にざわめきが広がっていく。

「勝ったのか」

「人間が？　十二神に？」

「信じられんの」

「凄まじい飲みっ振りだったな……」

　見物ついでに延々酒を飲んでいた火座と豊季も、いたく上機嫌で声を上げて笑っている。

「だっはっは、まーじにやりおったわ！　傑作じゃわい！」

「佐嘉狩の奴、本当に人間に負けるなんて。もーおっかしいんだから！」

だが、当の秋実は佐嘉狩同様にふらつく足取りで、無言のまま廊下へ向かおうとする。その背中へと手兼が慌てたように声を掛けた。

「おい、大丈夫かお前さん……、秋ざ……」

「ッ……」

秋実が青い顔で口元を押さえる様で、龍那美も手兼も色々と――秋実が限界だったことを察した。

「すみませ……わたし、手水《ちょうず》、に……」

「分かった分かった!!　行ってこい！」

広間から厠《かわや》が近いことは本当に幸いだったと、一連の出来事を思い返すたびに秋実は心底から思った。


厠で口元と言わず顔ごと洗ってようやく一息吐いていると、龍那美が様子を見に来た。

「吐き切ったか」

「はい……だいぶ楽になりました……」

何て厠の似合わない人なのだろうと無関係なことを思いながらぐったりと秋実が答えると、龍那美は秋実に視線を合わせるよう床にしゃがみ込む。

秋実の顔色を確かめているのだろう。やはり呆れた表情であることには変わりないが。

「どれだけ飲んだ？」

「分かりません……けど、向こう一年は飲まなくてよいぐらいには……」

「本当にな。当分禁酒だ」

秋実は神妙な態度で「はい」と力なく答えた。そんなによいものだとも思えなかったので、おそらく今後も進んで飲むことはないだろうが、大体の限界は分かった。

立ち上がって壁に凭《もた》れる龍那美は、秋実をまじまじと見下ろしていたかと思えば、いきなり尋ねてくる。

「しかしお前、犬が好きなのか」

一瞬秋実は返事に詰まった。続いて返す言葉もしどろもどろになる。

「それは……ですね。確かに真ではございますが。……その、何と言いますか」

「怒らせたかったわけか」

「……はい」

十二神と言えどまったく酔わないというわけではないことは、ひと月龍那美を見ていて分かっている。

酒が過ぎた日の翌日は、起きてくるのが遅い。酔うと上機嫌になることも知っている。要するに、飲み過ぎればもちろん影響はあるのだ。

ならば早く酔いを回らせれば勝機がある。怒るなり暴れるなり、またはその両方をさせれば一気に酔いが回る。幸いにして佐嘉狩が秋実の発言に対して反応してくれることは分かっていた。そうでなくとも佐嘉狩がずいぶん酔っているのも分かったので、勝負に出る価値はあると思ったのだ。

――本当に、正攻法とは到底言えない。


「卑俗な輩めの搦《から》め手でございます……」

「お前あれ正気だったのか？」

「何なんでしょう……怒らせようと思っていたのは真なのですが、正気だったかというと自信が……」

「酒は飲み過ぎない方がいいな」

重ね重ね返す言葉はない。

だが、龍那美は溜め息を吐いて急に渋い表情になる。

「……と言いたいところなんだが、飲ませたがる奴がごろごろ出てくるか」

「あの……酔いはひどくないのですけれど、胃の腑がやられてしまったようで、しばらくは何も口にできないかとは……」

蹌踉《よろ》めきながら立ち上がる秋実を見て、龍那美が「分かってる」と答えながら先に廊下へ出た。

秋実も龍那美を追ってのろのろと厠から廊下に出る。熱を帯びた頬に夜風が気持ちよく、手すりに寄って上体を凭れさせ、その場から動けなくなった。龍那美は隣にしゃがみ込む。

「先月に初めて酒を飲んだんじゃなかったか。よく飲めると思ったな」

「ああそれは、確証はなかったのですけれど、母が」

「出たな向こう見ず」

秋実は「せめて申し開きを聞いてから仰って下さいませ」と反論して、小さく咳払《せきばら》いをする。

「……とはいえ、大した話でもなく。母が大酒飲みで、父は一口で顔が真っ赤になるぐらい弱くて、極端なのです。私はどちらに似るのだろうと思っていたのですが。先月お酒を頂いた時、ちっとも変わりなかったので、おそらく私は母似なのだろうなと思って」

「お前は顔からしてそうだろうが」

「お酒はどうか分からなくて……ですがそれで、それなりに飲めるかと思ったのです」

それでも勝算というとかなり厳しいところだったが、佐嘉狩が手心を加えてくれたのもだいぶん大きかった。端からまともに競ったなら勝てないだろう。

龍那美は頬杖を突いて感慨深そうにもう一度呟く。

「向こう見ず比べなら圧勝だな……」

改めて言わなくてもいいものを、わざわざ二度目を言い直すのは絶対に貶されていると思う。

だが、秋実が反論しようと顔を向けると、龍那美が自分を凝視していることに気付いた。

まるで貫くようにまじまじと見据えてくるから、思わず口を噤んでしまう。にべもない琥珀《こはく》の瞳が、燭台の火を取り込んで輝いている。紅葉《もみじ》の赤は夜の中でわずかに色合いが重く、それもまた幽遠で美しく見えた。

――本当に美しい神様だ。時々、言葉を失ってしまうほどに。

「恐ろしかっただろう。止めてやれなくて悪かった」

無愛想だと思うのに、思いの外率直な言葉で謝るから、却ってこちらが申し訳なくなるほどだった。

秋実はしばらく戸惑ったように龍那美を見上げ、ややおいて尋ねた。

「……私の好きにさせて下さったのは、悪いとお思いになったからですか？」

龍那美が止めたのは佐嘉狩ではなく、間に入った手兼だった。秋実がどうするつもりなのか、黙って見ていてくれたのは知っている。それが見捨てたのではないことも。

　龍那美の返事ははぐらかしたものだったが。

「あれに関しては、どこまで肝が太いのかと呆れて毒気を抜かれただけだ」

「ふふ。……佐嘉狩神様に乱暴された際に、止めようとして下さったことは承知しておりますし。詫びて頂くようなことは、何も」

「お前は一介の町人の生まれで、首を絞められたり刃を向けられたりするのは当然じゃない。それは高天原に来ても同じことだ。碌《ろく》でもない場所だと分かっていて、不用意に目を離すべきではなかった。俺のせいだ」

　一概にそうとは思わないし、仮に龍那美が隣にいても佐嘉狩は秋実に対して危害を加えようとしただろう。龍那美が悪いとまでは思わない。

　それでも彼は秋実を慮ってくれる。

「……本当に、平気でございますのに」

　秋実は崩れるように微笑んだ。

　必要以上の言葉を並べなくとも、歯切れのいい潔い詫びの言葉で、その誠実さがよく分かった。

「そうしたら、首に紐でも付けてお繋ぎになりますか」

「不愉快な発想だな……」

「そうですね。……でも、私、ここに来られてよかったと思っておりますよ。他の十二神の御方々にお会いできましたし」

　それに、と秋実は上機嫌だった。

「神様なら皆お優しいわけでないことも、分かりました。ここでの私は『龍那美様の伴侶』であって、名前さえ呼んで頂けないような些末《さまつ》な者なのですね。……だからましてよかったと思いました」

「……意味が分からん」

「私、実はあんまり故郷に恋しさがあったわけではないのです。家族はもちろん大切ですけれど、いきなりいなくなって心配を掛けて悪いなと思いこそすれ、心底帰りたくて仕方がないというものではなくって」

　龍那美は怪訝な顔をする。

　秋実自身、奇妙な話だと思う。さしたる心構えをする間もなく、何も言えないまま家族と別れて、二度と会えなくなった。幾ら神様の元に行ったとはいえ、家族にとってその証は何もない。心配を掛けないはずはなかった。

ただ、そのことに胸が痛むことはあっても、帰りたいという気持ちではなかった。決して愛《いと》おしく思っていないわけではないのに。

「きっと、大狛宮でつらく当たられながら生活していたら、もっとずっと帰りたいと思ったのでしょうね。私、自分が薄情なのかなと思っていたのですけれど、単にそれは龍那美様が……」

優しいから、というのは何だか少し失礼で身勝手な物言いのような気がして、秋実は一度口を噤んだ。とはいえ他に適した言い様が思い付くわけではなかったので、思わず苦笑してしまいながら。

「私があああいう目に遭っても、それを当然ではないと仰せになって下さる御方だからなのでしょう。はじめから私を秋実と呼んでも下さる。私、龍那美様にずいぶん呑気にさせて頂いていたのだなと、今日になってよくよく思ったのです」

――佐嘉狩と似ているのではと少し思ったが、龍那美があのような荒事を秋実に働いたことなど、一度だってない。佐嘉狩から乱暴された時だって、決してそれを見過ごすこともなかった。

ただただ外見だけが美しいわけではないのだ。言葉では意地の悪いことも言うけれど、その心根は悪辣《あくらつ》とは縁遠い。

「詫びたりなさらないで下さいませ。籠の内のように守られては、私、何も物を知らないままでいてしまいますから」

龍那美は少しの間呆れたように秋実を見ていたようだが、その内ふと根負けしたかのように笑う。

「図太くてそう簡単に死にそうにないのは、よく分かったしな。そうさせてもらう」

――必ずしも褒められているのではないだろうが、秋実は反論しなかった。珍奇だの向こう見ずだのと散々言われた後なのでどうせ今さらなのだろう。

龍那美は立ち上がって踵を返し、広間の方へと向きを変えた。腕を上げて伸びをしながら、歩きざま、振り返ることなく独りごちるように言う。

「胃の腑を悪くした奴を板間で雑魚寝させる気もないしな。帰るか」

秋実はその言葉に慌てて立ち上がり、龍那美の後を追った。

「そのようなこと……まだ宴が続いているのでしょう？　私などお構いにならずとも」

「察しろ、口実だ。どうせ連中はいい見世物で満足しているだろうし、これ以上付き合う義理もない」

秋実は思わず「ああ」と呟いた。道理で何の未練もなさそうな口振りだ。来る時だって渋々という態度を隠さなかったし、必ずしも秋実のためというわけではないのだろう。

表情は見えなくとも、龍那美の声音は露骨に厭そうだ。

「寝泊まりの場所があろうと、そこに引っ込む暇もない。潰れたら床に転がされたまま、起きた端から迎え酒だぞ。一週間。死なないとは言ったって限度はある」

「……それは初耳でございますね」

「格好なんぞ取り繕ったところで無駄なのがよく分かる」

ここに来るまで身なりのことで失礼がないかと散々頭を悩ませていたのだが、それを聞いて改めて納得した。確かに、ぐずぐずに酔って正体をなくしていては、誰が何を着ていようが微塵も気にならない。

しかし、こうして静かな場所で一息吐くと、思いがけず自分が疲れていることに気付いてしまった。このまま慣れない場所で床に転がされると思うと気が重い。帰って静かな場所で休めるのならその方が有難かった。

そう思いながら広間に戻るべく歩いていると。

「……はは。それにしてもここ百年で一等愉快な神議りだったな」

前を歩く龍那美が肩を揺らして笑った。

結局笑われるのかと不満に思いながら秋実は答える。

「それは何よりでございますが。ここまでのことを仕出かした以上、金輪際お招きはないかと……」

神様に喧嘩を吹っ掛けて、理由があるとはいえ暴言だって吐いた。こんな揉め事の種、誰も二度と呼びたくはないだろう。後々まで後ろ指を指されかねないと頭が重かった。

沈む秋実とは対照的に、龍那美は「そうだといいな」と堪えたような笑い声を漏らす。

意味ありげな返答に、秋実が首を傾げながら敷居を跨《また》いで広間の中に戻ると。

「——秋実！」

大きく手を振る蓉だか紅だか——ではなく、火座が声を掛けてくる。てっきり白い目で見られるものかと思ったが、そんな秋実の予想とはまるで正反対の、嬉々《きき》とした笑顔だった。

「汝、飲める口じゃの！　えらく楽しませてもろうたわい。よもや佐嘉狩を潰すとは思わなんじゃ」

「いえあの、それは……」

「遠慮は要らん、こちに来りゃれ。よしよし、婆《ばばぁ》が駄賃を遣ろうなあ」

なんと返事をしていいかその場に立ち尽くして困っていると、龍那美が先にばっさりと「要らん」と切って捨ててしまった。

「馬鹿に張り合って胃の腑の具合が悪いそうだ。今回はこれで下がらせて貰う」

「何じゃて!?　これからが楽しい時間じゃろうに、左様な……」

が、火座は葛藤しながらもそれ以上言い募ることはしなかった。

「やや、しかしやむを得んか。具合が悪うてはの。ここでは到底休まらぬ。無理に引き留めるのも酷なるもの」

火座は残念そうに肩を落とした。隣にいる須豆嵐がその背を小突いている。

だが、手兼が不満そうに「何だァ、帰るのか？」と振り返った。

「帰らにゃならんのは秋実だろ。てめえまで何で帰りやがる、龍那美」

「体調を崩した奴を一人で帰らせる馬鹿があるか」

「カーッ、綺麗事抜かしゃあがるじゃねえか。むかつくな」

手のひらを返して「帰れ帰れ」と野次を飛ばしてくる。そうかと思えば秋実の方を見てまた声を掛けてきた。

「秋実、あの場を収めてやれなくて悪かったな。これに懲りずにまた来な。例年顔ぶれが変わらねえんですっかり退屈してたとこだ」

秋実が驚いて「え？」と思わず問い返した。だが、その反応を拒絶と取ったか、何か言うより先に火座が身を乗り出した。

「何じゃ、厭になってしもうたかえ⁉」

「滅相もございません！　いえあの、ご迷惑では。大変にお騒がせしてしまいましたし……」

しかし、世にも麗しい姫神たちの反応は、何をそんなことと言わんばかりだ。

「俺ァ元来揉め事が性分だしな」

「妾は愉快な方が好きだもの」

「儂はぼろ儲けさせてもろうてとても気分がよい」

龍那美が「賭けるな婆」とそれはそれは冷たい声色で吐き捨てた。何という暴言かと聞いていた秋実がはらはらしてしまったが、火座の反応は唇を尖らせただけだった。

「それじゃ、礼儀は払ったからな。しばらくその面を拝まずに済むことを願っている」

龍那美は素っ気なく挨拶とも思えないような挨拶をするなり、早々に広間を出て行ってしまった。残された秋実は慌てて深く頭を下げる。

「神様方。本日はこれにて失礼して、下がらせて頂きます」

顔を上げて微笑むと、秋実は急いで龍那美の後を追う。後ろから返事の声が聞こえてくるのにほっとしながら、龍那美の背中に追い付いた。

「お待ち下さい、龍那美様」

呼び掛けると龍那美は振り返るが、足を止める気配はない。

「さっさと退散しないと挨拶ついでに引き留められて日が昇るぞ」

「ああいえ、そうなのやも知れませんが、一つだけお願いが……」

そう言って秋実が立ち止まると、龍那美もようやく足を止めてやはりという顔で振り返った。

軽く肩を揺さぶると、閉じられた瞼が重たげに持ち上げられた。

現れる白藍の瞳がやはり美しい。昼間近くで見た時よりも瞳孔が大きい気がする。人では見たことのない色だ。

秋実は廊下に倒れていた佐嘉狩の傍に座り込んで、またその肩を軽く揺さぶる。

「佐嘉狩神様、お加減のよろしくないところをすみません」

佐嘉狩は呻き声で答えた。

目を擦り、何度も瞬きする。そうかと思えば秋実の顔を視認したのか、急に我に返ったように飛び起きて、廊下の手すりに寄って秋実から距離を取った。

「な……何用だ、お前」

「私これでお暇いたしますので、畏れながらご挨拶とお詫びを申し上げげに」

一瞬何のことか分からないというように「詫び？」と問い返すが、やがて佐嘉狩はきつく眉根を寄せた。秋実を見る目つきが鋭く、頭上の耳も横向きに伏せられる。

「……飲み比べに勝ってすみませんとでも言うつもりか？　重ね重ね恥をかかせてくれるな」

「そうではございません」

後ろに立つ龍那美が呆れたように「だから放っておけと言うに」と呟いている。しかし、秋実は首を横に振って、また佐嘉狩の目を覗き込んだ。

「――ご無礼のお詫びを申し上げます。野卑などと、本意ではないつもりでございます。男色の嗜好のない龍那美様が、いきなり私のような者を伴侶として連れていたら、不審に思われて当然です」

幾ら事実ではなかろうが、客観的に見れば確かに不審でしかないだろう。畏れ多くも神に近付く不逞《ふてい》の輩かも知れないのだ。手段はどうあれ、排除するべきだというのも分からないでもない。

秋実は床に両手を突いて視線を落とす。

「ですが、ああしてまでも生き永らえねばならなかったのでございます。……命ばかりはどうしても奉じられませんが、お怒りは甘んじて頂戴いたします。どうかご容赦下さいませ」

そう言って深く頭を下げた。

「……お前」

「尊き神様方の場を騒がせたことについても、お詫び申し上げます。私がいることで佐嘉狩神様にご不快な思いをさせてしまうのであれば、二度とこの場には参りません。固くお誓い申し上げます」

秋実は顔を上げると、真っ直ぐに佐嘉狩を見て微笑んだ。佐嘉狩はどこか放心したような顔でじっと秋実を見据えていた。真ん丸な瞳がやはりどこか愛らしいと思ったことは、決して口に出せないが。

「……それでは、私はこれにて御前を下がります。あの、差し出がましいようですが、人形から上掛けを借りたので、よろしければお使い下さいませ。廊下は冷えますでしょう」

持っていた綿入れを差し出すと、秋実は静かに立ち上がった。失礼いたします、と軽く会釈をして、龍那美を伴って立ち去る。

残された佐嘉狩の呆然とした表情が少し気になったが、この期に及んで留まっても却って気を悪くさせてしまうかも知れないので、構わず龍那美と廊下を進む。

龍那美には、どうしても佐嘉狩に一言詫びていかなければ帰れないと懇願して、どうにか待ってもらっていた。

ようやく帰れるとなった彼は、早足で廊下を歩きながらもやはり溜め息を吐くが。

「お前を連れてこないと俺が責められるんだが」

秋実は苦笑するしかない。

「申し訳ございません……どうにかとりなして下さいませ」

龍那美は素っ気なく「言われんでもそうする」と言いながら、昼過ぎに来たばかりの宮を後にした。

来た時と同じく大鳥居を潜って大狛宮に戻ると、丸一日も経っていないはずなのに、ひと月分はどっと疲れたような気がした。

神議りが終わった後から、大狛宮には続々と十や二十に留まらないほど荷車が押し寄せた。車の中は食材から反物、掛け軸や器、大きいもので箪笥《たんす》など、どれも秋実が見たことのないような、値の張る立派な品物ばかりだった。

「後から届けてくれと言い置いていた神議りの土産と、他の神からの婚礼の祝いと、さらに火座から詫びと駄賃だな」

正門からほど近い西宝殿《さいほうでん》に運び込まれた祝いの品の山を前に、龍那美は気怠《けだる》い声でそう言った。律はせっせと品物と送り主を書き出している。

神議りに出席者が持ち込んだ土産は、あの場で飲み食いしなかった分を分けて持ち帰らせるそうだ。ただ今回はあまりに早く帰ってきたため、人形の土産の用意が間に合わなかった。それについては後から届くと聞いていたが。

婚礼の祝いは想定していなかった。ついでに、火座からの詫びと駄賃というのに心当たりがない。

「火座からの品は秋実宛てでいいとして、食材だな。どうにかするか」

「私？　なにゆえ火座様から」

「覗き見の詫びの件と、飲み比べの勝ち分の駄賃だな、貰っておけ。なかなか悪くない品だしな」

律が一つ頷いて、桐箱を幾つか積み上げて持ってきた。恐々としながら中身を確認していくと、墨絵が描かれた沈折《しずめおり》の扇や蒔絵《まきえ》の印籠、印籠と揃いの拵えの短刀など、あまりの過ぎた品物の数々に震え上がることになったが。

「おそらくなのですが、賭け事で入った金銭より遥《はる》かに立派な品ばかりでございますが……」

「火座婆さんは若いのが可愛いんだ。使ってやれ」

外見は幻とはいえ母や妹に似ているのに、老女のように言われるととても不思議な気分になる。

律が桐箱を抱えて本殿の方へと戻っていく。何も言っていないが、おそらく部屋に運んでくれるのだろう。

龍那美も自ら宝殿に積まれた荷物を移動させながら言う。

「このあたりから、食い切れないから次から来る連中に幾らか持たせてやれ」

「悪くなりそうですものね。筒紀霜比売様のところから氷を頂いたのは幸いでございました」

「とかく陰気だがな。変なところで気が回る」

秋実は「お会いできなくて残念です」と言いながら、龍那美が出してきた食料の類を確かめる。

日持ちのする菓子や乾き物なら心配ないが、肉やら果物やら生魚やらはあまり置いておけない。だが、どうしても食べ切れそうにない量で、どうしようかと相談していたところ、見透かしたように筒紀霜比売の使いが荷車いっぱいに氷を積んで持ってきてくれたのだ。今は壁の厚い土蔵に氷を敷き詰めて保管している。

奥から荷物を抱えて出てきた龍那美は、なぜか急に不機嫌な顔をしていた。

「呼んでもいない客が来た。出てくるなよ」

「？」

なぜと尋ねようとしたものの、それより先に龍那美は荷物を置いてさっさと宝殿を出てしまった。

扉は開けたままなので、秋実は身を隠したままこっそりと門の方を窺う。出てくるなということは、秋実が姿を見せる必要がない客か、姿を見せては問題があるか、どちらかだろう。だが、今まで龍那美が秋実に対してそういうことを言ったことはない。今日に限ってなぜそれを言うか疑問だった。

だが、門のところに人影を見つけて、秋実はすぐさま納得した。

——佐嘉狩だった。

見もせずに龍那美には来客が分かるのが不思議な一方で、今までも使者が来るたびすぐに反応していたので、自分の神域のことなら何でも分かるのかも知れないと想像しながら様子を見る。

「何しに来た」

開口一番突慳貪《つっけんどん》な挨拶代わりの問い掛けに、秋実はこっそり頭を抱える。もう少し言い方というか前置きというか、そういうものも必要ではないだろうか。

だが、意外にも佐嘉狩の反応は、秋実の想像したものではなかった。

「……用があるのはお前ではない」

「は？　俺の神域にのこのこ顔を出しておいて俺に用があるのでなければ何なんだ」

「お前一人で大狛宮にいるつもりか、図々しい奴だな……」

「主に対して図々しいも何もあるか!!」

結局いつものやり取りが始まるのだなと思い、秋実ははらはらしながら成り行きを見守る。自分が出て行ったところでなお状況が悪くなるかも知れないのだ。下手に顔を見せるのも悪手だろう。

それにしても、佐嘉狩が何か大きなものを担いでいるのが気がかりではあるが。

だが、急にぺたりと耳を折って目を伏せた佐嘉狩は、幾段声量を落としてぼそりと言った。

「……松田秋実がいるだろう」

秋実は深く首を傾げた。思わず西宝殿から身を乗り出して佐嘉狩を窺う。

「はいそうですかと連れてくるとでも思っているのか？　先日の己の狼藉《ろうぜき》を忘れたとは言わせないが。気色ばんでうっかり射られてはかなわん」

「分かっている。弓は置いてきている。太刀も」

「そ……いや。縊ろうとした奴だしな。手足は括っておくべきだろうな。そうでもしない限りは危なっかしくてとても連れてこられんな」

「……それでよければ……構わんが」

「龍那美様、害意がないと分かっていながら手足を括るとは、何たる非道の物言いでございますか」

さすがに佐嘉狩のしょげた横顔を見てそれ以上堪えきれず、秋実は思わず横から声を上げた。離れていたが龍那美の舌打ちがしっかり聞こえた。

秋実は慌てて龍那美を押し退けながら佐嘉狩の前に出る。手足を括られてもいいとまで言わせて怯える気にはならなかった。

「佐嘉狩神様、申し訳ございません。私にご用でございましたか」

お越し頂きまして恐縮です、と微笑みと共に声を掛けると、佐嘉狩が一瞬だけ秋実を見て、また目を背けた。掛けられる声もどことなく覇気がない。

「……変わりないか。胃の腑を痛めたと聞いたが」

「あ、ええ。一晩ですっかり。大事はございません」

「……首は。痛くないか」

「ええ、ご覧の通り、何事も。痛みもございません」

首が見えるように軽く顎を上げると、佐嘉狩はそれを確かめて少しほっとしたように目元を和らげた。

すると、先ほどから気に掛かっていた、肩に担いだ大きな袋をどさりと置いて、佐嘉狩は素っ気なく言う。

「……やる。先日の詫びだ」

「？　詫びて頂くようなことはなかったかと……」

「いいから取っておけ！」

怒鳴られて、思わず肩を竦める。が、怒鳴った方の佐嘉狩の方がはっとしたように口を噤み、思い切りしょげた顔をするのだから、どうにも怯え切れない。

秋実は袋を見下ろして恐る恐る尋ねる。

「中を拝見しても？」

佐嘉狩の首肯を確かめて、秋実は地面に膝を突いた。袋を開けて中を覗き込み、思いがけないものが出てきて一瞬驚きながらも、すぐに中のものをまじまじと観察する。

「猪《いのしし》でございますね。……これはまた立派な」

思わず袋をずるずると捲《めく》っていって、その大きな猪の全身を露わにする。背後で龍那美が不快そうに眉をひそめていたが、秋実は気付かなかった。

「今朝捕った。血抜きはしてある」

「ここの傷ですね。ああでも、血抜きでない傷が……これですね。正面の額に一つだけ。本当に見事な弓の腕をなさっておいでなのですね」

「当然だ」

「頂戴してよろしいのでしょうか？　でしたら有難く大狛宮で頂きますが……」

佐嘉狩はこくりとまた一つ頷いた。顔を背けていても耳がこちらに向いている。今日も今日とてふわふわだ。柔らかそうな尻尾は今は微動だにしていないが。

機嫌が悪いわけではなさそうだと、秋実はほっとしながら笑う。

「ありがとうございます、佐嘉狩神様。今日の昼餉に頂きたく存じます。しし鍋などきっと美味でしょうね」

食材は今溢れるほどあるが、せっかく今朝捕ったばかりだというなら先に食べてしまった方がいいだろう。余った分は漬けるなり干すなりすればいいし、昼までに解体してしまわなければならない。

秋実の言葉に、それまで微動だにしなかった佐嘉狩の尻尾がゆったりと左右に振れる。毛が長いのでふさふさととかく優雅だ。彼は素っ気なく「佐嘉狩でいい」と言う。

龍那美は溜め息を吐いて踵を返した。

「処理に荒鷹を呼んでくる。……まったく、丸ごと持ってくる馬鹿がいるとはな。この忙しい時に面倒事を持ち込みやがって」

「お前に持ってきたんじゃない！」

「どう考えても食い切れん。有難迷惑という言葉を知らんのか」

「味噌《みそ》や塩で漬ければ大丈夫ですよ。頂き物でちょうどたくさんございますし、よかったです」

龍那美はそれに答えず、本殿の方に荒鷹を探しに姿を消してしまった。目を離しても大丈夫だろうと判断したのだろう。秋実も同意見だ。どうしたことか今日の佐嘉狩は、少し――元気がないというか、様子がおかしいような気がする。

秋実の見立て通り、佐嘉狩は龍那美の言葉にもそれほど激昂する様子はなく、秋実の方へ耳を傾けたままだ。

「頂き物？」

佐嘉狩は訝しそうに、ようやく秋実を見た。その視線に微笑みを返して秋実は答える。

「ええ、婚礼の祝いにと、色んな神様方から贈り物を頂いて。宝殿が埋まりそうな量になってしまいました。お返ししなくてはならないので、少し困りましたね」

佐嘉狩の尾が急にぺたりと下がる。

「……唯一の龍那美の伴侶だからな」

「違うと申し上げても仕方がないそうですからね。そういうことにしておいた方がいいのだということは分かっているのですけれど……何だか嘘を申しているようで心苦しくはございます」

手兼から聞いたように、どうあっても伴侶ということになるのだ。龍那美も道理に従ってそれを受け入れているため、運ばれてくる品々を突っ返すこともできない。嘘を言って祝い品をせしめていることにならないかと秋実は気が重いし、龍那美にもそう言ったのだが、気にすることはないと一蹴されてしまった。

だが、佐嘉狩が急に顔色を変えて秋実に詰め寄ってきた。

「——違う!?」

「あっ」

秋実が目を丸くして彼を見上げると、はっとしたように佐嘉狩は距離を取る。その気遣いに少し安堵して、秋実は一瞬強張った表情を緩めた。が、代わりに自らの失言のために思わず目を背ける。

——佐嘉狩は秋実のことを、神議りの席で何も聞いていなかったようだ。隠しているつもりはないが、余計なことを言った。

「いえあの、違うことはないのですけれど。合っておりますが、伴侶として連れてこられましたので伴侶です。そういうことになっておりますので」

「違うと言っただろう。なぜ無用に取り繕う」

「えー……その、ですね。ややこしくて、私あの場でようやく理解ができたので……何と申しましょうか、建前の上では間違いではなくてですね。気持ちの問題と申しましょうか」

「何を誤魔化している!」

「ああ申し訳ございません、決してやましいことがあるわけでは……っ」

だが、佐嘉狩に詰め寄られてとうとう隠し遂《おお》せることもできなくなり、秋実は諦めて白状した。

手兼に説明した内容を佐嘉狩にも聞かせる。

「ですのでその、伴侶というのは体裁の話でして……慌ただしくて、本来の役目であるところの仕事がはかばかしくなく、ちっともご恩をお返しできていないのがお恥ずかしい限りではあるのですけれど」

神議りが終わっても、こうして祝いの品のために時間を取られて、北宝殿に籠る時間が取れていない。絵筆を握る暇さえなく、寝る前に少しだけ道具を触るだけの日々になっている。

佐嘉狩はしばらく何も言わなかった。尻尾はゆらゆら左右に揺れているものの、何か考えているような表情のまま動かない。

秋実が遠慮がちに反応を待っていると、それまで思案げに黙っていた佐嘉狩が、急に青褪めた顔色で秋実を見た。

「では、俺が言ったことは、全部……？」

ああやはり無駄に蒸し返してしまった——と後悔しながら、秋実は引き攣った笑顔を作る。

「言ったこと。はて、何で……ございましたでしょう、か……」

「……ぐ……」

佐嘉狩は呻き声を上げ、頭を抱えてその場にしゃがみ込んでしまった。急に暗澹と淀んだ空気を纏って俯く佐嘉狩に、秋実はおろおろと戸惑いながら佐嘉狩同様その場に屈《かが》む。

「いえあの佐嘉狩……様、嘘を申し上げるつもりではなかったのです。けれどあの」

「……俺は……何という……」

秋実はまた佐嘉狩の名前を呼び、その肩をそっと撫でてみる。大暁や手兼の反応を見るに、神様には事実などてっきり些事なのだろうと思っていたのだが、佐嘉狩には違ったらしい。訂正する隙がなかったとはいえ、思いの外自分の発言について悔いているらしい姿を見て、何だか少し気の毒になってしまう。

と、佐嘉狩がそろりと顔を上げて秋実を見た。目が合って、秋実は勝手に触れては失礼だっただろうかと手を引っ込めたが。

「……本意ではないと言ったが。……犬が好きだというのは、あれもそうか？」

「あっ……」

秋実はいきなり先日の話を蒸し返され、恥ずかしさに思わず赤面した。酔いに流されるまま、言わなくてもいいことを言ってしまった。十二神の一柱を犬扱いなどと、本当に切り捨てられて仕方がないようなとんでもない無礼だった。

「いえあの、ですからそれは、真なのですけれど。十二神を犬と混同するなどと、そんな畏れ多いことは、その」

だが、秋実の弁解を聞いているのかいないのか、佐嘉狩は「誠か」と短く呟いて、秋実へ向けて手を差し出した。首を傾げていると、目線で手を示される。

秋実は恐る恐る手を伸ばす。佐嘉狩は秋実の手を取ると、ぽんと自分の頭へ触れさせた。

「うえ……ッ!?」

驚いて思わず頓狂な声を漏らしてしまった。

だが、佐嘉狩の手が重なっていて、それを払ってまで手を引っ込めることもできない。指の腹に例のふわふわの耳が触れていて、ひどくどぎまぎしてしまう。

佐嘉狩は項垂《うなだ》れたように膝を抱えたまま、秋実を上目に見る。

「……何も知らないまま、勝手を言って悪かった。詫びにもならんが、厭でなければ触っていい」

「よ……よろしいのですか……」

「いい。尾がいいか」

「どっちも……あ、いえそんな畏れ多い」

思わず本音が漏れてしまい、慌てて遠慮してみるが、佐嘉狩は意外なほどあっさり「いいぞ」と答えた。

髪色と同じく元々の毛色が薄く、ゆらゆら揺れると不思議な光沢が波打つ。そっと耳を触ってみると、ぴくりと一度逃れるように震えたが、本当に厭がった様子はない。

――柔らかくていい手触りだ。

「これはまた……何たる至上の毛艶……」

うっとりしながら耳やら尻尾やらを撫でていると、佐嘉狩が何とも言えない顔をしていることに気付く。

おそらく触られて気分がいいわけではないのだろう。それが分かっていても、秋実があまりの手触りのよさに止め時を見失っていると。

「二度と手荒な真似はしない。お前を怖がらせるようなことも。……約束する」

美しい白藍の瞳は、今は瞳孔が種籾《たねもみ》のようにきゅっと縦に細い。硝子《びいどろ》細工のような猫の瞳だ。尻尾や耳の形からしても、犬なのか猫なのか断じるのが難しい。もしかして犬ではなかったかも知れないと思いながら、秋実は首を傾げる。

「怒っておられませんか。私、佐嘉狩様にきちんとご説明申し上げるべきところを、何も言わず」

「なぜお前が怒られる。……もとを正せば龍那美の奴が紛らわしい真似をするのが悪い。己の社の神婚祭の時期に人を連れ出す馬鹿がいるとは」

「そのような。私が行くと申しましたのです」

なんだか、こうして話してみると佐嘉狩という神様は意外なことに、怒る時だけではなく、詫びる時までもが率直だ。それがやはりどこか――龍那美の態度にも近しい気がする。だからだろうか、手荒なことをされた後であっても恐れる気持ちが起こらなくなっていた。

佐嘉狩は大人しく秋実に触られながら、ゆっくりと目を瞑る。

「来年の神議りも、厭でなければ来い。……待っている」

宴席での秋実の言葉を気にしているのだろう。秋実は安堵半分、少し困ったように笑う。

「飲み比べはもう懲りましたので、お相手することは難しいやも知れないのですけれど」

「そんなこと頼むか。お前が来ないと俺が他の連中に責められるだろう」

「そんなことはないと思いますけれど……そうですね。お招きがございましたら伺います」

神議りの場に人間が招かれもせず行くのもおかしな話だ。十二神の誰かが呼べばという話なので、呼んでくれと言えばいいのかも知れないが、それはそれで気が引ける。

佐嘉狩は「それと」と静かな声で言う。

「お前が、龍那美を好いているのでなくてよかった。……龍那美を見限ったら、淵水宮《えんすいぐう》へ来るといい」

「淵水宮？」

初めて聞く名前だ。どこのことだろう。来いというからには、佐嘉狩に縁ある場所なのだろうが――。

しかし、それを尋ねるより先に、玉砂利を踏む音と龍那美の冷ややかな声が聞こえた。

「お前、いつまでいるんだ。用は済んでいるだろう、早く帰れ」

秋実は慌てて手を引っ込める。自分がいつまでも未練がましく触っていたのに帰れというのは無体な話だ。

「龍那美様、あの、佐嘉狩様は……」

「お前がいるとうちの犬どもが奥に引っ込んで出てこないんだ。存在が迷惑でしかない」

龍那美には秋実の言葉を聞く気はないようだ。秋実も弁解を忘れ、浮かんだ疑問に首を捻《ひね》る。

うちの犬というと、律と白露のことだろうか。なぜ佐嘉狩がいると出てこないという話になるのだろう。恐れているのだろうか。

佐嘉狩はぱっと立ち上がって龍那美を睨み付ける。

「ふざけるな。犬っころが臆病なのは飼い主がお前みたいな傍若無人だからだろう」

「関係あるか！」

「主の言うことを聞かないとは、お前さては人形に舐められているな。恥ずかしげもなく責任転嫁とは片腹痛い」

「俺はどこぞの畜生神と違って優しいんだ。人形に無理強いなんぞせん」

自分で言うのか。

確かに優しいとは思うが、自分で言うと説得力が――と秋実はこっそり思う。佐嘉狩は呆れたような溜め息を吐いて、それ以上反論しなかった。馬鹿らしいと言いたげに身を翻す。

「今日のところは帰る。間違ってもあの痴《し》れ者が言ったからではないが。……邪魔した」

「龍那美様の仰《おっしゃ》ったことはお気になさらず。よろしければ上がっていかれませんか」

「その必要はない」

獲物の猪を届けたので、用件は済んだということなのだろう。きっぱりと断られてしまったので、強く引き留めても仕方がない。またの機会に声を掛けようと思う。

が、秋実は思わず「あ」と声を上げて佐嘉狩を呼び止めた。

「貰い物で恐縮なのですけれど、幾らかお持ち下さいませ。足が早い頂き物がございまして」

「分かった」

お前が言うならそうすると、佐嘉狩は舌打ちをする龍那美を無視して、秋実へと和らいだ表情を向けた。

佐嘉狩を連れて倉庫を見に行っている間、入り口に置いてあった猪の袋は、荒鷹が井戸の傍に移動させたようだった。捌《さば》くのを見ようかと思っていたが、わざわざ追い掛けてまで仕事の邪魔をするのも憚《はばか》られて諦めた。

荷物を持たせた佐嘉狩は秋実に挨拶すると、その場に未練がないようにさっさと門の方へ向かった。秋実が神議りの場に向かう時同様、佐嘉狩が正門を潜った途端にその姿は忽然と消える。

──何度見ても不思議なものだ。

仕組みを軽く聞いてみたが、説明されてもよく分からなかったので結局神通力で片付けることになったのだが。

改めて秋実は隣にいる龍那美に尋ねる。

「龍那美様。律たちが出てこないとは、一体どのような……」

龍那美はああ、と声を漏らす。

「佐嘉狩が……何なんだろうな。何の獣なのだか分からないんだと。匂いや気配が混じっていて判然としなくて得体が知れないのと、そのくせやけに威圧感があって、近くに寄るとぞわぞわするのだと。白露らはうまく説明できないようだったが、律に書かせたらそういう感じらしい」

「感覚が人より鋭いのでしょうか。確かにそれでは、無理強いしては気の毒ですね」

深く考えず上がっていくよう勧めてしまって、どちらにも悪かった。次からは縁側ぐらいしか勧められないだろうか。どのぐらい距離が必要なのだろう。

秋実がひっそり悩んでいると、龍那美は秋実を見て意外そうに言った。

「それよりお前、求愛されていたな」

秋実は何のことか分からずきょとんと龍那美を見上げる。

「求愛？　誰が？」

「お前が。佐嘉狩に」

秋実は固まったまま龍那美をじっと見上げて、少し間を置いて後に。

「まさかそんな畏れ多いこと、喩え冗談だって失礼でしょう……」

あり得ない、と首を横に振った。

失礼を重ねて許して貰っただけでも十分だというのに、求愛されるというのは理解できない。抑々佐嘉狩はあれだけ龍那美が男色だというのを嫌悪していたのだから、まして秋実に好意を持つはずもない。

だが、呆れ顔の龍那美の返答は「そうだといいな」という投げやりなものだった。

参《さん》

神域といえども冬は来る。日に日に冷え込んでいく空気によって、秋実はそれを肌で感じていた。

普段寛《くつろ》ぐ時に皆が使っている部屋には囲炉裏があり、すでに火が入っている。鉄瓶を掛けているので火の番のために座っていたが、襖を開けて入ってきた龍那美は、静かな声で呟いた。

「ずいぶん懐かれたな」

「龍那美様」

「やけに静かだから何をしているかと思えば、犬まみれで茶とは」

龍那美に指摘され、秋実は苦笑いするしかなかった。

秋実の膝には、すやすやと眠る律の頭が乗っている。背中には白露が、背中をくっ付けて丸くなって眠っている。それぞれ綿入れを掛けてやり、秋実は前後で二人に挟まれて身動きが取れず、只管茶を啜《すす》っていた。

「動けなくなってしまいまして……起こすのも気の毒で」

昼餉を済ませて寛いでいると、律と白露がやってきたので、ひとしきり顔や頭を撫でていた。気が付くと眠ってしまっており、今の状態に至るわけだが、寝入ってからまだ四半刻だ。起こすこともないだろう。

龍那美は茶を用意しようとする秋実を手で制したが、その視線にはどこか非難じみた気配がある。

「お前は犬と見れば見境がないのか？」

「な、何をご想像されてそのような御目をなさるのか、理解をいたしかねますが……あ、猫も好きですよ」

「何の話だ……」

「というより、犬で怖い思いをしたことがないだけやも知れません。噛まれたり追い回されたりしたら、怖いと思ったでしょうね」

自ら茶を淹れながら龍那美は「そういうものか」とやはり静かな声で言う。呆れてはいても、二人が起きないよう気を使ってはくれるらしい。

膝にある律の頭をそっと撫で、秋実は苦く微笑む。

「撫でられるのが好きだから、こうして気を許してくれていますけれど。二人とも一番の主人は龍那美様だと思っていますよ。龍那美様に呼ばれた途端、格別に目を輝かせて私の前から消えてしまいます」

「どうだかな」

「たまには撫でてやって下さいませ。きっと私にそうされるよりもずっと喜びますよ」

饅頭《まんじゅう》を齧《かじ》りながら「気が向いたら」と龍那美は素っ気なく言った。龍那美は優しいとは思うが、目に見えて他者を可愛がるような行動を取る性格でもない。勧めてはみるが無駄かも知れないとこっそり思う。

子供の姿を取っていても、その気性は犬に近い。胸中には序列があって、その頂点が龍那美だ。秋実はそれより下だろう。

——人形というものが何なのか、未だに詳しく分かっているわけではないのだが、中身は獣の魄というものだと聞いている。器は龍那美の造り物で、この可愛らしい子供の姿は生前のものではない。

近頃、それで気になることがある。

「龍那美様。二人は、犬だった頃は飼い犬だったのでしょうか」

生きていた頃は犬だったはずだ。律は黒毛の犬で、白露は赤毛の犬だったらしく、髪の色はその名残を残している。秋実の住んでいた集落でも似たような毛色の犬は飼われていた。

龍那美が「なぜそんなことを？」と訝しそうに聞いてくる。秋実は思わず目を伏せた。

「野犬とは違って、この子たちは人が好きですから。何だか気になってしまって。……それに、律が口を利こうとしないのは、何か理由があるのでしょうか」

きらきらした大きな瞳は愛らしく、全幅の信頼を寄せてくれているのが分かる。野犬はもっと鋭く警戒心を持っているものだ。だからこそ、なぜ人形になったのかというのが不思議だ。

つまり——おそらく二人はすでに命を落としている。その理由が気になった。

「いえあの、大した理由がないのなら、それで構わないのですけれど」

だが、龍那美は湯呑を置いて、立てた膝に頬杖を突く。

「そうだな。お前の言う通りどちらも飼い犬だった」

秋実はやはりと思いながら顔を上げて龍那美を見る。

彼の顔色は普段と変わらない飄然としたものだが、語られたのは耳を疑うような話だった。

「律は昔に、人間を庇って熊に向かっていって、喉笛を嚙み千切られて死んだ犬だ。それほど大きな熊ではなかったが、人——それも子供など到底敵わないだろう。子供は逃げて、助けは来なかった。見捨てられた犬だ」

——律は子供を助けたい一心だったのだろう。その願いは叶ったというのに、何とも言えず気分は塞ぐ。

秋実は明らかに表情を曇らせた。

「その、見捨てられたと仰せになりますのは……」

「親子共々家に閉じ籠って、熊がいなくなるのを待っていただけだ。人食いでもない熊を深追いしても意味はないしな。亡骸は持ち去られて、葬られることはなかった」

——やむを得ないこととはいえ、子供を助けたというのに無体なことだ。

秋実は知らずきつく眉根を寄せる。龍那美はゆるりと瞬きしながら訝しそうに呟いた。

「器の機能は問題ないはずなんだが、頑として喋《しゃべ》ろうとしない。どういう理屈なんだかな」

「……白露は？」

「飼い主が出かけたきり戻らず、杭《くい》に繋がれたまま飢え死んだ」

憐憫というのは難しい。得てして侮辱のようにも取られるその思いに、秋実はいたたまれずに目を伏せる。

「なぜ戻らなかったのでしょうか」

「知らんな。札差《ふださし》にでも追われていたか、出先で災難に遭ったか」

「そうでしたか……」

教えて下さってありがとうございます、と秋実はどうにか続けた。胸が痛んで、感謝を伝えるにも明るく振る舞うことができなかった。

こんなにも人が好きなのに、人のためにその命を落としているのだから切ない。

「愛情深いほどに、いっそう痛ましいものですね。ひたむきに人を信じ続けて、命を落としていったのですから。……今は、痛かったりひもじかったり、つらい記憶が残っていなければいいのですけれど」

秋実は小さく息を吐いて、気を取り直すようにして視線を上げた。龍那美は茶を啜る間を置いて答える。

「犬だった頃の記憶はない」

「でしたら……ようございました」

「そんな境遇の犬猫は幾らでもいる。そう哀れんでも却って気が滅入るだろうに」

「それは、確かなのやも知れませんけれど」

秋実はそう言いながら、ついまじまじと龍那美を凝視する。疑問が解ければ、また別の疑問が降って湧いてくる。

「龍那美様は、理由があってそういう犬を選んで人形になさるのですか？」

そういう犬を人形にする理由——いわゆる高天原の理なるものでもあるのかと、思わず秋実は尋ねる。

しかし、龍那美はなぜそんなことをと言わんばかりの怪訝な顔で「いや？」と首を横に振った。

「偶々目に付いたから」

「……龍那美様は哀れな犬が目に留まるたびに拾ってこられるのですか？」

「手が足りていなかっただけだ」

秋実は何か言おうとして、思い直して口を噤んだ。

――そういうことにしておこう。

美しいものを愛する神様は、命を失うほどに人を慕う犬のひたむきさを美しく思ったりするのかも知れない。長くはないが同じ時間を過ごして、彼が贅《ぜい》を尽くした煌《きら》びやかなものを好んで愛《め》でるような性質でないことは、少なくとも表面的なところでは理解をしている。龍那美が秋実を連れていく気になったのも、外見がどうという理由ではない。

そういう性質の彼だからこそ、秋実が慣れない場所に来てもさほどの苦痛を覚えなかったのだと、今はよく理解できる。

「……私も二人のように、早くあなた様のお役に立ちたいのですけれど」

恩を返したい気持ちももちろんあるのだが、それ以上に、純粋に自分の仕立てた着物を着て欲しいと思う。妹の紅の打掛を描いている時と同じだった。なのに、なかなか儘ならないのがもどかしい。

龍那美は「大袈裟《おおげさ》な奴だな」と不思議そうな顔をするが、秋実は苦渋にきゅっと顔を歪める。

「恥ずかしながら一級品の道具に振り回されていて、うまく仕事が進んでいなくって……」

「だろうな」

「慣れるまでお時間を頂きたいです……」

「そのつもりだ」

さも分かっていたと言いたげな反応が悔しい。未熟な腕を肯定されたようで複雑な気持ちだ。

が、龍那美が分かっていると言ったのは、必ずしも秋実が未熟であることだけが理由ではないようだ。

「抑々、神議りだの祝い品だので散々時間を取られたしな。その暇もなかったのは知っている。職人が道具をまるっきり変えられては仕事が進まないことも、よく分かる」

慰めのつもりはなく、事実として認めているという口調だ。おおらかなのかどうでもいいのか――いや、どうでもいいなら秋実をここに置く理由もないのだから、器が広いのであって欲しいとは思うが。

急《せ》かされないのもそれはそれで寂しい。そんなことを考えるのは自分の我儘だろうか。

そう思って秋実は苦く微笑んだ。

「そういえば、祝いの品のお返しをしなければなりませんね」

「律と楓に言ってあるから、心配することもない」

「そうでしたか。私、何もしないのもそれはそれで落ち着かないのですけれど……」

ふと会話が途絶えた隙に、秋実はゆっくりと茶菓子入れの饅頭に手を伸ばす。龍那美が食べているせいか、何だか美味しそうに見えた。が、微妙に指先が届かず、律と白露がいるのでそれ以上動くこともできず、そのまま諦めた。

結局、龍那美が無言で膝を擦り少し前に出て、秋実の手に饅頭を持たせてくれた。

「……ありがとうございます」

「目の前で諦めるのを見て知らない振りはし難いだろうが」

「んっふ……んん。あの、もし急須にお湯が残っていたら、それも手元に頂けないでしょうか」

あまり笑うと律や白露が起きてしまうので、変に堪えた笑い方になってしまった。咳払いで誤魔化した後、急須に視線を遣る。

飲んでいた湯呑はもう底が近い。饅頭を食べるならもう少し欲しいなと思ってしまった。

秋実の頼みに、龍那美は呆れながらも囲炉裏の鉄瓶を取って急須に湯を足し、秋実の湯呑に茶を注いでくれた。

本来なら自分がやらなければいけないところを、龍那美の手を煩わせてしまっている。何とも後ろめたい心持ちで、秋実は眉尻を下げながら。

「ありがとうございます、龍那美さ……」

と、秋実は礼を言い掛けて、はたと気になっていたことを思い出す。

「そういえば、白露たち皆は龍那美様を『主様』と呼んでおりますけれど、私もそうお呼びするべきでしょうか」

饅頭の残りを咀嚼していた龍那美は、不思議そうに視線を上げる。

「うん？」

「あの、長月の生まれで大狛大社に詣でる者は皆、親しみを込めて龍那美様と呼んでおりましたので、ずっと私そうお呼びしていたのですけれど……あの、思えば不躾《ぶしつけ》ではなかったかなと。今さらなのですけれど」

大狛大社のタツナミ様、と子供の頃から呼んでいたので、その延長で彼本人に向かってもそう呼んでしまっていた。生まれ月ではない他の十二神は正式名で呼ぶようにしていたのだが、うっかりしていた。

だが、龍那美は思案げに咀嚼を繰り返していたかと思えば、急に何を考えたかたいそう厭そうな顔をした。

「伴侶に『主』と呼ばせていると、妙な嗜癖があると陰で囁かれるな……」

「……さ、障りがあるならもちろん構わないのですが……」

妙な嗜癖というのがどういうものかまったく見当もつかないが、龍那美が不快そうなので碌なことではないのだろうなと思った。

「今まで通りでいい。何を今さら気にしているのやら」

訝しそうな龍那美の視線に、浅く齧った饅頭を飲み込んでふにゃりと眉尻を下げる。

「目まぐるしかったのが、ここのところすっかり落ち着いたので……何だか私、最近のことを思い返して、今さらあれこれと心配してしまって……」

神議りでの無礼や、人形のこと。大狛宮のこと。――高天原のこと。慌ただしく過ごしてよく考えてこなかったが、今思うと果たしてこれでよかったのだろうかという疑問がふつふつ湧いてくる。それに、龍那美にひどい恥をかかせたのではないかと悔いる思いもある。自分は知らないことが多すぎる。

だが、龍那美は無関心とも思えるほど顔色を変えない。茶を一口啜ってゆるりと尋ねてくる。

「慣れないこと続きで疲れたか」

それを聞いた秋実は、急にすとんと腑に落ちたような気持ちになる。

「ああ……そうかも知れません。気が抜けてしまったのかも。だから本当に些細なことが気に掛かってしまうのかも……」

「お前は肝が太いのか細いのか分からないな。寒いのもよくないのかも知らんが」

龍那美は嘆息交じりにそう言って、「何が気に掛かるんだ？」と尋ねてくる。

「大したことでは」

「それを判断するのはお前じゃない」

「あっ、そ、そうですか……」

話を聞こうとする優しさなのか、そうではないのか、よく分からない。

秋実は僅かな躊躇《ちゅうちょ》の後、おずおずと遠慮がちに答えた。

「……その、本当に、私の考え過ぎということもあるので、あまり真剣にお聞き頂かなくても構わないのですけれど」

そんな前置きをして、不可解そうに続ける。

「夜霧が——よく私を見ているような気がするのです」

気のせいと言われれば本当にそれまでだ。

それまでまったくの他人だったのだから、警戒されているのだろうとも思ったのだ。ただ、事あるごとに視線を感じて、振り返ると夜霧がいる。声を掛けても無言で立ち去ってしまう。食事に同席したこともないし、警戒されるならされるで、もう少し打ち解ける努力をしたいが、その機会もない。

嫌われているのだろうかと不安にもなる。

龍那美は秋実の言葉に「なるほどな」と眉間の皺《しわ》を緩めた。

「何やらご存じのことはありますか？」

「ご存じというほどでもないが、まあある。抑々夜霧は俺に対しても懐かないぞ」

——主人なのに？

そういう疑問が顔に出ていたのか、龍那美はまた頬杖を突いて嘆息する。

「人形を作る時に、あまり魄を弄《いじ》らないからな。獣だった時の性質がそのまま出ているんだろう」

「魄を弄るとは」

「仕事をさせやすいように、従順になるよう手を入れて細工をする、という感じか。稲佐浜大社の人形なんかと比べると分かりやすい」

秋実はああ、と声を上げる。稲佐浜大社には神議りの場を回す人形たちが多くいたが、判を押したように同じ姿形をしており、表情を一つも変えなかった。

「大狛宮の人形と、ずいぶん違うと思いました。何と申しますか、からくり人形のような感じが」

「あれが一等顕著だな。程度は違えど似たようなことをどこの宮でもやっている。仕事をさせるのに適した性質に調整する」

実際にどうやって、ということは分からないが、話は理解した。

獣を人に作り替えるのに、そっくりそのままというわけにはいかないのだろう。ある程度手を加える必要があるのかも知れない。

「大狛宮でも、少しは手を入れるのですか？」

「指示命令をある程度聞くようにな。言うことを聞かない、仕事もしない人形では意味もないし」

「……ある程度？」

「何でも彼《か》でも厭々させたって仕方がないだろう」

そういえば、佐嘉狩が来ていた際、律たちが恐れて出てきたがらなかった。あの時も龍那美は無理強いをしなかった。ある程度、の範疇《はんちゅう》を越えて厭がったということだろうか。

稲佐浜大社の人形は確かに少し近づきがたい感じがした。不気味だと龍那美もぼやいていたし、彼はあれが好きではないのだろう。

「では、律や白露と違って、人慣れしていない獣だったのでしょうか。元は何だったのですか？　野犬とか？」

「狐」

——狐。

言われてみれば確かに、白露と並ぶと少し違った赤毛だ。瞳の色はさらに顕著で、犬では見ない明るい色をしている。狐と言われて腑に落ちた。確かにあの色そのままだ。

だが、秋実はそれとは別に首を傾げた。最近どこかで聞いた言葉だ。果たしてどこで聞いたのだったか。

少し悩んで、すぐに思い出す。そういえば、神議りの場で佐嘉狩と喧嘩していた時に耳にした。

「あの、私の思い違いでしたら構わないのですけれど。佐嘉狩様と何か関係がありますか？」

「誰かに聞いたか？」

「いいえ。ただ、佐嘉狩様と言い争われていた時に、狐がどうという言葉だけ少し聞こえて……詳しくは分からなかったのですけれど」

なぜと聞かれないということは、的外れではなかったようだ。

龍那美は佐嘉狩の名前に少し顔を顰めて「まあそうだな」と呟いた。

「夜霧は荒鷹が中津国から拾ってきた狐だ」

秋実はそろりと龍那美へ視線を戻す。中津国の狐を拾ってきたということは、荒鷹が中津国に行ったということだ。

「人形は中津国と行き来があるのですか？」

意外に思って尋ねると、龍那美は今気付いたというように「言っていなかったか」と呟く。

「そうだな。律もよく使いに出す」

「たまに姿を見掛けないと思っておりました」

龍那美はそれだと答えた後、また続ける。

「荒鷹が連れてきたのは、罠《わな》で深手を負っていた子狐だった。動けないのを見かねたようだ。俺に黙って大狛宮に連れてきて面倒を見ていた」

おおかた傷が治るまでのつもりだったのだろう。何も言わなかったということは、傷が治った後は中津国に戻す気があったのかも知れない。人形となっている今を思うと、そうならなかったことは分かるが。

秋実は厭な予感を抱いて恐る恐る尋ねた。

「……まさか、佐嘉狩様が弓を引いた……なんてこと」

「お察しの通りだな」

「……なるほど……」

秋実は思わず蟀谷《こめかみ》を押さえる。それは喧嘩になるはずだ。

「大狛宮には天敵もいないし、夜霧は自分の縄張りだとでも思っているんだろう。そこに見ない顔があると、観察してしまう性質なんだな。……佐嘉狩が入ってきてもそんな具合で」

「佐嘉狩様は付け回されたと思ったわけですね」

「あれは一応、狩猟の神だ。他者の神域であっても、弓矢や太刀をそう容易《たやす》くは手放せない。視界の端に彷《う》徨《ろつ》く獲物が目に余って、性質も相まってうっかり弓引いたと、まあそういうことだろうが」

自分の神域の獣を、何の許可もなく矢で射られたとなっては、龍那美が怒るのも分かる。ただ、龍那美の言うように狩猟の神である佐嘉狩が、視界に入る獲物を前に弓を引く性質であることも、否定はできない。彼らはどうあっても自らと切り離せないさがや性分というものがあるのだという。

——事故としか言いようがない。

秋実は蟀谷を押さえたまま何とか言葉を紡ぐ。

「その……佐嘉狩様、きっとお気になさっておいでなのかと。先日いらした時、大切な弓矢を身に着けておられませんでしたから」

「馬鹿な。そんな殊勝な輩か。あの畜生神、俺が狐をけしかけてわざと射らせたと抜かしたんだぞ。人の神域での無礼を棚に上げてあの恥知らずは」

「ひ……引くに引けなくなってしまったのかと。そういう時もありますでしょう。どうかお怒りをお収め下さいませ……」

だが、本人が前にいない分龍那美は冷静で、不機嫌そうに溜め息を一つ吐くと、すぐに平静に戻る。

「……荒鷹には懐いていたからな。一応どうするかと聞いて、手伝いの人手が要るなら使うと言った。荒鷹は要ると言ったから、器を作って魄を移したし、記憶もないはずなんだが。野良の獣だけあって、夜霧は荒鷹以外には懐かんな」

「素っ気ないなと思っていたのですけれど、そういう理由からだったのですね」

「お前がどうこうというより……まあ、新参だから付け回して観察しているんだろうな。飽きるまで放っておけばいい」

秋実は安堵しながら「納得いたしました」と頷いた。律や白露の懐っこさを基準に考えてしまっていたが、夜霧は人に飼われない野の獣だ。近付くことさえ本来はない。そういえば日中に寝ていて姿を見ることが少ないのも、野生としての性質が影響しているのだろう。

嫌われていないのは分かったが、それならそれとしてやはり気になることはある。

「ただ……食事に同席してくれないのです。きちんと食べてくれているならいいのですけれど、私と同席するのを避けて食べそびれていないのか、心配で」

神域でそれほど食事が重要でないということは龍那美に聞いて知っているものの、そう何度も自分を理由に疎かにされては、どうしても気がかりになるというものだ。

「放っておけばいいと言うに」

「私の気持ちの問題なのですけれど。好物を食べそびれていたらと思うと、何だか申し訳がなくって」

「あいつの勝手をお前が気に病んでも仕方がないだろう。……まあ、気持ちの問題だと分かっているならいいが」

呆れたような嘆息でも、見離すことがないのだから面倒見がいいと思う。

「そんなに気になるなら荒鷹に頼んでおけ。あいつが面倒を見る」

「ああ、そうですね。そういたします」

「てっきり付け回されて気分が悪いのかと思ったら、夜霧の飯の心配とはな」

秋実はゆっくりと首を横に振る。龍那美から理由を聞いて納得したから食事の心配に移っただけで、端から夜霧の心配だけをしていたわけではない。本当に物の見方が美しい人だなと秋実はこっそり微笑む。

が、龍那美の何気ない問い掛けに、秋実はすぐに微笑みを凍り付かせた。

「それにしてもお前、夜霧の話。よく知りもせずに佐嘉狩を煽るのに使ったのか」

――たとえ狐狸風情であろうとも。

狐のことで何やら揉めているなと思ってはいたのだが、何のことか詳しく分かっていないまま引き合いに出したのは事実だ。周囲にいた十二神が何人か大笑いしていた理由が、今なら分かるが。

龍那美と比べてどれほど卑俗なことかと、改めて自分に呆れながら。

「……いえあの、私などはそうでもしないと相手にさえして頂けないかと思いまして……」

目を背ける秋実だが、冷ややかな視線が刺さるのをひしひしと感じた。厭な汗を背中に感じる。よく知りもしないままあやふやな認識で口にして、怒りに任せて斬り捨てられる可能性もあったのだ。浅薄としか言えない。

いたたまれない沈黙の後、龍那美は溜め息を吐いて元の話題に戻る。

「他には。心配事は夜霧のことだけか」

尋ねられ、秋実は少し考え込む。仕事もはかどらず落ち込んでいて、漠然と心配をしていたが、具体的なものはそれだけだ。

しかし、饅頭を咀嚼する間少し考えて、ないと答えようとしたが、いきなりあることを思い出した秋実は話題を変える。

「――あ、神議りと言えば龍那美様」

龍那美は訝しそうに「急に何だ」と尋ねてくる。その眼差しを受けて軽く眉をひそめながら、秋実はどこか恐る恐るというように龍那美へ尋ねた。

「私を『覗き見』なさった時に、何をご覧になりました」

目を覗き込んで、相手の思念や過去を読む。この龍那美にしろ、他の十二神にしろ、そういうことができるのだと聞いている。実際、水無月の姫神、火座之幻比売――火座が神議りの場で秋実を『覗き見』しようとしたのは記憶に新しい。

が、その問い掛けに急に龍那美は額を押さえて俯く。

「……その話か……」

「一体私のどのような恥部をご覧になりました。あの場で私のお願いを聞いて下さると仰せになったように記憶しておりますが！」

律と白露が起きないよう小声で、秋実は言質《げんち》を振りかざす。出会ったその日の覗き見の詫びに、願い事を聞いてくれると約束したはずだ。

が、どうしたことか顔を上げた龍那美は神妙な顔をして首を横に振る。

「改めて言わせて貰うが、お前の恥部なんぞ見ていない」

「ではなにゆえ御目を逸らせなさいます」

「……お前が端から疑いの目でじろじろ見てくるからだろうが」

「ではなぜお願いを聞いて下さるなどと仰せになったのです……」

「いやそれはお前が……ああもう、分かった」

そんなに渋るような話なのかと思うと、いっそう質したくて熱が入る。一体自分のどの恥部が知られていて、龍那美がそんな反応をするのかと思うと、色んな想像がぐるぐる渦巻いて落ち着かないのだ。息巻いて質問を重ねると、観念した龍那美が手のひらを向けてくる。

秋実が「何をご覧になりました」と改めて詰問する。だが、急に視線を秋実から下に向けた龍那美は、それまで抑えていたはずの声量をいきなり張り上げた。

「犬二匹!! いつまでそこで惰眠を貪るつもりだ!」

「ひゃん!」

「…………ッ!!」

哀れにも大声で叱られた白露と律が、飛び起きて立ち上がった。秋実もいきなり二人に矛先を向けて龍那美が大声を上げたことに驚いて面食らう。

寝ぼけ眼を龍那美に向け、白露と律は二つ折りになるような勢いで深く頭を下げる。

「すすすみません主様、すぐに仕事に戻りますぅ!」

「怒ってない。いいから戻れ」

白露は悲鳴のように「ひゃい!!」と裏返った返事をし、律は何度も大きく頷いて、ばたばたと慌ただしく部屋を出て行く。

呆然としたまま遠ざかっていく足音を聞いていた秋実は、急に青褪めながらそろりと龍那美を窺った。

「二人に聞かせるのも憚りのあるような恥ずかしい話でしたか……？」

「だから、違うと言っているだろう」

龍那美は否定するが、そうでもなければいきなり二人を叩き起こして追い出す理由が分からない。半ば涙目になりながらじっと龍那美を見ていると、彼は深く深く溜め息を一つ吐いた後、諦めたように呟く。

「……妹が結婚すると聞いて悲観した男から、もはや代わりでもいいと襲われたことだ」

思いがけない返答に一瞬言葉を詰まらせた秋実は、ゆるゆると俯いた後、溜め息のような小さな声を漏らした。

「……ああ……」

納得するような、あるいは嘆きのような声の後、秋実は複雑な表情で目を伏せる。それ以上の言葉がすぐには出てこなかった。

龍那美に言われ、はっきりと我が事として思い出す記憶がある。

――妹の紅が神婚祭の贄に選ばれた後、紅に懸想していた男が自棄《やけ》を起こして、秋実に乱暴を働こうとしたことがあったのだ。

贄として選ばれた後、紅には常に誰かが付き添っていたし、家に籠ってあまり外に出ることもなかった。だから、出入りの多い秋実が目を付けられたのだろう。

秋実の白い肌が青褪める。必死に笑顔で繕おうとしていても、どうしても表情はぎこちなかった。


「……た、確かにそれは、お恥ずかしい、話ですね。……誠に情けないことです。私……男のくせに襲われて……」

体格が優れていないことは自分でもよく分かっている。腕力だって、男としてはだいぶん非力な方だろう。健康ではあるが、並みの男にさえ押さえ付けられればたちまち動けなくなる。

――だからだろうか。あんな目に遭ったのも。

無意識の内にきつく拳を握り締める。そんなことを知られていたことが恥ずかしいと思うと同時に、蓋をしていたあの時の感覚がじわじわと蘇ってくる。どんな顔をしているのか自分でも分からなかった。

だが、返ってくる龍那美の言葉は、珍しく怒ったような口調だった。

「恥ずかしい話を見たとは言っていない」

叱責《しっせき》するような声音に促されて視線を上げると、険しい顔をした龍那美が視線を落としている。

「恐ろしかったんだろう。お前の身の竦むような恐怖も、手足を摑まれる痛みも、うまく抵抗し切れなかった悔いも、自分のことのように知っている。思い出させるのも酷なことだった。こうも縁深くなると思わなかったとはいえ、勝手に覗いたことは悪かった」

——そんなことを言ってくれるとは思わなかったから、秋実は戸惑いながら首を横に振る。

龍那美が秋実に危害を加えたわけではない。ただ秋実の同意もなく厭な思い出に触れたというだけで詫びてくれるのだから、本当に誠実だと思う。

秋実は泣きそうな顔でわずかに微笑む。からかわれなかったことに安堵した。情けないとひとことも言わないでくれたことが嬉しかった。

——龍那美の言うように、あの時自分は本当に恐ろしかったのだ。

「そうでした……私、本当に怖くて。どうにか事無くあの場を逃げ出したのですけれど、情けなくて……結局、家族にも誰にも言えませんでした」

思い返せば、抵抗するにしてももっと上手くやれたのではないかと思った。抑々人気《ひとけ》のないところに呼ばれて付いて行って、警戒心が薄かったのではとも思った。自分の非を探して責めて、誰かにそれを責められることも恐ろしくて口外もできず、自分で納得しようとした。——力でねじ伏せられる恐怖と、理不尽への怒りは、心の底に澱《おり》のように残っていたけれど。

「私、自分が非力なのも悪かったのではないかと、怖くて声が出なかったのも相手にとってはその気があるように取られたのではとか、後から色々と、考えてしまって……」

「襲われた方にも責があるなど馬鹿か。道端でいきなり斬り付けられて同じことを言うつもりか」

「……龍那美様は、知っていて下さったのですね……」

あの時内側に押し込めてしまった感情すべてが、今さら雪崩れのように溢れてくる。うまく声が出なかった。掠れた声で吐息のような言葉を細く紡ぐ。

「神様はすごいのですね……私が誰にも話せなかったこと、了解して下さっていたのですね……」

溜め息を吐いた龍那美が、羽織を脱いで秋実の頭から被《かぶ》せてくれる。顔を見られないよう深く俯いているのを哀れに思ってくれたのだろう。——家族ともどこか違う、素気無《すげな》い思い遣りが嬉しかった。

「言えばどうしても思い出すだろう。あの場で言うのもどうかと。まあついでにその内有耶無耶になればなおいいとも思っていたが」

「そうです、ね……お気遣いを頂いて、ありがとうございま……」

言葉尻はとうとう零れた涙に崩れて消えてしまった。目の縁に留まっていたそれが、決壊したようにぱたぱたと膝に落ちていくのが、俯く視界に映る。

茶化すでもなく慰めるでもなく、龍那美の反応は訝しそうだった。

「今になって泣くのか？」

「いえ、すみません……私に責がないと言って頂いたことも、なかったものですから。安堵したら何だか、際限がなくなってしまいました」

「独りで抱えると碌な考えにならないな。まったく本当に、どうしてこうも人間の造りはねじ曲がる仕様なのか」

「ふ、ふふ。誠にそうですね。……仰せの通りです」

涙がぼろぼろと零れるのに、一緒に笑ってしまうのだから何だかちぐはぐな気がして、いっそう笑いが堪えられない。

誰にも知られたくないと思っていたはずなのに、彼が知っていたことが少しも厭ではなくなっていた。頭から被っていた羽織がずれないよう両手に摑みながら、深く息を吐く。

「何だか……却って肩の荷が下りたような心持ちがいたします。……よかった」

「泣くのか笑うのか分からん」

龍那美はしみじみとそう呟きながら、また一つ饅頭を手に取った。目の前で感情を露わにしても取り乱さずにいてくれるから、いっそう安心する。

「まあ、歳の割にやたらと落ち着いているから、却って頭かどこか悪いのではないかとも思ったが。年相応のところもあるようで何よりだ。泣ける時に存分に泣け」

ひどい言い様だ——と思いはするが、反論するほど反発を覚えるわけでもない。泣きながらも、困ったように笑うだけだった。

「私、龍那美様から見たら赤子のような歳やも知れませんが、中津国では独り立ちしていてもおかしくない歳です……」

「中津国がどうでも、高天原だと一等年下だろうに。妙な意地だな」

「家では長兄でしたから。あんまり気弱なことばかり申したら、弟妹に呆れられてしまうと思って……ここに来たからと言って、そうすぐには折り合いがつきません」

龍那美は呆れたように「好きにしろ」と嘆息するが、涙を拭った秋実は赤い頬で微笑む。呼吸を整えるようにゆっくりと茶を飲み下し、息を吐いた。

龍那美は「さて」とどこか観念したように言う。

「願いを聞くと言ったからな。あるならさっさと言え。理に触れないことなら聞いてやる」

――そういえばそういう約束をしていた。

覗き見をされた蟠《わだかま》りはなくなっていたので、今さらその約束を思い出しても意味がない。秋実は洟《はな》を啜りながら困ったように首を傾げる。

「私ばっかりでは不公平なので、龍那美様の恥ずかしい話の一つもお聞かせ頂こうと思っていたのですけれど」

「そんなことか。欲が浅いのだか深いのだか」

「結局、恥の話ではありませんでしたから……」

そうですね、と少し考えた後、頭から被った羽織を軽く持ち上げてそっと龍那美を窺う。

「龍那美様の怖いものでもお聞かせ下さい」

龍那美は思いっきり顔を顰めて「怖いもの？」と繰り返した。

「神だぞ。あるわけないだろう」

「何か……何でしょう。その仰りよう、どうも納得がいかないと申しますか……物申したい気持ちはあるのですけれど」

「馬鹿にしているのか」

秋実はすかさず「滅相もございません」と否定するが、龍那美は胡乱げな視線を秋実に向ける。確かに神様なのだから人よりずっと不得手も少ないだろうが、それにしたって神だからないというのは辻褄《つじつま》が合わない気がする。

芸事に優れた美神が、醜悪なものを厭うというのは世に広く知られていることだが、怖いものはそれとは別だろう。

意外にもそれ以上渋ることはなく龍那美は「怖いものか」と少しの間考え込んだ。そして、短い沈黙の後、どこか独り言のようにぽつりと言った。

「そうだな。怖いというと少し違うかも知れないが。……忘れられること、か」

秋実はきょとんと首を傾げた。

「？　どなたにです？」

「……人間、に……」

そう呟くなり、一人で何が考え込むような顔をして口を閉じてしまった龍那美に、秋実はいっそう不思議に思って瞬きする。涙を纏った睫毛《まつげ》が重たく揺れた。

「神様が忘れられることなんて、人一人が忘れられるよりずっと難しいような気もいたしますが……」

それでも、龍那美にとっては恐怖に等しい何かがあることなのだろう。

秋実も想像すると何だか物寂しい気持ちになる。この美しくて人の心に寄り添ってくれる器の大きな神様が、人に蔑《ないがし》ろにされて欲しくはないと思う。

「私も、龍那美様ほど長く世に在るわけではないですけれど。生きている限りは龍那美様のことを忘れることはありませんよ」

自分一人の気持ちがどれほどの慰めになるのか分からないが、思わずその肩に手を伸ばす。

触れて、その感触で我に返ったように顔を上げた龍那美は、「そうだな」と子供を宥めるような微笑みを浮かべた。


夜霧からの監視は相変わらずだが、理由は分かったので、目が合っても秋実の方で声を掛けなくなった。その代わりに、厨で姿を見掛けない時は、荒鷹に食事を渡すようにした。空の食器が戻ってくるので、荒鷹が面倒を見てくれているようだ。

一週間ぐらいそうしていたか。

相変わらず西宝殿の片付けは続いており、そこへ向かうため龍那美と共に外に出た時だった。

外で薪《まき》を割っていた夜霧と目が合った。

目が合って微笑んで、何も言わず立ち去ろうとすると、夜霧の涼やかな声が急に呼び止めてくる。

「――秋実様」

龍那美が伴侶だと紹介したのと、建前上では間違いではないため、呼び方はどうしても気安くはならなかったが。

意外に思って立ち止まり夜霧の方を振り返ると、彼はたちまち顔を背けた。

「どうしました、夜霧？」

柔らかな声で尋ねると、彼は少し言い淀みながらまた言う。

「……主人のご伴侶様の手を煩わせるわけにはいきませんので。私の食事の心配は、して頂かなくて結構です」

「厨に来ない限りは心配しますし、私の勝手ですから気にしなくてもよいですよ。どうしても厭だというなら、観念して席にいらっしゃい。悪さなんていたしませんから」

隣で立ち止まった龍那美がこっそり笑っている。言われた夜霧は気まずそうに目を伏せた。

少しの沈黙を置いて、諦めたような溜め息を一つ零すと、夜霧はそろりと秋実の顔を見据えた。龍那美とも違う、金色の鋭い眼差しは、こうして真っ直ぐに見ると不思議なものだ。

「伺いますから。……もう私の面倒で御手を煩わせません」

秋実はようやく納得のいく回答を得て、満面の笑顔を浮かべる。

「待っていますね」

「――はい」

軽く会釈をすると、龍那美と共にまた西宝殿の方へと身体の向きを変える。

歩き出した龍那美は可笑しそうだ。

「見境ないのが犬猫ばかりかと思っていたが、四ツ足ならなんでもいいのか」

「何の話か理解をいたしかねますが……もしや私、何ぞご不興を買っていますか？」

「売ってないが」

――ないのならなぜ言うのか。

佐嘉狩の怒りを煽るためとは言え、妙なことを言わなければよかった――と今さらながら後悔する。あの時は本当に、酒が入っていたとはいえどうかしていた。

「お酒の失敗って長引くのですね。私、とても後悔しております」

「大人は大体経験するものだ。成長の証だな」

何となく納得がいかない。抑々、からかっている張本人から言われるほど溜飲《りゅういん》の下がらないものはないと思う。

果たして子供扱いされているのか大人扱いされているのかよくわからない。

胡乱な視線を向けてみたが、龍那美は気にせずさっさと西宝殿に上がっていく。

秋実もそれに続いて中に入っていくと、長持の傍に屈んだ龍那美が秋実を手招きした。

何かと思いながら近付いて彼の手元を覗き込むと、龍那美は持っていたものを渡してくる。

「ちょうどいい貰い物があった。お前の冬着が揃っていなかったしな。冷えないよう適当に使え」

手触りがふわりと柔らかい。広げてみると、くすみのない鮮やかな赤毛の毛皮だった。これからの時期、防寒にはいいだろうが。

「……狐ですか？」

夜霧の髪を彷彿《ほうふつ》とさせる色合いだった。

思わず恐々と尋ねると、龍那美は顔色を変えず頷く。

「狐だな」

「よ、夜霧が不快でないならいいのですけれど……」

「あいつは気にしない」

――何を根拠にそう言っているのかは分からないが。

一応使ってみて、夜霧の様子が変わりなければ引き続き有難く使わせて貰うことにしよう――と複雑な心持ちで、秋実は毛皮を羽織る。

そして、肩に感じる温もりにほっと息を吐いた。

「……温かい」

まだ羽織でも十分だと思っていたのだが、一度身に着けたら手放せなくなるような温かさだ。

近頃はもう、今にも空から雪片が落ちてきそうな気温だ。一面の雪景色になる季節はすぐそこまで来ている。

龍那美は秋実の羽織った毛皮の端を摘んで、手触りを確かめ頷いた。

「北宝殿も火が焚けるとはいえ、一人だと遠慮してあまり燃やしていないだろう。汚してもいいから使え」

「さすがに汚すならこんな立派なものは使いませんが……」

「立派だからと飾っておくよりずっといい」

確かに着る物は冬の備えには不足だと思っていたのだが、それだけではないのだろう。きっとこれも、先日秋実が落ち込んでいたから気遣ってくれているのだと思う。

温かいのは身体ばかりでないと思いながら、秋実は緩やかに微笑んだ。

「……ありがとうございます」

この懐の深い神様には、もう何度こうして礼を言ったかわからない。

龍那美は何も答えずに、金色の瞳を瞬かせて首肯に代えた。

肆《し》

迫る年の瀬を前に、大狛宮を一面雪が覆っていた。

降り始めたのは師走より前の先月のことだ。それほど深くはないが、毎朝軽く北宝殿の周りを雪掻きしなければ道が埋まってしまう。おかげで少し腕が固くなった気がする。

秋実が異変を感じたのは、総出で年越しの支度を進めている最中のことだった。

物置で年始のための食器を探しながら、ふと気になって廊下の方を見て呟いた。

「……龍那美様、起きていらっしゃいませんね」

昼餉も過ぎた頃だった。普段ならどれほど深酒をしてもこの時間になると姿が見えるのに、未だに何の物音も聞こえてこないのが不思議だ。

その呟きに、風呂敷を解いて中身を確かめながら楓がああと頷いた。

「お加減が悪くていらっしゃるのかも。毎年、年の瀬から明けまでは、あまり起きてこられませんの」

秋実は怪訝な顔をして首を傾げた。以前、毒きのこを口にした時には一日寝込んだと聞いているが、それよりひどいということになる。

「お加減が？　時期が関係あるのですか？」

「この時期は、特にお社の参拝者が増えるでしょう？」

秋実は楓に尋ねられ、いっそう怪訝な顔をしながら頷いた。楓は別な戸棚を探しながら続ける。

「主様にはいつも、主様を祀る社の参拝者の姿が見えておいでですから。念じた言葉にも耳を傾けて下さっております。遠見のお力と言うのかしら」

「あ」

秋実はふとあることを思い出す。

「私が生まれて間もなくの頃、息災であるようにと、父が私を大狛大社の祈願に連れていったことがあったらしいのですけれど。その際、父が奉納した反物のことも含めて、龍那美様は私以上によくご存じでした。そういうことでしょうか」

中津国では、生まれ月の神様の社へ産まれた子供と詣でる風習がある。父の名前も秋実のことも、同じく長月が生まれ月の妹のことも知っていたのは、そのためなのだろうか。

尋ねると、楓がそうですと何度も頷いた。

「大狛大社に限らず、龍那美神様を祀っているお社に来た者のことは、主様はようくご存じですわ。ご記憶されているらしくって」

「その場にいなくとも、色んな景色が一度に見えているということなのでしょうか。やはり神様というのは不思議ですね」

人の目を覗き込むと思念が読み取れると言っていた

し、それで色んなことを知っているのだと思っていたのだが、それだけではないのだ。大狛大社へ参拝した時のことも、龍那美はその当時に見て覚えていたということなのだろう。

自分が赤子の頃から知っているのだから、子供扱いをされるのも無理はないのかも知れない。

そんなことも思いながら、秋実はまた元の疑問に立ち戻る。

「それで、お加減がよろしくないというのは？」

「申しましたように、遠見のお力がおありですけれど、それが却って毒になってしまうことがあるようで。年末から年始に掛けて神社はたくさん人が詣でますでしょう？　あまりに人が多いと、ひどく目まぐるしいようで……ずっとそんな具合で、起きていらっしゃるのが難しいようですの」

楓は気の毒そうに顔色を曇らせて小さく息を吐いた。

秋実もそれを想像して同情する。常にたくさんの人が押し寄せて一方的に、さらには一度に語りかけられるような感覚ではないだろうか。想像だけで疲れてしまうほどだ。

それが数日続くというのだから、確かに寝込んでしまうのも納得するような気がする。あまり深く考えなかったが、思い返せば昨日も確かに顔色は冴《さ》えなかった。

「声をお掛けしてもおつらいようで、放っておくようにと申し付けられていますの。お世話することもなくて、ですから私どもも御節供《おせちく》のご相伴にあずかって、ゆっくり過ごすのですけれど」

相伴と言っても彼は殆ど御節供も口にしないのだと、楓は困った様子だった。それほど具合が悪いのだろう。

声も掛けられないほどとは、いたわしいことだ。

「ですから秋実様も、お気になさらず年始はお休み下さいましね」

「……どこかが痛むという話でもありませんからね。薬なんかも、あるわけではないのでしょうね」

「ええ。ひっきりなしに人が来ますから朝も昼もないようで、よく眠れてもいらっしゃらないみたい」

秋実は少しの間思案げに口を噤む。

構うなと言われているのであれば、その通りにすればいいのだろう。だが、気にするなというのは難しい。どうしたって暇があれば龍那美の心配をしてしまう。

――要らぬ心配だと言われても、たぶん無理だ。

「楓。私、龍那美様のご様子を窺ってきてもいいでしょうか」

秋実自身、部屋に入るなとは言われていないし、臥《ふ》せっている人を放っておけとも言われていない。仮に寝ているとしても、部屋が寒くてはいっそう気が滅入ることも身に染みて知っている。

「お身体に障らないようにいたします。……年始の支度で忙しいところを、我儘を言って申し訳ないのですけれど」

遠慮がちに楓を窺うと、彼女は立ち上がって秋実の手から風呂敷の包みを取り上げ、朗らかに微笑んだ。

「もちろんでございますよ。お傍にいて差し上げて下さいまし」


部屋に入ると、空気が冷え切っていた。

真っ先に囲炉裏から持ってきた火のついた炭を手早く火鉢に入れ、鉄瓶を掛けた。その後、部屋の前の廊下と、窓の雨戸を閉ざす。龍那美は布団の中にいるので、あまり暖め過ぎても暑くなる。外にいる秋実は肌寒い程度に留めて、以前に貰った毛皮を羽織った。

なるべく音を立てないようにしていたつもりだったが、やはり部屋にいては衣擦れの音が響く。

龍那美が潜っていた布団から顔を出し、どうにも冴えない表情で秋実を見た。

「……いたのか」

秋実は静かな声で「お邪魔はいたしません」と微笑んで、膝を擦りながら少しだけ龍那美に近付く。

「明るいより休まるかと、雨戸を閉めました。何か召し上がりませんか」

「……いや」

「では、白湯《さゆ》だけ」

朝から何も口にしていないはずだ。枕元に徳利が置いてあるようだが、中身は空だった。昨晩にでも寝る前に飲んでいたのではないだろうか。

小さく呻きながら僅かに身体を起こした龍那美へと、秋実は湯呑を渡す。龍那美は重たげな腕を上げて受け取り、半分ほど白湯を飲んだ。

ほどなくして湯呑を置いた龍那美は、再び布団に潜って横になる。

「頭の中で絶え間なく本坪鈴《ほんつぼすず》ががらがらがらがら言っている……」

「それはまた……大変な生き地獄のご様子で……」

返事をする気力もないらしく、龍那美は何も答えなかった。ひどい宿酔《ふつかよい》でもここまで彼が憔悴《しょうすい》していることはない。龍那美の嘆きを自分のこととして想像するだけでも、その苦痛が垣間《かいま》見《み》える。

目の下が薄らとくすんでいる。寝不足と聞いてはいたが、本当に眠れていない様子だ。

胸を痛めて何がしてやれたものかと思案していると、小さな吐息が聞こえた。視線を向けると、龍那美のつむじが見える。

「……十二神がこのざまはさぞ滑稽だろう」

呻くような呟きに、秋実は小さく苦笑を零す。

「そう思っているのはあなた様ただお一人ですよ」

枕元ににじり寄って、龍那美の目元をそっと手のひらで覆う。こうしたところで、きっと彼の目には自分の社に詣でる参拝者の姿が見えているのだろうし、あまり意味のないことかも知れないが、少しでも身体が休まるようにと思いながら。

「お力になれず、心苦しいばかりです……」

いつも面倒を見て貰っているのは自分なのに、こういう時にさえその恩を返せない無力感と、龍那美の気弱な言葉に胸が痛む。

目元でさえ秋実の手よりも体温が低い。きっと身体も冷えているのだろう。

「耳を塞いでも目を閉じても、色んな声や人の姿で溢れ返る。自分がどこにいるのか分からなくなりそうなほどに。……頭が割れそうだ」

溜め息混じりの呟きに、秋実は眉尻を下げて呟く。

「何か苦痛を除く薬などがあればいいのですが」

「……カエンタケ、トリカブト、チョウセンアサガオ」

「そのようなもの、いかがなさいます」

「意識が手放せる……」

「誠に気が滅入っていらっしゃるご様子ですね」

冗談なのか本気なのか分からないが、冗談であって欲しいところだ。ただ、意識がなければ苦痛ではないと分かったのはせめてもの幸いかも知れない。

秋実は足袋を脱ぐと「失礼します」と断って、龍那美の布団に足を潜り込ませる。龍那美の声音は訝しそうだが、それに構っている余裕さえもないようで、短い問いだけが寄越される。

「どうした……」

「白露の方が収まりがよくて和むやも知れませんけれど、私でご辛抱下さいませ」

子供や女性ではなく、殆ど成人しているような年頃の男の自分で申し訳ないが、この際文句は聞かないことにする。

龍那美の耳元が胸につくように彼の頭を抱えて、身体をなるべく添わせるようにしながら秋実も横になる。

龍那美の肩を抱えると、やはり体温は低かった。

「お傍におりますから、眠って下さい。目を閉じて、深く息をして。私の胸の音、聞こえますか」

「……ああ」

「何も考えずに、耳を傾けて下さいませ。お身体を楽にして」

てっきり少しぐらいは突き放すようなことを言われるかと思ったのに、龍那美は意外なほど何も言わずに、秋実の胸元に頭を凭れさせた。

目を閉じて、溜め息のようにぽつりと零す。

「……童扱いだな」

自嘲の気配が潜む呟きに、秋実は「いいえ」と小さく苦笑した。

「私が体調を崩した時、母は私を幼子のように扱うので、何だか弟妹の手前いたたまれなかったのですけれど……」

秋実が熱を出した時にも、母は甲斐甲斐《かいがい》しく世話をしてくれた。傍を離れなかったし、そのことに心底から安心したことをよく覚えている。

「具合の悪い時に大人も子供も長兄も何もないと突っ撥《ば》ねられました。きっと神様だって関係ないのですよ」

心細いことも、誰かに縋りたくなることも、決して自嘲するようなことではないはずなのだ。人に縋られることが当たり前のような彼ならなおのこと、誰かに頼ることだってあって欲しいと思う。

「社の参拝者だけでなく、弱っているご自分のことも、どうか大切になさって下さいませ」

――そうでなければ自分も楓たちも、龍那美の心配をするのだから。

規則的な鼓動の音は、聞き入っていると眠気を誘うものだ。低かった体温が、ゆっくりと温かくなっていくのが伝わってくる。

外は静かに雪が降り積もっている。部屋の中は痛いほどの静寂に包まれているのに、彼の耳は人の声や騒々しい鈴の音が占めているのだろうと思うと不思議で、それ以上に何だか、自分でもよく分からないまま悔しいと思った。

龍那美が寝入った後そっと布団から抜け出し、火鉢に炭を足して、置いたままだった酒器を片付け、また龍那美の部屋へ火の番に戻った。よく眠っていたので、蠟燭《ろうそく》を一つだけ灯し、持ち込んだ針と糸でずっと刺繡《ししゅう》をしていた。

たまに龍那美の様子を窺ってもいたが、寝息の音がするかしないかというほど静かで、殆ど身動《みじろ》ぎもしない。一度だけ心配して呼吸をしているのか確かめてしまったほどだ。

雨戸を閉ざして暗くしているため日暮れの経過は見ていないが、すでに日は沈み切り、屋敷の中は寝静まっている。夜霧が夜食と茶を持って見にきてくれたが、それ以外は誰も起きていないのだろう。

平織りの正絹に何度も針を通し、少しずつ色糸は模様に変わっていく。秋実は花弁の形を確かめようと、手燭の火を手繰り寄せた。

と、衣擦れの音がして、掠れた低い声が静かに紡が

れる。

「……まだ起きていたのか」

先ほどまで閉じた瞼の下にあった金色の瞳が、秋実を眠たげに見ていた。

目を覚ました龍那美に尋ねられ、秋実は卓上に針と糸を置くと、身体の向きを龍那美の方向にずらす。頼りない手燭の火で見える範囲では、昼間より顔色がいいような気はする。

「ええ。実は夕方にうたた寝をしておりましたので、すっかり目が冴えております。眩《まぶ》しかったでしょうか」

「いいや。平気だ」

「お加減はいかがですか」

龍那美は気怠そうにのそりと起き上がる。あの濡れたような艶やかな髪が珍しく乱れ、背中に敷いていた箇所は緩く癖が残っている。秋実はすぐさまその肩に羽織を着せ掛けた。

龍那美は秋実の問い掛けに答える。

「さすがに元日でもない丑時《うしどき》だと人の出入りが減る……日中よりずいぶんましだ」

「何よりです。お茶と白湯ならここにありますが、いかがですか」

「酒」

「いけません、悪酔いなさっては却っておつらいですよ。お茶にいたしますね」

秋実は湯呑を取って鉄瓶から急須に湯を注ぎ、茶葉が開くのを待って湯呑に注いだ。

そのまま彼に湯呑を渡すが、なぜだか龍那美は怪訝な顔をした。湯呑を取ったのとは反対の手で、引っ込めようとした秋実の指の先を摘み、軽く眉をひそめる。

「ずっといたのか。冷えているが」

「つい熱中しておりまして……でも龍那美様が温かいのだと思いますよ。昼間は冷たかったので、安心いたしました」

「お前が冷えていては元も子もないだろう」

龍那美は呆れた口調でそう言いながら湯呑を置き、羽織の袖に腕を通す。布団を抜け出ると、無造作に火鉢へ炭をぽいぽいと投げ入れた。

再び湯呑を持ち上げて一口二口飲み下し、深く息を吐く。秋実はにこにことその様子を眺めた。

「先ほど夜霧が夜食を置いていってくれたのですけれど、いかがですか。少しでも何かお腹に入れた方がいいのではないかと思うのですけれど」

「そうだな。貰うか……」

「その間、御髪《おぐし》を梳《と》かしても構いませんか」

龍那美は「頼む」とすんなり受け入れて、秋実が作業をしていた卓の方へと身体を向ける。上に置かれた竹皮の包みを手に取り、紐を解いて中の握り飯に齧り付いた。

「……人心地が付いたような気がするな。まあ、日が昇ればまた同じことだが」

秋実は櫛《くし》を取って龍那美の背に回る。羽織の中に入ってしまっている髪をそっと引き出しながら、表情を曇らせる。

今が彼の束《つか》の間《ま》の安息でしかないのかと思うと、どうにも切ない。

「見聞きができないようにはならないのでしょうか。晦日元日《みそか》が一等大変なのでしょう？」

「どうなんだろうな。仮に見えなくなるとしても、どうせ気になって見てしまうだろうし、自分から地獄を見にいくような奇態な話になるから、却って今のままでいいのやも知らん。これもさがなのだろう」

「……ご自分がおつらくなるのにですか？」

秋実はまた何だかもどかしいような気持ちで尋ねた。どうして自分の心身を削るようなことをしてまでも、すべての参拝者に目を掛けなければいけないのか疑問で仕方がない。

だが、龍那美は珍しくそれに気付かない様子で答える。

「これは言っていないか。人に崇められて神が存在する。人ありきが前提だな。だから神が――それぞれ性分はあれど固有の意思を持って行動するというわけではないし、厭だから見ない聞かないというものでもない」

手兼もそんなことを言っていたことを思い出す。

『人に祀られ、信仰される内に、そういう神がつくり上げられると、まあざっくり言やそんな感じだな』

神がいると感じたことはなかったが、もっと全能の力を持った絶対的な存在なのかと想像していただけに、少し違った印象だ。まるで神様よりも人が偉いかのようで不思議な気持ちになる。

「眠っている間は？　見聞きしていないことにはなりませんか？」

「その間の意識はないが。目が覚めれば、あったこととしてその間のことが思い出せる。お前たちには奇妙なことかも知れないが」

秋実は櫛を持つ手を止めて呟いた。

「そういう仕組みや理……でございますか」

「誰かに聞いたか」

手兼様に少しだけ、と答えると、龍那美は「ああ」と心ここにあらずというような気のない返事をする。

夜中といえどもぽつりぽつりと人は来る。全快とまではいかないのが実際だろう。

「死にはしないしな。基本的には己より大多数の人間が優先だ。個の人間となると話は別だが」

それがさがで、理で、だからこれほど消耗しながらも、投げ出すことはないのだと——そういうことなのだろう。言っても聞かないのだと分かってはいても、傍で見ていてやきもきすることには変わりない。頭では理解できるのに、自分でもどうしてこんな気持ちになるのか不可解だ。

ただ、個の人間をそれほど重視しないという意味ならば、秋実には疑問が浮かぶ。

「私、ずいぶん龍那美様にご厄介になっておりますけれども」

「お前のことは、お前一人のことだけでもない。この先の贄、果ては神婚祭の在り方すべてに関わってくることで……というか、お前一人が全部厄介事を引っ被った始末だな」

思ったよりも平和な始末だったのだなと思いはしたが、その代わりに自分は期待された役目がある。少しずつ仕事の時間は増やしているつもりだが、龍那美の利になることをまだ何一つ成せていない。

改めて責務の重さに身が竦んだ。

「よりいっそう仕事に身を入れねばなりませんね……」

だが、気が引き締まる思いの秋実とは裏腹に、龍那美は冷ややかな眼差しで卓上の針刺しを眺める。

「年末年始は十二神すら静養中だというのに、お前ときたら……こんな時も針仕事のようだし」

「これは何というか、手慣らしと申しますか」

呆れたように「髪は適当でいいから火鉢に寄れ」と強い口調で言われ、秋実は苦く笑う。

握り飯をまた一口齧った龍那美は、まだ完全に意識が覚醒しないような眼差しのままだ。

「食ったら風呂に行ってくる……」

「大丈夫ですか？　お背中を流しに付いて参りましょうか」

「そう心配しなくとも土左衛門《どざえもん》が揚がったりしないから安心しろ」

それならいいのだが。

秋実は頭の中で湯呑を洗って拭いて、鉄瓶に水を足して足りない色糸を取ってきてと、色々とその間の仕事のことを考える。

と、龍那美が口の端の米粒を指で拭いながら、やはり気怠げな口調で言った。

「このまま夜を明かすつもりか。一晩中いるつもりなら、ここに自分の布団を運んでくればいいだろう」

思いがけない言葉に、龍那美の髪を簪で纏めていた秋実が手を止める。

「……よろしいのですか？」

「無理して寝ろとも言わないが、無理に起きていられるのは困る。眠くなったら適当に寝ればいい」

お言葉に甘えます、と秋実は相好を崩してすぐに返事をした。今のところ遅めの午睡が悪さをして目が冴えてしまっているが、いつ眠くなるとも知れない。冷えた自室に戻って床を敷いて眠るのかと思うと億劫《おっくう》だったのは事実だ。

が、すぐに笑顔を萎《しぼ》ませた秋実は、申し訳なく思いながら尋ねた。

「私、要らぬ世話を焼きにきて、却ってお気を遣わせてしまってておりませんか」

龍那美に休んで欲しいと思っているのに、自分が邪魔で休まらないというのでは本末転倒だ。四六時中人の気配で息つく間もないのに、そこに一人増えてべったりと引っ付かれては鬱陶《うっとう》しいのではないだろうか。

不安に思う秋実に、龍那美は怪訝な顔をしている。

「好きにしろといつも言っているし、俺も……」

言いかけて、龍那美は途中で「いや」と言葉を翻した。

——と、思いの外表情を和らげて、優しい声音で低く言う。

「火の番をしてもらって助かっている。お前が無理をして寝込んだりしない限りは、邪魔にならない」

嘘や慰めで我慢したりはしない人だ。きっと本心から言ってくれているのだろうと分かって、秋実はほっとした。

「よかったです」

安堵しながらも、自分の中にあるどんよりとしたもどかしさや悔しさの存在が引っ掛かったまま、その正体も理由も分からなかった。


翌日も同じように龍那美は日中に眠って、夜に少し起きて何か食べてという生活だった。秋実もそれに倣《なら》ってすっかり昼夜が逆転している。日に何度か空気を入れ替えようと窓や襖を開けて、そこで凡《おおよ》その時間を知るという具合だった。

晦日になるとさすがに夜通し社に人の出入りが絶えないようで、龍那美は寝ることもままならず横になって過ごしていた。秋実も外の雪を持ち込んで、雪水に浸した手拭いで何度か額の汗を拭いてやったりしていたが、日付が変わって元日になっても挨拶どころではないようで、日がな一日龍那美の顔色は冴えなかった。

そろそろ夜が明けてくる頃、ようやく少し静かになったらしい。

気が付くとうつ伏せの姿勢で、針仕事をしている秋実を眺めていた。

「起きていらっしゃいましたか。お加減は？」

手を止めて尋ねると、龍那美は息を吐きながら苦く微笑した。

「おかげさまで、だな。だいぶんいい」

それなら何よりだ。顔色は冴えないが、会話できる余裕があるだけでも十分なのだとよく分かった。

龍那美が寝床から起き上がる。秋実は慌ててその肩に羽織を掛けた。

その行動に、彼はしみじみと呆れた口調で呟く。

「……しかし、せっかくの年明けをひとの世話で潰すとはな」

秋実は不思議そうな顔で首を傾げた。

「とてもゆっくり過ごさせて頂いておりますよ。御節供のご相伴にあずかって、すっかり寛いでおります」

「ああ、そうか……人形も休みか」

「錦木に、つゆを小鍋に入れて貰っていたのです。よろしければ温めて、雑煮の餅を焼きますが」

「それはいいな」

日付が変わる前からずっと屋敷は静かだ。結局厨には時間を持て余した錦木や荒鷹がいるのだが、いつもは忙《せわ》しなく動き回っているところを、今日は椅子に掛けて本を広げていた。律と白露は外ではしゃぎ回っていた。他の人形たちも、囲炉裏の傍で午睡する姿を見掛けた。

火鉢に炭を足しながら秋実はまた言う。

「私も、大社を訪れた時にはこうして龍那美様に見守って頂いていたのですね。何をお祈りしたのか、自分でも覚えていないのですけれど」

大狛大社に連れられて行ったのは数えるほどだ。住んでいた集落からふた時ほど離れた距離にあるため、なかなか気軽には足を運べない。

龍那美は思案げに首を捻る。

「いつ来た？　あまり覚えが……赤子の時なら覚えているが」

「年始は野木原の氏神様に詣でておりましたから、龍那美様には詣でていなくて。大狛大社は少し遠くて、覚えているのが父と一緒に何度か」

「ああ……松田時仁にくっ付いていたのがお前か。まだ赤子のつもりでいたから、上にもう一人男子がいたかと思った」

覚えているのか――と驚愕しつつも、龍那美の中ではずっと赤子の姿のままというのだから、時間の感覚が違い過ぎるとつい苦笑が先立った。

「赤子だなんてあんまりですよ。子供が育つことをお忘れですか？」

ある時は反物を納めにいく道すがら。ある時は大狛山の紅葉を見に山登りがてら。

またある時は妹の七つの帯解《おびとき》の儀の後日、大狛大社にお礼参りに行くという父に付いていった。あの頃の秋実は何のお礼に行くのか分からなかったが、おそらくは長月の生まれの紅が健やかに七つを越えた節目だったのだろう。

龍那美は火鉢に寄りながら可笑しそうに指を折る。

「祈っていたのは、そうだな……『近頃天気が悪いので晴れて外で遊べますように』、『家族が風邪をひきませんように』、『立派になれますように』。あとは……『今日食べた白い米が美味しかった』と、『たくさん歩いて今日はとても足が痛いです』と祈っていた。日記の内容か？　と思って微笑ましかったな」

「ああいやだ、何だかお恥ずかしくて困りますね……！」

それ以上はいいと言うように、慌てて秋実は両手を振る。

数多の人が押し寄せる中で、よく自分一人のことをすぐに思い出せるものだ。一体どういう記憶力をしているのかと不思議で仕方がないが、そんなことを覚えていなくていいのにという思いの方が強い。

「子供でしたから……忘れて下さい」

赤面しながら目を伏せ、火鉢に網と小鍋を乗せる。今朝がた人形たちが搗《つ》いていた餅も網の上に乗せた。

だが、続く龍那美の声音はどこか慈しむような響きをしていた。

「こう育っていたのかと思うと感慨深い」

久しく見かけなかった親戚のような物言いだが、そういう感覚になるのも無理はないかも知れない。

少し目の下に隈《くま》が残る、それでも美しい横顔を眺めていると、龍那美が思い出したようにこちらを見た。

「今はお前には詣でに行く神社もないわけだしな。せっかくの新年だ、今なら何を祈願する。何でも、言うだけなら自由だ」

そういえば、毎年父と初詣に行っていたが、今年は参拝する場所がない。龍那美に尋ねられて、なるほどと思いながらも少し躊躇する。

「何たる……御本尊に直接お祈りだなんて、きっとどんなに徳を積んでもなかなか経験できませんのに、よいのでしょうか」

「大いに敬え。ついでに気が向いたら叶えてやるやも知らん」

「……それではあの、畏れながら」

何だかとても機嫌がよさそうだ。ずっと臥せっていたというのに何かそんなに楽しいことでもあっただろうかと不思議に思いながら、秋実はぽつりと口に出す。

「早く三が日が過ぎて、龍那美様のお加減がよくなりますように」

——向けられた金色の瞳が見開かれて、彼が面食らう様子が見て取れた。

どうしてそんなに驚くのだろうと不思議だが、今秋実が望むことなどそれぐらいしかない。目の前で苦しむ龍那美をただ見て、早く時間が過ぎるのを待つばかりなのはなかなかにこたえる。

「どうぞお願いいたします、神様」

半ば本気ながら、冗談めかしてそう微笑むと、驚愕を浮かべていた龍那美の表情は、次第に驚きから破顔に変わっていく。

「——はは！」

屈託のない満面の笑みは、夜の中でも輝くばかりの美しさだ。

「お前には参るな」

「自分のこともままならないのに、余計な世話かとは思うのですが」

「いや。——そうでもない」

龍那美はゆるりと首を横に振る。

「人に自分の健康を祈られるのは初めてだ。存外悪くない」

夜の中、愛おしそうに響くその優しい声音に、秋実は何だかひどく落ち着かない気持ちになった。

無言でいられず、慌てて言う。

「こ、ここ数日、何だか悔しかったのです。理由が分からなくて、でも気付いてしまって……」

後ろめたい我が身だというのに、そんな風に優しい言葉を掛けられると罪悪感に駆られてしまう。秋実は抱えていた淀んだ思いをそっと吐露した。

「私だって神様にお祈りする一人でしたのに、立場が変わった途端にそんなに一度に押し寄せなくてもいいのではなんて、そんなことを……考えて。それに、龍那美様がそんなにお心を砕いて様子をご覧になることもないのでは、なんて、自分を棚に上げて、冷たいことを考えてしまって」

――見捨ててしまってもいいのではないかと、そんなひどいことを思ってしまったのだ。同時に、そうしたいと望むことすらしない龍那美がもどかしかった。

自分でも気付かないまま、無意識に。

「さもしくて、己がとても厭になりました。誠に……私は自分が恥ずかしい……」

龍那美が寝込んでいる間、自分の醜さを見つけてしまって恥ずかしくなった。醜悪な心根で、蔑《さげす》まれはしないかと不安にも思った。

だが、龍那美は軽蔑の欠片《かけら》も見せずにけろりと答える。

「どうにもならないことで、大いに気を揉ませたようだな」

なぜそうも動じないのだろうと不思議な気持ちと、複雑な安堵と、あっさりと流されてしまった拍子抜けがない交ぜになる。秋実は半ば俯きがちに小さく呟いた。

「確かに……どうにもならないとは、頭では分かっているはずなのですが」

「お前は……何と言えばいいんだろうな」

「馬鹿だと仰るのでしょう。分かっております」

だが、龍那美は「言っていない」とぴしゃりと短く切り捨てた。

「そうでなく。……赤子ぐらいの歳だと思っていたんだが、疾《と》うにきちんと育っていたのだなと改めて思って、熟《つくづく》感心している」

一連の流れからは予想もできないような龍那美の言

葉を聞いて、やや視線を上げた秋実が何とも言えない表情で思わず零す。

「褒められている気がいたしませんが」

「どう言えば褒めていることになるのか分からんが」

龍那美は膝を抱え、背中を丸めて目を伏せる。長い睫毛が燭台の火の緋色《ひ》に照らされてなお鮮やかだった。

影が落ちた金色の瞳は、頭を垂れた稲穂の色だ。ふと目が吸い寄せられるような不思議な魅力を湛えていて、どうしても目が離せない。

「技量を買ったつもりだったが、それ以上に気立てはいいし働き者だ。忍耐強くて、恨みっぽくもなく、穏やかで情け深い。……悪さをしない気質なのは分かっていたつもりでいたが、ここまでとは思っていなかった」

今までの彼の物言い自体は行動ほどには明らかに優しいものではなかったはずだ。消耗して気弱になっていることを差し引いても、一体これはどうしたことかと驚愕を隠せない。

いきなり埋もれそうなほどたくさん降り注がれた賛辞に驚き、秋実は紅潮する頬を押さえた。薄らと背中に汗の感触すらある。

「う、嬉しゅう存じます、が。急にそんな風に持て囃されると、気恥ずかしくなってしまいますよ……過ぎたお言葉です」

「幾ら生国や素性を知っていようと、それでお前が分かったことにはならないんだな」

龍那美は秋実をどこかぼんやりと視界に映して、顔を少しも背けない。秋実は未だに赤みの収まらない頬を両手で押さえて顔を背ける。段々と彼を直視できなくなってしまった。

だが、次に来る龍那美の言葉を聞いた途端、秋実はそれまでの激しい羞恥を忘れた。

「お前の家族がどれほどお前に愛情を掛けたのか、今さら深く思い知った。妹を盾に奪ってしまったようで、お前の家族にはさぞ悲しい思いをさせたんだろう」

目を瞠り、戸惑いの最中《さなか》でそろりと龍那美の方へと視線を戻す。秋実はそんなことなど思っていないのに、わざわざ彼が自身で咎めるような言い方をする理由が分からなかった。

――感謝をしていると何度も言ったつもりなのに。

「そのような、こと」

「悔いたとしても、帰してやれないが。……仮に帰してやれるとしても、どうにも惜しくて困る……」

ゆるりと目を細める龍那美に、秋実は戸惑いから少し覚め、やがてゆっくりと微笑んだ。それほどまで価値を認めて貰えるような自分でいたとは思わなかったが、ここにいることを望まれているのだと思うと嬉しい。

「少しもお役に立てていないと、私ずっと不甲斐ない気持ちでおりましたから……却って私の方がそのお言葉に救われた思いです。ありがとうございます」

思うように仕事ができていない。彼の望みを叶えられていない。臥せる龍那美が心配で傍についていようとも、その苦痛を除くことだってできない。

秋実が微笑みかけると、龍那美もまた艶やかな微笑みを返して穏やかに言葉を紡ぐ。

「……お前が恥ずかしいと言ったお前のさもしさも、俺には美しく思う」

秋実は言葉も失い、身動ぎすらも忘れてただただ龍那美を凝視する。彼は幼子を見る親のような、あるいは想《おも》い人を見詰めるような、深い慈しみの籠った眼差しをしていた。

「仮に醜いものだとしても、それがお前の心なら幾らでも知りたい。教えてくれ。どんなに薄汚いと恥じることでも、どんなに些末だと思うことでも……たくさん」

――なぜ彼がそんな風に自分を見るのか、少しも分からなかった。

すぐには声も出せなかった。魂が抜けてしまったように呆然と龍那美を見返すことしかできない。

ふと彼の目が逸らされて、秋実はようやく呼吸の仕方を思い出す。また、声を出すすべもやっと取り戻したように、彼へ向けて何か言おうと口を開いた。

「龍那美さ……」

「焦げていないか」

先ほどの優しい眼差しもどこへやら、龍那美は怪訝な声と表情で火鉢を見下ろした。

秋実は一瞬彼の言葉が理解できず、一つ瞬きした。

——焦げている。何が？

遅れてそんな疑問が浮かび、すぐにその対象の存在を思い出して慌てる。火鉢に餅が乗ったままだった。

「あっ、た、大変！」

「箸でもあったか？」

「あっ、ああ、あります！　ございますここに!!」

慌てて箸を取って餅を返そうとするが、動揺で指が震えてなかなか思い通りに運ばない。

見かねたらしき龍那美に箸を取り上げられ、焼けた餅を放り込んだ椀を渡される。

「あ、ありがとうございます……」

「少し黒くなったが、まあ苦いほどでもないだろう。美味《うま》そうだ」

すでに煮立ちそうなほど温まっていた小鍋のつゆを椀に注ぎ入れると、柔らかく湯気が立ち上る。用意した椀二つともに注いで一つを龍那美に渡し、秋実は「いただきます」と呟いて、手元に残った椀にそっと口を付けた。

幼い頃から馴染みのある家の雑煮の味とは違えども、しみじみと美味しいと思いながら息を吐いた。

「そういえばすっかり申しそびれておりましたけれど、龍那美様」

「ん」

「元日は過ぎてしまいましたけれど、本年もどうぞよろしくお願いいたします」

食べ始めてしまっているので居住まいを正すのも難しく、ずいぶん砕けた挨拶になってしまった。神様を相手にこんなに無礼ではいけないのではないだろうか。

内心で悩みながら横を見ると、笑う龍那美がこちらを見ていた。

「こちらこそ」

穏やかな声音は低く、雪が降りしきる静かな夜に優しく響いた。

伍《ご》

——何だか龍那美様の様子が近頃おかしい。

そう思うのは自分ばかりで、その証にここに住まう大狛宮の人形たちは、特に変わりないと言っていた。だから、気のせいなのかも知れないと何度も思い直す。

——思い直してはいるのだが。

「おはようございます、龍那美様」

昨晩に起こすよう頼まれていたため、秋実は龍那美の寝室に足を踏み入れ、障子戸を開けて声を掛ける。薄明かりの寝室に雪で反射した日が差して室内でも眩しいほどだ。

目を覚ました龍那美は、のろのろと身体を起こした。昨晩は酒を控えていたようで、寝起きも比較的すんなりと目覚めがいい様子だ。

彼は小さく欠伸《あくび》を零し——秋実を見て、柔らかく表情を崩した。

「おはよう。……朝餉は済んだか」

何がどう、というのが上手く人に説明し難いのだが。起き抜けでさえ美神の名に相応しく麗しい彼の、少し微睡んだような笑みと、細められる金色の瞳。ともすると小さな子供を愛でるような微笑みではあるのだが、彼が子供にそれほど愛着を感じるかというと疑問で、それに以前はこんな表情を秋実に向けることもなかった。

冷たくも厳しくもなかったが、単純に『拾ってきたから世話をする』程度の熱量だったように思う。それでも十分に優しかったが、近頃は——表情や態度が目に見えて柔らかくなったから、何だか戸惑ってしまう。美しい顔の造形にそれほど深い関心は持っていない秋実でも、微笑み掛けられればさすがにその美しさに動揺する。

黙っていると、返事がないことに不思議そうな龍那美が首を傾ける。

「どうした？」

「あ、いえ。朝餉は頂きました。本日も美味しかったですよ」

「何よりだ。昨晩は眠れたか」

「大変よく」

寝床から起き上がり、龍那美は箪笥の傍に並べた着替えを手に取った。帯を解いて手早く着替え出したため、秋実は櫛や結い紐を用意しながら背を向ける。

それはよかった、と後ろから笑みを含んだ声がする。

鏡台の前に紐と櫛を置いて、座布団を置いた。そろそろ着替えが済んだだろうかと待っていると、鏡台の前に龍那美がやってきて座る。

秋実がきょとんとその姿を見た。

黒い髪と黒い瞳。装いは羽織と袷だが、中津国で初めて龍那美と会った時と同じで、あの鮮やかな赤の片鱗《へんりん》がどこにもない。

「もしや、今日はお出かけですか？」

櫛を手に取った龍那美に手を差し出すと、気付いた彼が「頼む」と秋実に櫛を渡した。秋実が頷いて龍那美の髪を一房手に取る。

「中津国に黒駒《くろこま》神社という場所があるんだが、あそこが例祭だから少し眺めてくる。ついでに入用《いりよう》なものはあるか。不足の道具でも」

もしかすると、龍那美を祀る神社なのかも知れない。大狛大社の神婚祭も自らの目で見にきていたことを思えば、そう考えるのが自然だった。

秋実はそう思いながら問い掛けに答える。

「道具は足りております」

「食べたいものでも」

「……あ、近場でなくとも構いませんか？」

「ああ」

「野木原に『亀祥屋《きしょうや》』という菓子屋があって……私の馴染みの味で、皆様のお口に合うか分からないのですが、もしご面倒でなかったらそこの餡《あん》菓子など……」

育った集落の菓子をねだるなど、我ながら子供じみていて少し恥ずかしい。言いながら段々申し訳なくなってきて、買ってきて欲しいと続くはずの言葉が出なかった。恥ずかしさでつい口を噤むと、それを察したのか龍那美がまた優しく笑うのが鏡越しに見えた。

初めて会った時と同じ姿をしているから、その表情の違いがいっそうよく分かる。崩れるようにふにゃりと笑うのが、戸惑ってしまうほど綺麗で、それに少し愛嬌《あいきょう》も感じる。

茶化されるかと思ったが、その言葉もなく。

「お前の馴染みの味なら食べてみたい」

彼が自分に向ける関心も、やはり以前の珍獣扱いとは違っている気がするから、どう受け止めていいのか分からない。

「その……ご期待に添えるとよいのですが」

「店が開いていたら覗いてくる。一等好きなのは何だ」

「私、きんつばが好きです」

「分かった。遅くなるが、寝る前には戻る」

ひとしきり梳り艶を増した髪を、後頭部で一つに括る。朱色の紐に金糸が混じった結い紐が、黒い髪に鮮やかなはずなのに、却ってそのみどりの黒髪に目が行くのだから本当に美しくないところがどこにもない。

身支度が済むと揃って立ち上がった。龍那美の部屋を出て、並んで廊下を歩く。

「これから北宝殿に籠るつもりか」

「ええ」

「薪の余剰はあるから、遠慮せず焚け。暖かくして、冷やすなよ」

「あ、ありがとうございます。龍那美様もどうかお気を付けて」

玄関のところで別れる直前にそう言うと、龍那美はまた目を細めて優しく笑った。


北宝殿の竈《かまど》の傍に寄って只管平織りの正絹に針を刺していると、入り口が開いて誰かが入ってくる音がした。

龍那美が不在のため、ここに来るのは人形ぐらいだろうと思っていたが、顔を上げてその姿を見た秋実は思わず「あ」と声を上げる。

「よう、秋実。健勝か」

気安い口調と低い声。羽織と袴という出で立ちの彼は、神議りの場で会った十二神の一柱、手兼戦比売——ではなく、今は彦神の手兼戦神《たがねいくさのかみ》だった。

男と女二つの姿を持つ戦事の神で、今日は彦神の姿をしているようだ。

「手兼様。本日はお勇ましいお姿をなさっておいでですね」

「可愛い嫁御がいる宮を訪ねるんじゃ、ちったァめかしてこねえとな」

「お気を遣って頂いて恐縮でございます」

冗談めかす手兼の言葉に秋実は笑う。

髪色や瞳の色は同じだが、姫神の姿とは似ても似つかない。今は龍那美より大柄で、顔立ちは精悍《せいかん》な美丈夫だ。腰には二本差しで、羽織も具足羽織という勇ましい装いだった。ゆったりと低く結われた茶褐色の髪が何とも粋だ。

龍那美とはまた違った見目の良さだと改めて感心しながら、針仕事の道具を置いて手兼の方に向き直る。

「明けまして御目出度《おめでと》うございます。おかげさまで、変わりなく平穏無事に過ごしております」

「何よりだ。今年もよろしく」

深く頭を下げていた秋実は、顔を上げて「よろしくお願い申し上げます」と笑みを返す。手兼は履物を脱いで板間に上がると、秋実の隣に座って火に当たった。

姿自体は以前会話をした手兼とは別人だが、言葉や仕草は変わらない。やはり同じ神には違いないのだなと納得しながら、秋実はその横顔に尋ねる。

「手兼様は、お加減はいかがですか」

龍那美が年末年始臥せっていたことを思うと、おそらく手兼も同様だったのだろう。そう思いながら言うと、彼は急に疲れたような表情をした。

「ああ、年越しと明けはさすがに参ったな。年のせいか年々こたえらァな」

「皆様ご苦労なさっておいでのようですね」

「闇宵《くらよい》ンとこあたりは、今時分《いまじぶん》にゃ縁起が悪いってんで遠ざけられるがな。こういう時ばっかりは羨《うらや》ましい限りだ」

黄泉《よみ》の国を司る師走《しわす》の神、闇宵比売。病魔の快癒の祈願などで訪《おとな》う参拝客は常にいるものの、人の死と関わる神であるため、年末年始は避けられる傾向にある。

神議りの場には姿を現さなかったので面識はないが、

その姫神は他の十二神と違って例の苦痛に苛《さいな》まれることはないらしい。

「そんなわけでどうも毎年挨拶が遅れちまう。悪《わり》ィな」

「とんでもないことです。私こそご挨拶に伺うべきでしたのに」

「ああ、いい。どのみち起きて行けねえから構わんでくれ。それに、三が日の間に挨拶に人形を寄越してくれたと聞いたぞ、ありがとな」

　行くべきかと龍那美に尋ねたところ、人形が行くからいいのだと言っていた。実際、人形に干菓子を持たせて使いに出したし、十二神のところからも人形の使いが何度か来ていた。神域によって人形の性質が違っているから不思議だった。

「あの、せっかくいらして頂いて申し訳ございませんが、龍那美様は……」

　今日はちょうど出掛けてしまったところだ。彼に用事があったのではないかと思っていると、分かっていると言いたげに手兼が頷く。

「ああ、今日は龍那美が留守のようだな」

「お聞きになられましたか」

「聞かねえでも何となく分かるモンだ」

　そういえば、龍那美も大狛宮に来客があるとすぐに反応する。目で見てもいないので、遠見か何かの力なのだろうと思っていた。彼らは何かしら人より分かることが多いのだろう。

　手兼も関心のなさそうな言いざまだ。

「ま、別に用もねえし、挨拶がてら土産を持ってきただけだから、いなくたって構わねえよ」

「ああ、お気遣い痛み入ります」

「大狛宮の生活はどうだ？」

　まだ天神の国に来て三月《みつき》ほどしか経っていない秋実を心配してくれているのかも知れない。ただの興味本位か世間話とも断言できないが、秋実自身はどちらでも構わなかった。

　正月についた餅の残りで錦木が焼いてくれたかき餅を、菓子入れごと手兼の前に差し出しながら、秋実は微笑みと共に答えた。

「龍那美様がお気遣い下さって、何の不自由もなく過ごしております。思ったより寒くもなくて」

だが、手兼が微妙な表情で首を横に振る。

「龍那美が気遣い？　どうも俺なんかにゃ想像がつかねえわ」

「お優しいですよ。お言葉は素っ気ないように感じるやも知れませ――」

言いかけて、途中で秋実は言葉を切った。

素っ気ない物言いであったのは以前のことで、今は言葉まで明らかに優しいのだ。言葉ばかりでなく、視線一つとってもそうなのだから、どんな心境の変化なのかと不思議でならない。

言葉に迷う秋実に気付いた手兼が「どうした？」と首を傾げた。

「近頃、龍那美様のご様子が、何だか以前と違っておられまして……思い違いかとも思ったのですが、一度や二度のことでもございませんで、大事ないならよいのですが」

「何だァ？　どうしたって」

「何と申しましょうか、過保護――と申しますのが正しいのか、判断できかねるのでございますが……」

そう言い置いた後、秋実は思い当たることをぽつぽつと挙げていく。

出掛ける際に土産に欲しいものを聞いてきたり、よく秋実を見て表情を和らげたりしている気がする。時折北宝殿に顔を出して減った薪を補充し、秋実が寒くないようにとさらに火に薪をくべてもいく。水で布を洗うので、よく身体を冷やす秋実を心配してくれているのだろう。

それ以外にも、よく秋実のことを聞いてくるようになった気がする。好きなものや嫌いなもの、快いと感じるものやこと。子供の頃の話も。

それと少し前、夜更かしが癖付《くせづ》いて朝寝をしてしまったことがあった。その時も先に起きていた龍那美は、怒るわけでもなく心配をしてくれた。寝過ごしたのだと答えても、叱責一つなく。

『正月明けで本調子でないのだろう。……一緒に朝餉の席に着けるから、たまには寝過ごしていい』

やはり笑って、そんなことまで言ってくれる始末だった。

それを説明して秋実は少し息を吐く。

「私あんな粗相をして、あまりにもお呆れなさっていっそ微笑ましく見られているのかなんて、段々心配になってきてしまって」

だが、なぜか手兼は満面の笑みを浮かべてやけに陽気だ。

「何でェ、ちっと見ねえ間にえらく面白えことになってんじゃねえか……」

「面白いことでございますか？　私、とても心配いたしておりますが」

「ああ気にすンな。粗相なんぞしてねえよ、抑々粗相を微笑ましく見守るような懐の広さがあいつにゃあるめェ」

「そのような」

そんなことはないと思う。

手兼からはやたら器が小さいように言われている気がするのだが、佐嘉狩とよく言い争いをしているからそう見られているのではないかと思う。

秋実から見た龍那美は鷹揚《おうよう》で、秋実が面倒を起こしても少しも気にせず助けてくれる。そうなるのも無理はないと、厄介がる顔一つ見せない。

そんな彼がどこか思うところがあるのなら、どうしたって気に掛かるのだが——と、そういえば別なことも思い出した。

「ああ、でもお叱《しか》りもございました。布を洗うのにこの川に入っていたら、裾を上げているのがはしたないと」

「ぶッ……ふははは！　裾を上げずに入れってか？　馬鹿言いやがる！」

「そのたび裾を濡らすわけにも参りませんから、どうしたものか。誠に、私の気のせいなのかも知れないとは思っているのでございますが……」

叱責にしたってやはり様子がおかしいと思う。何度思い直してもまた気になってしまうし、人形が分からないと言う以上、誰に相談していいものかも判断できないので途方に暮れている。

ひとしきり腹を抱えて大笑いしていた手兼は、ややあって落ち着きを取り戻す。かき餅を摘んでぱりぱりと齧り出すが、やはりその横顔は楽しそうに見えた。

「ま、聞いた限りじゃ、龍那美の野郎がいッくら奇態で、ある意味いかれちまってても、まあそりゃ正常だ。安心しろ」

「奇態……いえ、それならよいのですが」

「悪《わり》ィこたァねえから安心しな。ああいや、お前さん龍那美のことが嫌《きれ》ェか？」

急に尋ねられて「私が？」と面食らった。

不思議に思いながらも秋実は首を横に振る。

「まさか。御恩ばかりでございます」

「恩か」

手兼が思案げに呟いて、まじまじと秋実の顔を眺めてくる。彼はあの意味深長な笑みから急に醒《さ》めていた。

「お前さん、男色の嗜好はねえンだったか。好いた娘御はいなかったのか？」

なぜ急に自分の色恋の話に関心を持ったのだろうかと、秋実は怪訝な顔をする。男色の嗜好はないつもりだが、それ以前に色恋が何たるかすら知らない。

「私、家の仕事を覚えるので手一杯でございましたから。半人前で身を固めるわけにも参りませんし、妹の縁組のことも気がかりでしたし、ずっと他人事《ひとごと》で……そろそろ縁組をとは言われておりましたが」

「その前にこっちに来たと」

「仰せの通りでございます」

なるほどな、と呟いて、手兼は何か考え込んだ様子で表情を曇らせた。

先ほどまで上機嫌そのものだったのに、気分を損ねてしまったかとはらはらしていると、次に顔を上げた手兼は、秋実の肩に手を置いて頷いている。

「不本意に手籠《てご》めにされそうになったら、急ぎうちに人形を寄越しな。助けてやるから」

——何をどう考えてその結論に至ったのか、秋実にはまるで分からない。

「……龍那美様にでございますか？　左様なことはさらないかと存じますが……」

「わッかンねえぞお。男は狼だからなァ」

「その、想像ができかねます」

肩一つ、指先一つだって理由もなく触らない。手兼が何を心配しているのか分からないが、龍那美が自分に対して色めいた視線を向けたと感じたことも一度だってない。さすがにそれは心配が過ぎると思う。

抑々なぜそんな心配に至ったのかもよく分からないが。

扉が叩かれて視線を向けると、律が盆を持って入ってきた。履物を脱いで板間に上がってくると、茶托《ちゃたく》と茶碗を伏せた状態から返し、急須から茶を注ぐ。

秋実がお礼を告げると、律は深く頭を下げてから、一度ちらりと棚の方へと視線を遣った。

そのまま黙って北宝殿を後にする。

手兼は茶を啜って一息吐いた。

「ここの人形も相変わらずだな。うちのはもうちっと弄くってるから性格も似たり寄ったりなンだが、何も言わねえでも茶ァ淹れたりはしねえなァ」

「律は誠に気が利きます。おかげでお渡ししたかったものを思い出しました」

「ん？」

秋実は立ち上がり、棚に収めていた、積み上がった箱の包みの一つを手に取った。先ほど律の視線が向いていたものだ。

それを持って手兼の前に戻る。

「昨年、婚礼の祝いを贈って下さいましたでしょう？そのお返しをしたくて」

「礼なら受け取ったぞ。人形が届けてくれたろう」

火座が懐刀を贈ったものだから贈り物に迷ったと手兼は肩を竦める。届けられたのは太刀や鏡台といった大きなものだった。秋実は輿入れの際に何も持っていなかったので、鏡台を有難く使わせてもらい、その返礼は手兼の言う通り、昨年のうちにそれぞれの神域に届けたが。

それで秋実の気が済むかと言うと、まったくそうではなかった。

「十二神の皆様方があまりにご立派なものを下さるので、何だか畏れ多くて。それで、私からも少しお礼が申し上げたく」

これを、と秋実は包みを置いて、結び目を解いた。

中に入れていた箱を開け、その中身を手兼に見えるように前に押し出す。

「ささやかではございますが、針を入れさせて頂きました」

白地に朱の内布。幾つかの色糸と染料で図柄を入れた小さな布。

手兼があぁ、と声を上げる。

「袱紗《ふくさ》か」

「たくさんお持ちかとは思ったのですが……」

小さな荷物を包むための平織りの布を、秋実の手で染めて刺繡を施したものだ。年始も只管針を通していた。

手兼は意外そうな顔でその袱紗を箱の中から掬《すく》い上げる。

「こいつは縁起のいい色だな。それと……南天？」

「縁起物でございますから。それと、手兼様の神域は雪が積もらないと聞きましたので、雪見にいかがかと思いまして」

南天の葉の緑と、赤い実。その下の白地に白い糸で刺繡をしたのは、南天の赤い目を持つ雪うさぎだ。

「なるほど、こりゃいい」

手兼はぱっと明朗に破顔した。

「嬉しいねェ。自分のとこの神域で雪見酒ができるたァ思わなかった。ありがとな」

「そう言って頂けて安堵いたしました」

「もしやみんな柄が違うのか？」

手兼は奥の棚に積まれた包み布の山をちらりと見た。

秋実はええ、と頷く。

「皆様どのようなものがお好きなのか迷って……龍那美様に色々と伺ったのでございます」

十一枚あれこれと龍那美に話を聞きながら図柄を考えて、布を染めて色を変え、只管刺繡を施した。そのせいで龍那美の着物は今もずっと後回しだ。

手兼は言葉通り嬉しそうに袱紗を眺めている。

「うちの鷹羽宮《たかばぐう》じゃ、降りはしても積もらずあっという間に融《と》けちまう。寒いのも好かねえしそりゃいいンだが、どうにも酒の肴にゃ風情が足りねえ。これは融けねえし冷たくもねえし、眺めるにゃもってこいだな」

どうやら手兼の神域は鷹羽宮というらしい。

以前に佐嘉狩が淵水宮がどうと言っていたから、あれももしかしたら佐嘉狩の神域なのかも知れない。龍那美の神域は、彼を祀る大狛大社の名前と同じで大狛宮と呼ばれているのだが、手兼を祀る大社は金野《かなの》大社、佐嘉狩を祀る大社は瀧沼大社だ。

必ずしも大社の名前が神域の名前と同じではないらしい。というより、誰がそう名付けてそう呼んでいるのだろう。

そんな疑問も浮かんだが、まさかこんなに喜んでくれるとは思わず、秋実は嬉しさに笑みを零す。

「眺めるのに飽きたら、くたびれるまで使ってやって下さい」

「いい腕だ。龍那美に自慢してやろ」

「ほどほどになさって下さいませ……」

龍那美のための着物も後回しにしている今、そんなことをされては秋実の肩身が狭い。

その後もひと時ほどあれこれと世間話をしていたが、やがて手兼は自然と腰を上げた。

「茶菓子に釣られてつい長居になっちまったな。もう行こう」

「構いませんのに」

「いいやァ。仕事の邪魔になっちまった」

秋実は首を横に振るが、手兼は「いいんだいいんだ」と笑いながら履物を履いて土間に下りた。

彼を送るため、秋実も手兼に付き添って北宝殿を出る。ずっと火に当たっていたので、外に出た途端に思わずその寒さに身震いした。手兼も寒いのは好かないと言っていただけあって、明白《あからさま》に顔を顰めて腕を擦っている。

だが、手兼と共に入り口の門に向かって歩いていると、そこから人影が急に現れた。

一つに括った黒い髪。顔半分に犬面が掛かっていて、ちょうどこちらからは見えない。——が、この神域の主人を見間違えるはずもない。

「龍那美様」

もう少し帰りが遅くなると思っていたのだが、日が暮れる前に戻ってきたようだ。

秋実が声を掛けると、彼は犬面を外した。気が付けば黒だった髪と瞳は、いつもの赤い髪と金色の瞳に戻っていた。

手兼の姿を見て僅かに秀眉をひそめる。

「神域に誰ぞ来ているとは思っていたが、お前か。主の留守に居座る奴があるか」

それを聞いた途端、隣の手兼が明らかに嬉々として答える。

「それで痺れを切らして帰って来たってか？　そいつはちっと余裕がなさすぎやしねえか、おい。えらく笑かしやがるじゃねえの」

「何しにきた」

「挨拶ついでに素直で可愛いてめえの伴侶を口説いてた。どこぞの甲斐性なしの旦那のせいで持て余して仕方ねえって時ァ、鷹羽宮を訪ねてこいってな具合に」

「くたばれ下郎」

「龍那美様、手兼様のご冗談です……」

そんな会話は一度だってしていない。

手兼を睨み付ける龍那美に苦笑しながら、秋実は彼の持っている荷物を預かろうと近付く。

「お早いお帰りですね。御用はお済みですか」

「ああ」

手を出すと、龍那美が持っていた荷物の内、風呂敷の包みだけを秋実に寄越した。外した白い犬の面も秋実の頭に被せる。

龍那美がもう一方に抱えているのは通い徳利で、酒屋の名前らしきものが入っている。それは首を横に振って秋実には持たせなかった。一升分ほどはありそうだ。おそらく重いのだろう。

「まあ神事自体は一通り見てきた。どこぞの不埒者《ふらち》のせいで酒も飲まずに帰ってきたがな」

「しっかり貧乏徳利ぶら下げてよく言うぜ」

腕組みをして鼻を鳴らし、手兼はまた揶揄《やゆ》するように続けた。

「ま、酒もそこそこにするほど、大事なモンにちょっかい掛けられたくねえものな。分かるぜ」

「分かる奴は居座らないんだ失せろ」

「新年の挨拶に来たってのに、ずいぶんな言い草だな。

まあでも、いいもん貰ったから今日のところは大人しく帰ってやらァ」

と、手兼がこれ見よがしに秋実の渡した箱をちらつかせる。いっそう龍那美の表情が険しくなるのを横目で窺っていると、上機嫌に声を上げて笑いながら手兼がひらりと手を振った。

「じゃあな、秋実。尻ッ端折《ぱしょ》りは目の遣り場に困っちまう助平がいるからほどほどにな」

「二度と来るな」

龍那美が苛立たしげに吐き捨てるが、手兼はますます可笑しそうに豪胆に笑い声を上げながら門を潜り、その姿を消した。

相変わらず豪気な神だと思いながら、手兼が消えた門の方をひとしきり眺めて、やがて隣の龍那美の様子を窺った。

怒っていなければいいのだが。

「手兼様、私にはあんな風にからかったりなさいませんでしたよ」

「分かっている。……が、あのにやけ面。腹立たしくて仕方がない」

そう呟くが、佐嘉狩が来た時ほどは不機嫌な空気を感じなかった。以前もそんな気はしていたが、龍那美と手兼は仲がよさそうだ。

龍那美は大狛宮の玄関の方へ歩き出しながら、秋実に渡した風呂敷の包みを指さす。

「それ、土産だ。今朝言っていた菓子司……軒先で団子も食ってきたが、あれは美味いな」

土産——と言われて、今朝の話を思い出した秋実は僅かに赤面する。本当に行ってくれたのだなと思ったし、自分のよく知る長閑《のどか》な景色の中で、この犬面をつけた輝かしい美男が団子を食べていたとは不思議な心持ちがする。

だが、それ以上に共感してくれたのが嬉しくて、抑え切れなかった笑みが零れた。

「あ、ありがとうございます……誠に寄って下さったのですね、嬉しいです。お団子は焼き立てなのですよね。香ばしくて温かくて、私も好きです」

「冷めるから迷って買ってこなかった。食べたかったか」

「いいえ、十分です」

美味しいと思ってくれたならよかった。自分の愛着のある味だ。口に合わないと言われないか少し心配だった。

「お土産、夕餉の後に一緒に頂きませんか」

そう誘ってみると、龍那美が振り返って柔らかく相好を崩す。向けられると思わず戸惑ってしまうような例の微笑みだ。

「そうだな。土産話もあるし、禁酒もそろそろいいだろう。ついでに一杯付き合わないか」

軽く徳利を持ち上げた龍那美に、秋実が意外に思って軽く目を瞠る。龍那美がそう言うからには、自分が口にしても問題はないのだろう。

神議りの例の事件からは酒をまったく口にしていなかったが、久しぶりにそれもいい気がした。秋実は龍那美に満面の笑みを返す。

「ええ。では、少しだけ」

龍那美の土産の風呂敷の中には、きんつば以外にも饅頭や赤福餅が入っていた。こんなに食べ切れそうにないので、夜の間に働く夜霧へ先に少し出してきた。他の人形たちは明日食べることだろう。

夕餉の後に湯浴みを済ませ、雪見窓のある部屋に火鉢を置いて二人分の菓子と茶を用意する。待っていると、風呂を済ませた龍那美は猪口《ちょこ》と徳利、錦木手製の摘みを持ってやってきた。

早々に猪口を傾けながら龍那美は息を吐く。

「手兼の野郎、余所《よそ》で要らん話をしなければいいんだが……」

きんつばを楊枝《ようじ》で口に運んでいた秋実が首を傾げた。

「何をでしょうか？」

「暇人どもはお喋りで困る」

「神様でしょう？　お暇なことなどないのでは」

だが、龍那美は微妙な表情で首を横に振って、多くは言わなかった。

秋実は気を取り直して尋ねる。

「黒駒神社はいかがでしたか」

「今年は豊作だったからか、人出が多かったな。天気もよかったし、雪も少なかった」

どうやら賑わっていたようだ。秋実も祭りで賑わう大狛大社を思い出す。あれほど大きな社は稀だろうが、特別な日の神社の空気はどこでも何とはなしに胸が弾んだものだ。

神事は眺めてきたと言っていたが、果たしてどんなものだったのだろうか。

「例祭は何が催されるのですか？　相撲？」

「いや、神楽舞だ。裳着《もぎ》前の童女がやるから、拙いのが微笑ましかったな」

「それはさぞ可愛らしかったことでしょうね」

想像だけでも思わず顔が綻んだ。着慣れない衣装と簪を身に着けてぎこちなく扇を振る姿が目に浮かぶ。

「龍那美様は芸事の神様でもありますから、芸に優れた巫女が舞うところも多いと聞いたのですが、意外です」

「巫女もいないような小さな社だからな。お前のところの氏神ぐらいの規模だ」

「そうなのですね」

「まあでも、毎年例祭は人が集まる。水がいいからか美味い酒蔵があって、居心地はいいな」

道理で通い徳利など持っているわけだ。もしかすると毎年見に行っているのかも知れない。酒目当てではさすがにないと思うが。

――秋実がここで過ごしている間、ちょくちょく龍那美は大狛宮を留守にしていた。聞けば大体中津国の社に行っているようだったので、もしかするとその多くは彼を祀っている社の祭日だったのではないだろうか。

その横顔がどことなく上機嫌に見えるのは、自分のための祭りだったからか。

「そういえば紅も、氏神様の神楽舞の役に選ばれて、何度か舞を奉納しておりました。あれも裳着前の娘の役でしたね」

大狛大社の神婚祭でも舞を奉納していたが、すっかり堂に入ったものだった。近くの町で長く踊りを習っていたし、幼い頃から何度も神楽舞を経験しており、さほど戸惑いもなかったのだろう。思えば参拝客が感嘆の声を漏らしていたほどだった。

だが、隣の龍那美はなぜか、わずかに顔を顰めた。

「……また紅か。お前は本当に妹が好きだな」

「あ……いけませんね。妹離れしなくては」

「会いたいか」

思わず龍那美を見ると、彼は沈んだ表情をしていた。

そういえば前にも言っていた。帰してやれないと。

――仮にそうできたとしても惜しいとも言ってくれたが。

気を遣わせてしまったかと笑みを返す。

「いいえ。命がありますから、それ以上のことはありません」

龍那美が救ってくれたのだから、他に望むことはない。

そうか、と龍那美が呟いた。秋実は「ああでも」と、あることを思い出し、口を噤み切れずに付け足した。

「何不自由なく元気にしていると伝えられたら、家族に要らぬ心配をさせなくて済むかとは、思っておりますが……騒ぎになっているかも知れませんから」

思うところがあるとすればそれだけだ。別れの際に置手紙の一つもしてくればよかったと今さらながら悔いている。

家族が心配して自分を探しているかも知れない一方で、自分だけぬくぬくと平穏な暮らしを享受しているのが少し後ろめたい。さぞ不安がらせていることだろう。

思わず胸の内を零すと、龍那美があぁと気の抜けた声を漏らした。

「それは心配なくなったな」

「そう仰せになりますのは一体……？」

不思議に思いながら彼を見上げると、龍那美は自分の目元を指さした。

「少し目を瞑れ」

何か見られたくないものでもあるのかと、いきなりそう言われた秋実は疑うことなく慌てて目を閉じた。

「……こうですか？」

「少し触るぞ」

「触る？」

どこを、と思った途端、瞼の上に熱い手のひらの感触を感じた。驚いて僅かに肩を竦めてしまったが、それ以上のことはなく、龍那美の手のひらは目隠しをするように秋実の目元を覆ったままでいる。

——これが何を、と不思議に思った途端、瞼の裏が急に明るくなり、目の前に白い肌の少女のかんばせが現れた。

耳元で鮮烈に声が響く。

『やっと見つけたわよ、犬面野郎……！』

何が起こったのか分からず混乱する秋実の目の前で、麻の小袖を身に着けた町娘の少女が、手に鋭い何かを持って、凄まじい剣幕で声を上げた。

『兄様を返しなさいよ！』

——その少女は正真正銘、秋実の妹の紅だった。

そう気付いた瞬間、秋実は思わず後退《あとずさ》りして目を開けてしまった。

途端に紅の姿は消え、部屋の雪見窓が視界に飛び込んでくる。

動揺のせいか心臓が煩《うるさ》く鳴っている。秋実は戸惑いの中で自分の胸元を手で押さえ、恐る恐る隣にいる龍那美の方を見る。

「紅が……」

「視《み》えたか」

彼は驚く素振りもなく平然とそう言った。

「目を開けては視えないだろう。しばらく大人しく瞑っていろ」

「いえあの、なぜ紅が？　今見えたのは幻ですか？」

紅だけではない。その後ろの景色も見覚えがある。自分が生まれ育った郷の家々だ。

だが、龍那美は動揺する秋実へと顔色一つ変えずに「本物」とあっさり言い放った。

「野木原で団子を食ってきたと言っただろう。その時に来たのがこれだ」

「これ……いえ、なぜ？　顔見知りでいらっしゃいましたか？」

「まさか。目ざとくて厄介な娘だったぞ」

混乱して質問までとりとめのない秋実に対して、龍那美はどこか気力が削られたような顔をしていた。

「まあ、すぐ分かる。視るか」

「あ……はい」

秋実が半ば呆けながらも答えると、龍那美は頷いてまた秋実の視界を手で覆った。

――暗く落ちた視界の中、次に見えたのはやはり紅が小柄を握り締める姿だった。


まるで本当に目の前で叫ばれているような鮮明さで声が聞こえる。

なぜか激昂した様子の紅は自分――というより、自分ではない誰かを見下ろしているような目線だ。仁王立ちで、両手で小柄を握ってきつく睨み付けてくる。

「大狛大社であんたが兄様と話してるところ、私見てたんだから！　怪しい奴なんて他に考えられないのよ、この変態！　兄様をどこへやったの!?」

「ああ、お前……妹か」

まるで自分が発しているような近さで声が聞こえた。

思わず秋実は驚きの声を漏らした。落ち着いた響きの低い声。どこか鼻にかかったようなそれは、秋実ではなく龍那美のものだ。

だが、その言葉に紅はますます激昂を募らせた。

「やっぱり知っているのね!?　兄様はどこ、私の兄様に何かしてたらあんた、ただじゃ済まないんだから……！」

一歩前に出てさらに小柄を突き付ける。見覚えのある小柄だ。あれは龍那美の元へ行く日に、秋実が紅の部屋に置いていったものだ。

「聞いてるわけ!?　ねえ!!」

「お前の兄も大概だが、お前も大概だな」

「何の話よ!?」

心底げんなりしたような龍那美の声音に、秋実は肩身が狭い思いだった。妹のことばかりの秋実に呆れた時とまったく同じ声の調子だった。

が、紅の言葉を思い出すとようやく色々と腑に落ちる。おそらく紅は龍那美と会話をしているのだろう。そして、今見ているのは龍那美の目を通した昼間の出来事なのだと思う。

神婚祭の日に、大狛大社で紅が舞を奉じている間、確かに秋実は犬面をつけた龍那美と話し込んでいた。その光景は遠目に紅も見ていて、翌日に秋実がいなくなった理由と関連づけてでもいたのかも知れない。

もしや今までずっとその犬面の男を探していたのかと思うと、ひどく複雑な気持ちだ。

紅が龍那美に詰め寄ってその着物の胸倉を掴んだので、秋実は思わず動揺に「ああ」と声を漏らしてしまった。

「ふざけた面なんて付けて……質問に答えなさいよ、兄様は今どうしているの!?」

「もう少し大人しく喋れないのか。迷惑だろう。それにうるさくてかなわん」

「……何、逃げる気はないってわけ。いい度胸じゃない。ちっとも悪いと思っていないわけね」

「勘違いもいいところだが、まあ団子でも食って落ち着け。……おい、もう二本頼む」

龍那美は嘆息しながらそう店の女将《おかみ》に声を掛けた。

動じない態度が続いたためか、ようやく少し煮え湯のようだった怒りが冷めてきたようで、紅が深く溜め息を吐いた。苛立たしげに着物から手を離して龍那美の隣に座るが、相変わらず小柄の刃は剝き身のままだ。

団子を食べるためか、龍那美が手で面を上げる様が視界に映った。

途端、隣に座っている紅が引き攣った声を漏らしたのが聞こえる。

「うわっ……ええ厭だ、色男じゃないの……何でよ」

龍那美の視界が紅へと向いた。紅は口元に手を当てながら、龍那美を見て明らかに眉をひそめている。美男に対して秋波を送るようなものではなく、誰に対してか非難げな色が滲んでいるのが不思議だった。

龍那美の声も少し呆れた気配がある。

「こっちの科白《せりふ》だ。何の問題がある」

「兄様を拐《かどわ》かすぐらいだから、顔を見せられないような醜男《ぶおとこ》なのかと思うじゃない。あんた一寸真っ当に生きなさいよ。兄様好きならちゃんと口説いたらよかったのに、その面《つら》に産んだ親が泣くわよ……」

「お前は兄と違ってだいぶん無礼だな」

疲れたような龍那美の呟きに、秋実はあまりの申し訳なさで心の中で何度も頭を下げていた。相手が誰か知らず、かつ自分を拐かしたと思っているとはいえ、十二神の一柱を相手にとんでもない暴言の数々だ。代わりに詫びたい気持ちでいっぱいだ。

だが紅の無礼は止む気配がない。兄と聞いた途端に青褪めて嘆き出す。

「そう兄様……うっ可哀想《かわいそう》な兄様、こんなふざけた犬面男に手籠めにされてあんな無体やこんな無体をされているのかしら……兄様が美しいばかりに、何ておいたわしいの……」

「お前の兄様はお前と違ってそんな下劣な発想はしなかったな」

「じゃあ何のために兄様を隠しているのよ!?」

奥から出て来た女将が、小柄を抜いたままの紅にぎょっとしている。それに対して構わないというように龍那美は手を軽く上げた。女将の手から茶と団子を受け取って、代わりに巾着から出した小銭を渡す。

おろおろと困惑しながら店の中に引っ込む女将を見送って、龍那美はその盆を紅に渡した。

「秋実は健勝だ。毎日飯が美味いとご満悦だぞ」

「私の兄様がそんなに意地汚いわけない」

「とことん話の通じない小娘だな」

「お団子で懐柔なんてされないわよ。兄様を返しなさい」

そう言いながらしっかり団子を食べ始める紅に、秋実は苦く笑うしかなかった。ついでに残念ながらお前の兄は、お前が思っているより意地汚いのだよと心の中で呟いた。何だか恥ずかしいし申し訳ない気持ちだ。

龍那美は一口茶を啜って、僅かに息を吐いた。

「……無理だ。神の贄は戻れないと聞いているはずだ」

龍那美の言うように、秋実はもう大狛宮で食事をし、神議りの場で中津国での縁をすべて絶たれた身だ。分かっていて秋実はそれを受け入れた。

だが、それを知らない紅は明らかに怪訝な顔をする。

しばらくもちもちと団子を咀嚼して飲み下した後、途端にまた質問を浴びせてくる。

「神？　贄？　何で贄なのよ。兄様は贄じゃないわ。あんた神様に責任転嫁するつもりなの？」

「大狛大社の龍那美神はお前の兄の腕を気に入ったんだと」

愈々うんざりしてきたような口調で龍那美は言う。

はあ？　という紅の喧嘩腰の返答を無視して、彼は自分の懐に手を入れた。

「だから贄にお前ではなく秋実を貰ったわけだ」

そして「やらないから返せよ」と言いながら、懐から取り出したものを紅に差し出す。

紅は団子を置いて指を懐紙で拭い、龍那美の手にあったものを受け取った。

秋実の目にも見覚えのある黄色い布だ。すぐに龍那美が何を渡したのか気付いた。

最後の団子を齧る龍那美の隣で、そろそろと布を広げた紅が息を呑む。

平織りの絹地に金色と緑の銀杏が一面に描かれ、金糸で縫い取られた袱紗だ。秋実がこのところ作っていたのは十二枚――うち十一枚は他の十二神に贈るものだが、一枚だけは龍那美のために作って渡していた。

何か花でも入れようかと思ったのだが、龍那美を思うとどうしても紅葉《こうよう》が浮かんで消えなかった。瞳の金色が美しいからだろう。

急に静かになった紅が、しばらく押し黙った後にぽつりと呟いた。

「これ……兄様の」

ずっと一緒に暮らしていたから、言葉にしなくとも気付くのかも知れない。

どこか放心したような呟きの後、纏う空気を緩ませて目を伏せる。袱紗を持つ手にきゅっと力が込められた。

くしゃりと歪んだ横顔には、溢れ出た歓喜や安堵が浮かぶ。きつく張り詰めて今にも切れてしまいそうな、危うい空気はもうなかった。

「……元気なのね」

「だからそう言っているのに、お前は人の話を聞いていないな」

紅は気が済んだ様子で袱紗を龍那美に返した。

納得したならもうこれ以上龍那美に対して無礼な言葉は出ないだろう――と胸を撫で下ろす秋実に反し、また紅は横目でじろりと龍那美を睨んだ。続く言葉は秋実に冷や汗を掻かせる。

「でも何でタツナミ様の名前が出てくるわけ？　あんたが兄様閉じ込めて無理やり働かせていないと誰が証明できるの？」

「そうきたか。面倒な娘だな」

「何溜め息吐いてるのよ、あんた自分に人攫《ひとさら》いの疑いがあるって自覚がないわけ!?」

「だったら大狛大社にでも行って聞いてこい。あそこの宮司なら分かる」

そうなのか――と秋実も意外に思った。紅も同じように驚いたらしく、一度面食らったように黙り込み、ややあってぽつりと言う。

「……本当に行くわよ」

「寧《むし》ろ行け、このまま絡まれても面倒なだけだ」

「嘘だったら承知しないわよ」

「ああ分かった分かった、百遍刺されてやる」

「言ったわね!?　絶対行くわよ!!」

ひらひらと手を振って追い払おうとする龍那美に、紅はしかめっ面をしてようやく小柄の刃を鞘に押し込んだ。そこまで言われては納得するしかなくなったのだろう。

ようやく刃を収めて秋実も安堵に息を吐いた。

「兄様を攫ったのは……タツナミ様だってあんたは言うわけね？」

「何だ。まだ文句を言うつもりか」

「私には当日に三くだり半で、兄様の方がいいってわけ。おかげで私は神様に振られた女として世間に悪名を轟《とどろ》かせたっていうのに、いい目の付け所してるじゃないの。とことん腹が立つわね」

「…………」

龍那美が紅から視線を背けた。気まずかったのかも知れない。

嫁入り当日に追い返されたとあってはやはり好奇の

目に晒されてしまったかと、秋実も少し胸が痛む。可哀想なことをした。他にどうしていいのか分からなかったとはいえ、傍にいられないのでまして心配が膨らむ。

だが、紅はどこか怒りが冷め切ったような嘆息を漏らした。

「……きっとゆくゆくは名のある偉い御方の着物を作るんだと思っていたの。若くても腕がいいのだもの。周りが放っておかないだろうって思っていたわ」

一緒に暮らしていた時も紅はよく秋実にそう言ってくれた。彼女が信じてくれたから、秋実は冷たい水に浸かることも針仕事で手が荒れることもちっとも苦ではなかった。染料の染みた手を宝物みたいに包んで暖めてくれたことを思い出す。

紅は俯いて震える声でぽつりぽつりと続けた。

「……タツナミ様じゃ仕方がないわ。美しいものがお好きな神様なのだもの。……兄様は私が知る中で一等美しくて、美しいものを作る腕があって……優しい自慢の兄様で……見初められるのもよく分かるから……」

膝のところに丸い染みが落ちた。一つ、二つと増えていく。

「でももう、帰ってこないのね……」

——泣いているのだと思うと、宥めてやれないことが切なかった。

慌ただしくてそれどころではなかったとはいえ、去り際にもっとちゃんと別れの挨拶をしてくればよかったと、ますます秋実は自分の行動を悔いる。自分だって紅がいなくなれば血相を変えて探し続けるに決まっているのに、紅や両親たちがそうではないとなぜ思ったのだろうか。

それに、別れを伝えていれば龍那美にここまで迷惑を掛けることもなかったかも知れないのだが。

しゃくり上げる紅の嗚咽《おえつ》だけが聞こえる。

龍那美は紅ではなく真っ直ぐ前の景色を眺めたまま、泣く子供の扱いに困ったような気怠げな声音で呟いた。

「——腕がいいのは、自慢の妹が褒めてくれたおかげだそうだぞ」

洟を啜る音の後、紅が顔を上げる衣擦れの音がした。

「……え？」

「いつも手放しに褒めてくれるのが誇らしくて、研鑽を重ねるのが苦ではなかったから、自分の腕がいいとしたら妹への賛辞だと言っていた。兄妹仲がよくて実に結構だな」

紅はしばらく呆然とした後、袖で涙を拭った。

龍那美の懐を指さし、たった今しがたの悲嘆を忘れたかのように戸惑いがちに尋ねてくる。

「……ねえそれ、兄様が作ったものよね。どうしてあんたが持っているの？　タツナミ様が兄様をお召しになって……あんたは何？　前は神職みたいな服を着ていたけど」

宮司、いや禰宜かと尋ねる紅に、どこかで聞いたような質問だなと疲れた声で龍那美が呟いた後。

「嫁の馴染みの菓子を土産に買いにきた、ただの通りすがり」

「そんなわけないでしょ、馬鹿にしてる!?　っていうか嫁いるの!?」

「そうだな。顔はだいぶんお前と似ているが、性格は微塵も似ていない可愛げのある嫁が」

龍那美はそう言って、茶を飲み切って盆の上に湯呑を戻す。竹皮に包まれた菓子を風呂敷に包み直して、膝に抱えた。

「怪我だの病魔だの飢饉《ききん》だのとはこの先無縁だ。ついでにお前より間違いなく長生きする。……大事にもする」

龍那美の視線が紅の方に向いた。

涙で潤んだ切れ長の瞳が呆然と龍那美を見上げている。果たして龍那美の言葉を聞いているのかいないのか分からない表情だ。

――まるでこの世ならざる者を見るかのような目をして、紅はじっと龍那美から目を逸らさない。

「まあ、悪いようにはしないから、周りにもそう言って安心させてやってくれ」

すぐ近くで響く龍那美の声は、近頃秋実に向けられるもののように優しく響いた。

風呂敷を片手に提げて立ち上がり、呆けたように言葉を失ったままの紅を見下ろす。

「お前たちがたいそう大事にしてきたのに、断りもなく貰い受けた。悪かった」

遠ざかろうとする龍那美に、紅がはっと我に返ったような目をして慌てて立ち上がった。

龍那美に詰め寄り、未だ現実感を覚えないような双眸で、じっとその顔を見上げたまま。

「あんた……、いえ、タツナミ……様？」

龍那美は何も答えず、紅の目元に手を翳した。

咄嗟に紅が身を硬くして目を瞑ったのが分かった。

何をするつもりなのだろうと秋実が困惑していると、目の前に見える景色がぱっと変わり、ざわざわとした喧騒の中に立っていることに気付く。

——気が付けばもう、そこは野木原ではなく、小さな神社——おそらく黒駒神社の前だった。

黒駒神社の景色はたちまち消えて、また元の真っ暗な視界に戻る。

目を瞑っているのに何かを見ているような不思議な感覚でいただけに、龍那美の手が離れて瞼の裏の暗闇の中に戻ったら、少しの間何が起きたのか分からなかった。

ようやく目を瞑っていることを思い出して瞼を開くと、龍那美が膝を立て、頬杖を突いて秋実を見ていた。

目を細めて、可笑しそうに言う。

「びっくりするほど性格が違うんだな」

未だ夢の中から覚めないような心地でぼんやりと秋実は答えた。

「ああ……ええ。そうですね。紅の方が気丈で、私、落ち込んでいるところをよく励まして貰っておりました」

「気丈？　男に摑みかかってくるようなはねっかえりがそんな可愛らしいものか？　もしあんなの嫁に連れ帰っていたらと想像してぞっとしたぞ」

「ええ……それは紅の話ですか？　別の娘ではなく？」

「すっとぼけているのか本気で言っているのか」

また例の呆れた声音だった。

だが、ややあってようやく先の非礼の数々を思い出した秋実は、慌てて畳に貼りつくように深く頭を下げた。

「ああいえ龍那美様、妹に代わって深く謝罪申し上げます！　誠に……とんでもない非礼の数々、何とお詫び申し上げたらいいか……あなた様と知らぬこととはいえ、あのような狼藉千万……」

「要らん。構わないから顔を上げろ、怒っていないことぐらい分かるだろうが」

「そういう問題では」

「いいから」

床にあった秋実の手を取って上に引っ張り上げられ、身体を伏せていられずやむなく顔を上げた。龍那美を見ると、やはり声音と同じく優しく微笑んでいたから、どんな顔をしていいのか分からない。

刃を向けるに留まらず、変態呼ばわりやら親が泣くやら人攫いの嫌疑やら——さらに団子を馳走《ちそう》になって礼も言っていない。普段なら紅は絶対にあんな非礼は働かないが、自分のことでずいぶん気が回らなくなってしまったのだろう。

手を離されて途方に暮れたような顔でいると、龍那美はゆっくりと目を細める。

「俺には、お前がどれほど好かれていたのかしか分からなかったが。……怒ることがどこにあった」

——なぜここまで甘やかされるのか、今になってもまだ分からないままだ。

紅に言った『大事にする』という言葉の通りで、本当に大事にされていると骨の髄まで思い知らされて、何だかずっと落ち着かない。気恥ずかしいし、何を返していいのか分からない。

「でも、怒って下さらなくては私、あんまり申し訳が立たなくて、あなた様に顔向けできませんよ」

いたたまれず悄然《しょうぜん》と呟くと、くっと堪えたように笑った龍那美が冗談めかした。

「そうか。じゃあ言うが、お前だって自分の腕を弁えて小柄なんぞ抜かなかったのに、会うなり切っ先を向けてくるあの娘は少々自分の力量を見誤っているし、思慮が足りないと思う」

明らかに意地悪げに笑う龍那美に、秋実は肝が冷える思いで頷いた。本当に相手が暴漢かも知れないのに、女一人、小柄一つで立ち向かおうとするのはあまりに無謀だ。失礼だという以外にも大きな問題だった。

「仰せの通りでございます……誠にご容赦下さいませ……」

「どうもああいう手合いは、却って俺は怒らせたくなるから駄目だ。残念ながら俺はお前の妹とはとても気が合いそうにない」

「三くだり半でも仕方のない不肖の妹でございます……お許し下さいませ……」

「大体、あれを贄に選んだ連中の目は一体どうなってるんだ。あの物騒な娘を器量が好いと本気で思ったのか？　節穴か？　お前の方がずっと可愛いじゃないか」

「まったくもって仰せの通りでございます……私の方が……か？」

しおらしく龍那美の言葉にいちいち頷いていた秋実だが、急に何か引っ掛かって口を噤んだ。

思案の後、我に返ったように訝しく答える。

「それは……私にはそう思いかねますが……」

「ふ。……これだけ貶せば気が済んだか」

秋実はますます困ったように眉尻を下げた。これでは自分の我儘に龍那美を付き合わせただけになってしまった。

本当に元より怒っていないのだとして、これ以上続けたとしたらただ不毛なだけだ。

「……ありがとうございます……」

「どういたしまして」

ほら、と食べかけにしていたきんつばの皿を差し出され、秋実は大人しくそれを受け取った。一口切り分けて口に運び、その甘さにほっと息を吐く。

馴染んだ味だ。美味しい。

しかしながら、紅に『嫁の馴染みの菓子を土産に買いにきた』などと言って、天神の国の外でも嫁の扱いになるものなのかとつい首を傾げる。高天原の理とは聞いていたが、中津国でまでそう呼ばれる必要はない気がする。指摘するに至らない些事ではあるが。

――それ以上に気になるのは、妹が今頃手籠めにされているなどといっそう憤慨していなければいいのだが、ということだ。

手兼といい紅といい、なぜそんな心配をするのだろうと不思議だ。

龍那美は指できんつばを摘んで齧り付く。咀嚼して、一度表情を和らげた後、また硬い表情で秋実の方に視線を戻した。

「紅に会ったと、教えてやるべきか迷った」

「？」

すでに聞いた後に今さらのことを呟く龍那美に、なぜそんなことを迷ったのかと不思議に思う。

首を傾げると、彼はまた秋実から視線を逸らした。

「姿を見たところで、直接口を利くことも叶わないだろう。却って里心が付いて悲しがらせやしないかと思った」

心配をしてくれたのかと思うとその思い遣りが嬉しく、秋実は笑みを浮かべる。

「いいえ。あんまり次々に龍那美様に無礼を働くものですから、恋しく思う暇もありませんでしたよ」

それに、手紙でだってああも生き生きと声や表情まで知れることはない。龍那美だからこれほど詳細に紅の様子が見られたのだ。本当に自分は彼の傍で恵まれた生活をしていると思う。

龍那美は安堵したように「そうか」と表情を緩めた。

「……本当に厭ならそう言ってくれていい」

「まさか。あんな剣幕の紅は初めて見ましたから、不躾ではらはらしましたけど、元気そうで本当に嬉しかったです」

「あいつはお前が馬鹿に溺愛《できあい》するから猫を被っていただけだと思うが」

「ええ？　私のことで動転していただけかと思いますが……」

龍那美からは「どうだか」という白けた返答だけが寄越される。紅が生まれた時からずっと一緒に暮らしてきたのに、猫を被ってきたなど俄《にわ》かには信じ難かった。

湯呑を手に取って暖を取りながら秋実は伏し目がちに微笑む。

「きっと龍那美様が詫びて下さる以上の安心なんてなかったと思います。……私も胸の痞《つか》えが取れたような心持ちです」

さすがに紅も目の前にいた男がいきなり消えれば、神様なのだと納得もしたことだろう。その彼が悪かったと、大事にすると言ったのだ。秋実が元気にしていることだって、いい加減信じたことだろう。

紅の口から家族に伝わるだろうし、秋実の後ろめたい気持ちもすっかり消えた。

龍那美は「それはよかった」と頷いた。

それを見た秋実は、あることを考えてつい眉尻を下げる。安心したせいか、一つ思い出してしまった。

「——けれど龍那美様、百遍刺されるだなんて、私は厭です……」

あれを聞いた瞬間、何だかどこかに少し引っ掛かって、落ち着いた今になって頭の片隅から転がり出てきた。

売り言葉に買い言葉だとしても、つい想像して胸が痛んだ。家族がそんなことをするのも厭だし、それ以上に龍那美がそんなことをされるのも厭だ。

龍那美はああと呟いた。

「心配しなくともそんなつもりは毛頭なかったし、仮にそうなっても死なないが」

「そうだとしても、想像して身が竦みました」

秋実の返答に、龍那美は思案げな顔をした。

彼は秋実の真意が何か、遅れて理解したのだろう。

真剣な秋実に対して、少しばかり居住まいを正して向き直った。

「まあ実際、痛くないということはない。でも、お前を失ったお前の家族の心境を思えば、俺が少しばかり痛かろうとも些事だろう」

「それは……ちっとも等価じゃありません。家族の心境はただの心境でしかなくて、龍那美様が傷付けられることで打ち消されるものではないでしょう」

「お前の家族の気は済むやも知れん」

「それなら誰の気も済まなくたって構いません。もう皆が納得尽くのことでしょう。ですから二度と、私の家族に悪いだなんてことは言わないで下さいませ」

――妹を盾に奪ってしまったようで、お前の家族にはさぞ悲しい思いをさせたんだろう。

そう龍那美は呟いていた。それを聞いた時、違うのだと言いたかったのに、機を逸して言えないままになってしまった。けれど、感謝していると言ったはずなのに、それを蔑ろにされたようで切なかった。

「思って欲しくもありません……」

喩え心の片隅にだってそんな罪悪感は抱えて欲しくなかったし、そのために怪我をして欲しくもない。

ふと顔を上げると、龍那美と目が合った。静かだったのでてっきり真剣に話を聞いてくれていると思っていたのに、目が合った彼は慈しむように微笑んでいたから、何だかまた困ってしまった。

秋実はきゅっと眉根を寄せて顔を顰めてみる。

「……なぜお笑いになられます？　私、生意気を申しておりますのに」

「それが生意気なら幾らでも聞いていられるな」

「はあ……」

秋実は思わず気の抜けた声を漏らす。さては茶化しているのかと疑ったが、次に返された龍那美の言葉は決してそうではなかった。

「穏やかでないことを言った。気を付けよう」

聞いてくれてはいたらしい。

怒った顔を作ってみたものの拍子抜けしてしまい、気付けばまた困惑顔に戻っていた。

言葉に迷いながら茶を飲んで一息吐いていると、龍那美が徳利から酒を注ぎながらぽつりと呟く。

「少し癪《しゃく》だが、紅がお前を自慢に思う気持ちもよく分かる」

秋実はきょとんと瞬きをして湯呑を置いた。

「お褒め頂いておりますか？」

「そうだな」

「……ありがとうございます？」

龍那美は可笑しそうに頷いて、猪口をくっと傾けた。

秋実はきんつばを一口二口と頬張りながら考える。

気持ちも分かると龍那美は言うが、それは自分のことを自慢に思ってくれたということなのだろうか。どさくさで流してしまったが可愛いとも言われたような気がする。子供扱いはされていないはずなのに、何だか過度に可愛がられていないだろうか。

そう考えると、自惚《うぬぼ》れているようで急に照れくさくなってきたが。

秋実はいそいそときんつばを食べ切って茶も空にした。その様子を見た龍那美は、置いてあった猪口を手に取り、それを秋実に渡してくる。徳利を手に取って「飲むか」と聞かれ、秋実は頷いた。

「一口だけ頂戴いたします」

酒が美味しいという感覚は、実はまだそれほど分かっていない。香りはいいと思ったが、以前に酒席に着いた時はもう味など二の次でとにかく飲まなければならなかったし、胃の腑は苦しくて、最後は具合を悪くした——などと苦く思い返す。

けれど、猪口に口を付けて軽く呷《あお》った後、秋実は意外に思いながら自分の口元を押さえた。龍那美が声を掛けてくる。

「どうした」

いい匂いがする。とろりと甘い口触りだ。それに、喉や胃の腑が少し温かくなる。前と同じだ。

だが、果たしてこんな味だっただろうかと、少しの戸惑いもありつつ答えた。

「——美味しい」

香りや味はそれほど大きく違うと思わないのに、なぜか今日はそう感じた。

不思議に思いながら二口目を飲んで、やはり美味しいと思ったから、秋実はじっと猪口の中身を見下ろした。

「なぜでしょうか」

味は違えど、前に飲んだ酒だって大狛宮で用意したもので、そう悪い酒ではなかったはずだ。でも、決して美味しいとは感じなかった。酒精の独特の香りがあるだけだった。なのに、今日はまったく違う気がする。

——龍那美は嬉しそうに微笑んで。

「楽しくないと不味《まず》いんだ」

それだけをぽつりと教えてくれた。

手兼に渡したものと、龍那美に贈ったものを除いて、手元にはまだ十枚の袱紗が残っている。

婚礼の祝いを送ってくれた十二神に贈るつもりでいた袱紗だったが、人形に持たせるのではあまりに味気ないような気もした。

「十二神の御方々へご挨拶に伺いたいのですけれど、予め伺う日取りを申し上げた方がよろしいでしょうか」

共に夕餉の席に着きながら、思案の末にそう龍那美に尋ねると、秋実の予想を裏切らず、やはり龍那美はいい顔をしなかった。

「行かんでいい」

「お祝いを頂いてお礼のひとことも申し上げないのでは、何だか失礼ではないかと思うのですが……」

祝い品の返礼に手紙をつけて人形を遣ったものの、龍那美も秋実も顔を見せてはいない。遅くなってはしまったが、せっかくなのでこの機会に礼を言いに訪問するのもよいのではと思ったが――。

龍那美はしかめ面で盃を傾けて息を吐く。

「十二神なんぞ碌でもない連中ばかりだぞ。神議りの場に来なかった連中なんか特にそうだ。下手に関わらないのが身の安全だ」

「左様な……」

「大暁のところなんか特に行かない方がいい。あそこは空気が悪い」

「そ……いいえ、そうなのやも知れませんが」

女性を囲っているとは聞いているので、あまりそんな姿は見たくないとは思うが。

困っていると、龍那美がやむを得ないというように譲歩してくれた。

「……一部なら行ってもいい」

それを聞いた秋実はつい首を捻る。

「十二の神々に序列はないはずですし、訪問に偏りがあっては、お怒りを買わないでしょうか」

「親交がある宮とそうでないところがある。その差だ」

「ああ、そうでしたか」

それならば分かる。他の十二神の不興を買う心配もなさそうだ。

「手兼のところは済んでいるから、それ以外だな。火座は行った方がいい。それから、櫛炉と須豆嵐と阿須理あたりか」

「佐嘉狩様は？　猪を頂きましたし、もう手荒な真似もなさらないとお約束くださいました」

「……あいつは行かなくていい。錦木を遣る」

「？　その方がよいのでしたら、構いませんが……」

無理を言っている身であまり強くは言えない。先にはわざわざ佐嘉狩自ら秋実を訪ねてきてくれたとはいえ、龍那美の方に親交がないのなら、訪問するわけにはいかないだろう。

秋実は名前が挙がった神々の数だけ指を折り、思い出したように顔を上げた。

「それと、筒紀霜比売様に氷を頂いて、そのお礼を申し上げたかったのですが」

「筒紀《つつぎ》か。まあ、こんな時ぐらい顔を出すのもいいかもな。神議りの場にもなかなか来ない。期待はしない方がいいが」

「期待？」

「雪女みたいな輩だ。性格まで氷漬けなのかと思うようなな。まずいい顔はされないだろう。挨拶程度でいい」

秋実は「そうなのですね」と首を傾げた。会ったことがないので想像するしかないが、神議りの場に来ないというと、気難しいところがあるのかも知れない。

行ってすぐに帰るだけになるだろうが、行くなとは言われないということは、危害を加えられる心配はなさそうだということだろう。

「それ以外は要らんな」

「こういう機会でもなければ、お会いすることがないように思うのですが」

普段はそれぞれの神域にいるし、神域が地続きというわけでもない。神議りで会えなかった神もいる。

一度ぐらい挨拶するべきではないかと思ったが、龍那美はきっぱりと切り捨てた。

「一生会わんでいい」

意外と言うべきか何と言うべきか、龍那美はいつぞやの神議りの場に出席しなかった櫛炉と親しいらしい。祝いの返礼を持って真っ先に向かうことになったのは、櫛炉の神域――鎚鳴《つちなり》だった。

神域すべてを鎚鳴宮《ついめいぐう》と呼び、神域の櫛炉の住まいを除いた土地が槌鳴と呼ばれる。そう多少の区別はあるそうだが、概《おおむ》ね混同されて呼ばれることも多いようだ。

「そういえば気になっていたのですが、大狛宮は大社と同じ名前ですのに、他の神様の神域は大社と違う名前で呼ばれるのですね」

金野大社の手兼の神域が鷹羽宮。瀧沼大社の佐嘉狩の神域が淵水宮。そして、種子江大社の櫛炉の神域が鎚鳴宮だ。もしかすると大社の名前がついている大狛宮の方が珍しいのかも知れない。

草履を履いて玄関を出ると、前にいた龍那美が振り返って頷く。

「そうだな。神域自体が大狛山に似ていたから、単純にその名前でいいかと思っただけだが」

「神域の主が名前をお付けになられるのでしょうか」

「元々、高天原と呼ばれる通り地続きではあって、淵水宮……淵水《ふちみず》なんかはその時の地名だったんだが。揉め事が起こるたびに神域ごとにかち割られていったからな。神域の主が名付けた土地も、元々そういう名前だった土地もある」

何だか想像ができない。

「土地を……割ったのですか……」

「そう言われているが。実際どうなんだろうな。火座あたりは知っているかも知れないが、俺が十二神に成った時にはすでに割れていたし。まあどいつも隣り合って和気藹々《わきあいあい》と暮らしていける性分とも思えんが」

「火座様はご長命であらせられるのですね」

序列としては横並びで間違いないはずだが、年齢には差があるらしい。信仰の古さにでも起因するのだろうか。

龍那美が神に成ってどのぐらいの長さなのか、そういえば知らない。大暁に対しては年齢が上のような言葉を口にしていたので、火座と大暁の二柱はおそらく年上なのだろうが。

　尋ねようとしたが、それより先に龍那美が言葉を続けた。

「鎚鳴は確か、元々名前のなかった地が、他の神にそう呼ばれて付いた名だったか」

　火と技を司る霜月の神。主に鉄工に携わる人々から信仰が厚く、金物の盛んな土地などに特に社が多い。

　そうなると、何となく理由は想像ができる。秋実は少し笑った。

「鎚で鉄《かね》を打つ音がする……とか？」

「そのままだな。炉の神に似合いの名だ」

　そう言いながら龍那美が大狛宮の門を潜った。後ろ姿が忽然と消える。

　これまでのことから考えると、おそらく櫛炉の神域のどこかに繋がっているのだろう。そう思いながら秋実も門を潜り――そして、ある意味予想を裏切った、目の前に広がる光景に思わず目を剝《む》いた。

「なんと……」

　秋実が立っている大鳥居の下から向こうにずらりと家屋が並び建ち、軒先に店が出ている。市《いち》では多くの人が行き交っていた。

　店先の奥に並ぶ家屋の中では、窯に火が燃えている。鉄を叩く目が覚めるような音が、絶え間なくそこかしこから響いてくる。

　――中津国で見る鉄工の町そのものだ。

　市を歩く人や、金槌を振り下ろす音で通りが賑わっている。秋実が父の時仁に連れられて都に上った時の光景を思い出させるような人出だった。

「あの方々は……人形でしょうか？」

「他の神域の使いで来ている人形を除けば、半分はな。もう半分は人だ」

「人？」

　秋実は目を丸くしたまま問い返す。龍那美は顔色を変えず頷いた。

「あれらは贄に差し出された人だ。櫛炉は貰ってきて弟子に取る。弟子がこうして神域で研鑽を積む」

神婚祭で差し出される贄を、どうやら櫛炉は貰い受けるようだ。大暁がそうだとは聞いていたが、他にもいるとは思わなかった。

軒先に広げられて並ぶ金物や細工物も、秋実の目でも分かるほど桁違いの出来栄えだ。大大名に納めると言われても納得する。

「驚いた……誠に見事な品ばかりですね。錺《かざり》簪《かんざし》も帯留めも、こんなに立派なものを初めて見ました」

「欲しければ買ってやるが」

「いいえ、私は」

律や楓が好きだろうかと思って見ただけだ。秋実の知る限りでは二人とも簪の一つも身に着けていたことはないし、人形にそういう興味があるのかは分からないが。

「見て回るとなかなか飽きない。ゆっくり眺めたければまた別の日に案内する」

「よろしいのでしょうか」

「ずっと大狛宮にいても気晴らしにならないだろう」

今日はひとまず用事を済ませる、と龍那美は歩き出す。秋実もその背を追った。

「大狛宮は季節が移ろうとすっかり景色が変わりますから、散策するたび気が晴れますし。気詰まりとは程遠いように思いますが」

不思議に思いながらそう言うと、振り返った龍那美が可笑しそうに目を細める。

「ずいぶん可愛らしいことを言う」

「……童扱いなのでは」

「そうでもない」

違うなら違うで可愛らしいという彼の意図がよく分からなくなるのだが。

秋実は訝しく龍那美の横顔を見上げる。彼がそういった言葉を口にするような性分だとは思っていなかったのだが、自分の勘違いだったのかと不思議だった。

しばらく首を捻りながら歩いていると、市を抜け、また鳥居が見えてくる。

その奥には建物があった。門構えから察するに、おそらくあれが櫛炉の住まいであるところの鎚鳴宮というべき場所なのだろう。

鳥居を潜ると、外に女性の姿があった。こちらに気付くと袖を押さえて大きく手を振ってくる。

「龍那美様！　お久しゅうございます！」

小袖姿の女性だった。

人形ではなさそうだが、さりとて神のようにも見えない気がすると、秋実は何となく思った。神々が持っている特有の重圧感というのか、そういった気配を感じなかった。

龍那美は女性に近付きながら、今気付いたというように答える。

「そう言われてみると久しいか。櫛炉は去年だかの神議りで顔を見たが」

「いやだ、それは一昨年《おととし》でございますよう。……相変わらずの眩《まばゆ》いお顔立ちでございますねえ。眼福とはまさに」

「息災そうだな」

「もちろんでございます」

一体誰だろうと思っていると、龍那美が女性の前へと軽く秋実の背を押し出した。

「話に聞いていると思うが、娶った伴侶だ。世話になる」

「松田秋実と申します。よろしくお願い申し上げます」

慌てて頭を下げると、女性はにこやかに秋実さんですね、と言った。

「お初に御目にかかります。櫛炉の妻の託基《たき》でございます」

——種子江大社で櫛炉と共に祀られる、彼が一途に愛する細君の名前だった。

櫛炉が中津国で惚れ込んで、何度も足を運んで求婚したという女性だ。そのため、櫛炉を祀る種子江大社は夫婦仲の祈願をする者の参拝が多くあるらしい。

人間だからだろうか。神議りの場で見た姫神たちのような輝かんばかりの麗しさではない。かといって噂に上るような小町だったかというと、やはりそうでもなさそうで、もっと素朴な愛嬌のある女性だった。

意外といえば意外ではある。櫛炉が託基に一目惚れして娶ったと語られているため、中津国では絶世の美女のように言われることもあるのだが。

「人間、の……」

「ええ、そうですよ。でも、祀られてからは人とも神ともつかぬ半端者でございますけれどね」

そう笑いながら、託基は槌鳴宮の屋敷ではなく、離れた土壁の建物の方を手で指した。

「いらっしゃるとご連絡頂きましたから、待ちましょうと申したのですけれど。火の温度が下がるからと、亭主は鍛冶場に行ってしまって。せっかく足をお運び頂いて恐縮なのですが、そちらにご案内いたしますわ」

「櫛炉は相変わらずだな」

「腕によりをかけた食事よりも、鍛冶場の方が好きなのですから、張り合いがないったら。困った方でございますよ」

そう言いながらも困った顔ではなく、やはり柔和な微笑みを浮かべている。たぶん本当に不満に思っているわけではないのだろう。

櫛炉の妻問《つまど》いの言い伝えがどれほど昔のことなのかはっきりとは分からないが、もはや記された原典がどれかさえ分からないほど昔のことだ。幾ら高天原にいるとはいえ、ひょっとすると千年近くも生きていることにならないだろうか。

――人でも神でもないと彼女は言っていたが。

秋実は思わず疑問を口にする。

「祀られると、神様に近しくなるのでしょうか」

「謙遜《けんそん》だ。託基はとうに神だぞ」

「……人が神様になるのですか？」

「そういう者もいる」

他人事のような言いざまから察するに、龍那美はそうではないのだろう。彼のそういう逸話を聞いたことはないので、やはり託基とは違い、元々祀られて生じた神だったのかも知れない。

託基はにこやかに秋実に声を掛けてくる。

「秋実さんは、大狛宮の生活はいかがですか？　中津国からいらしたばかりと伺っておりますが、色々と驚くことが多いのではないかしら」

託基の親しみの込められた問い掛けに、秋実は苦い笑みを返した。本当に彼女の言う通りだった。

「誠にそうでございます。それに、まだ慣れておりませんが、きっとまだ私の知らない、驚くようなことも多くあるのでございましょう。幸い、龍那美様が面倒を見て下さって、今のところ不自由はございませんが」

「お噂通り仲がよくていらっしゃるのですね。よいことですわ」

――元々そうだったが、近頃の龍那美は輪を掛けて秋実にずいぶん目を掛けてくれている。決して仲は悪くはないとは思うが。

噂とは何なのか分からないが、連れ合いとしての仲のよさではないので、どう受け止めるべきか分からず曖昧な笑顔になる。だが、婚礼祝いの礼を言いにきておいて、伴侶ではないと言うのもおかしなことになってしまう。

託基は頰に手を当てて溜め息を吐いた。

「中津国の、神婚祭でございましたね。亭主は毎度毎度弟子を貰ってきて、困りものでございますよ。私のいた頃にはなかった風習でしたが……彦神様のご伴侶に男《おのこ》の贄を奉じられることもあるのでございますね」

「ない。成り行きだ」

「あの、妹の代わりでございます。龍那美様が私の思いを汲《く》んで下さって、斯様《かよう》なことに」

だが、その言葉に託基ではなく龍那美が反応した。

「あの妹なんぞの代わりがお前になるか。あの娘、本当に大狛大社に乗り込んで、挙句に打掛を返せと喧しくて」

「重ね重ね妹がご無礼を……」

妹の紅が龍那美に会うと、その翌日には家仕事も放り出して大狛大社に向かったようだった。女子《おなご》一人で遠出など危なっかしくて仕方がない。聞かされた秋実の方がよほどはらはらしたものだ。

ちなみに、神婚祭の打掛は座敷の衣桁《いこう》に掛けたまま置かれている。

託基が「打掛？」と不思議そうな顔をした。

「あ、私が妹の結婚衣装で作ったものです」

「ああ、染匠の職人さんなのでしたね。先にお見えになった手兼様が、よい腕をなさっているのだと褒めておいでででございましたよ」

隣の龍那美が「あの暇人」と悪態を吐く。秋実は苦笑しながらどうにか託基に答えた。

「身に余るお言葉でございますが……であれば、大いに周囲に助けて頂いている証左でございましょう。至らぬ半人前でございます」

「職人さんというのは皆さま誠に謙虚でいらっしゃるのですから」

託基は可笑しそうに肩を揺すって笑う。槌鳴にいる多くが金物職人のようなので、関わることが多いのだろう。

建物の前に着くと、託基は重たげな引き戸を、自重を掛けるようにしてこじ開け、鍛冶場の中に入っていく。

「旦那様！　龍那美様と秋実さんがお見えでございますよ！」

――そこかしこから鉄を打つ音が響いている。

外は暑さとは程遠いのに、足を踏み入れた途端、中に籠っていた熱が纏わりつく。工房の中は道具で溢れ返っており、その合間に何人かの姿が見える。託基の呼び掛けに反応しないところを見ると、彼らは櫛炉ではないようだ。

託基を追って道具の間を縫って入っていくと、火の入った窯炉《ようろ》の傍に男が二人いた。

一方は弟子なのか、槌を持って立っている。炉の火を見ている男が珍しい髪色をしていたので、おそらくそちらが櫛炉なのだろうと思った。

人では見かけないような鮮やかな赤茶の髪。打ち鍛えた鋼のような銀の瞳。

男は託基の声に視線一つ向けずに、金音に紛れないよう、怒鳴るような声で答えた。

「今ァ駄目じゃ。手が離せん！」

掠れた大声が鍛冶場に響き渡る。託基は動じることなくそれを聞いて頬に手を当てる。

「――もう。あれでは尻に火が点《つ》いたって動きませんわ。困りましたこと」

龍那美にはいつものことなのか、慣れた様子で踵を返した。

「構わん。区切りがいいところで出てくるだろう」

「いつもいつも申し訳ございません……母屋でお茶でもいかがでしょうか」

「そうするか」

と、炉の方に見入って動かない秋実に気付き、龍那美は声を掛けてくる。

「あまり近付きすぎるなよ。それと、誰かに何か言われたら従え。……見ていたいのだろう」

「よろしいのでしょうか」

構わないか、と龍那美が託基に尋ねている。彼女は不思議そうに小首を傾げながらも答えた。

「それはええ、もちろんでございます」

「ありがとうございます。では、お邪魔にならぬように心掛けます」

秋実はそう頭を垂れ、また櫛炉の方へと視線を戻す。

炉の火を見て、櫛炉はその中に鉄を押し込んだ。それほど長い時間を置かずに取り出し、弟子が槌で鉄を叩く。鉄は不思議な色をしていた。火花が爆《は》ぜて周囲に散る。

研師《とぎし》は生まれ育った町にもいたものだが、考えてみれば鉄が採れる場所が近くになかったのか、鉄工の様子を見るのはこれが初めてだ。

邪魔にならないように周囲を窺いながら、秋実は鍛冶場の中に留まって、熱心にじっとその光景を眺めていた。


櫛炉が手を止めて腰を上げるまで、それほど長くは掛からなかった。

白く熱せられた鉄の塊を水に沈め、その後無造作に床に放り出す。床にはそっくり同じ形に打たれた、まだ刃のない包丁の形の鉄が幾つも転がっている。厚みも形も不思議なほど均等だ。

見入っていると、立ち上がった櫛炉と目が合った。我に返った秋実は慌てて頭を下げる。

「お邪魔をしておりましたら申し訳ございません、あの、つい足を止めてしまって——」

「……あ？　何じゃ、おめえ」

「親方。奥様がお連れになったお客様です」

傍にいた弟子――と思しき男性がそう言った。人形なのか人間なのかは分からないが、髪色と目は共に黒く見える。人間なのかも知れない。

櫛炉はなおも怪訝そうに「客？」と首を傾げている。

秋実は下げていた頭を上げた。

「松田秋実と申します。先に婚礼の祝いを送って下さいました件で、そのお礼を申し上げたくて」

「婚礼……？」

「龍那美様と共に参ったのですが……」

櫛炉の顔を見て話が通じているのか急に不安になり、言葉尻が切れた。

訪問すると先触れを遣っていたはずだし、託基も承知していた様子なのだが、櫛炉は聞いていなかっただろうか。

そう思っていたが、櫛炉はようやく思い出したというように着物の鉄粉を払いながら言う。

「ああ、龍那美ンとこのか。生《なま》っ白《ちろ》くてどこの末成瓢《うらなりびょう》簞《たん》か思たわ。なんじゃってこんなとこにいやがる」

がらがらと乾いたがなるような声は、独特の気迫がある。圧倒されつつも、歯に衣着せぬ物言いに苦笑し、秋実も負けじと大声で答えた。

「鍛冶場を見るのが初めてでしたもので、託基様にはお許しを頂いたのですが」

「託基？　あいつぁどこ行った」

「母屋にお戻りになられました」

「龍那美もいたか。仕方ねえ、戻るか」

手拭いで汗を拭いながら櫛炉は扉の方へと向かう。

慌ててその背中を追い掛けるが、振り返りもしない。

櫛炉は、託基が苦労していた引き戸を軽々開けて外へ出た。

日の光の下だと、赤茶の髪がますます鮮やかに見える。存外に外見は若かったのだなと遅れて気付いたが、険しい表情のためにどうにも年嵩《としかさ》に見える。

「龍那美が男の伴侶を連れてきたってんで、何事か思うとった。神議りで顔見せしたんじゃったか。あいつに陰間《かげま》買いの気なんざない思うとったんじゃけえ、何をどう言い寄ってその気にさせよった」

「お召し物を作るお約束を」

「お召し物？　針子でもやんのか？」

「いえ、染匠の長男でございますので」

もう何度目の説明だろうかと思いながらも一応伝えてみると、そこでようやくまともに秋実を見て、櫛炉が怪訝そうに言う。

「おめえ色子《いろこ》じゃねえのか？」

どうやら話を聞いていないわけではなさそうだ。ようやく少しほっとした。

「龍那美様も陰間買いなどなさいませんので、左様でございますね。私の家も身代が傾いたわけではございませんし」

「何じゃ、おめえも職人け。なら、伴侶ってなァ何じゃ」

「神婚祭の時分に参りましたので、そういうことになってしまって……いえ、成り行きとは申しましても、こうなった以上は伴侶として恥じぬよう努めて参る所存ではございますが」

「何をやっとるんじゃ、あいつぁ」

呆れたような溜め息交じりの呟きに、秋実は苦笑を返すしかない。自分も知らなかったとはいえ、こんな厄介な話になるとは思っていなかった。

陰間呼ばわりが間違いだったと気付いたのか、櫛炉は頭を掻いて秋実を見下ろした。

「ああ、悪ぃな。何つった、おめえ」

「松田秋実と申します」

「秋実な。道理でずいぶん色気のねえ陰間じゃ思うたわ。職人の子か、なるほど」

「誤解が解けたようで、何よりでございます……」

解けたにしたって、散々に言われた後なので喜ばしく思えるわけではなかったが。

研ぎ上げられた鋼のような色の瞳は鋭いが、弟子に向ける視線と秋実に向けるそれは同じだ。決して悪意があって言っているわけでなさそうだった。

都で金物を買い付けた時の職人も、こんな風に荒々しく怒鳴るような口調だったのを思い出す。鍛冶場は絶えず音が響いているので、自然と声が大きくなるのだろう。

「鍛冶場を見るなぁ、珍しいか」

「ええ」

「あげなとこ、見てどうする。おめえの仕事でもねえじゃろ」

染匠の自分が見ても仕方がないということだろう。その通りではあるが、と秋実は苦笑する。

「龍那美様が、玉櫛炉神様の技量が素晴らしいのだと仰っていましたから。龍那美様の簪なども、見事なものばかりで、あれらも玉櫛炉神様のお作と聞いておりましたし。一体どのように作っておいでになるのかと」

「ああ、まどろっこしい呼び方ぁ止めれ。こそばゆくってならねえ」

「では、畏れながら櫛炉様と。……私などの眼《め》では櫛炉様の技量が一分《いちぶ》も分からず、惜しい限りでございますが」

何しろ鉄工の様子を見るのが初めてなので、何かと較べようがない。腕の善し悪しはもちろんで、櫛炉の技量が優れていることも、秋実の目で見ては分からないのだが――。

それでも何となく魅入ってしまう迫力はあった。

「あのように火の色を見ていらっしゃったのですね。それに、あの赤とも白ともつかぬ鉄の色。何だかそら恐ろしくも、美しゅうございました」

熱すると形が変えられるとは聞いていたが、あんな色になるとは何度言葉で聞いても分からなかっただろう。あの場を離れてもまだ瞼の裏に焼き付いたように思い出せる。

櫛炉は驚きの滲む声色で言う。

「……おめえ、話ァ分かるな」

「？　あの、神聖な場にお邪魔をしてしまったのは、申し訳ございませんでした」

見られて落ち着かなかっただろうかと思い直して秋実は櫛炉を見上げる。だが、視線の先で櫛炉は表情を緩めて息を吐いた。

「構わん。大したもんでもねえしな」


母屋に向かうと、縁側に龍那美と託基がいた。

秋実の姿を見て龍那美は庭に下り、こちらに近付いてくる。櫛炉とあれこれ話していた秋実を見て意外そうだった。

「お前、よくこんな偏屈男と談笑なんぞできるな」

「何という仰りようをなさいます。左様なことはございませんよ」

「儂もこんななりだけの男にほいほいついてきたなァ感心せんと思うが」

「さ、左様なこともございませんよ……」

秋実はたじたじになりながらもどうにか否定する。

十二神というのは顔を見れば貶し合わなければ気が済まないのだろうか。十二の神でそれぞれ異なる性質を持つというから、仕方がないのかも知れないが、それならそれで間に挟んで貶し合うのは止めて欲しい。

十二神の二柱は、並ぶと背の丈は龍那美の方がやや高い。龍那美は櫛炉を見て、どこか気安い態度で尋ねた。

「櫛炉お前、去年も今年も神議りの場に来ていなかったのか。せっかく今年は愉快なものが見られたのに」

「あ？　うちの社の祭日にかかっとるのに、あげな意味のねえ集まりに出られっかい。文句なら暦に言え」

神無月に櫛炉を祀る種子江大社の祭日があるというのは聞いたことがないので、どこか別の社なのかも知れない。

欠席は特に通例のことではないようだ。単純に日取りが悪かっただけのようで、そうでなければ櫛炉も参加していたのではないだろうか。

それにしても、愉快なものとは自分の仕出かしのことだろうかと思っていると、託基も庭に下りてきて笑う。

「そうでございますよ。神議りの場で、秋実さんが飲み比べで佐嘉狩様にお勝ちになったと、専らの評判でございましたのに」

「いえあの、それは事実とは些《いささ》か違うのですが……」

もしかすると手兼あたりが喋っていったのではないだろうか。大笑いしながら話していく手兼の姿が難なく目に浮かぶ。

が、途端に櫛炉は関心を示したように振り返った。

「何じゃおめえ、いける口か？　それをはよ言わんか。飲んでいくんじゃろう、すぐ支度させる」

が、龍那美が先に顔をしかめて答えた。

「まだ他を回るんだ。飲ませられるか」

「だぁほ、おめえに聞いとらん、龍那美。秋実の親面でもしとるんか？」

「伴侶だ」

やはり櫛炉も酒は好きなのだなと思いながら、秋実は苦笑して答える。

「櫛炉様、私、他の神様方にもご挨拶申し上げなければならないので、申し訳ございませんが」

「そうけ？　摘みを用意させるし、回った後にまた戻ってきてもええぞ」

「この間の酒飲みで寝込んだ奴にどれだけ飲ませる気だ、止めろ」

その後もあれこれと龍那美と櫛炉が言い合っている。口を挟めずに苦笑しながらその場に立っていると、そんな秋実に託基が声を掛けてくる。

「秋実さんも、あちらでお茶などいかがですか」

「あっ、お気持ちは有難いのですが、私、飲食は……」

言いかけて、振り返った龍那美が思い出したように言う。

「茶と茶菓子ぐらいならいいぞ。座ってこい」

――茶のみならず、茶菓子まで馳走になっていいのだろうか。

少し驚いたが、櫛炉と何やら話しているところを邪魔してまで理由を質すのも気が引けて、秋実は託基と共に縁側へ寄る。

託基は履物を脱いで縁側に上がりながら苦く笑った。

「うちの亭主ときたら口が悪くって、驚かれませんでしたか。初めて会う方はよく怒っているのかとお尋ねになられるのですけれど」

縁側に座った秋実も、それを聞いて苦笑する。

「はじめは少しそう思ったのですけれど、以前都でお会いした金物職人の方も、あのような話し方をなさっておりました。鍛治場は賑やかですから、お声が大きくなられるのだと」

「そうそう、そうなのですよ。それに男所帯のせいかどうにも物言いが突慳貪で。何か失礼なことを言われませんでしたか」

「……いえ、特には」

曖昧に笑い、出して貰った茶碗を取って、どきどきしながらもちびりと茶を啜る。

口にしていいと言われていても、どうしても不安に思ってしまうのは確かだ。他の神域で飲み食いするのは何となくよくない、という程度の認識で、それがどうしてなのかというところもそういえば聞いていなかった。

思わず茶碗の中を覗き込み、首を傾げる秋実に、託基が微笑みながら言う。

「ご案じになっているのは、釜で煮炊きしたものを食べてはいけない、という決まり事のことですね」

それを聞き、秋実は顔を上げて思い出したように言う。

「左様でございます。……釜で煮炊きしたものでなければ、よろしいのでございましょうか」

「厳密なところは神様方もあまり詳しくないようだったのですが。同じ釜の飯で食事をするというのは、知らぬ土地に属するための通過儀礼のようなものでございますからね。お茶とお茶菓子は、お客様にお出しするものですから、それとは関係ないようでしたわ」

「……少し分かるような、分からないような」

「神様方の決まり事は、難しゅうございますからね」

本当に、一から説明されてようやく理解できることばかりだ。理解はしても、納得とは別のものであって、どうしてそうなるのかと不思議に思うことも多いが。

託基は頰に手を当てて溜め息を吐く。

「私も昔、高天原に来た時、震えるほど恐ろしく思ってなかなか手が付けられず、空腹に押されてようやっと食事をしたぐらいでございます。忘れもいたしませんわ。秋実さんもずいぶん悩まれたのではありませんか」

「私……も、左様でございますね。み、三日ほどはお時間を頂いた、ような……？」

呆れる龍那美の顔を思い出しながらつい目を逸らすが、幸いにも託基は気付いていないようだった。

「抑々は、黄泉の国にあった決まり事が高天原に影響したものでしたかと。ですから、黄泉の国の決まり事はもっと厳格で、そこでは喩えお力のある十二神でさえ、黄泉の国の主である闇宵比売様を除けば、水の一滴も口にできないのだと聞いておりますわ」

「ああ、聞いたことがございますね。黄泉戸喫《よもつへぐい》……でございましたか」

「左様です。闇宵比売様の神域には、そう伺うことがありませんから、案ずることはないのですけれど」

そう言いながら、託基が朱塗りの皿に盛られたわらび餅を渡してきたので、秋実は慌てて礼を言ってそれを受け取った。

——師走の神である闇宵比売が統べる黄泉の国。

中津国の大地を産んだと言われる姫神ですらも、黄泉の国で食事をしたがために、あの世とこの世を隔てる黄泉平坂《よもつひらさか》を越えられなかった。理を破れない、破れた者がいたというのを知らない——といつか龍那美が言っていた気がするが、それと同様のことなのかも知れない。

秋実はわらび餅をつつきながらまた尋ねる。

「私、まだ十二神の皆さまのお顔を存じ上げないのですが、いずれお会いすることがあるのでございましょうか」

「いいえ、私もまだご挨拶もしていない方が何人かおられますよ。他の神域のことはあまり干渉しないものだと聞いておりますし、無理に伺うのも却ってご迷惑をお掛けするのだと言われてしまって」

——一生会わなくていいと龍那美が言っていたが、決して龍那美が個別に思うところがあって言っていたわけではないらしい。

「てっきり皆様にご挨拶した方がいいのではないかと思っておりました。その、私、神様の伴侶というのが、どういうものだか分からないものですから」

秋実の知っている結婚は式があるので、個別に挨拶をするのは一部に留まるが、秋実の場合は式もなければ顔を見せる機会もない。新参者が挨拶もないのでは失礼になるのではないかと不安に思っていた。

龍那美に聞いてもまだ分からないことばかりだ。

「……託基様。神様の伴侶とは、どういった務めがあるのでございましょう。龍那美様は自分の仕事をすればいいと仰せになるので、恥ずかしながら私、碌にものが分かっていなくて」

基本的には大狛宮に詳しい人形が自主的に動くし、そうでなければ龍那美が人形に指示を出して動かしている。

町家の内儀であれば家事をしたり、夫の手助けをしたり、奉公人がいればそれを動かす立場になるのかも知れないが、まだまだ秋実の方が人形に教えを請う立場だ。

女子であればできることもあるのだろうが。

「申しましても詮無きことでございますが、子を成すこともできませんし」

「お家があるわけでなし、左様なご心配は無用でございますよ。龍那美様とご相談なされるのが一番ですわ」

「左様でございましたか。ありがとうございます」

舅姑《きゅうこ》などがいれば教えを請うものなのだろうが、龍那美の身内というのは聞いたことがない。隣家と世間話をというわけにもいかず、ずっと不安はあったのだが。

どうやらこれまでと同じように、龍那美の話を聞いていれば心配なさそうだ。

胸を撫で下ろし、茶を啜って一息吐く。

縁側に面した庭の中で、龍那美と櫛炉はあれこれと話を続けていた。顔を合わせた途端に貶し合ってはいたものの、手兼の時とそれは同じで、おそらく軽口のようなものなのだろう。

しばらく話し込んだ後、本来の目的であった結婚祝いの返礼を渡す。手兼の時と同じく快く受け取ってくれたため、安心して肩の荷が下りたような思いだった。

その後もしばらく話し込んでいたが、やがて、途中から縁側に腰掛けていた龍那美が立ち上がる。秋実も慌てて飲みかけの茶を空にして彼に倣った。

「思ったより居座ったな。酒はまたいずれ」

「おう、相変わらずのようで何よりじゃ。今度はゆっくりしてけ。秋実にせいぜい愛想つかされんようにな」

「こっちの科白だ」

改めて櫛炉と託基に頭を下げて馳走になった礼を告げ、秋実は龍那美と揃って槌鳴と槌鳴宮を隔てる鳥居を潜る。

途端、目の前に続いていたはずの市は消え、見慣れた大狛宮の玄関に立っていた。


槌鳴宮への訪問で、思ったよりも時間が経っていた。他にも約束があるものの、この分では回り切るのも難しいだろう。そう言って、龍那美は他の神域の訪問を後日にした。

これがもし十二神全員の訪問だったら、終わる頃にはくたくたになっていたかも知れない。

須豆嵐は忙しい時期だからと機会を改めることにしている。それ以外に訪ねる予定だった火座と阿須理には人形の遣いを出し、日取りを明日に変えた。午後からは筒紀の神域を訪問することにして、秋実は龍那美と一度屋敷に入った。

大狛宮に戻るとほっとした。知らない場所で思ったよりも自分が緊張していたことに気付く。

「昼飯を食ってから出るか。しばらく歩くかも知れないし」

大狛宮の玄関に座って草履を脱ぎ、龍那美はすでにどこか疲れたように言う。

秋実も隣に並んで板間に座り、ぽつりと疑問を尋ねた。

「もしかして、私が新参なのでいきなり御宅の前には参れないということなのでしょうか」

槌鳴宮まで通りをそれなりに歩いたし、大狛宮でもそこそこ山を登ったことは記憶に新しい。あの時、龍那美は新参を歩かせる決まりになっていると言っていたが、他の神域でも同じことなのだろうか。

秋実の問い掛けに龍那美が頷いた。

「そうだな。まあ、害があるような者にいきなり門前に現れられたら困るから、そういう仕組みになっているだけだろうが」

「どなたがお作りになった仕組みなのでしょうね。

様々な神域が見られるのは楽しいのですけれど、不思議ではありますす」

「そのせいで、辺鄙《へんぴ》な神域に行くのには余計に苦労する」

「穏やかな場所ばかりではないということでしょうか」

龍那美は想像して疲れたような顔で「そうだな」と頷いた。

「どこの神域がどういう仕組みになっているのか、正直に言うと定かでない。……どうせ碌でもない輩の神域は碌でもない場所に着くと思うがな」

「そのような……」

誰のことを言っているのか分からないが、もしかするとこれから訪問する予定の筒紀のことでも指しているのだろうか。そうでないと願いたいところだが。

しかし、龍那美は少し迷ったように思案した後、身体の向きを変えて秋実を見据える。

「叢雲山《むらくもざん》を知っているか」

「あ、ええ。霊山と呼ばれて畏れられている、危険な山だと聞いたことがあります」

如月《きさらぎ》の神である筒紀を祀る、雨木羽《うきはね》大社。それが建つ場所は、叢雲山という霊山の裾野だ。

「それが筒紀そのものだ」

秋実は怪訝な顔をする。

「そのもの……？」

龍那美はこくりと一つ頷いた。

「筒紀というのは、山岳信仰により叢雲山そのものとして祀られた神だ。人の道理の通じない――裏を返せば人に情を掛けない神。人の命に頓着を持たない」

秋実はそれを聞いて息を呑んだ。

山岳信仰から生まれた山の神。万年雪の融けない叢雲山は、その道行の険しさと寒さで数多の人が命を落としたと言われている。

だとすれば、ただそこに在るだけで、簡単に人の命を奪ってしまえるような、山の脅威をそのまま持っているということか。

「生半可な気持ちで近付けるような相手じゃない。どうしても無茶と思ったらお前の意見も聞かずに連れ帰るから、恨むなよ」

それを聞いて、秋実は思わず困ったような笑みを浮かべた。

「そのような、恨んだりなど。……私、あなた様にお気を遣って頂くばかりですね」

秋実の身を案じての言葉と分かるので、とても恨むようなことではない。

「私が軽く考えていたのがいけないのです。叢雲山の神様ならば、それはきっと人などお寄せにならないのも当然なのでしょう」

ただでさえ山というのは神聖な場所だ。神の機嫌を損ねれば容易に命を奪われる。そういう場所に自ら進んで立ち入るというのは、相応の心積もりが必要なことだし、困難があって然るべきことだ。

山は人の領域ではない。気安く立ち入れない場所であるべきだとも思う。

「無礼を働かないように気を引き締めなければと思うばかりです」

胸元を押さえてそう神妙に答える秋実に、龍那美は少し困ったように、しかし柔らかに表情を緩めた。

「あんまり強情だから、お前にはしてやれることが少ないな」

「私は……そう思ったことがありませんが……」

神婚祭の仕来りから妹を救ってくれたことなどは、龍那美にしかできなかった。道具に不足なく仕事ができているのも彼のおかげだし、時に秋実の思うようにさせてくれる。一から十まで手や口を出すばかりが優しさでもないと思う。

「まあ、入った途端に殺されるということはない。俺も傍にいるし」

それを聞いて、どことなくそぞろでいた気持ちがようやく凪《な》いだ。

じっと龍那美を見上げると、彼が不思議そうに秋実を見返す。秋実は堪え切れなかった苦笑を浮かべて。

「そうですね。それが一番の安心です」

心からそう思って頷いた。

大狛宮で昼餉を済ませ、外に出た。春支度前で未だ出してあった合羽《かっぱ》を着込み、笠《かさ》を被り、かんじきを背負って支度をする。なるべく暖かくするようにと龍那美に言われていた。

だが、同じように雪除《よ》けのための身支度をした龍那美は、しかしこれまでと違って腰に太刀を佩《は》いている。

秋実は思わず太刀をまじまじと見下ろして尋ねた。

「もしや山賊でも出ますか……？」

秋実も言われるがまま、火座から贈られた短刀を懐に入れている。だが、神々の御座《おわ》す国でよもや物取りだの押し込みだのとは考えにくいので、自分で言いながら（本当にそうだろうか）という疑いが湧いた。

実際、龍那美も怪訝な顔をしていた。

「山賊は……出ないぞ」

「そうですよね。おかしなことを申しました。忘れて下さい……」

「別に他の神域に行くのに帯刀していて無礼ということはない」

そういえば、神議りの場にいた十二神も、その内の何柱かは帯刀していた。佐嘉狩などは抜いてもいたし、他の神から言及もなかった。

おそらく話が逆なのだろう。櫛炉は危害を加えてこないという信頼があるのだ。だから必要のないものとして持っていかなかった。――そして、筒紀はそうではないということだ。

「自分たちの身を守るのに、持っていくに越したことはない」

「私、てっきり龍那美様は荒事とは無縁であらせられるのかと思っておりました」

「そんな温厚な神がいたら、高天原は細切れになっていないな」

どの神も血の気が多いということだろうか。

何だか穏やかでない話になってきた。できればその物々しい腰差しに出番がなく終わってくれるのを願うばかりだ。

龍那美の纏う雰囲気も、いつもと違いどこか刺々《とげとげ》しい。緊張しているのか、警戒しているのか、どちらもか。

龍那美の横顔を窺ってそんなことを考えていると、彼が袖から何かを出して秋実に渡した。

「ほら、持っていろ」

「あ、ありがとうございます」

手に乗せられたのは温石《おんじゃく》だった。持っていると手がじんわりと熱を帯びる。

言われるがまま受け取ったはいいが、と秋実は龍那美を見上げた。

「龍那美様はお寒くありませんか」

「ああ。——さっさと行って帰る」

どこか自らに言い聞かせるようにそう言い放ち、龍那美は門へ向かった。

秋実も釣られて幾分か緊張しながら、龍那美の背中を追う。

龍那美は門の前で一度立ち止まり、秋実を待って屋根の下を潜った。秋実も殆ど時を同じくして前に出、門を潜る。

——途端、視界が真っ白になった。吹き付ける風の強さも相まって、秋実はすぐに目を瞑る。

頬に刺すような冷たさを感じる。先ほどまで多少は春めいた日差しの温もりを感じていたのに、その名残はもうどこにもなかった。頭の先から足の先まで氷に浸かったような寒さを感じる。

目を開くと、一面の雪景色だった。

風に粉雪が舞って、前も後ろも分からない。上も下も左右もない。見える景色がすべて真っ白だ。

目の前にいたはずの龍那美の影すら、どこにも見えない。

「——龍那美様」

思わず名を呼んだが、答えはなかった。

風に紛れているのかと、もう一度強く声を上げてみるが、やはり何も聞こえない。

強く冷たい風に気を取られて、一人になったと気付くのに少し遅れた。

足が深く雪に埋もれている。風の強さで雪が舞い上がり、新雪はそれほど深くないようだが、その下の氷の層を踏み締めると潰れて足が沈む。

慌ててその場でかんじきを足に括り付け、少しずつ歩き出した。

すぐ近くに龍那美がいるのなら、返事があるはずだ。それがないというなら、離れた場所に出たのかも知れない。

秋実だけが新参だ。だから一人遠ざけられたというのも、あり得ないことではないのだろう。

何か目に映るものはないかと探しながらゆっくりと前に進む。そして、それほど動かない内に林のような場所を見つけて、風除けのために木々の合間に入った。

——今自分がどこにいるのか分からない。

やみくもに進んでいいのか、この場に留まっていいのか。天気が収まるのを待ってみてもいいのか、周りに人形でも人でも、何かこの場所のことを知っている者を探すべきか。

山歩きの経験はそれほど多くない。仮にあっても、天候に恵まれた日の散策程度だった。これはおそらくそれとは比べられない状況だろう。

この神域は一体どうなっているのだろうか。

——りん。

不安に揺れながら思案を続ける秋実の耳に、どこからか鈴音が聞こえた。一度目は気のせいかと聞き逃したが、二度、三度と続く内に秋実はようやく顔を上げる。

音は少しずつ近付いてきた。

少なくとも獣でないということは分かる。人形か人かはどちらでも問題ではない。秋実はその音に呼ばれるように、立ち上がって林の中を進む。

そうして、風が一瞬途切れた隙に、音の先に人影が二つあるのが見えた。

秋実がそちらに向かっていくと、人影も秋実の方へと歩いてくる。人影でしかなかったそれが、近付くごとにはっきりと振袖姿の二人の娘であることが分かった。

——人形だった。

雪に紛れそうな白い髪に、墨を落としたような黒い一対の瞳。

少女の姿の人形二人の内一方は、秋実の前に来ると、深く頭を下げた。

「主様の遣いで参りました」

秋実も慌てて頭を下げる。そして、顔を上げて名乗ろうとしたが、それより早く少女の人形は秋実に向かって言った。

「神域にお招きする前に、主様の願い事を聞いて下さりませ」

秋実は面食らい「願い事？」と怪訝な顔で繰り返した。

漆《しち》

「――おい雪女。どういうつもりだ」

筒紀の神域――叢雲宮の彼女の屋敷に乗り込んだ龍那美は、開口一番低くそう吐き捨てた。

叢雲宮に入ってすぐに、隣にあったはずの秋実の姿が消えた。龍那美はいつもと同じく筒紀の屋敷の門の下に立っていたため、秋実一人がどこか離れた場所に出たのだろう。

屋敷の中は火の気がない。風がない分だけ外よりましという程度で、正午を過ぎてなお冷え込んでいる。

その中で、雪のような長い銀の髪を持つ女――神域の主である筒紀がいたく気怠そうに顔を上げた。

「どう、とは」

鈴を転がすような声が鳴り、銀の髪が白い頬を幾筋か撫でながら落ちていく。白い石のような面に、桜色の唇が鮮やかだ。

桔梗《ききょう》色の瞳は龍那美を見ていながらも、どこか遠くを見ているかのようにぼんやりとしている。

龍那美は大きく一つ舌打ちをした。

「予め行くと伝えてあっただろう。連れがいたはずだが、どこにやった」

筒紀は表情を変えずに首を横に振った。

「愚かな問いだ。どこの神域も決まり事は同じ。新参は遠ざけられるだけのこと」

「わざわざご丁寧に引き離してか」

「それが決まりだ」

埒《らち》が明かないやり取りに、龍那美はいっそう眦を吊り上げた。

「俺もそこに送れ」

「指図をするな。この場の主は私《わたくし》であって、招くかどうかも私が決めること」

「お前こそ何様のつもりで命令する。人様の伴侶をどうこうしようとは、大狛宮への害意と同義だと承知の上か」

「――異なことを」

そこで筒紀が初めてまともに龍那美を見て、理解できないという顔をした。

「蟻《あり》一匹不用意に踏み潰したとて、そう騒ぎ立てることはあるまい。それと同じことだろう。何を左程に急いている」

「言葉を交わせるものを蟻と呼んで軽々に扱える方寸《ほうすん》には寒気を覚えるが、それがお前のさがならば敢《あ》えて言うことはない。だが、お前と俺は違う」

「……分からんな。いや、己に蟻を愛でる嗜好があったというなら、その憤りようも理屈は通ろうが。異類に欲情を抱くとは、些か変態の境地に足を踏み入れていると言わざるを得ない」

「斬り捨てられたいのか」

怒りの籠った声色にも、筒紀は眉一つ動かさない。やはり理解ができないという顔で首を傾げている。

龍那美はますます顔を顰めながら言う。

「傍にいると言っていたんだ」

「己がどれだけその者に情を掛けているのかなどは、私の知ったことではない。私は私の神域に愚かな者を入れるつもりはないだけだ」

「……秋実に何をしている」

「得物などは向けていない。いずれ何処《いずこ》にか出られよう」

それを聞いても龍那美が敵意を収めることはなかった。

「この寒さの中で人がどれだけ耐えられるか、知らないとでも言うつもりか」

「そう簡単に死にはしないことはよく知っている。手足が駄目になるかどうかという程度で、それは――まあ、状況次第か」

「あいつが手足を失って、自分の仕事を奪われて、それで生きているということにはならない」

龍那美は筒紀の前に立ち、冷ややかに見下ろす。明らかな敵対心を帯びた目で「その時は貴様の手足を端から少しずつ斬り落としてやる」と太刀に手を添えた。

秋実がどれほど仕事を中心に生きているのか、一緒に暮らしていればいやでも分かる。手足を失ってそのすべを奪われて、それでも生きて傍にいてくれと願っても、彼が首を縦に振るとは思えない。

筒紀はなおも動じない。

「愚かだな。今時分、己が私に敵うと思うのか」

「では、手兼を呼ぶと言ったらどうだ」

ようやく初めて、筒紀の眉が微かに動いた。

如月の神である筒紀と対極の月にいる神が手兼だ。互いに相性が悪いということは皆が知っている。

さすがに聞き捨てならない話だろう。筒紀の僅かな苛立ちが声に混ざる。

「彼奴《かやつ》が己に呼ばれて利もなく動くものか」

「どうだかな。争い事と聞きつければ、利がなかろうともあの性分なら動くと思わないか。あいつがお前に加担することはないだろうし」

「……では私は佐嘉狩を呼びつけることになるか」

「残念ながらあいつも蟻を愛でる嗜好の持ち主のようだぞ。俺もつい最近まで知らなかったことだが」

気持ちが分かるのが、なおのこと腹立たしい話だが。

そうなれば佐嘉狩は筒紀の言葉に乗ってはこないだろう。幾ら今が如月といえども、三柱の敵意を買えば分《ぶ》が悪いのは筒紀の方だ。

筒紀は小さく息を吐いた。

「着いた途端から騒がしくて堪ったものではないな」

「秋実を連れてこい」

「できない。決まり事は決まり事だ」

そう横に首を振った後。

「この場でこれ以上騒ぎ立てるのは、神域に招き入れる価値の在る者だと信ずるに値しないと言っているようなものだ。見苦しいぞ」

何の感情も込められていないようなその言葉に、龍那美は深く息を吐いた。

僅かばかり冷静さを取り戻したような目をして、どかりとその場に座り込む。

「——お前の目が節穴でないことを祈るばかりだ」

筒紀は関心が失せたように何も答えず、黙ってゆるりと目を閉じた。


人形が現れた途端、風が凪いだ。

雪は相変わらず止まないが、絶えず体温を奪い続けるあの風がないだけで感じる寒さがずいぶんと違う。

目の前に立った人形の少女は、秋実の前に立ち二対の瞳で真っ直ぐに見据えてくる。

——焼き物の人形のような覇気のない表情だ。

こんなに寒いのに碌に着込みもせず、一体どこから歩いてきたのか。

「願い事、と伺いましたが」

確かめるようにそう言うと、少女がまた一つ頷いた。

「左様でございます」

「あ、ですがその前に、龍那美様は何処にいらっしゃいますか。ご無事であればよいのですが」

「あの方は主様のお屋敷に」

それを聞いて秋実は胸を撫で下ろす。前も後ろも分からないような、得体の知れない場所にいるわけではないようだ。

ならばやはり、新参の自分だけが屋敷から遠い場所に辿り着いてしまったのだろう。

人形がいるということは、彼女たちが行き先について教えてくれるのだろうか。そう思いながら秋実は改めて尋ねる。

「願い事でしたか。私は何をすればよろしいのでしょうか」

少女は一つ頷いた。

先ほどから話している赤い振袖と袴の少女と、一言も話していない白い振袖の少女がいる。頷いたのは赤い振袖の少女だ。

「ここにおります人形は、冴《さえ》と申す者。私は冬木《ふゆき》でございます。私どもは筒紀霜比売様がお作りになった、叢雲宮の小間使い」

筒紀の人形がここにいるということは、やはりここは彼女の神域ということで間違いなさそうだ。

「松田秋実と申します。……あの、やはりここは叢雲宮の何処かということでしょうか」

「申しかねます」

秋実はつい首を傾げる。何気なく聞いたこととはいえ、そのような返答を受けるのは思いがけないことだった。

人形は淡々と続ける。

「場所については申し上げられない決まりとなってございます。ご容赦下さい」

「あ……承知しました。私こそ配慮の足りぬ問い掛けをいたしました」

冬木と名乗った人形は首を横に振り、言葉を続ける。

「お客様は人形の寿命をご存じでしょうか」

急な問い掛けに、秋実は何度か瞬きをする。この場でそんなことを聞く理由が分からない。

「いいえ、恥ずかしながら存じません。寿命が……あるのですか」

「ございます。おそらくご存じのことでしょうが、人形というのは獣の魄を神々が形代に縛り付けた小間使い。……本来であれば黄泉の国の闇宵比売様に返すべきところを、一時的に理の輪を外れることを認められ、高天原に留められている命」

確かに、亡くなった魂は黄泉の国へ行く。だが、大狛宮の人形である白露も律も夜霧も、ゆえあってすでに命を落としている獣たちだと聞いている。黄泉の国へ向かうことなく、未だ高天原に留められていると言われて、ようやくそれが一時のことなのだと気付いた。

――寿命があるのか。永遠でなく。

驚いていると、冬木はさらに言葉を続ける。

「神様がお作りになったものであれ、形代にも限界がございます。それが即ち人形の寿命と呼ばれるもの。姿形が変わらずとも、いずれは限界が来るのでございます。……そして、それは魄によって多少の差はあれども、凡そ三百年ほど。それを過ぎれば器が摩耗し、魄を留めていることができなくなります」

秋実は大狛宮の人形のことを考える。夜霧が凡そ五十年、律と白露が百年。そして、他の人形はそれ以上だと聞いている。それでも人より遥かに永い命ではあるけれど。

考えていると、冬木は自らの胸元を指しながら言った。

「懐にお持ちの短刀をお取り下さい」

秋実はつい怪訝な顔をした。

確かに秋実の懐には火座から贈られた短刀がある。なぜ知っているのか不思議ではあるが、それ以上にそれをどうするのかと訝った。

秋実はすぐさま問い返す。

「意図が……分かりません」

「お願い事と申しますのは、そのことでございます」

――ひどく厭な予感がした。

抑々荒事が好きではない。武器の類も見れば身が竦む。鞘に納められていれば悪戯《いたずら》に抜こうとは思わないし、非力なのでそれが必要になる時は、確実に自分か相手のどちらかが傷付くことになる。懐に入れているのだって本当は好かない。

なのに、それを持てと言われれば、無条件に厭な気分にもなる。

だが、冬木はいっそう身が竦むようなことを言った。

「ここにおります冴という人形は、とうに形代が消耗し満足に働けぬ身。形代を壊して魄を解放してやるのがこの者のためでございます。……それをお客様にお願い申し上げたいのでございます」

動悸で息が上がる。

薄々そうではないかと想像をしていた。けれど、とても口にできないほどに悍《おぞ》ましくて、そうではないことを願いながらどうにか尋ねた。

「形代を壊す……とは」

だが、冬木の返事は無情だった。

「肉の器と同じことなれば」

「できません」

「それではお客様は永久にここから出ること叶いませぬ」

秋実は思わず「は」と息が漏れるように呟く。

――出ることが叶わないと彼女は言ったか。

「……どういう、ことですか」

「ここは主である筒紀霜比売様の領域。主の意思にそぐわぬ者を通すことは叶いませぬ。かといってお一人でここを動かれれば、雪に阻まれてお命が危ぶまれましょう」

馬鹿なことを、と思った。

寒さのためばかりでなく青褪めながら、秋実は震える声で確かめる。

「私に……彼女を刺せと。それができなければ死ぬと、そう言っていることになりますが……承知の上ですか」

自分と相手の命を秤《はかり》に掛けるということではないか。そんな馬鹿な話があるだろうか。

忌まわしい話に動悸が速くなる。身体が竦み、指先の感覚がどんどん薄れていく。

だが、冬木は動じなかった。

「そう申し上げてございます」

その瞬間に、秋実はここにきて初めてひどい怒りを覚えた。

――本当にこれが人に望まれて生まれた神の為すことだろうか。

秋実は手を口元に翳して息を吐く。

寒い。手足がかじかんで満足に動かなくなっているのが分かる。

いつまでもここにいては風邪などでは済まないだろう。昼下がりですらこれほどに冷え込むなら、日暮れなどとても外にはいられない。そう思うと自然、いやに気が急いてくる。

「筒紀霜比売様は……何をお考えであらせられるのでしょうか」

半ば非難するような思いで尋ねるが、冬木は首を横に振る。

「私どもには主様のお考えなど畏れ多くも、語ることはできかねます」

「……冴と言いましたか」

冴と呼ばれた白い着物の少女は動かない。どこかを見ているようでどこも見ていない。

秋実は焦りに任せて問い詰める。

「それでよいのですか。主がそうしろと言えば従うのですか。そんな主になぜ従う必要があるのですか」

「………」

「冴はもう口も利けぬのです」

冬木が呟くように言った。それでようやく秋実もはっとして、少し冷静さを取り戻して冴を見る。

口を利かないどころか、彼女には冬木との会話も聞こえていないようだ。

「呼び掛けに応えることもない。泣きも笑いもしない。ここに在ってもここに無い。手を引かれればようやく歩くだけの、心の動かぬ人形でございます」

「……けれど、それで不要になったから殺せと仰せになるのは、あまりにも心無き所業ではありませんか」

秋実は胸元を押さえ、懐の内にある硬い短刀の感触を確かめた。どうしてもそれを抜くことを想像すると、身の毛が弥立《よだ》つ。

「神様だって痛みがあります。人形だって……同じでしょう」

龍那美は刺されて痛くないことはないと言っていた。白露も律に叩かれて悲鳴を上げていた。あれで痛みがないはずがない。

もしも痛みを感じないように作られているのなら、それは主が痛めつけることを考えて作っているということになる。そんな悍ましいことは考えたくもない。

どちらにしても、やはりできないと思う。

冬木は首を横に振る。帯紐の端に下がった鈴がちりんと揺れた。

「私どもは主様にお仕えするためにここに在るのです。それが人形というもの。それが叶わぬ身となって、それでもここに留め置かれるのは、冴にとっての幸福ではございません」

――人形の幸福というものを、考えたことがなかった。

けれど、彼らは主に仕える使命のためにこの国に留まっている。秋実と同じだ。自分の仕事があり、それを為すためにいる。

それができなくなるということは、秋実にとっても考え難く恐ろしいことだ。

「お客様。生きる甲斐を失って、それでも生きていけと仰いますか」

「それは……」

「哀れとお思いになって下さるのならば、どうかお願いを」

秋実は一度目を瞑った。

返す言葉がない。哀れと思ったのは事実だ。できることならどうにかしてやりたいとも思う。

「あなたの言うことは分かりました。……確かに今の冴は幸福ではないのかも知れません」

けれど。

「それでも、私には……」

そう呟くように言って、首を横に振った。

筒紀がどうして見ず知らずの自分にそんなことをさせたいのか分からないが、どんな理由であれ自分と同じ姿をしている者を手に掛けるなど無理だ。

「叶えて下さるまで、私たちはここから動くことができません。私どもは寒さに慣れておりますが、お客様がこの寒さの中であまり長居をされては、ご無事でいられるかどうか」

殆ど脅しのような言葉に、秋実は顔を顰める。自分でも思いがけないような刺々しい言葉が出た。

「誰もやりたくないから私にやれと仰っているのでは」

「主様の御心は分かりかねます」

埒が明かない。

秋実は周囲を見回した。石がいくつか置かれているようだが、それ以外は何もない。

林の中から周囲の様子は分からない。だが、今なら風が止んでいる。少しは自分が今どこにいるのか分かるかも知れないし、ここが叢雲宮であるのなら、歩けばいずれ主の元にも辿り着くのではないだろうか。

そう思って踵を返し、先ほど自分が歩いてきた道を引き返して、林を抜ける。

開けた雪景色には、僅かに日が差していた。

——愕然とするほど一面、何もなかった。

斜面や岩肌に添って雪で起伏が形成されているが、人の手で作られたものは何一つ見つからない。道らしい道すらなく、日が高い今の時分でさえ、不用意に歩けばすぐに滑落してしまう。日が暮れればなおのことそうだ。

灰色の空は近く、見渡せる限りを確かめても民家の一つも探し出せない。

――完全な山の中だ。

秋実はどうすることもできず、林の中に引き返す。冬木はまるでそうなると思っていたかのようにそこに佇んだまま。

「動き回られない方がよいかと」

「……筒紀霜比売様のお考えは、誠に理解をいたしかねます」

雪山に放り出し、人を刺さねば自分が死ぬのだと脅す。幾ら厳しい性質であろうとも、まるで道理が通らない。

――龍那美も傍にいない。

さすがに秋実がいないことは分かっているだろう。筒紀に会えているならば、どうしているのかと尋ねもしているだろう。

それでも姿がないということは、助けが望めないということだろうか。

目的地に辿り着くことも、帰ることもできないとなれば、さすがに途方に暮れる。けれど、手が悴んで痛みを覚えている。どれほどの猶予があることだろう。

懐の温石を握り締めて秋実はまた言う。

「……どうしても仰せには従えません。命も差し出せません」

「私は主様より、願い事を聞き入れて頂くようにと命を受けたのみ」

「戻って主様にお伝え下さい」

「できかねます」

――本当に埒が明かない。

人形に言ったところでどうしようもないのだろう。だが、筒紀は姿を現さない。押し問答をしている間にもどんどん身体は冷えていく。

試しに足元の枝を拾ってみるが、湿っていてとても火が焚けそうにない。

――と、急に目の前の少女たちの方に意識が向いた。

「失礼します」

秋実は冴に駆け寄り、聞いていないとは思いつつ声を掛け、彼女の手を取った。

冷えているのでは、と思ったのだが、想像以上で、小さな白い手に触れるとむしろ氷のように感じた。

幾ら何でもこれは冷たすぎるのではないだろうか。

そう怪訝に思っていると、冬木が言う。

「私どもは体温がないのです。主様が生き物の熱をお厭いになられますので」

秋実は首を傾げる。

「それは……害がないことでしょうか？」

「どれほど寒くとも影響がないということでございます」

寒さに慣れていると言ったのは、そういう理由なのだろうか。

ともあれ、秋実がここでぐずぐずと考え込んだところで、彼女たちは何ら問題がないということだろう。

一瞬は安堵したが、すぐにそれ以上の恐ろしさに襲われた。

——寒さで命を落とすとしても、自分一人ということだ。人形が寒さに堪えかねて使命を投げ出す事態は望めない。

焦燥に駆られながら、火をおこせそうなものがあるかと周囲を改めて見回すが、石が幾つか置かれているだけだ。

ただ、今しがた周囲を見てきたが、こんな風に不自然に雪から石が飛び出している光景は見当たらなかった気がする。

何とはなしに、手拭いを手に巻いて上に積もった雪を払い落としてみると、文字が刻まれていた。

数えてみると、同じような石は十一ほどあった。

——墓石だろうか。

そう思った瞬間、一気に背筋が凍った。

秋実は切羽詰まった気持ちで冬木の方を向き、震える声を上げる。

「私は職人の子です。人を傷付けるための手は持ち合わせていません。どうか……ご容赦下さい」

「人ではございません。人の姿をしただけの紛い物」

「関係ない。そんなことをしたら、私にはもう二度と龍那美様の目を見ることもできない……！」

もしや心の内を覗かれるのではないか、彼に落胆されてしまうのでは、軽蔑されてしまうのでは——そう思って、この先ずっと彼に対し後ろめたく思い続けることになるだろう。あの優しくて美しい神様に、人を傷つけた自分が一体どんな顔をして向き合えるというのだろう。

感情的になる秋実に対して、冬木は顔色を変えない。

「杞憂《きゆう》にございます。ここでのことが誰かに知られることはございません。それが喩え龍那美神様であれ」

それを聞いた瞬間、秋実の顔から表情が消える。

——自分の耳を疑った。それがどういう意味なのか、気付いてしまった自分さえもいやだった。

「それは……誰かに知らなければ、人を殺《あや》めてもいいということですか……？」

そんな馬鹿な話があるだろうか。気付かれなければどんな悪事を働いてもいいなどと。

仮に誰に気付かれず、罪にも問われないのだとしても、それが忌むべき行いであることに変わりはないはずなのに。

愕然と尋ねる秋実に、冬木は首を横に振った。

「先に申し上げましたが、人ではございません。神々が作りし人形なれば」

「人の姿をしているものにそのような無情なことはできないと言っているのです……！」

秋実の激昂を冬木は瞬き一つで受け止め、なおも淡々と続ける。

「獣の姿をしていれば左程にお厭いになられませんでしょうか。たかだか野兎《のうさぎ》一匹射殺したとて、左様にお取り乱しにならぬことと存じます。ならばこれとて同じこと」

「同じこと……？」

「同じでございます。我々は元は名もなき野兎でございますので」

秋実はつい口を噤んだ。

——獣の姿をしていれば。

果たして自分は傷つけることにこれほど胸を痛めた

だろうか。

「なにゆえ、人の姿に左様に拘泥なされます。人の作った決まり事をこの国でお持ち続けなされます。……他ならぬ主様がよいと仰せのことでございますのに」

「人の作った決まり事……？」

「人を斬ってはならぬとは、人が定めし決まり事。高天原の決まり事とは異なるもの。お客様。あなたは今や中津国の方ではなく、高天原に住まう方。守るべき決まり事を見誤っておいでになります」

秋実は息を呑んだ。

確かに自分はずっと中津国の決まり事を当然のこととして捉えていた。その上で、高天原の決まり事をその土台の上に積み上げようとしていた。

抑々それらは同じ軸に据えられるものではなかったのに。

冬木は静かな声でさらに言う。

「そしてここは、主様の統べる場所。主様の定めし決まり事に従えぬ方の、おいでになれる場所ではございません」

――それはつまり、筒紀の言葉に従えない自分が悪いということだ。

筒紀にとってそれは死に値する罪あること。だから命令と己の命を秤に掛けさせている。そういうことなのだろう。

そのために人形の命を使おうとしていても、何でもないということか。

――野兎一匹と自分の命。

どちらがより、と考えて、邪心が過るのを堪えられなかった。龍那美に知られないというのなら、己がこれほどに抗《あらが》う理由も分からなかった。

秋実は冷え切って震える手で、懐の短刀を摑んで引き出した。

両手で端を摑む。

忌まわしさと焦りと寒さでまともにものが考えられなかった。

震える手でゆっくりと鞘から刃を引き抜く。

そして、そこに映る自分の目を見て、たまらず刃を収めた。

——自分でもまともに正視できないような、正気を失った目をしていたことに気付いた。

秋実はきつく目を瞑った後、ゆっくりと瞼を開ける。本当に、人目にどれほど醜悪に映ることだろうと嫌気が差す。

深く息を吐き、懐にぐいと短刀を押し込んだ。そのまま秋実は自分の手で、音を立てて自分の両頬を打つ。

「……お客様?」

驚いたのか僅かに上擦った声で冬木が尋ねてくる。

秋実はきっと彼女を見据えて、前に一歩踏み出した。

「——ここに黙って留まっていると、可笑しなことを考えてしまって駄目ですね」

そう独り言のように呟いて、秋実は冴の手を取ってさらに進んだ。先ほど彼女たちが歩いてきた方向に向かう。

冬木が僅かに動揺したように追い掛けてくる。

「お客様」

「秋実です」


てっきり、主の命令に背かないよう厳格に個性を抑えて作られた人形だと思っていた。けれど、それにしては饒舌《じょうぜつ》過ぎる。

冴がどうかは分からないにしろ、冬木はおそらくそうではない。元が野兎であるために、感情表現が分かりにくいだけだ。

名前ぐらいは呼べるだろうともう一度名乗り直しながら、秋実は冬木と冴の足跡を探して進む。

「私が探す方向を誤っていました。あなた方がこちらの方から来たということは、向こうに何か通じる道があるのではありませんか」

履物だってただの草履で、着物も動きやすいとは決して言えない。長い距離を歩いてきたわけではないはずだ。

考えが縺《もつ》れ絡まって、どれほど自分が物事を見られなくなっていたのかと驚く。

「いけません」

「冴が幸福でないというのは分かります。同じことになったら、私もきっともう生きていたくないと思ったことでしょう。龍那美様のお傍にいる資格がないとも」

それなのに、無責任に冴に生きろというのはあまりにも薄情だ。いざ自分の事として考えると、その苦痛に胸が押し潰されそうなほどなのに、ただ哀れだから斬れないと言うばかりでは何も解決しない。

「それでも、生き甲斐がなくてとても生きていられないと思った時にこそ、私たちは神様にお縋りするのです。喩えそれに答えがあろうとなかろうと。それを、そのような時に要らぬから斬られてこいなどという神様ならば、それは神を名乗るだけの疫病神」

「何ということを……」

「そうであれば冴は大狛宮で預かります。とにかく私は冴を斬ったりしない」

秋実は立ち止まり、追い掛けてくる冬木を振り返る。

筒紀がどういう神なのか分からないにしろ、自分が主だから言うことを聞けと一方的に言うのはあまりにも横暴だ。よくよく考えてみれば秋実にはそんな立場も義理もない。

「この神域の主がどうであれ、私はあの美しき長月の神が統べる大狛宮の者。血に塗れた手で作った着物を、あの方にお召しになって頂きたくなどありません……！」

そのために仮にここで死んだとしても、きっと龍那美はそんな秋実の思いを汲んでくれるだろう。


しんと静まり返った屋敷の中は、時が経つのがとにかく遅い。

苛立ちが募って居ても立っても居られない。龍那美は意味なく何度も屋敷の外と内を行き来していたが、そのたび苛立ちは膨らんで抑えきれなくなっていく。

半時をそろそろ越えたかという頃、龍那美は愈々筒紀に詰問する。

「……何時まで待てと言うつもりだ」

筒紀は目を閉じたまま、龍那美を見ずに答える。

「犬畜生ですらもう少し待てる」

「犬でなく神だ。誰ぞに命令される筋合いはない」

「堪え性のない男は嫌われるぞ」

「嫁にさえ嫌われなければどうでもいい」

躊躇なく苛立たしげに吐き捨てた。筒紀はようやく龍那美を見るが、その目つきは冷ややかだ。

「変態は寄るな」

「貴様にどう思われようと知ったことか。秋実はどうしている」

筒紀は何も言わなくなった。

黙って手の中にある鬼灯《ほおずき》の枝を弄ぶ。鈴なりに実のついた鬼灯は、すべてが枯野の色の萼《がく》に包まれたまま枝から垂れ下がっている。

何も言わない筒紀に、龍那美は明白《あからさま》に溜め息を吐く。

「……話にならん。手兼を呼んでくる」

もういい加減我慢の限界だ。龍那美はそう言い放ち建物の外に出ようと踵を返した。

だが、どこからともなく現れた人形が、そんな龍那美の行き先を妨げる。

「邪魔だ！」

「もう少し待て」

「十分待った！」

「まだ」

筒紀の言葉に、龍那美は一体何を待っているのかと怪訝な顔をする。

筒紀はまたしばらく黙り込んだ後に、再び目を開いて小さく呟いた。

「――潮時か」

そう言って立ち上がり、屋敷の外へと歩き出す。

人形に阻まれたままの龍那美は、いきなり動き出した筒紀を目で追いながら声を上げる。

「おい、どこへ……」

筒紀は龍那美を見もせずに、足早に屋敷の外に出た。

少し遅れて龍那美も彼女を追うが、筒紀は追い付く前に門を潜ってその姿を消す。

龍那美は門の前に立ち、行き場のない苛立ちをぶつけるように門扉を殴り付けた。

「あの尼……！」

吐き捨てられたその声も、姿を消した筒紀の耳には届かなかった。

冴を連れて足跡を遡り、秋実はどんどん進んでいく。

その後ろから冬木が雪に足を取られながら付いてくる。

「っお待ちください、その先は……」

「少しでも日が高い内に動きます。黙ってここに留まり死を待つ謂《いわ》れはどこにもない」

「いけません、お立ち止まり下さい」

「それに従って何の利がありますか」

冬木の制止に構わず、秋実は先へと歩いていく。

てっきり何か隠していることでもあるのではないかと思っていた。そのため、冬木が何度声を掛けてきても、足を止めようとはしなかった。

だが、不意に目の前に人影が現れて、秋実は何かを考えるより前に咄嗟に足を止めた。

「……無理心中でもするつもりでないのなら止まれ」

そこに在るだけで足が竦むような威圧感と、重々しく響く涼やかな声。

雪の上に裸足で降り立つ、白衣に緋袴の女がいた。

手には鬼灯の枝を持ち、腰には脇差を佩いている。

銀糸の長い髪。桔梗色の瞳。背筋が凍るような美貌。

彼女は秋実の視線を受けて、進もうとしていた先を軽く顎で指した。

「疑うのなら、足元を確かめながらゆっくり先を見てこい」

秋実は困惑しながら、冴の手を放して一歩一歩慎重に進む。

現れた女性の横を通り抜け、足元が確かであることを都度確認しながら、白いばかりに見えていた木々の合間を覗き込む。

そして、今いる場所が、足場が刃ですっぱりと落とされたかのように切り立った断崖の上であることに、ようやく気付いた。

どれほどの距離があるのかぱっと見で測れないほど遥か下方、雲か霧か分からない靄の切れ間から、かろうじて雪が積もっているのが見えるばかりだ。

——さすがに恐怖で腰が抜けそうになった。制止を無視して歩き続けていたら、きっとそのまま落ちていただろう。

秋実はゆっくりと後退りして断崖から離れ、女の方を振り返った。

十二神が平素持っているそれよりも遥かに重々しい重圧が、肩に圧《の》し掛かっているのが分かる。

秋実は震える指で顎下の紐を解き、笠を取って彼女をどうにか真っ直ぐに見据えた。

「――筒紀霜比売様でございますね」

どこから現れたかなどは、どうでもよかった。考えても仕方がない。ただ、さすがに目の前に立たれれば無条件に足が竦む。如月である今、最も力を持つ神である筒紀が相手であるから、なおさらそうなのだろう。

筒紀は秋実を見ているようで見ていない瞳をして、短く答える。

「ああ」

「畏れ多くも危ういところを救って頂き……お礼申し上げます」

「疫病神と謗られてはかなわないからな」

――やはり聞いていたのか。

気まずい思いで秋実は押し黙ったが、筒紀は負の感情を感じさせないような無表情のままだ。

「愚かだな。周りの言うことを聞けない輩は山では真っ先に死ぬぞ」

「神様にとっては人など皆愚かでございましょう」

緊張しながら答えるが、筒紀は秋実の答えなどどうでもいいかのようにまた尋ねてくる。

「冴を斬れないか」

「斬れません」

「そうすべきだと言ってもか」

「それは龍那美様にお伺いいたします。……私の知るあの方が是と仰せになるとはとても思えませんが」

そうか、と筒紀は呟いた。秋実の怒りが伝わっているのかいないのか、言葉が通じているのかもよく分からなかった。

筒紀は冴の前に立ち、少女を見下ろす。

何をするのかと訝りながらその様子を見ていると、筒紀は無言で腰の脇差を抜いた。

「待っ……」

駆け出したが、とても間に合わなかった。

秋実が止める間もなく、筒紀は冴の胸を刃で貫いた。

飛び散る血を浴びてなお、筒紀は瞬き一つしなかった。それに対して、冴の目が見開かれ、初めて表情が動く。

声を上げる間もなく刃が引き抜かれ、噴き出した血が筒紀の白衣を赤く染める。

ゆっくりと冴の身体が雪の上に崩れ落ちた。揺れる袖が蝶《ちょう》のようで、なぜかこんな状況の中で一瞬、目を奪われた。

秋実はすぐに我に返って駆け寄り、冴の身体を抱き起こす。

「冴……!!」

白い着物の破れ目から、どんどん鮮紅が滲んでいく。

無為なことと知りながら傷口を押さえるが、やはり流血は滲み広がって一向に止まらない。

やがて、蠟燭の火が掻き消えるようにふっと、微かに残っていた呼吸が失われた。黒い瞳を白い瞼が覆う。

こと切れていると分かり、意識の矛先は筒紀に向いた。

「何をなさいます……っ！」

悲鳴のような声で叫ぶが、筒紀はやはり顔色を変えない。血の伝い落ちる脇差を大きく振り、滴を払って鞘に納める。

桔梗色の瞳が冴を見下ろして、独り言のように言った。

「これ以上は魄が壊れる」

「……え……」

秋実は半ば茫然《ぼうぜん》自失になりながら筒紀を見上げる。

取り乱し、危うくその意図を取り零しそうになったが、やや遅れて彼女の言った意味を理解した。

秋実は冴の顔を見下ろす。苦しげな様子はなく、穏やかな死相に見えた。

——魄が壊れるというのは、器の限界のことではないだろう。

ほつれもなく丁寧に梳られ、飾られた髪。一切の崩れも見受けられない着物。ふくら雀に結ばれた袋帯。命を失ってなお、柔らかそうで滑《なめ》らかな丸い頰。傷のない、白い紅葉《もみじ》のような手。

手を引かれてようやく歩くだけ。口も利けない、働くことのできない少女と言っていた。――それが、自らの力でこうも端正な身繕いができるだろうか。

困惑していると、視界の端で何かが揺れた。

秋実がついそちらに視線を向けると、蝶が一片、雪に混ざって揺れている。

――こんな雪の中で、蝶？

そう訝しく思っていると、ひらひらと雪片のように揺れながら、蝶は筒紀の周りを飛び回る。

やがて、筒紀が翳した血を帯びた指先に、蝶が留まった。

桔梗色の目をゆるりと細めて、初めて筒紀が表情を崩した。

「――冴。長らく、よく仕えてくれた」

僅かに浮かんだ泡沫《ほうまつ》のような悲しみの感情は、きっと秋実の見間違いではないのだろう。

「次は人に生まれてこい。鳥の懸爪《かけづめ》に掛かって死ぬようなつまらない生きざまなど許さない。如月に生まれてくるんだ。そうしたら私はすぐにお前だと分かるから」

筒紀の赤い指先で、白い蝶はひらひらと翅《はね》を揺らす。聞いているのかいないのか、指先に留まる間も楽しそうに動いている。

筒紀は慈しむような眼差しを向けて。

「……生まれてから天寿を全うする最期まで、ちゃんと見届けてやるから」

そう言って、軽く指先を動かした。

蝶はもの惜しげにゆっくりと指先を離れて飛び立つ。

筒紀はすでに能面のような無表情に戻り、手に持っていた鬼灯を冬木へと渡した。

「冬、冴を闇宵のところへ送ってやれ」

冬木は「はい」と答えて鬼灯を受け取り、蝶が追ってくるのを確かめながら何処へか歩き出す。

秋実がそれを視線で追っていると、筒紀が急に声を掛けてきた。

「付いてこい」

驚きに肩口が跳ねたが、膝の上にある冴を残してい

くわけにはいかない。その場から動かずに尋ねた。

「お待ちください……亡骸は」

「じき人形が片付けに来る。捨て置け」

――あの石の墓は、もしや人形の。

そう思いながら秋実はそっと冴の身体を横たえて、慌てて筒紀の背を追った。

まさか一度止めておいて、改めて崖から落とすつもりはないだろう。それならば、筒紀が向かっているのは屋敷だろうか。

だが、もしそうだとしたら腑に落ちない。

「あの、私はあなたの仰せに背きましたが」

「己が喜び勇んで生き物を切り刻める輩でなければ、それ以外はどうでもいい」

秋実には欠片の関心もなさそうに、筒紀はそう答えた。

その言葉を聞いてようやく、なぜ自分が龍那美と引き離され、雪山に放り出されたのか理解した。そういう不逞の輩でないことを確認するためだったのだろう。

そうだとしても、あまりにも追い詰め方に手心がなさ過ぎる。

目の前で何の躊躇も見せずに胸を刺し貫いたあの横顔を思い出し、どうしても身体が竦んだ。背中から覗く脇差の切っ先と、赤い血が眼裏にこびり付いて消えない。

かと思えば同じ顔で、長年傍にいた人形に情のようなものを見せる。動けない者を身綺麗に整えてやったり、迷わないよう黄泉の国に送り届けさせたり、細かに面倒を見る。

――山の神とはこれほど得体の知れないものなのか。

筒紀を追って歩いていくと、人の背を上回る大石が二つ並んでいた。その間を、紙垂《しで》が靡《なび》きながらしめ縄が繋いでいる。

その中に姿を消した筒紀に続き、秋実も岩の間を通る。

地に下ろした秋実の足の裏に、雪を踏む感触はなかった。

硬い――氷の感触。

そして、大地の代わりのような厚い氷を、深く支柱で刺し貫いて、目の前に建物が建っていた。

門の傍にいた龍那美の姿も見える。

「秋実！」

焦燥に溢れた声と共にこちらにやってきて、彼は勢いのまま秋実の肩を摑んだ。

「龍那美様……」

何だか彼の顔を見た途端にほっとして、秋実はそれ以上の言葉を失い、ただ息を吐いた。そんな秋実を見て、龍那美は怪訝に眉を寄せる。

秋実の着物に染み付いた血を見て、怪訝な表情は一気に怒りに変わった。

龍那美が無言で太刀の鯉口《こいくち》に左手を掛け、筒紀の方へ向かおうとする。それに気付き、秋実は咄嗟にその腕にしがみ付いた。

「お待ち下さい、無傷です……！　私の血ではありません！」

それを聞いて龍那美はどうにかその場に留まってくれたが、疑いの目で秋実を見る。

「……庇ってないな」

「はい。身体が冷えただけで、掠《かす》り傷一つありません。これは……」

人形の、と言いかけて、秋実はそれ以上何も言えなかった。

無意識にも表情は翳《かげ》る。目の前で人の姿をした者が命を落とす光景は、思いの外こたえた。あれをどう捉えていいのか、自分だけでは分からずにいる。

龍那美は怒りの矛先を失って不機嫌な顔のまま、秋実に手を差し出した。

「手」

「あ……はい」

促されるまま手を置くと、龍那美の両手に包まれる。秋実よりは温かいかも知れないが、龍那美もずっと外にいたような冷え方だった。

だが、低く沈んだ声と共に、温めるようにその手を頻《しき》りに擦られる。

「本当に冷えてるな。感覚はあるか」

「はい、霜焼け……になるかも知れませんが、大したことは。お借りした温石があったので」

そう答えて、懐に入れていた温石を取り出す。龍那美はその上から秋実の手を両手で包んだ。

心配させただろうかと龍那美を見上げると、不機嫌かと思っていた表情は、実際はどこか悲痛に見えた。

「……こんな目に遭わせるつもりで来たわけじゃない」

決して龍那美のせいではない。秋実こそそんな顔をさせるつもりではなかったのだが。

「それは……」

「奥に火を焚いている。当たってこい」

当然分かっている、と答えようとしたが、それより先に筒紀の声がした。

龍那美が目の前で返事もせずに舌打ちをした。誰のせいで、という小さな悪態も聞こえる。

秋実は代わりに慌てて筒紀へ答える。

「ありがとうございます」

間もなく、どこかから現れた人形が、火が焚いてある場所へと案内してくれた。

秋実は濡れた合羽と笠を置いて囲炉裏に寄り、借りた布団に包《くる》まる。

囲炉裏の熱がじんわりと当たるものの、冷え切っていてなかなか身体が温まってこない。

蓑虫《みのむし》のようになりながら膝を抱えて丸まっていると、龍那美が巻いた布団を捲って尋ねてくる。

「こっちに入るか」

秋実はそれを想像し、赤子でもないのにそんなわけにはいかないと首を横に振る。

「いえあの、さすがにそのようなことは」

「人の布団に入れるくせに、人の懐には入れないのはよく分からんな」

確かにそうか、と一瞬思ったが、よく考えればそれは龍那美が臥せっていた時の話だ。今は誰かが臥せっているわけではない。

「……それは、状況が違うのでは」

「そうは言っても、そのままでいても温まらないだろう。入れ」

再度促され、強く拒絶するのも悪いかと愈々観念し、秋実は龍那美に近付く。

だが、彼の前に留まって、沈んだ声色でぽつりと言った。

「……龍那美様」

果たして自分はそんなことをして貰ってもいい人間だろうか。

そう思い、その場から先に動けない。龍那美は訝しそうに秋実を見る。

「ん」

「私、人形を……刺せと、言われて」

秋実が言葉少なに説明しようとすると、龍那美が途端に怒りを見せる。

「あの雪女……」

「いえ、言われただけです。あの方はきっと、本当にそうさせるために刺せと仰せになったわけではありませんでした」

秋実が人の姿をしたものを嬉々として殺すような人間でなければ、それでいいようだった。実際に刺すか刺さないかなどは、二の次だったか――あるいは本当にどうでもよかったのか。

「野兎と変わりないのだと、人の決まり事など関係ないと言われて……けれど、それが何の言い訳になるのでしょう」

追い詰められて、悪いことではないのだと吹き込まれて。何を躊躇う必要もないのだと言葉で追い込まれて。自分はあの時、信じられないようなことを考えた。

「――私、自分の命惜しさに、一瞬でも人を傷つけようと思いました」

そんなことを考えられる自分がいることを、今まで知りもしなかった。

龍那美は何も言わなかった。秋実は彼を見ることもできずに俯いていたから、どんな顔をしているのかも分からなかった。

「そんな自分があまりにも醜くて……自分でも驚きました。きっとあなた様が見ていたならば、心底軽蔑されたことでしょう。……この着物の血だって、一歩間違えれば私の手でそうしていたものです」

冴を抱え上げた時に褄下《つましたに》に染みた血が、自分の手で刺した時のものだったかも知れないと思ってしまう。本当に自分にそんな凶行に出られる度胸があったのかどうか、今になって考えてみると分からないところもあるが。

それでも、どうしても想像して止まない。思い出して、身体ががたがたと震えた。

「私、それを隠してあなた様に慈悲を掛けて頂く資格など、ありません……」

声にならない声でそう告げる。

情けなくていたたまれなくて、彼の目に晒されていることも後ろめたい。寒さのせいだけではない震えが止まらなかった。きっと落胆させてしまっただろうと胸が痛かった。

押し潰されそうな静寂が訪れる。黙って龍那美の言葉を待っていると、小さく彼が息を吐く音がした。

「追い詰められて、悪い夢を見たな」

秋実はくしゃくしゃに歪んだ顔を上げる。

秋実の置き去りにされた幼子のような顔を見て、龍那美は柔らかな声色で「入れ」ともう一度促した。

秋実は項垂れながら龍那美の懐に潜り込む。

「……失礼します」

龍那美の肩に額を預けると、背中に布団を被せられた。血で汚れたままの冷えた指先を手に取られる。

「何をされているのかと気が気でなかった。あの冷血、よくも職人の手を霜焼けにしてくれたな」

「まだ霜焼けと決まったわけではありませんが。……春めいた神域が殆どでしたけれど、叢雲宮は真冬の大狛宮よりずっと寒いのですね」

そうだな、と龍那美が呟くように言う。

冷え切った身体は火の気があってもなかなか温かくならなかったが、背中に当たる囲炉裏の火と龍那美の熱を借りて、ようやく少しずつ体温を取り戻していく。凍ったようだった指先も、龍那美の手に包まれてやっとまともに触っている感覚が戻ってきた。

秋実はしばらく何も言わずに龍那美の懐に収まっていたが、やがて堪え切れずぽつりと問いを掛けた。

「……人形が、もう動けないほど消耗してしまった、時……」

人形の器は三百年ほどで摩耗する。それが人形の寿命だと聞いた。それが来ると冴のように動けなくなってしまうのだと。

話に聞いている限り、白露と律が凡そ百年。夜霧が五十年。三百を超える人形ではない。

——大狛宮でも例外ではないはずだ。

「龍那美様、は……」

その言葉に察しがついたのか、龍那美は「なるほど、筒紀が斬ったか」と呟いた。そして、すぐにゆるりと首を横に振る。

「俺が同じようにするかということなら、さすがに無理だ。闇宵のところに連れていって、魄を抜いて貰う」

「……魄を、抜く？」

「器を壊す必要がない。……筒紀に言わせれば、最期まで畜生の面倒を見れない無責任な腰抜けの所業だそうだが。言ってくれる」

では、龍那美はあのようなことはしないのだろう。

筒紀の言い分も分からないではない。あの行動ができる者にとっては、もしかしたら龍那美の優しさは無責任に映るのかも知れない。

けれど、秋実は泣きたいほど安堵した。

「……よかった……」

少なくとも龍那美は人形を斬り捨てたりしないし、そんな光景を見なくてもいい。秋実にしろとも言わないだろう。

ようやく身体の震えが収まった。龍那美は秋実の肩を宥めるように軽く叩く。

「あの女は人間のことを、どこからともなく現れて群がってくる虫とでも思っている節があるから。話し掛けても、何ぞ鳴いているな、ぐらいの感覚なのだろうし」

「言われてみると確かに……そんな感じだったやも知れません」

「だが、動けない器に魄を入れたままでは、いずれ魄が壊れて、新しい生を受けることができなくなる。筒紀なりに善かれと思ってのことではあるんだろう」

これ以上は魄が壊れる、と筒紀は呟いていた。

薄々そういうことだろうかと思ってはいた。だが、微塵の躊躇もなく身体を刺し貫いた直後に、小さな蝶に慈悲のようなものを見せる。少なくとも秋実の理解の範疇にはない。

得体の知れない恐怖を覚えて、自分の中でそれをどう扱っていいのかも分からなかった。

――自分がいかに手前勝手に他を理解しようとしていたのかとも思った。

「誠、私なんぞではとても理解のできぬ御方々なのですね……」

「あれはどうあっても人には添えない。ついでにあんな性格だから親しい者もいなくて、人形としかやっていけずに引きこもっているような陰気な輩だ。あれを見て皆がそうと思うのも極端だが」

秋実ははいともいいえとも答えられなかったが、少なくとも理解したことはある。

「……筒紀霜比売様は確かに、人形を大事になさっておいでででした。……その大事にするすべを、私が納得できていないだけ、で……」

人形をただの小間使いだと思っていたら、冬木のようによく話す必要がない。ただ命令に応じて動くだけの人形にしているはずだ。

冴の身なりも綺麗だった。動けない人形を邪険にしていない証だろう。

「……あれでもご自分の手に掛けるのを避けたくて、私にやれと仰せだったのでしょうか」

「あいつにそんな情けはない」

あまりにきっぱりと答えられて、秋実は肩を落とす。どうしても自分は自分の理解できる思い遣りがあると思い込もうとしてしまう。

思わず溜め息を吐いてしまった。それをどう取ったのか、龍那美が秋実の指を摩《さす》りながら呟く。

「一人にして悪かった。目を離さないようにと思ってはいるのに、どうにもままならない」

龍那美の浮かない声色を聞いて、秋実は顔を上げた。見れば、声色と同じくその表情も冴えない。

ずいぶん心配を掛けたようだ。

「龍那美様のせいでは。筒紀霜比売様も、さすがに私を死なせるおつもりはなかったようですし、危ういところを止めて下さいました」

「危ない目に遭ったのか」

「あっそれは、私が人形の話を聞かなかったのがいけなくて」

冬木が何度も止めていたのに、それを聞こうとしなかった。どころか何か隠し立てしているのではと疑った。

「本当に取り乱してしまって……駄目ですね。少し、疲れてしまっています……」

あんなに一時に怒ったりひとを疑ったり、恐ろしいと強く思うことは、そうあるものではない。大きく気力が削《そ》がれてもう声が張れなかった。

龍那美が頷く気配がする。

「雪山に放り出されれば誰でも疲れる」

「人形とはいえ、誰かが殺められるところを見るのも、初めてで……」

「恐ろしかったか」

「そう……ですね。……竦んでしまいました」


はじめから冷たい肌であったから、そういう作り物のようで実感が少ないというのはあったかも知れない。もし腕に抱えた身体がどんどん冷えて固まっていく感触があったなら、どれほど戦慄を覚えただろう。

——結局何もできなかったけれど。

「私、哀れと思う以上に、驚いて……狼狽《うろた》えてしまうばかりでした。情けない」

「厭なものを見せたな」

「いえ……あれは、余所者の私がどうこう言えることではなかったのだと思います」

筒紀が人形をどう扱うかは、秋実が決めることではない。斬って非情と罵っていいのは、同じ立場の十二神か、筒紀を含めた叢雲宮にいる者だけだ。

それでもまだ記憶に焼き付いたように消えない血の色を思い出すと、指先が震え出した。

それを押さえるように龍那美が強く手を握ってくれる。秋実は小さく安堵の息を吐いた。

「すみません、私……こんなに甘ったれて、誠に恥ずかしい限りなのですが」

「お前の歳ならそういうものだろう」

「いえ、大人ですし……弟妹がいる身で、さすがに親にだってこんなことは」

しないはずなのに、と考えて、秋実はいっそう沈んだ表情になる。冴のことを思って涙を流すほどの関係ではないし、自分の手足も幸いにして無事そうだ。何も失っていないはずなのに――何だか無性に泣きたい気分でいる。

涙はどうにか堪えていても、胸がしくしくと痛かった。

「あなた様のお顔を見たら、本当に安心してしまって……虚勢も張れなくて、自分でも何が何だか。……本当にすみません」

「どうして謝る」

龍那美はそう笑って、秋実の肩をまた優しく叩いた。

「疲れただろう。もう少し火に寄るか」

「あなた様の手まで血で汚してしまって、頂いた着物だってこの有様で」

「洗えば落ちる」

「子供ですね、私本当に……」

龍那美は「そうでもない」と笑みを含んだ声色で呟いた。何度も優しく肩を叩かれる。

「……俺には、お前が無事ならそれ以上のことはないんだ。本当に」

慈しむようなその声色に、秋実はつい呻き声を漏らしてしまった。

「泣いてしまうのでいけません……」

若干の恨めしげなその声に、龍那美は声を上げて笑っていた。


火に当たっている間、屋敷に戻ってきたらしき冬木が湯や手拭いを持ってきてくれた。手にこびり付いていた冴の血の痕は、湯に浸した手拭いを借りて落とした。

冬木には、崖に向かっていたところを止めてくれていたのに、聞き入れようとしなかったことを詫びたが、彼女は特に表情を変えず首を横に振るだけだった。

ようやく身体が満足に動くようになり、秋実は建物内で筒紀の姿を探す。彼女はすでに血の付いた白衣と緋袴を着替えて、寒々しい正殿の中にいた。

生き物の熱を嫌うという話だったが、火の気にも寄り付かないのかも知れない。

「わざわざ火を焚いて下さってありがとうございました」

自分たちのために焚いてくれていたのだろうとお礼を告げると、筒紀は閉じていた目をゆるりと開ける。

「礼を言われることではない」

「いつぞや氷を贈って下さったのも、大変有難かったです。それに、綿もたくさん頂いて、冬支度で使わせて頂きました」

「返礼を寄越しただろう。重ね重ね、お気を遣って頂いて」

「礼ならその時貰った」

返ってくる言葉もいちいち素っ気なく、秋実はつい苦笑した。こちらを見もしないので、返事はあるが会話をしているような気があまりしない。

隣の龍那美が腕組みをして苛立たしげに言う。

「お前が神議りにも顔を出さないからわざわざ挨拶に来てやったというのに、もう少し愛想よくできんのか」

「あんな集まり、酔っ払いばかりで見るに堪えない。それに、酒が嫌いだと何度も言っているのに、性懲りもなく神議りに来ないのかとほざく己等の話の聞かなさには辟易《へきえき》する」

秋実は意外に思って首を傾げた。

「お酒を召されないのですか」

「酒など嫌いだ。反吐《へど》が出る」

驚いて思わず龍那美を見上げると、彼は秋実の視線を受けて頷いた。まさか酒精を嫌う神がいるとは考えもしなかったので、それを見ても俄かには信じられなかった。

珍しく筒紀は苛立ちを露わに続ける。

「山でしこたま泥酔して腹を出して寝て凍死する間抜けが星の数ほどいて、好きでいられると思うのか。あんなもの、馬鹿か阿呆か屑《くず》か死にたがりが飲むものだ」

散々な言い様だ。

龍那美が吐き捨てるように悪態を零す。

「そんなだから人形しか友がいないんだろうが」

「己等のような話の聞けない碌でなし共となど、関わっていられるものか。程度が落ちる」

龍那美が「この尼」と吐き捨てる。摑み掛かりはしないかと、つい袖を摘んで引き止めながら、秋実は苦笑した。犬猿の仲というほどではないからといって、決して親しいわけでもなさそうだ。

けれど、確かに酒を嗜《たしな》まないのであれば、神議りの場に来ても居心地が悪いだろう。

「……私、以前に神議りでお酒の失敗をしてしまって、今後は控えようと思っているので。もしいずれ神議りでお会いしました折には、ご一緒に食事でも楽しみましょうか」

自身は呼ばれるかどうかも分からない身なので、筒紀に出てこないかということも言えない。そんな言葉を掛けてみると、筒紀はちらと秋実を見た。

「聞いている。己、佐嘉狩を潰した蟒蛇《うわばみ》だろう。他の連中がそれを許すと思ってか」

「あっ……いえあの、どうにも噂というのは話を大きくするのでいけませんね……そんなたいそうなものではないのです、本当に……」

あまり交流がないと言っても噂話は耳に入れているのかと思いながら、ばつが悪く答えてみるが、筒紀はどうでもよさそうだった。

「挨拶に来たと言ったか」

そう尋ねられ、改めて名前を名乗り、深く頭を下げる。

「先の神婚祭の折に大狛宮に参りました。拝謁賜り、恐悦至極に存じます」

そう言って、懐に入れていた風呂敷包みを開き、箱を開けて筒紀の前に押し出す。

「本日は、これをお渡し申し上げに参っただけなのです。どうぞお収め下さいませ」

「祝いの返礼なら受け取ったが」

「私からです。本当に気持ちほどなのですが」

と、話を続けようとして、つい嚔《くしゃみ》が一つ出てしまった。堪えられるものではないにしても、失礼だったかと詫びようとしたが、筒紀が先に淡々と言う。

「挨拶に来たならば、己の顔も見たのだし、早《はよ》う帰れ」

「……お騒がせして申し訳ございませんでした。これにてお暇させて頂きます」

寒いと不満を漏らしたかのようで申し訳なくなり、秋実はそれ以上渋らなかった。元々挨拶だけとも言われていたし、今後叢雲宮への出入りが容易くなったのであれば、それで十分だろう。

筒紀は視線を寄越さない。

龍那美がその場を立って門の方へ引き返しながら、顔だけ振り返り思い出したように言い捨てた。

「寒くてとてもじゃないがいられないから帰ってやるが、貴様はいずれ人の伴侶の手足を駄目にした詫びに出てくるんだぞ」

「誰の手足が駄目ですか……」

さすがに誇張が過ぎると思う。

何も言わない筒紀へと秋実ももう一度頭を下げて、龍那美と共に外へと向かう。

龍那美は嘆息交じりにぼやいていた。

「どうせ着替えが要るのだし、今日はもう阿須理のところはいい。明日にすると言っておく」

「そうですね。阿須理憂神様には申し訳のないことですが……」

「帰って風呂に浸からないとどうにもならない」

さすがにそれは同意見だった。

ただ、氷の上に立つ社など見たことがなかったので、外に出た秋実はつい振り返り、まじまじと目の前の建物を眺める。そして、間もなく踵を返しながら思わず呟いた。

「氷が解けたら、出入りが大変ではないのでしょうか」

そんな秋実の疑問に龍那美がいや、と答える。

「ここの氷が解けているのは見たことがないな。解けたところで表面だけで、朝晩にはまた凍る」

「そう……なのですね」

と答えて、二人に戻った途端に無性に気恥ずかしく、つい顔を背けてしまった。

幾ら取り乱していたにしろ、親に泣きつく幼子のような幼稚な真似をした。どうにか忘れてくれないだろうかとまで真剣に考えてしまう。いつぞや湿っぽい話に堪えかねて涙を零してしまった時には、あんなにべたべたと引っ付いていなかったので、さすがに今回は状況がよくなかったのだろう。

それに。

——お前が無事ならそれ以上のことはない。

ここに来たばかりの頃の龍那美なら、そんなことを言っただろうか。

元々の愛情深さが表立っただけかも知れない。子供をあやすのにその場凌《しの》ぎの優しい言葉を掛けてくれただけかも知れない。けれど、家族でもない人にそんなことを言われたことはなかったから、どうにもそわそわと浮ついた気持ちになる。

沈黙も避けたく、何か話題がないかと考えて、秋実は「あ」と小さく声を漏らした。

「龍那美様、あの袱紗なのですけれど」

たった今筒紀に置いてきた袱紗だ。

「どうした」

「蝶を十一匹と仰ったので、その通りに拵えたのですが……」

どんな柄にすればいいかと相談していた時、龍那美は迷わず筒紀のものはそうしろと言った。筒紀の好む類の柄なのだろうかと、特に疑問は持たなかったのだが、十一というのが引っ掛かってはいた。

「雪山に、墓のような石が十一あって。あれはもしや」

「人形の墓だな。叢雲宮でこれまで限界が来て黄泉の国に返した人形が、十一だったはず。それであいつは陰気なことに、ご丁寧に人形の墓を作って偲《しの》んでいるわけだ」

——秋実が立っていたあの場所は、人形の墓だったのだろう。

墓というだけで無条件に死を連想して恐ろしく思ったが、筒紀にとってはそういう場所ではなかったようだ。

だが、つい先刻、人形をもう一人黄泉の国へ返したばかりだ。

そのことに気付き、秋実はつい門の手前で足を止めた。

「それでは、蝶が一つ足りなくなってしまったのでは……」

「待て……！」

涼やかな女の叫び声がした。

一瞬誰の声か分からなかったが、屋敷の中から飛び出してくる筒紀の姿を見て、彼女のものかとようやく気付いた。

「筒紀霜比売様？」

彼女の大声を聞いたのは初めてだ。

それに、血相を変える姿も意外で、秋実は驚きながら振り返る。手に袱紗を握り、裸足で氷の上を足早に進む筒紀は、なぜか真っ直ぐに秋実の方に向かってきた。

「龍那美の伴侶、……名前を、何と言った」

「松田秋実と」

「秋実、己は、これを……っ」

何事かと困惑しながら、筒紀の勢いに圧されて思わず一歩後退ると、筒紀が焦燥に駆られた様子で秋実の手首を摑んだ。

氷を当てられたような冷たさに、そこから一気に肌が粟立つ。

だが、筒紀もその熱さに驚いたかのように、摑んだ手を弾かれたようにすぐさま引いた。

「っあ……」

途端に、筒紀が明らかに血相を変えたのが分かった。

――秋実がどうしたのかと尋ねるより早く、パンと何かが弾けるような音が響き渡る。

火薬か何かかと思うような大きな破裂音は、立て続けに一つ、二つと近付きながら鳴り渡った。

「しまった……」

「あの、何が……」

一体起きているのか。

尋ねようと筒紀を見ると、彼女は元々の白い貌《かお》をいっそう白くさせて、唇も青く血の気を失っていた。

咄嗟に音の鳴り続ける方へと視線を遣ると、そこには黒く底の見えない深い亀裂が、まるで大きな龍のようにこちらに真っ直ぐに向かっているのが見えた。

立て続けに破裂音を響かせながら、裂け目は一瞬で間近に迫ってくる。避ける暇もなく足場が消え、秋実の身体が宙に浮いた。

「……え……」

何気なく上を見れば、亀裂の裂け目から、驚愕に目を見開いた筒紀と龍那美が秋実を見下ろしている。

「「秋実!!」」

裂け目から身を乗り出すようにした二人に名を呼ばれるが、その姿はすでに秋実の手よりも小さくなっていた。

足元は永久に続くかのような真っ黒い闇が待ち構えている。

亀裂に落ちたと気付いたのは、二人の姿が見えなくなってからだった。

――主様が生き物の熱をお厭いになられますので。

その理由はこういうことだったのだろうかと、暗闇に呑まれた秋実は頭の片隅で思った。

捌《はち》

神議りが終わった霜月の頃。次々他の神域からの遣いで婚礼の祝い品が持ち込まれ、まだ慌ただしくしていた時のことだ。

荷を下ろして貰っていた西宝殿の中で、秋実が龍那美や律と一緒に品物の片付けをしていた最中だった。

龍那美が手を止めて秋実を呼んだ。

「珍しいものが届いている」

不思議に思って龍那美の指したものを覗き込むと、桐《きり》の箱に桃色の玉が収められていた。

「桃ですか？　斯様な時期に？」

「オオカムヅミだ。大狛宮で食おう」

傍に寄ると甘い匂いがする。箱の中に整然と並んだ桃の実は、時期からすると確かに珍しいと言えば珍しいかも知れないが。

知らない名前を聞いた秋実は首を傾げる。

「オオカムヅミ？」

「名前までは知らないか。伊邪那岐命《いざなぎのみこと》が、黄泉比良坂で伊邪那美命《いざなみのみこと》から逃げる時に投げた、邪気払いの実だ」

「あ。その話は存じ上げておりますが……そういう名前があったのですね」

今の十二神が主神となる前の、古代の神の逸話だ。聞いたことはあるが、名前があったことまでは知らなかった。

あの逸話で語られているものがこれなのかと、秋実はついまじまじと箱の中の果実を眺める。秋実の目からは普通の桃にしか見えない――というより、匂いからしていかにも実が柔らかく甘そうで、大振りで色もよく、自分が知っている桃より遥かに美味しそうだった。

「オオカムヅミは、普通の桃とは違うのでございますか？」

「いや、桃の実にそういう呼び名がついているだけだ。黄泉の国の桃は名の由来だから、とりわけそう呼ぶことが多いな」

どうやら特に桃と違うものではないようだ。何が違うのか分からず少し困っていたが、それを聞いて安心した。


龍那美は箱から桃を一つ手に取った。

「闇宵の奴、ずいぶんと気前がいい。こんなに寄越したか」

「これは闇宵比売様からの頂き物なのですね。貴重なのでしょうか」

「理由もなくくれと言って貰えるものでもない。まあ、味なんかに特に変わったところはないが、ご利益なんぞはあるだろう。お前も食っておけ」

さすがに龍那美が食べられないものを寄越したりはしないだろう。秋実は差し出されるがまま桃を受け取った。顔を寄せて、そのかぐわしい匂いを堪能する。

龍那美は箱を持って土間へ下りながら笑う。

「うっかり間違って黄泉の国に落ちても、邪気を避けられるかも知れん」

それに対して秋実は、何と返していいのか分からなかった。

「縁起でもないことを……」

――そんな会話をした頃にはただの冗談と思い、黄泉の国に落ちるという言葉を深く考えはしなかったが。

目を覚ますと、暗闇の中にいた。

しばらく何が起きたのか分からず、その暗闇の中でぼんやりしていたが、仄甘い臭いと水の音に我に返り、恐る恐る身体を起こす。

幸いにして傷はなさそうだった。手足は動くし痛みもない。強いて言えば、ごつごつとした足場に横たわっていたせいで背骨が軋む程度か。

秋実は叢雲宮でのことを思い出す。

熱を厭うという筒紀に直《じか》に触れてしまったのが悪かったか。筒紀のあの青褪め様からすると、態《わざ》とではなかっただろう。うっかりしただけかも知れない。龍那美が怒っていなければいいのだが。

そう思いながら秋実はのろのろと立ち上がる。

落ちてきたはずの頭上を見ると、そこには亀裂の名残も見当たらない。重く厚く暗闇が覆い被さっているだけだ。

周囲を見回すと、遠くまで岩場が続いている。暗いはずなのにそこまで目で見通せるのも不思議だ。叢雲宮の肌を裂くような寒さもない。

空気は生温《なまぬる》いはずなのに、何ともいえず寒気が止まらない。生臭さも相俟って、何だかここに長居するのは厭だった。

じわじわと不安が湧き上がってくる。

——幾ら深くに落ちたとはいえ、まだ日は沈んではいないはずだ。なのにこんなにも暗いものだろうか。もし今が日暮れでそれほど時が経っているのであれば、筒紀の遠見で自分を探せているはずだ。それがないのは、ここが筒紀の力が及ばない場所ということではないだろうか。

——本当にここは叢雲宮だろうか。

秋実はその場にいられず、どこへともなく歩き始める。

先ほどから水音が聞こえていた。川のような、岩と暗闇以外の何かがあるかも知れない。そう思って、反響に惑いながらも音の方向へと向かう。

自分の足音と、どこからともなく聞こえてくる水音。

やがて、それに混ざって、かさかさと葉擦れのような微かな音が聞こえてくる。

――それが、人の囁き声のように聞こえる瞬間もある。

誰かいるのだろうかと思いながら、音の出所を探して歩き続けた。景色は変わらないが、音が近くなってくるのが分かる。

水の音はぴちゃ、ぴちゃと不規則に響く。岩肌から滲《し》み出した水が落ちるような、一定の音とは違っているのが奇妙だった。

音の出所は、隆起した岩の陰のようだ。ちらちらと動く影もある。

獣か何かがいるのだろうか。

そう思いながら秋実は岩に手を掛け、その陰にあるものを覗き込んだ。

そして、そこにいたものを目にした途端、恐怖に喉から引き攣った悲鳴が漏れた。

「ひっ……」

枝木のように細い手足。奇妙に膨らんだ腹。

浅黒い肌。頬骨が浮き出た肉のない顔。落ち窪んだ眼窩《がんか》に、ぎょろぎょろと黄色がかった目玉が今にも零れ落ちそうに収まっている。

屍肉《しにく》を貪る口元には、赤黒い血と肉片と、蠢《うごめ》く白い蛆《うじ》が――。

それ以上は見ていられなかった。いや、そこにいる何かが秋実に気付いて目が合った途端、弾かれたようにその場から逃げ出していた。

身の毛が弥立つ。

ただただ悍ましい。

――あれは何なのだろうか。

足が縺れそうになりながら、秋実は悲鳴を堪えて必死にその場から遠ざかる。身体の芯が震えて、うまく力が入らない。何度か転んで膝や肘を打ち付けた。

立ち上がる間も惜しんで前に這い出し、無我夢中で逃げた。

しばらく走った後、ようやく後ろを振り返り、あの異形の姿がないことを確かめた秋実は息を吐く。

歯の根が噛み合わないほど震えている。今にも座り込んでしまいそうなのに、怖くてじっとしていることもできない。

漂う臭いは腐臭だったのだろう。よく見ればあちこちに虫が集う屍がある。血の痕のようなものも。

地獄のような景色だ。

あんな化け物が叢雲宮に——高天原にいるとは思えない。

おそらくここは叢雲宮ではない。かといって中津国でもない。叢雲宮のさらに底、ばらばらに裂けた高天原の亀裂から落ちたのであれば、そこは他の十二神の力の及ばない場所。

そこまで見当がつけば考えはある結論に至る。

——ここは、死者が集まる黄泉の国だ。

秋実は両手を硬く鳩尾《みぞおち》の前で握り締め、周囲を窺いながら再びゆっくりと歩き出す。

どこか遠くで小石が転がるだけで肩が跳ねた。わけもなく岩が鳴っただけで膝が崩れそうになる。

異形の囁き声がすれば、悲鳴を噛み殺し、足音を潜ませてその場を離れた。物音がすればそのたび足を止め、慎重に耳を欹《そばだ》て正体を探った。心臓が耳のすぐ近くで脈打っているように音が大きく感じる。息が苦しく、眩暈《めまい》がした。

歩いても歩いても、周囲の景色はなかなか変わらない。

ここが闇宵のいる黄泉の国ならば、どこかに彼女の屋敷か、あるいは彼女の人形がいるはずだ。それを見つけられればもしかするとここを出られるかも知れない。だが、闇雲に歩いたところで、今いる場所が分からなければ、向かっている方向も分からない。

神域の広さだって、大狛宮でさえ一日では歩き切れないほどだ。黄泉の国がそれより小さいということは、まさかないだろう。

勘頼みで歩き続けてどうにかなるのかと不安が抑えられない。気がおかしくなりそうだった。もう全部投げ出して子供のように蹲《うずくま》ってしまいたかった。

それでも何かに急かされるように、歩かずにはいられない。

——計り知れないほど長い時間を歩いたような気がする。

周囲は延々暗闇で、昼か夜かも分からない。恐怖に苛まれる間は時の進みが本当に遅く感じる。ただ、実際は秋実の思うほどには、時は経っていなかったはずだ。

ふと、秋実は足を止める。

「……？」

——今までと明らかに異質な物音がした。

反響音に混じって分かりにくいが、衣擦れのさりさりとした規則的な音は、人の歩くそれに似ていた。異形の囁き声とも、虫の羽音とも違う。これまではなかった音だ。

秋実は縋るような思いで、足音を忍ばせながら先を急ぐ。

少し進んで、そこに人影を見つけた秋実は、一度足を止めた。

遠目にその姿を確かめ、その影が異形のものとは違うことを確かめる。

——へたり込んでしまいそうな安堵を覚えた。一縷《いちる》の希望を見出《みいだ》したような思いで駆け寄り、秋実はその背中に声を掛ける。

「あの、そこの御方。お尋ねしてもよろしゅうございますか。私、ここに迷い込んでしまって——」

だが、振り返った相手の顔を見た途端、秋実は凍り付く。

着物かと思った赤い上体は、肌の色だった。

その証に顔も一面赤く、その形相は般若《はんにゃ》面のような怒り顔だった。手からは斧《おの》が提がっている。開いた口元からは大きな牙が覗いていた。

——鬼神と呼んで遜色ないような、またも異形の姿だった。

「っお許しを……！」

秋実はわけも分からない内にそう叫んで駆け出した。

胸の中央で心の臓が弾けそうになっている。息がうまくできない。がむしゃらに脚を動かしているつもりだが、疲れ果て、疾うに足元は覚束ない。ちっとも前に進めているような気がしなかった。

殺されるのではないか。

今にも追い付かれて、手に持っていた斧を振り下ろされるのでは。

そんな恐怖で、身体の震えが止まない。追ってきているのかいないのかさえ、考える余裕がなかった。

岩場の起伏に爪先を取られて、秋実は強《した た》かに地に身体を打ち付けた。

「痛っ……！」

息切れに混じって、上擦った悲鳴が漏れる。

元々何度か転んで打ち付け、痛みはあった。だが、今度は岩に擦れてどこか切れたか、膝のあたりが鋭く痛んだ。

重い身体を起こし、秋実は慌てて後ろを振り返った。

幸い、そこに鬼の姿は見当たらない。

ほっとしたのも束の間、囁き声がふと耳につく。

背筋に氷を当てられたように血の気が引いた。

耳を欹《そばだ》てていても、その内容は不明瞭で聞き取れない。囁き声は一つ二つでは済まなかった。

傍には寄ってこないが、異形の影が周囲を取り巻いている。葉擦れのようだった微かな音は今や、異形の数のせいか雨が激しく打ち付けるような雑然とした騒がしさだった。

どれほど異形がいれば、こんな音になるのか。

上体を起こしてみたものの、恐怖に竦んで立ち上がれなかった。

異形は秋実の様子を窺っているように感じた。

近寄ってこないのが不思議だ。だが、かといってどこかに去る気配もない。四方を囲まれて逃げ場をなくし、秋実は身を硬くする。

鳩尾のあたりで強く手を握ると、指の背に当たる硬い感触があった。

火座に贈られた短刀だ。

秋実は懐にあったその存在を思い出して、一瞬迷った。

——歪だが人に見えないこともない。果たしてそれを斬っていいのか。

そんな思考に気を取られて視線を落とすと、急に足を摑まれる感触がある。

驚いて足元に視線を向けると、枯れ枝のような細い指が秋実の足首を捕らえていた。

「っ……！」

その指には黒い血と腐肉がこびり付いている。ぎょろりと飛び出た目玉と視線が合って、恐ろしさのあまり逸らすこともできなかった。

囁くように何かを呟いているのに、不明瞭で聞き取れない。全身から腐ったような仄甘い臭いが漂っている。嫌悪感に吐き気を覚えた。なのに、そのためにいっそう生き物だという感覚を生々しく突き付けられる。

短刀で斬り付ければ。

そう思うのに、指一本動かせなかった。がくがくと身体が震える。あまりの恐怖で動けない。

膨れ上がった腹を引き摺り、這いながら足を掴んでいた異形が、よりいっそう上へと攀《よ》じ登ってこうとした時だった。

「――去れ、餓鬼共」

重々しく厳粛な、畏怖を与える声色。

その声が響いた途端、生温く寒々しい空気が一掃されたような気がした。

周囲を取り囲んでいた異形が、蜘蛛《くも》の子を散らすように逃げていく。腰が抜けてその場から動けない秋実に、美しい声の主が近付いてくる音がする。

秋実の顔を覗き込み、口元を扇で隠して。

「あれ、労《ろう》たし泣き面《づら》」

一目見てそうと分かる、暗闇から生じたような底のない黒髪の女――黄泉の国の主である闇宵比売が、独り言のようにそう呟いた。

ぬばたまの黒髪に、黒曜石の瞳。左目は月を帯びたような淡黄蘗《うすきはだ》。

黒い着物を纏った闇宵は、こんな場所にあっても穢《けが》れを寄せ付けないような厳粛さがある。うりざねの白い輪郭を持ち、切れ長の瞳は凛々《りり》しい。状況を忘れて見入ってしまうほど美しかった。

「話に聞きし龍那美の嫁か。よう見付かりしものだ」

関心のなさそうな呟きに、秋実は我知らず涙で濡れていた顔を拭いて、慌てて頭を下げる。

「闇宵比売様でございますね。斯様に無様な姿を御目に掛けてしまい……」

「立ち給え」

話を聞いていないようにそう短く命じられ、秋実は慌てて立ち上がる。そして、それができた自分に安堵した。

──助けられたのだろうか。

深く息を吐き、慌てて手にした短刀を懐に押し込む。闇宵は手に燭台を持ったまま、秋実には目もくれず歩き出した。

「どこぞで覚えのある気配が落《あ》えきと思うて、参ったが。主《ぬし》のところの口無しの人形が持ちて来たる品の作り手だな。まだ骸《から》でなかったか」

口無しの人形というのは律のことだろう。確かに、闇宵に渡す袱紗を律に持たせて使いに出した。

秋実は泣いていたところを見られた恥ずかしさに赤面しながら、改めて闇宵に名乗った。見ていないとは知りつつ頭を下げる。

「先は貴重な品を婚礼の祝いに贈って下さり、誠にありがとうございました」

「火座が呼ばざるところに押し掛け、龍那美が伴侶を娶りたりと一方的に抜かし散らかし、去りよって。聞きき以上、何もせぬでは角が立つ。渋々祝いを見繕ったまでのこと」

龍那美が挨拶を要らないと言うだけあって、友好的とはいえない態度でそう答える。秋実はやはりかと苦笑しながら返事に迷った。

かと思えば闇宵は麗しい面を、蛇蝎《だかつ》を見たが如き渋面にして呟いた。

「あの女の顔を見れば虫唾が走る」

──例に漏れず、師走の神は、水無月の神が嫌いらしい。

とはいえ、龍那美と佐嘉狩のように互いに反目しているわけではないようだ。闇宵の言葉から察するに、火座は自らこの黄泉の国を訪れているのだろう。となると火座の方は闇宵を嫌っているわけではないのかも知れない。

相性が悪いと言っても様々なのだなと思っていると。

「主に礼を言われよう覚えもなし……だが」

闇宵が怪訝な顔をして、秋実の腰にある印籠に視線を落とした。

「主、ずいぶん火座に気に入られ給うたな。その印籠、中が二重になり、底に火座の護符がある」

「火座様の……？」

「主を見隠し火座に四の五の言われてはかなわぬ。あの女が来ぬ内に早《はよ》う黄泉宮《よもつぐう》から出てくりゃれ」

闇宵はそう億劫そうに嘆息する。

黄泉の国にも黄泉宮という名はあるようだ。それにどうやら、火座に文句を言われたくないという理由はあるにしろ、秋実を助けてくれるつもりでいるらしい。

「ご恩情に感謝申し上げます」

「居らぬと申すに、龍那美は何度も何度も押し掛けてきよるし、あの出不精の筒紀までが顔を見せ、その後も人形を寄越されて。会う連中も皆、用件ついでに彼《あれ》是《これ》と聞いてくる。主《ぬし》一人に一体どうしたことか」

龍那美や筒紀は、秋実が黄泉の国に落ちたと分かり探しにきてくれていたようだ。他にも顔見知りの神が秋実を心配して何か聞いてくれていたらしい。

だが、秋実が落ちてからまだ日も変わっていないはずだ。そんなに噂が回るのが早いのだろうかと疑問を覚えた。

「あの、左程に見えられたのでございますか？　私、たった今落ちてきたばかりのはずでございますが」

すると、闇宵は何をおかしなことをと言いたげに片眉を上げた。

「主が落ちたりと騒ぎになるは、先の月のこと。……時の流れの異なるる場所がある。見付くるだけで幸いだ」

「そんなに……！」

ひと月も龍那美たちに自分を探させてしまっていたということになる。秋実はそれを聞いて血相を変えた。

好き好んでここに長居していたわけではないが、だからといってそんなに長く不在にしていいはずもない。

奉公人が無断でひと月も不在にしたら暇を言い渡されて文句は言えない。

青褪めながら闇宵に尋ねる。

「私、龍那美様にとんでもないご心配をお掛けして……早く戻らねばいけないのですが。あの、畏れながら私は何処に参ればよろしゅうございますか」

闇宵は慌て出した秋実に面倒という顔をした。袖に扇を持った手を入れ、秋実に何か突き出してくる。

「取り給え」

見れば、桃の実が一つ載っている。取れと言われた通りに受け取ると、闇宵は岩壁に沿って先を指さした。

「食うでないぞ。それを持ちて、あちらへ直ぐ歩け。何処かの神域には出られよう」

そこから先は知らぬ、と素っ気なく付け足した。

「坂を下り行けば、二つ石柱が建つ。……潜るまで決して振り返り給うてはならぬ」

おそらく、黄泉の国の出口——話に聞く黄泉平坂というものなのだろう。見える場所はまだ坂という傾斜にはなっていないが、しばらく行けば見えてくるのではないだろうか。

秋実は「心得てございます」と頷いた。両手で桃の実を捧げ持ち、闇宵を見上げて微笑む。

「オオカムヅミでございますね。貴重なものだと聞き及んでございます。重ね重ねお心遣いを賜り、幸甚に存じます」

改めて闇宵へ向き直り、深々と頭を下げた。

「御手を煩わせたとは承知の上ですが、斯様にお礼を申し上げる機会を賜り、嬉しゅうございました」

一生会わなくていい相手に闇宵が入っていたのかは分からないが、こんな形で見《まみ》える機会が来るとは思わなかった。またいずれ会った折には、ゆっくり礼を言わなければ。

と、秋実は眉尻を下げて苦笑する。

「……あの、一つだけ。冴は」

闇宵が「ん」と顔だけ振り返る。秋実はやや緊張しながらまた尋ねる。

「畏れながら先の月に、叢雲宮の神域から送られてきた魄がございませんでしたか。冴は……魄は無事でございましたか」

秋実にとってはまだ今日の出来事ではあるが、闇宵には先月のことのはずだ。

話を聞く限り、冬木が闇宵のところに送って行ったようだった。どうなったのかと気に掛かり、身を硬くしながら闇宵の返事を待つ。

闇宵はそんなことかと言いたげに鼻を鳴らした。

「無疵だ。時が来ればいずれ新たに生まれくる。それが人だか獣だかは知らぬ」

そう言うと、来た道を戻っていく。

秋実はその背を見送りながらもう一度声を掛けた。

「誠にありがとうございました。戻りましたら人形を遣わせます」

返事はなかったが、秋実も気に留めず闇宵の指した方向へ歩き出す。

その後、闇宵と別れてから、何度か餓鬼と呼ばれた異形の気配もあったが、邪気払いの実があったからか近付いてこようとはしなかった。ごつごつとした岩場は、いつしか砂利や土の混じった道に変わり、景色も木々の緑色が見られるようになる。

その頃には空が見えるようになり、ずいぶん気も楽になっていた。外はどうやら昼間のようだ。空気は温かく、花の匂いが香っている。ひと月経った影響なのか、綿入りの羽織では汗ばむほどの気候になっていた。

緩やかな斜面が続いている。

途中、何度か後ろが気になったものの、振り返るなと言われたことを思い出し、ぐっと堪えた。それに、背後が気に掛かる以上に、早く黄泉宮を離れたかった。

疲れているのに、気持ちが逸り足を止められない。

どんどん坂を下っていく。

やがて、闇宵に聞いた二本の石柱を目にした途端、秋実は駆け出した。

転ぶように走り、石柱の間を潜る。

しめ縄の下を抜け、あたりの景色が変わったことを確かめて、ようやく秋実は息を吐いた。

肩で息をしながら足を止め、秋実は周囲を見回す。

『何処かの神域には出られよう』

闇宵はそう言っていた。

果たして一体どこの神域に出たのか、覚えのない場所だった。見える限り松の林が続いている。

「ああ……」

一先ず黄泉宮は抜けたようだ。秋実は気が抜けたような声を漏らす。

林に抜ける風が何となく塩辛い。潮騒が聞こえていた。――きっと海が近いのだろう。

多くの神がいて、その中で偶々見知った神の神域に出たなどと都合のいいことは、そうあるものではない。当たり前のことだが、まだ終わりではなかった。

ひとまずここから神域の主のところに伺わなければならない。そこから大狛宮に行けるよう取り計らって貰うべきか。この神域の主が友好的な性質であればいいのだが。しかしこんな汚れた身なりで伺って、失礼になりはしないか。

秋実はそう色々と思考しながらも、とうとう疲れ果ててその場に座り込んだ。

叢雲宮で雪風に晒されて、黄泉宮で異形から逃げ回って、そこからまたさらに歩き通しだった。膝は血が滲んでいるし、脚が痛くて硬く張っている。

――無性に大狛宮が恋しかった。

大狛宮で龍那美が待っていると思うと、一刻も早く戻りたかった。

まだ半年ほどしか過ごしていないはずなのに、思い出す場所が生家でないことが不思議だ。神議りの場で聞いた、秋実の中津国での縁が絶たれるというのは、おそらく執心がなくなるようなものではなかったので、それが原因ではないのだろう。そんなものだったら龍那美は秋実に、事前にそれを伝えている。

つまり、自分にとってはもう、帰る場所が大狛宮になっているのだ。あそこが安らぐ場所だと分かっているから。

龍那美を思い出すと、泣きたい衝動が襲ってくる。ぐっと歯を食い縛って俯いて堪えているのに必死で、周囲のことを忘れていた。

だが、遠くで誰かを呼ぶ声が聞こえた。おそらく声の主の足音が、こちらに駆け寄ってきていることにも気付く。

さすがに状況を思い出して胸の痛みを忘れた。秋実は慌てて顔を上げる。

——誰かがこちらに向かってきている。

神域の主が、無断で入り込んだ秋実に怒って探させているのでは。

そんな考えが過り、秋実は首を横に振る。あまりに疲れ過ぎて、考えまでが卑屈になっている。

とにかく、誰を探しているにしろ、こんなところで一人で座り込んでいては不審だ。松の木肌に縋りながらどうにか立ち上がれないかと試みていると、先ほどと同じ声が思いの外近くで叫んだ。

「秋実はいるか!!」

秋実は目を丸くして声に反応する。

つい龍那美の名を呼びそうになって、秋実ははっと我に返り口を噤んだ。

こんなところに彼がいるはずがない。疲弊のあまり、若々しい男の声ならすべて龍那美かと思ってしまっている気がする。

頭痛を訴える蟀谷を押さえ、自分の衰弱ぶりに嫌気が差して松の木に額を預けていると。

「秋実！」

すぐ後ろで、先ほどの声がまた名前を呼んだ。

秋実は驚きながら振り返る。

どこかで聞いた声だ——と記憶が鮮明になるより早く、その姿が目に映る。

「佐嘉狩様？」

そこにいたのは、先の神議りの場で出会った十二神の一柱。

弥生月の主、佐嘉狩神だった。


佐嘉狩の屋敷で着替えを借りて、水を浴びた。

血の付いた着物は畳んで風呂敷に包み、傷を洗って、汗を流す。湯を沸かすと言ってくれたが、手間だろうとそちらは辞退した。

まだ水を浴びるには肌寒い。震えながら着替えを身に着けて火に当たり、出して貰った茶と茶菓子、それから切り分けて貰った桃の実を食べた。疲れ果てて動けないと思ったが、腹に少し入れると多少なりとも気力が戻った。

落ち着いた秋実は、改めて目の前の佐嘉狩に深々と頭を垂れる。

「色々とご面倒をお掛けいたしました……」

会うなり大慌てで開口一番『大狛宮に連れていってくれ』と頼み出した秋実に、佐嘉狩は何が起きたか分からない様子だった。

着物にかなり血が染みて黒くなっていた上に、何度も転んで汚れていたし、膝を切った時に長襦袢《ながじゅばん》も血で汚れた。走って汗を掻いたし、黄泉宮の腐臭も染み付いているような気がした。

そんな目も当てられないなりで一方的な話ばかりして、正気を疑われるのも無理はなかっただろう。

不器用に宥めすかされ、ひとまず大狛宮に人形を遣るから着替えてこいと言われ、その通りに身支度を整え、ようやく落ち着いたのが今だった。冷静になると、見苦しかっただろうなという自省の念がとめどなく押し寄せる。

佐嘉狩はゆるゆると尻尾を左右に振っている。今日も今日とて耳も尾も柔らかそうで毛艶がいい。姿は殆ど人の男性だというのに、やはりそれが妙に愛らしく見える。

秋実はつい笑みを浮かべながらまた言った。

「それに、先触れもなく現れたというのに、屋敷に招いて下さり、よくして頂いて。感謝の念に堪えません」

「闇宵の奴が一人で坂を帰らせるのが悪い。本当に、配慮というものを知らん傲慢女だ。……気にするな」

「闇宵比売様は、危ないところをお救い下さいましたから。それ以上は過ぎたお願いで罰が当たってしまいます」

黄泉宮に落ちてきただけの、顔も知らない自分を探しに来てくれただけで、本当に有難い話だ。他の十二神の手前、そうしなければならなかっただけだとしても、恩人に変わりはない。

　だが、秋実は急に笑顔を潜ませて、一番気になっているることを冷や冷やしながら尋ねる。

「それで、大狛宮からは何か返事はございましたでしょうか……？」

「……主が留守だ。迎えがくるまで待っていればいい」

　佐嘉狩はふいと目を伏せてそう答えた。

　秋実はそれを聞いてようやく胸を撫で下ろす。大狛宮に遣いを出すと言ってくれたのに甘えたが、一先ず誰かしら人形へは無事が伝わっているということだろう。いずれ龍那美の耳にも入るはずだ。

　火座や阿須理の元を訪問する約束をしていたのに、それもすっかり反故にしてしまった形になる。早く戻って詫びなければと焦る気持ちはあるが。

　佐嘉狩に促されるまま、秋実は大人しく従った。

「では、お言葉に甘えて、少しの間ご厄介になります」

　佐嘉狩は頷いて秋実に視線を戻し、白藍の瞳を安堵にかゆっくりと細めた。

「……それにしても、黄泉宮に落ちて事なきを得たとは。無事で何よりだが」

　自分は知らず知らずの内に、それほど危ない橋を渡っていたらしい。

　秋実としては、驚くほど時間が経っていたというだけでとても無事とは思えないのだが。

「私、知らぬ間にひと月過ごしていたようで。落ちてそう間もないはずでしたのに、闇宵比売様にそれを伺った途端、震え上がりました……」

「黄泉宮に落ちた者が見つからないことは多い。知らず餓鬼に喰《く》われていたり、百年経って屍が見つかったりな。命があっただけ本当に幸運だ」

　餓鬼というのは、あの異形のことだろう。

　人を喰うのか、と思うと改めて身の毛が弥立つ。自分が如何《いか》に危険な状態だったのか、あの場にいた時よりも今の方が痛切に感じた。

　それで龍那美のみならず筒紀までもが身を案じて闇宵の元を訪ねてくれていたのだろう。決して大袈裟というわけではないようだ。

　顔を強張らせる秋実に気付いたのか、佐嘉狩は話を切った。

「まあ、辛気臭い話もいいか。疲れているだろう」

気を遣ってくれているようだ。先に会った神議りの場では怒っている姿が印象的だっただけに、今の物静かな振る舞いは何だか落差に気が抜ける。

秋実は意外に思いながらも、苦笑を浮かべて頷いた。何ら反論はない。

「仰せの通りでございますね。……疲れ切っているのに、妙に目が冴えていて、どうにも落ち着かなくて」

「……少し外を案内するか」

「よろしゅうございますか？　お忙しいのでは」

「来客を放り出してまですることはない」

そう言って立ち上がった。

秋実も同じように立ち上がり、佐嘉狩の後を追う。

室内から見える中庭は、手入れのされた木々や地面に沈む大きな庭石が荒々しくも見事だ。建物はそれが見通せるように雨戸や障子が開け放たれて、外との境がない。屋敷の中は華美ではないが、重たげな黒檀《こくたん》の木材に庭の緑がよく映える。大狛宮とも違った趣のある屋敷だった。

それに、常に水が流れる音がしている。

入る時にも見た景色だが、外に出ると、建物の半分は土の斜面、もう半分は水の上に建っていた。

こちらは海でなく、池のようだ。水面に浮いた水草の間から色とりどりの鯉の姿が見える。少し離れた場所には海があったようだが、ここに流れる風もやはり少し塩辛い。

「淵水という名の通りでございますね」

水の底に柱を立て、水上に屋敷が建っている。目にはたいそう優雅だが、なかなかに手が掛かりそうなものだ。

入り口に続く木橋を歩きながら思わず呟くと、佐嘉狩が振り返る。

「おかげで年中屋敷を直している」

「ふ。ご大儀でございますね」

「本当に」

想像して笑ってしまった。当事者にはとても笑いごとではないだろうが。

「てっきり、山に住まわれておいでかと思っておりました。獣が多くいるような」

「自分の住まいがそれだと落ち着かないだろう。獣に傍を彷徨かれたらどうしたって気になる」

「そう仰せになられますと……確かに納得するような」

大狛宮で目障りに思って咄嗟に狐を射た、という話を聞いている。確かに自分の屋敷の周りがいつもそうなら気が散ってしまうかも知れない。さがなら自分ではどうにもできないし、それで獣がいない場所に住むというのも分かる。

「でも、常に水の音があるのはよいものでございますね。気が安らぎます」

「たびたび人形が橋から落ちる音がしてもか」

「それは……危なくないのでしょうか」

「濡れ鼠《ねずみ》になるだけだ。皆泳げるから溺れはしない」

月に一度は誰ぞ落ちる、と佐嘉狩は平然と言う。

のんびりと水のせせらぎを聞いていたら、いきなり大きな水柱を立てる音がするということだろう。日常茶飯事なのであれば、驚いた後に心配よりも笑ってしまうかも知れない。

「欄干を付けたところで、どうせすぐ直す羽目になるから、もう諦めて落ちろと言っている」

「何たるご無体な」

秋実はそう言いながらも口元を押さえてつい笑う。せっかく見事な屋敷だと思ったのに、色々と問題があるらしい。

秋実が橋板を渡り切って土の上に下りると、佐嘉狩はそれを確かめてまた先へと歩いていく。ゆっくり歩いてくれているのは、秋実が疲れていると言ったからだろう。

そういう言葉以外の気遣いや、話し方、雰囲気が、どこか龍那美に似ている気がする――と言ったら、きっと彼らは激怒することだろうが。

池の周りは松林が続いている。道なりにゆるゆると歩きながら、秋実は思ったまま口にした。

「美しい神域でございますね。潮の匂いはいつぷりでしょう」

他の神域も主に相応しく様々に長じた景色だが、ここも遜色なく美しい。先ほどまでは疲れて景色などとても見えなかったが、こうして落ち着いて歩いているとしみじみそう思った。

佐嘉狩が視線を寄越す。

「郷は海が近くなかったのか」

「左様でございます。父について都に上がる時に、通り掛かって見掛けるだけで」

「べたついて不快で、そういいものじゃないがな。木もすぐ腐る」

「話には聞いておりましたが、真なのでございますね。山に近い者からすると、魚が獲《と》れるのは羨ましいものですけれど」

どちらにしても、ない物ねだりなのだろう。たまに見かけるから目新しく感じるのであって、毎日であれば苦労の方が目に付くようになるかも知れない。

想像して苦笑していると、佐嘉狩が視線を背けて。

「それでもよければ、いつまでいてもいい」

秋実は少し怪訝に首を傾げた後、冗談と思いぱたぱたと手を振った。

「いえ、いずれ迎えも来ましょう。左程に長くご厄介になるわけには参りませんよ」

「……そうでなく……」

「？」

他に何かあったかと見上げると、彼は「いや」と顔を背けた。怒っているかと不安が過ったが、すぐに佐嘉狩は前に視線を戻して尋ねてくる。

「見えるか」

秋実は何気なく佐嘉狩の視線を追って、前方へと顔の向きを変える。

松の林が切れ、道なりに桜色の霞《かすみ》が続いている様を目にして、つい歓声を上げた。

「桜でございますか……！」

山桜の大木が道なりに林立している。中津国でもなかなか見られないような見事な光景だ。

佐嘉狩は目を輝かせる秋実を見て微笑む。

「お前にとっては一夜に咲いたような気分だろうが」

「仰せの通りでございます。斯様に盛りであったのですね。驚きました」

「そういえば、お前が贈ってくれた袱紗も桜だったな」

そう言われると、縁起のいい七宝柄の地に桜を散らした袱紗を拵えて、錦木に託した覚えはある。

秋実は気まずい思いになりながら答える。

「その、佐嘉狩様の御髪が、桜色をなさっておいでですので。……後ろ姿が、盛りの桜木のようで、つい目で追ってしまうなと思っていたものでございまして……」

龍那美に相談しても「知らん」の一点張りで、佐嘉狩の好むものが分からなかった。どうしようかと散々佐嘉狩のことを考えた末に、結局桜以外の何も浮かばなくなったという経緯はあるが。

佐嘉狩は自分の結った髪を摘んで言う。

「これか」

「はい……あの、お美しいなと思っていたのですが。お気を悪くされたりは……」

「ない。よく言われる」

多くが見目の麗しい十二神には、容姿の讃嘆などはもう謙遜するようなものではないのかも知れない。

佐嘉狩は懐から袱紗を出して手の上に広げる。

「他にも様々作っているようだったから、何か理由があるのかと思っていた」

「あ、お持ち下さっていたのでございますか」

「……名前を出すのも腹立たしいが、龍那美が腕を見初めたというのは本当なんだな。細やかで美しい」

面と向かって褒められるとどうにも面映ゆい。

「あ、有難きお言葉……」

「桜は好きか」

佐嘉狩が白藍の瞳でじっと見下ろしてくる。

秋実はその視線に多少なりともたじろぎながら、それでも率直に答えた。

「ええ。もちろんでございます」

佐嘉狩は一瞬何か言いたそうに口を開いたが、すぐに閉ざした。そして、複雑そうに笑って、そうか、とだけ答えた。

松の林に引き返し、釣りに誘われて佐嘉狩と共に海岸に出た。

風がなく、波が穏やかだった。見える限り海面で、そこから時折、僅かばかりの岩頭が顔を覗かせている。

間もなく人形と思われる者がやってきて、釣り道具や日除けの野点傘《のだてがさ》などを置いていってくれた。

黒い瞳に、錆鼠色《さびねず》の髪だった。一体何の生き物だろうと、立ち去る背中を見送ってつい佐嘉狩へ尋ねる。

「人形、でございますよね。あの方は一体何の？」

「鯨《くじら》」

「鯨というと……海の？」

「……陸の獣には好かれないんだ」

少し不貞腐《ふてくさ》れたような物言いと、ぱたりと力なく下がってしまった尻尾が可愛らしく、つい笑ってしまった。

他の人形も皆、海の中の生き物らしい。道理で水に落ちても溺れないわけだった。

秋実は釣り竿《ざお》を借りて、佐嘉狩の見真似でやり方も碌に分からないまま波の間に糸を垂らした。

糸に巻いた小枝が動くまで待てと言われ、少しの間大人しくそうしていたが、すぐに痺れを切らす。

「私、釣りなどしたことがないのですが、誠にこれでよろしいのでございますか……？」

波に揺られて絶えず小枝は動いているし、仮に魚が掛かっても見分けがつく気がしない。

隣で同じく釣り糸を垂らして水面をじっと見下ろしたまま、佐嘉狩があっさりと答えた。

「そうだな」

「何か……やることは」

「ない。待つだけだ」

「このまま動かさなくてよいのでございますか？」

「いい」

「誠にこれで釣れますでしょうか」

「釣れるといいな」

そうはぐらかしたような返事をして、とうとう佐嘉狩が吹き出した。さてはからかわれているかと横目で佐嘉狩を見る。

「素人には分からぬからと何ぞ謀っておいでございい

ますか……」

恨めしげな秋実の声を聞いて、佐嘉狩は堪え切れなかったのか声を上げて笑っている。

当たり前だが笑うのだなと今さらのことを思った。以前に会った時は、概ね傍に龍那美がいたから見なかったのだろう。

「そうじゃない。魚が掛かるまで待つのがやることなんだが。……気忙しい者にはこたえるかも知らん」

「ああ、確かに。私、どうにも手を動かしていないと落ち着かなくて。きっと待つのも不慣れなのでございましょうね」

正直なところ手持無沙汰でどうしていいか分からない。魚の機嫌が向くのをただ只管辛抱強く待たなければいけないというのは、何だか焦《じ》れて仕方がない。

白く泡立つ波の満ち引きに視線を落とし、秋実は思案に沈む。

——正直、こんなことをしているべきではない気がする。

迎えを待たなくても、佐嘉狩に頼んで帰らせてもらえばいいのではないか。せめて人形にだけでも無事な姿を見せるべきではないか。じわじわとそんな焦燥に駆られる。

待てと言われて大人しくそれに従ったが、今さらながら疑念が脳裏を過った。

秋実にとっては大した時間ではなかったけれど、周囲は違う。もう秋実の命がないのではと疑って過ごしてきたことだろう。

命を落として嘆かれるほど自分が大した人間だろうかと思うと、それは疑問がある。ただ、少なくとも龍那美については、秋実を掛け値なしに大切にしてくれていると思う。彼がこのひと月どんな思いでいたかと想像すると胸が痛い。

果たして、こんな悠長なことをしていられる状況なのだろうか。よくないような気がして、無性に気が急いてくる。

水面は波が日差しを弾いて輝いている。神域の限りがないのではと思うほど先が見えない。景色がよく、風があるのも家内よりは清々《すがすが》しいか。

こうしていると、心配を掛けているというのが、何だか嘘のように思える。黄泉宮に落ちたのも悪い夢で、自分の身に起きたことではないかのようだ。

そして、ここにいる自分にさえ何だか現実感が得られないのも、また事実で。

「あの、私――」

「お前は……」

言いかけて、佐嘉狩の言葉と丁度重なってしまった。咄嗟に何でもない、と首を横に振る。佐嘉狩は怪訝な顔をしながら続けた。

「……別に大した話ではないんだが。大狛宮の暮らしはどうなのかと」

他の神にも似た話を聞かれたことがある。秋実が高天原に慣れていないからだろう。

秋実はそうですね、と言い置いて続ける。

「仕事のために、一つ宝殿を使わせて頂いております。道具もすぐに揃えて頂きました。……私、よくそこに籠っていて、食事を欠かしそうになるので、そのたびに人形が迎えにきてくれるような有様でございます」

昼餉などよく忘れそうになる。食事がそれほど重要ではないと分かっているのだが、錦木が都度米を炊いて待ってくれているので、仕事のきりを見つつ母屋に戻るようにしている。

佐嘉狩がああ、と声を漏らした。

「お前のところは犬がいたな」

「はい。律という娘が、私の身の回りの世話をしてくれております」

「そういえば、あの人形が喋るところを見たことがないんだが、あれは俺が怯えられているだけなのか？」

「あ、いえ、律は抑々喋らぬのでございます。不躾がありましたら申し訳ございません。あれでとても利発ですから、私は助けられてばかりでいるのですが」

律や白露は佐嘉狩を敬遠しているようで、大狛宮に現れると姿を消していた。接することが少ないため、律が喋らない理由は知らないかも知れない。秋実も幾月か経ってから知った。

「皆働き者ですし、龍那美様も無茶を仰せになる方ではございませんから。そういう場所で働けるのは幸運なことでございます。……私も身を入れて働かねばという所存でおります」

あまり龍那美を褒めそやしては気を悪くするだろうかと、それ以上は言わなかったが。

だが、恐る恐る隣を窺うと、佐嘉狩は怒るよりも、浮かない表情をしていた。

「……龍那美、とは……」

秋実は不思議に思って首を傾げた。

嫌っているのだと思っていたが、だとするとわざわざ龍那美のことを聞きたがることもないはずだ。何だかんだと気になる部分もあるのだろうか。

かといって、どれぐらいなら気を悪くしないかは分からないが——秋実は迷った後に、思った通りを率直に答えた。

「龍那美様は、私の我儘にも厭な顔をなさったりしなくて。面倒と仰せになることでも、決して頭ごなしに否定なされることもないのです。いつも不便はないかと、細やかにお気遣い下さって」

「……俄に信じられんな」

「大袈裟に語っているようなことは。私にとっては誠にそうなのです。……龍那美様がそういう方であらせられるので、私はあの方に恥ずかしくないようにありたいと思うのですが」

龍那美に蔑まれるようなことは決してすまいと思うのに、面倒事を起こしたり、甘えたことをしたり——役に立つどころか、迷惑を掛けてばかりだ。

他ならぬ龍那美がそんなところを許してくれるから、ますます敬意は募る一方でいるというのに。

「……駄目でございますね。心配を掛けるばかりの現状が情けない。儘ならなくて」

つい自嘲気味の言葉を呟くと、佐嘉狩はしばらく何も言わなかった。

かと思えば、急に隣で大きく溜め息を吐く。

「罵詈雑言《ばりぞうごん》でも聞けるかと思ったが、期待外れだな」

「ご、ご容赦下さいませ……」

主の罵詈雑言など出てこないし、仮にあってもこんなところで目上の相手に対して聞かせられるものではない。

どうすることもできずに詫びると、佐嘉狩は「嘘だ」とまた素っ気なく言った。

「……まあ、そんなに甲斐甲斐しく面倒を見ているはずの者を、よりにもよって黄泉宮に落っことすとはな。とんだ抜け作もいいところだ」

皮肉めかしたその言葉に、秋実まで肩身が狭い思いでどうにか言う。

「あ、あれはその……どうにもならぬことと申しますか……」

「こうなると面倒を見ているという話も真《まこと》かどうか怪しくなってくる」

「さ……左様なことは決して……」

「人の我儘など、抑々聞くのが当たり前だしな。そんなもの何の長所にも……」

おそらく何か続くはずだった言葉が途切れた。

秋実が隣を窺うと、佐嘉狩の横顔は沈んで見える。

何か不興を買ったかと「佐嘉狩様」と声を掛けてみる。彼は目を伏せたまま、物思わしげにぽつりと言った。

「……もし淵水宮に来ていたら、お前は俺にも同じように言ったか」

どういう意味だろうか、とつい首を傾げてしまった。

「龍那美様と佐嘉狩様は違う御方でございます」

「そうでなく」

首を横に振られ、やはり違ったかと秋実はつい渋い顔になる。

龍那美を褒めたのがよくなかったのだろうか。聞いたはいいがやはり気障りだったのだろうか。

どこかでどうしても張り合いたくなる気持ちもあるのかも知れないと、首を捻ったまま秋実は独り言のように零した。

「そうですね。……今でも十分にお心遣いを下さる御方だと存じますので。もしも淵水宮に参っておりましたら、私はきっと佐嘉狩様のよいところをもっと知れていたのでございましょう。自慢の主であったやも」

淵水宮にいたら、毎月池に落ちていたのは自分だっただろうし、泳げないのでどうしたものかと想像して、つい堪えても苦笑が浮かんでしまうが。

窺ってみた佐嘉狩の横顔は、嬉しそうとも悔しそうともつかない、形容しがたい表情を浮かべていた。

「……お前はそういうところがいいのだろうが、反面悪いな」

「えっ……」

褒められているのか貶されているのか分からず、どう答えてよいのか分からなかった。


その後も波間に見え隠れする小枝の見張りを続けていた。

頰に当たる風や、時折かかる水飛沫《しぶき》は心地がいい。絶えず聞こえる不規則な波の音も、どれだけ聞き続けても苦痛ではなかった。無言の時間もそれなりにあったはずだが、沈黙も重くは感じない。

釣りに誘ってくれた佐嘉狩の気持ちも、少し分かった気がする。悩みもそこそこに、気付けば秋実はただただぼんやりとした時間を過ごしていた。

知らず、張っていた気が緩んでいたのだろう。

糸を垂らし続けたが、水面の枝が揺れるよりも、秋実が眠気に堪えかねて船を漕《こ》ぎ出す方が先だった。

佐嘉狩に促されて、砂地に人形が置いていってくれていた筵《むしろ》を広げ、野点傘の下で横になった。その後ほどなくしてすっかり眠り込んでいたようだ。

目を覚ましたのは、日が傾いて肌寒くなってきた時分のことだった。

秋実が薄ぼんやりと戻った意識で何気なく周囲を見ると、髪を一つに結った後ろ姿が見える。

「たつな……」

言い掛けたが、逆光の陰になっていた桜色の髪が揺れるのが見えた。波の音も聞こえる。大狛宮にいたなら聞こえるはずもない音だ。

眠気の去り切らない頭であぁ、違ったのだった──と遅れて思い出した。

「佐嘉狩様」

名前を呼ぶと、筵の端に座っていた彼が振り返る。秋実は未だぼんやりしたまま身体を起こした。

「申し訳ございません、私すっかり眠り込んでいて」

「……いや。疲れていたんだろう。少しでも眠れたようでよかった」

「お見苦しい姿をしていたやも……お恥ずかしい限りで……」

一人気まずくなっていると、佐嘉狩は「日陰で碌に見えてない」と言ってくれた。嘘か真かは、無粋なので確かめまいと思ったが。

――もしや、そのために釣りに誘ってくれたのだろうか。

気が張り詰めて眠気がないと秋実が言ったから、緊張が緩むような場所に連れてきてくれたのかも知れない。そうでなければ野点傘も筵も持ってくる必要がないはずだ。

それに、もう釣り竿を置いている。釣りは止めたのに、起こさずに待っていてくれていたようだ。

「お気を遣って頂いてありがとうございます」

秋実は脱力するように微笑んでそう告げる。

――素っ気ないようでいて、細やかな気遣いをくれるところは、よく似ているかも知れない。

返事は待たず、強張った手足を軽く前に伸ばした。さすがに今の時期に、夕方まで外での昼寝は手足が冷えた。

「もう日暮れでございましたか。釣果は如何ほどでございますか」

「鯵《あじ》が二匹ばかりか。盥《たらい》にいるぞ」

秋実は着物や頭についた砂粒を払い、佐嘉狩が指した盥を覗き込んだ。中には小振りだが光沢のある魚の背が見える。

「刺身か塩焼きぐらいなら大丈夫だろう。食っていくか」

佐嘉狩が立ち上がり、筵の上の太刀を腰に戻した。秋実に尋ねながら傘を畳む。

帰るのだろうかと思い、秋実も慌てて立ち上がった。筵を大きく振って、砂を払って丸める。

「せっかくですが、そんなにお邪魔になるわけには。……そろそろ迎えが来てもおかしくない頃なのですが」

仮に龍那美が夜中まで中津国の祭祀で留守にしてい

るとしても、夜まで他の神域に人を預けるのはよしとしないはずだ。代わりに人形が迎えにきてくれているような気がするのだが。

やけに遅い、とそろそろ微かな違和感が兆《きざ》す。

佐嘉狩は盥と釣り竿を抱えて歩き出す。秋実が筵と傘を抱えようとすると、そこに置いておくよう言われた。

「別に迷惑ではない。何ぞ食っていけ」

「そう仰せになって下さるのは、誠に有難い限りでございますが、さすがに私では食べてよいものの区別がつかず……主に確かめないことには、左様な真似は」

稲佐浜大社では幾らか食事をしたが、あの時は傍に龍那美がいて、食べていいものと悪いものを見てくれていた。今はそうではない。知らず決まり事を超えてしまう可能性があると思うと恐ろしかった。

「拙《まず》いものを食わせると？」

「いえ、左様なことは決して。私の分別がなっていないのが悪いのでございます」

疑っていると思われるのはとんでもないことだ。秋実が慌てて両手を振るが、佐嘉狩は何も言わなかった。

善意を無下にして怒っているのではと思ったが、よく分からない。佐嘉狩は無言の内に浜から上がり、松林の中へと入っていく。

秋実は怪訝な顔をしながら佐嘉狩の背を追った。

長い髪がゆらゆらと左右に揺れているのに、尾は少しも動いていない。今彼がどういう気持ちでいるのか、見当もつかなかった。

声を掛けていいのか悪いのかも分からずにいると、佐嘉狩の方がぽつりと声を掛けてくる。

「……龍那美を呼んでいたな」

「え？」

一瞬きょとんと瞬きをしたが、先ほど寝ぼけてそう呼び掛けた記憶がぱっと脳裏に閃《ひらめ》いた。

——そういえば耳がいいのだったか。

聞かれていたのかと羞恥に苛まれながら、秋実は訥々《とつとつ》と言う。

「あれはその、うっかりしたというか、疲れ？ のようなものが、出てしまったと、申しますか……」

「真の伴侶ではないと聞いたが、今もそうか」

途端、秋実は羞恥も忘れて顔を上げた。

佐嘉狩にそんな意図はないにせよ、改めて聞かれると、何だか冷や水を浴びせられたような気持ちになった。事実ではあるはずなのに、返事にも詰まる。

「あの……」

「想い合う仲ではないんだろう」

「さ……」

左様です、と答えた途端、ぐっと鳩尾を押されたような息苦しさを覚える。そんな自分への疑問も。

――大切にされているからと、どこかで思い上がっていたのだろうか。

立場として伴侶ではあっても、心が通じる関係ではない。想い合うばかりが夫婦ではないにしても、子は成せず、守るべき家もない。秋実には伴侶として果たすべき役目がないのだ。そんな状況では、体裁はともかく、実際のところは奉公人でしかない。

真の伴侶でなければ、想い合う仲でもない。端からそのつもりでいたし、以前もそのように説明していたことなのに、どうして今さらこんなに動揺する自分がいるのか分からなかった。

佐嘉狩はしばらく何も言わなかった。秋実も消沈し、何も言えずに佐嘉狩の後ろを歩く。

淵水宮の屋敷に着いて、持っていた荷を下ろした佐嘉狩は、橋を渡らずに池の前で秋実を振り返った。

「……お前は龍那美を頼みにはしているのだろう。大狛宮にも思い入れがある。それは十分に分かった」

改まったように言う佐嘉狩に、秋実は戸惑いながらも頷いた。否定する必要もない事実だ。

「……はい」

「だが、龍那美がまともに伴侶を娶ろうと思ったら、お前は大狛宮に居場所がなくなるはずだ」

「それは……」

ない、とは言えなかった。

まったく想像しなかったわけではない。はじめの頃はしばしば想定していたはずのことだ。だが、いずれ龍那美が自分ではない誰かに恋焦がれないとは限らない。

その時に秋実はただの奉公人になる。

——それでも特に問題はないはずだったのに。

「自分の場所を奪われることに、何も感じないでいられるとは思わない。それは万人が抱くものであるんだろう。個で異なる性質とは違い、もっと根源的で避けようのない種の性質なのだから」

秋実に返す言葉はなかった。

「……そう、なのやも……知れませんね」

「耳に痛いことを言いたいわけではないんだ。……すまない」

佐嘉狩は浮かない表情でそう言って、秋実との距離を一歩詰める。

白藍の瞳が真っ直ぐに秋実を見据えてくる。種籾のように細いと思っていた瞳は丸く、そのためかいっそう向けられる視線を強く感じた。

「だから——淵水宮に来ないかと言いたかった」

秋実はあ、ともえ、ともつかない声を漏らして、それ以上何も言えなかった。

以前にも似たようなことを言われた覚えはある。だが、こんなに切迫した表情で言われたものではなかったし、龍那美にあてつけた冗談だろうとも思っていた。何を思って今そんな誘いをするのか、理解が及ばずにいる。

——淵水宮に来るということはつまり、大狛宮を離れるということだろうか。

「仕事ならどこでもできるだろう。道具が要るなら揃えるか、持ってくればいい。仕事のために場所を作るし、手伝いが要るなら人形を置く」

「お、お待ち下さい、左様な……」

「龍那美も着物を作るのにどこでなければいけないなどとは言わないだろう。高天原のどこにいてもいいはずだ」

確かに、龍那美との約束で着物を作ると言って、秋実は高天原に来た。だが、それは中津国よりも長い時間を得られるからというだけのことだ。大狛宮でなければいけないかというと、もしかすると違うのかも知れない。

そうは思っても、慌てて首を横に振る。

「でも私は、大狛宮で食事をした身で」

「淵水宮で食事をすればいい。いずれその神域に馴染む」

秋実は驚いて、つい口元を手で押さえた。

——食事はその土地に属するための通過儀礼だと、槌鳴宮で櫛炉の妻である託基が言っていた。

今まで龍那美が秋実の食事について目を配っていたのは、意図せず他の神域に加わることがないように、ということだったのだろうか。

だが現状、まだ秋実が場所を追われたわけではないというのに、佐嘉狩が今それを言い出した理由は見えていなかった。

「ですが佐嘉狩様は、私なぞを神域にお置きになられて、一体何の意味がおありになるのでございますか」

「お前にいて欲しい」

寸分の間も置かずに返された言葉に、秋実はますます困惑を募らせた。

知らぬ間に気に入られていただけにしては、ずいぶんと熱の入った誘いだ。なぜ自分のような奉公人にそこまで目を掛けることがあるのかますます分からない。

職人としてなのか——あるいはもっと別の。

ようやっと頭を過ったその可能性が思い過ごしでなかったとは、続く佐嘉狩の言葉ですぐに分かった。

「お前の物怖《ものお》じしなさも、意地を張り通す気骨も、礼儀正しさも穏やかな物腰も、知っている限りのすべてが好ましい。たぶん、傍にいればもっと多くをそう思うんだろう。……言葉のどれほどが信じられるか分からないが、俺はお前に惚れている」

——お前、求愛されていたな。

いつだかは龍那美の揶揄と信じて、少しも真に受けていなかった。だが、今になってまさかという思いと共に蘇る。

佐嘉狩が男を好くなど俄かに信じ難く、何の冗談かと思う気持ちもあるのだが、佐嘉狩の表情を見る限り——どうしてもそうは思い切れない。

「黄泉宮に落ちたと聞いて、心底悔いた。好いた者に目の届かないどこぞで、わけの分からないまま死なれては堪えられない。……目の届く場所にいて欲しい」

大狛宮の者に心配を掛けたとは思ったが、まさか佐嘉狩までこれほど秋実の身を案じてくれていたなどとは考えもしなかった。

ひと月の時間が経っていたのは、佐嘉狩もまた同じだ。その間の彼の不安を痛切に感じて、否と答えるのに躊躇が起きる。

「私、は……」

「どうあっても同じように好いてくれとは無理な話と分かっているし、お前の望まないことはしない。だが、せめてこのまま淵水宮に留まってくれないか。俺はお前に好かれたい以上に、お前に生きていて欲しい」

自分の望み以上に、心底秋実を案じてくれているのが伝わってくる。

――こうも愛情深い人だったのだと、秋実は今になって初めて佐嘉狩の知らない一面を知る。

そして、彼にそう告げたように、傍にいればきっと、もっと知るのだろう。もしかすると龍那美を頼みにするように、佐嘉狩を頼みにするようになるのかも知れない。

「……もう命がないかも知れないと聞いて、悔いて過ごすのは本当にこたえた」

震える息が混じるその言葉を哀れに思い、どうしようもなく胸が締め付けられた。


「私は――」

だが、秋実が言い掛けた瞬間、足元がどん、と突き上げるように大きく揺れた。

池の水が波打ち、鯉が暴れている。松の枝木が揺れ、針のような細い葉がぱたぱたと落ちる。

――地震だろうか。

蹌踉けつつもどうにかその場に踏み留まり、周囲を見回して秋実はそう思った。

だが、一度の地鳴りが収まったと思えば、日が落ち切っていないはずなのに、急に空が暗くなり始めた。

雲が立ち込め、瞬く間に頭上を覆う。風の向きも変わり、それまでが嘘のような強風が吹き始める。

神域に明らかな異常が起きていた。

溢れ出した不安の中、縋るように目の前の佐嘉狩を見ると、彼はどこかに視線を向けていた。

隠しきれない忌々しげな声色で呟く。

「もう来たのか……」

——誰が、と尋ねるより早く、秋実は誰が来たのかに思い至った。

「龍那美様でございますか？」

佐嘉狩は答えなかった。秋実はそれを答えと見なして、佐嘉狩が睨んでいた視線の先を見た。

木々の合間に、鳥居が見えた。

高天原や中津国を自在に行き来する神々は、よく鳥居や門のような境目を使って別の場所に移る。佐嘉狩がそちらを見ているということは、あそこもまた例に漏れずそうなのだろう。

出迎えに行かなければと思い、駆け出した。

だが、その腕を後ろから佐嘉狩に摑まれて、身体が前に進めなくなる。

「待て……！」

佐嘉狩が慌てたようにそう言った。

だが、秋実はなぜ引き止められるのか分からない。

戸惑いながら足を止めて振り返る。

「な、何事が起きているのか分かりかねておりますが、もし龍那美様にお怪我でもあれば……」

「違……待ってくれ!!」

秋実が腕を引いても、佐嘉狩の手をなかなか解《ほど》けない。

雲の重さも風の激しさも、そうしている間にいや増していく。もどかしい思いで摑まれた手から逃れようと躍起になるが、強く引っ張られて抵抗ごと抱きすくめられた。

その瞬間秋実は目を瞠り、息を呑む。

「——行かないでくれ」

縋るような、悲しみを痛切に帯びた声が、耳元で訴える。

だが、その声が秋実にはまともに聞こえていなかった。

——息ができない。

思考は記憶の奔流に呑まれて、身体は五感を失ったように固まっていた。

全身で脈を打つような動悸がする。

見開かれた目に何も映らない。

ただ、脳裏には、郷の中にある納屋の景色が映っていた。

郷里にいた一人の男の姿も。

顔は影が掛かったように見えない。身体を押さえ付けられる腕の痛みが鮮明に蘇る。顔に掛かる生温く荒い息も。

抵抗して揉み合い、襟を掴まれてねじ伏せられた。手拭いを嚙まされ、喉が詰まりそうになった。

全身で圧し掛かられ、骨が軋むように痛かった。なおもでき得る限り藻掻いたが、力の強さではとても敵わなかった。

帯を引き毟られて、脚を摑まれ、裾を割られて。ぬるくべたついた手に素肌を触られて――。

「――ッ厭だ……!!」

それまで石のように固まっていた秋実は、急に激しく叫んで佐嘉狩を突き飛ばした。

その反動で地面に後ろから倒れ込む。尻をつく痛みでようやく我に返り、目の前で呆然と立ち尽くす佐嘉狩を見上げる。そして、自分が何をしたのかと青褪めた。

「……ッ……！」

佐嘉狩に何をされたわけでもないと、頭では分かっている。詫びなければいけないとも強く思っている。なのに、すぐには言葉が出てこなかった。

「も、申し訳、ござ……」

かろうじて絞り出した声は掠れて、引き攣ったように息が漏れる音が混じった。

ガタガタと全身が芯から震え出して止まらない。目頭が熱く、一気に目の前が滲んで、目の縁から涙が零れた。

「わ、わた、し……っ動けないように、押さえ、られるのは……」

何が悲しいわけでもないのに、しゃくり上げてうまく話せない。目の前の佐嘉狩が戸惑っていることは分かるのに、それ以上のことが言えなかった。

明らかに平常心を失っている秋実に、佐嘉狩が動揺しているのが分かる。

「お前……」

違うのだと言わなければと思うのに、呼吸が整わない。身体も思うように動かなかった。

ぱた、ぱた、と音がして、地面が点々と小さく濡れる。雨粒が頬に当たって、雨が降り出したのだと分かった。

だが、雨音に混じって、草を踏み締める足音と、衣擦れの音がして――。

何より、肌で感じる怒りと威圧感に、重しを背負わされたように顔を上げることができなかった。

「――何をしている」

知った声色のはずなのに、それを聞いた瞬間身動きが取れなくなる。それほど大声ではないのに、びりびりと全身に響いて、心臓を摑まれるような畏怖に呑まれた。

――怒っている。

指一本動かせなかった。

背中に汗が滲む。

呼吸するのが精一杯の秋実に対して、佐嘉狩は落ち着き払って低い声で答えた。

「……一日も経たぬ内によく気付いたな」

龍那美、と佐嘉狩は声の方へと向き直る。

頭上で稲光がぱし、と閃いた。一瞬白く目が眩《くら》む。

龍那美は怒りを湛えた声で答えた。

「帰したはずが、時が経っても沙汰がないと、闇宵が人形を寄越した。身元を預かって大狛宮に報《しら》せを出さないとしたら、そんなのは人の嫁に岡惚れしくさったどこぞの畜生神ぐらいのこと」

顔を上げられず、二人がどんな表情をしているのか分からない。だが、それを聞いてようやく、秋実が抱えていた違和感の正体に納得がいった。

迎えが来ないと思っていたのは、佐嘉狩が抑々大狛宮に報せを遣っていなかったから。疑うのも失礼かと秋実は都合がよく受け取っていたが、どこかで辻褄が合わなかったのもそのせいだ。それなら幾ら大人しく待っていたところで、迎えなど来ようはずもない。

――嘘だったのか。

俯いたまま人知れず肩を落としていると、佐嘉狩の舌打ちが聞こえた。

「あの能面婆、余計なことを」

「まさか隠し遂せられると思ったわけではないだろう」

「それで。なぜお前までしゃしゃり出る、手兼」

佐嘉狩の言葉に反応したように、もう一つ草を踏む足音がした。俯いたままの秋実には見えないが、確かにもう一人いる。

――手兼まで来ているのか。

佐嘉狩の問い掛けに、聞き覚えのある男の声が、状況にそぐわないほどいやにあっけらかんと答えた。

「悪ィな、揉め事と聞いちゃァ居ても立っても居られねえ性分なもんで。偶《たま》さか耳に入ってきちまった。ま、手ェ出さねえから安心しな」

揶揄の響きが混じる声は、他の二柱と違って落ち着き払っている。

秋実はやっとの思いで、地に押し付けられるような神々の重圧に逆らって顔を上げた。

龍那美と佐嘉狩、手兼の姿がある。手兼以外は腰に佩いた太刀に手を掛けていた。今にも抜きかねないような緊迫した空気だ。

どんどん雨は激しくなっていく。目を開けているのもやっとの土砂降りだ。雨音もそれに従って大きくなっているのに、不思議なほど声は鮮明に聞こえてくる。

「俺とお前がやり合ったところで、互いに消耗するだけで、けりはつかないだろうが。そのつもりでいるんだろうな」

「構うものか。貴様に一太刀浴びせてやれるなら、傷の一つや二つどうでもいい」

龍那美のその言葉を聞いて声を上げたかったのに、うまく言葉が出なかった。身体の震えがまだ収まらず、立ち上がるための力が入らない。

龍那美は太刀を抜いて声を荒げる。

「秋実を害そうとした報いを受けさせてやれるなら、自分の傷など些末事だ……!!」

どん、と思いがけず近くに雷が落ちる音がした。目が眩むような稲妻と轟音《ごうおん》に、秋実は座り込んだまま思わず頭を抱える。

明らかにただの通り雨とは違う。抑々高天原でこれほどに天候が荒れ狂うところを、秋実は見たことがない。

——龍那美の仕業なのだろうか。

今までの口先だけの怒りなどとは本当に比べ物にならない。ことが天候にまで及んでは、周囲への影響も多大なものだろう。彼らの怒りとはこれほど激しいものなのかと、震え上がる思いになる。

何もできず、ただただその場でへたり込んでいると。

「秋実、無事か」

艶やかで柔らかい女性の声がした。

顔を上げると、見知った姫神の姿がそこにある。男物の着物がずいぶん着乱れ、腰紐で強く締め直してようやく着ているという有様だった。それでも、そのしだらなさもどこか粋に見える。

「手兼、さま……」

先ほど聞こえた声は彦神のものだったはずなので、違う姿に変わったのだろう。彼女は秋実の肩を宥めるようにぽんぽんと叩く。

「何ぞ知らねえが怖い思いをしたな。とりあえず水でも飲め」

水筒《すいづつ》の栓を外して、震えの収まらない秋実の手にしっかりと持たせてくれた。

水ぐらいならば黄泉の国を除けば障りがないと聞いている。秋実は竹の縁に口を付け、溢れるのも構わず勢いよく傾けて水を飲み下す。

喉を潤すと、ようやくまともに口が利けそうだった。慌てたせいで何度か咳き込み、息を吐く。秋実は落ち着く間もなく、手兼の着物の裾を摑んで必死に訴えた。

「手兼様、佐嘉狩様は悪くないのです。私が勝手に取り乱していただけで、ですから何かされたというわけでは」

「関係ねえよ。佐嘉狩が龍那美に喧嘩ァ吹っ掛けたンだから、覚悟の上だろ」

それを聞いた秋実は、意味が分からず困惑を浮かべる。

「喧嘩？」

「他人様の嫁ェ勝手に囲おうと思ったら、そりゃ喧嘩しかねえだろ」

佐嘉狩が周りを謀《たばか》って秋実を淵水宮に留めようとしていたのは——要するに周囲にとってはそういうことになるのか。自分が安穏と時を過ごしていたのは、こんなに恐ろしい事態を招くほどのことだったのか。

秋実は事の大きさを知って、言葉を失い悲壮な顔をする。一方の手兼はむしろ、こんな状況だというのにその声色は弾んでいるようだった。

「安心しろ、死にゃしねえ。どっちかが動けなくなりゃ、それで終《しめ》ェだ。それまで淵水宮が何分割されるかってぐらいでな。ま、諦めて静観してな」

「そんな……！」

「十二神の二柱に取り合われるなんて、願ってもあるもんじゃねえ。いいじゃねえか、箔《はく》が付くってもんだ」

冗談と片付けるにはあまりにも状況が悪すぎる。


手兼が傍観を決め込むと見て、秋実はもどかしく思いながら二人へ向かって声を張り上げた。

「龍那美様、佐嘉狩様！　お止め下さい……!!」

だが、声の限りに叫んでみても、激しい雨音にかき消されて届かない。——佐嘉狩には聞こえているかも知れないが、止めるに至っていない。

秋実はもう一度声を上げるが、二人とも一瞥すらも寄越さなかった。手兼が言い含めるように言う。

「無駄だ」

とうとう佐嘉狩が太刀に手を掛けるのが見えた。

秋実は焦りに突き動かされるように、重圧をはねのけ、地面に手を突いて蹌踉けながら立ち上がる。

そのまま二人に駆け寄ろうとしたが、手兼に手を摑まれた。

「お放し下さい……！」

「止めとけ。巻き添え喰らっちゃ目も当てられねえよ」

「私が原因でございます……!!」

「違《ちげ》ェな。こうなった以上はもうお前さんも埒外だ」

女性の細腕に見えて、秋実が振り払おうとしても大岩のように微動だにしない。手首に指が食い込むほど強く握り締められ、豪雨に足元が泥濘《ぬかる》んで踏ん張れないこともあり、腕を振ることも満足にできなかった。

佐嘉狩が太刀を抜いた。今にも斬り合いが始まろうとしている。

そうなる前に止めなければいけない。一刻も早く間に入らなければならないのに。

今すぐ手兼を振り払わなければ、どうすることもできない。

——どうすれば。

一瞬の思考の後、秋実は咄嗟に懐から短刀を抜き出した。

「……そりゃ何のつもりだ」

片手で鞘を弾き、地面に落として刃を抜く。

手兼が面白そうに目を細める。背筋が凍るような凄絶な微笑だった。——まるでそれは、鼠の前に立つ猫のようで、戦の神の前で刃《やいば》を見せる愚か者を嘲笑《あざわら》ってもいるようで。

どれほど親しげに見せていても、その本質がいかに表層通りではないことかと深く思い知らされる。本当に彼らはどうあっても端から秋実の理解の及ぶ相手ではないのだ。

「………？」

だが、手兼の微笑は直後、訝しげな表情に崩れた。

手兼の目の前で、秋実が戦慄し、青褪めながらも、その手の刃を自分の首筋に当てていた。

「……私が血を流せば、お二人の怒りの矛先が変わるやも知れません……」

手兼にあらぬ疑いが降り掛かるかも知れないが——とは、言うに及ばないだろう。

手兼だって、二柱を相手にする気はないはずだ。実際そうすれば、この場をどうにか収められるのではないかとも思う。

お放し下さい、と震える声でもう一度繰り返した。

首筋に当てた冷たい感触は、自分の手によるものだとしても身が竦む。

視線を交わしたまま一瞬、睨み合って。

「いいはったりだ。行ってこい」

虚勢を見透かした言葉と共に、掴まれた手がぱっと放される。

蹌踉けながら短刀を下ろした秋実に、手兼は至極満足そうに片頰を持ち上げて笑った。


秋実は短刀を放って駆け出し、まさに刀を振り下ろそうとしていた二柱の間に飛び込んだ。

斬られることを考えなかったわけではないが、秋実の駆け寄る足音が聞こえていたのか、幸いにもすんでのところで刃は秋実から逸れる。

だが、頭に血が上った龍那美と佐嘉狩は、間に立った秋実へと声を荒げた。

「「退け！」」

凄まじい剣幕に一瞬、怯んで身体が凍った。

だが、ここで恐れて躊っていてはとんでもないことになると、それ以上の恐怖に駆られ、秋実は龍那美を背にして佐嘉狩を見据える。


雨音にかき消されないように声を張り上げた。

「――佐嘉狩様、先ずはお世話になりましたお礼を！」

この状況で何をと言いたげな佐嘉狩に、秋実は深く頭を下げた。

後ろの龍那美にも聞こえるように大声で続ける。

「黄泉宮より行き着き、精魂尽き果てておりました私に大変よくして下さり、誠にありがとうございました。御恩はいずれ何かの形で必ずお返しいたします」

「……お前」

他意があったのではないと龍那美に分かるようにはっきりそう言葉にすると、佐嘉狩は秋実の意図を察したようだった。多少なりとも怒りが削がれた様子でそれを聞いてくれている。

秋実は殆ど一方的に言葉を続けた。

「それから、突き飛ばしてしまったお詫びを申し上げます。すべて私の内的な問題や落ち度であり、佐嘉狩様に害意があったわけではございません。……誠に申し訳ございませんでした」

あの状況で周りにどう見えていたのかは分からない

が、秋実が危害を加えられていたわけでは本当にない。無礼を働いていたのは秋実の方だ。

先ほどは気が動転してうまく説明できなかったが、改めて言葉にしてそう詫びる。

そして、やや緊張しながら真っ直ぐに佐嘉狩の目を見据え、声量を落とし、秋実は有耶無耶になった先の言葉への返答を告げた。

「仰せのお言葉も、嬉しゅうございました。己の仕事も儘ならぬ未熟者には過ぎるほどのお言葉。……ですが、それ以上に今の私には大狛宮に執心がございます。勿体《もったい》なくも、そのお気持ちに添うことは叶《かな》いません。何卒《なにとぞ》ご容赦下さいませ」

——本当に、自分などには勿体ない言葉を掛けてくれて、感謝をしている。

報いることはできないが、率直な言葉で伝えてくれた想いは、決して不快なものではなかった。自分があのように誰かに想われることがあるのだと驚いたし、世辞などではなく本当に、少なからず嬉しく思った。

佐嘉狩は太刀を下ろして、消沈した声音でぽつりと言った。

「……ずいぶんあっさり袖にしてくれるんだな」

胸が痛んで、うまく返事ができなかった。

だが、佐嘉狩は幾らか予想していた返答だったのか、殆ど感情的な反応を見せなかった。代わりにほんの少しだけ冗談めかして食い下がる。

「今すぐでなくともいい、と言ってもか」

「そうまで仰って頂ける私は、誠に幸せ者でございます」

是とも否とも答えずに、秋実はそう苦笑した。

佐嘉狩はそれ以上言わなかった。戦意ももはや手放したようだ。一つ溜め息を吐いて、太刀を鞘に納めた。

それを確かめた後、秋実は振り返る。

「龍那美様」

目の前にはまだ怒りが収まらない様子の龍那美がいる。

秋実が退けば今にも佐嘉狩に斬りかかりかねない龍那美を見て、秋実は手を伸ばす。

太刀を握る手に触れ、その手に力が込められているのを確かめて、静かに言った。

「――私を慮って下さるのなら、私の意を汲んで下さりませ」

自分のために怒ってくれているのなら、まして自分の意思を無視して危険な真似をして欲しくはない。もしかするとそれでは龍那美の気は晴れないのかも知れないが、このまま見過ごすのはどうしても厭だった。

龍那美が何のことかと言いたげに訝しそうな顔をする。

「秋実……？」

「『傷の一つや二つどうでもいい』だなんて、そんなことを仰らないで下さい。お忘れですか。私は、私を理由にあなた様にお怪我をして欲しくなどありません。いえ、喩えどんな理由であろうと」

いつかに軽口めかして刺されてもいいと言った時、秋実は想像してひどく胸が痛かった。その時は彼も気を付けると言ってくれたはずだが、心配が高じた上に、激昂して忘れてしまったのかも知れない。

「私に害があったら厭だと思って下さるなら、私の気持ちも汲んで下さいませんか。私はこの通り大きな怪我もありませんし、何一つ損じておりません。あなた様が迎えにきて下さった以上、今からそうなることもありません。刀を納めて頂けませんか」

太刀を握る手に込められた力が緩むのを確かめて、ほっと息を吐きながら。

秋実は一番言いたかったことをようやく口にした。

「大狛宮に帰りましょう。龍那美様」

いつの間にか雨は止んで、雷雲も消え失せていた。


皆ずぶ濡れでひどい有様だった。借りた着物は後日届けさせることにして、荷物を持って秋実は帰り支度を済ませる。

荷物を取りに戻る間、龍那美は焦れながら待っていてくれた。

手兼は頭に手拭いを被り、所在なさそうにずり落ちそうな襟を直している。戻った秋実の顔を見て、拾ってくれていたらしい短刀を差し出しながら、手兼はしみじみと意外そうに言った。

「しっかし、本当に黄泉宮に落ちて無事だったんだな。運がいいこった」

佐嘉狩も同じようなことを言っていた。闇宵も見つかったことに多少なりとも意外そうだった。それほど心配を掛けていたのだろう。

秋実は肩身が狭い思いで答える。

「運がいいのだか悪いのだか分かりませんが。色々、大変お騒がせをいたしました」

「いやいや。龍那美に言ってやンな」

と、面白そうに龍那美の方を一瞥して。

そうかと思えば手兼は急に落胆したような顔を見せる。

「はあ、しっかし、久々の大立ち回りが見られるかと思ったが、ちっと肩透かしだったな。秋実の気概に免じてみたはいいが」

そうだろうと思ってはいたが、やはり十二神の諍《いさか》いを楽しんでいた節はあったようだ。野次馬もいいところの物言いに、秋実は苦笑するしかない。

「何だかご期待を裏切ってしまったようで……」

「別にお前さんのせいじゃねえが。ただまあ、このまま帰るのも何だし、ちっとばかし傷心男と飲んでから帰るかぁ」

「お前に飲ませる酒があると思うのか。帰れ」

「いいじゃねえか。ケチなこと言うなよ」

佐嘉狩の苛立たしげな返答に、手兼は唇を尖らせる。

秋実は傍で聞いていてつい苦笑した。手兼自体は佐嘉狩ともそれほど不仲なわけではないようだ。

龍那美はまだ少し不機嫌の残る顔で佐嘉狩を睨み付けた。

「俺は帰る。岡惚れ男は二度と変な気を起こすなよ」

「は。隙だらけの抜け作が己を省みもせずに何ぞ言ってるな」

口では悪態を吐き合うものの、本当に怒っている姿を見た後だったので、むしろ秋実は安堵を覚えた。空は暗いが星が見えているし、太刀にも手が掛かっていない。神議りの場で手兼が放っておけと笑っていた気持ちも少し分かった気がする。

帰りの挨拶をしようと佐嘉狩を見上げると、彼は秋実の視線を受けてふいと顔を背ける。

「夜までには帰さなければ、とは思っていた」

秋実は夜、と呟いて首を傾げる。

佐嘉狩は秋実の反応を見ずにまた続けた。

「謀るつもりはなかった。――が、欲が出た。少しでも長く共にいられないかと」

「……それは」

「怖がらせないとの約束も違えて、どの口がと思われても仕方がないのだろうが」

悪かった、と佐嘉狩は小さく詫びた。

大狛宮への連絡をしていなかったことのようだ。秋実は嘘を言われたのだろうかと思っていたが、彼なりに葛藤があって、秋実をここに閉じ込めるつもりだったわけではなかったのだろう。

秋実の中に残っていた蟠りがようやく解ける。

「佐嘉狩様は律儀であらせられますね」

そう言って微笑むと、後ろにいる龍那美がふんと鼻を鳴らす。

「口ではどうとでも言える」

「お前には言っていない」

本当に隙あらば言い合いが始まるのだなと思ったが、口には出さなかった。

「信じ申し上げます」

「どこぞの短気に愛想を尽かしたら来い」

変わらぬ物言いについ笑った。後ろで龍那美が舌打ちをしているのでさすがに何も答えられなかったが。

「――それではまた」

秋実は佐嘉狩に深々と頭を下げた。

顔を上げると、ああ、と小さな声が返ってくる。その声にほっとした。

秋実は佐嘉狩や手兼と別れ、龍那美と共に鳥居の方へと向かう。さくさくと濡れた下草を踏む足音に、何だか落ち着かなくなった。

――こうして龍那美と二人になるのが、ずいぶんと久しぶりな気がする。

実際、暦の上ではそうなのだろう。龍那美にとっても。だが、秋実には一日ほどのことだ。それほど長い時間を過ごしていたわけではないはずなのに、語り切れないほど色々なことがあったせいだろうか。

ようやく改まった状態で秋実は龍那美へと詫びた。

「龍那美様も、大変ご心配をお掛けして申し訳ありませんでした」

龍那美はまだ険しい顔をしていたが、それを聞いて秋実を見下ろしてくる。

「怪我は」

「いいえ。私が足元を疎かにして転んだものですから、擦ったぐらいで。こんなのはないと変わりませんし」

それを聞いた龍那美が急に立ち止まった。何かと思えば、その場にしゃがみ込んで深々と息を吐く。明らかな疲れの滲む溜め息だった。

それはそうだろうなと、心中を推し量って何も言えずにいると、龍那美は遠い目をして深刻な顔でぼやいている。

「首に紐をつけて繋げるなら、そうしたいところだな……」

何だか物騒な話が聞こえてきて、秋実は厭な汗を掻いた。

「お、お怒りでいらっしゃいますか」

「事故だろう。そうとでも思わねば誰彼構わず摑み掛かりたいぐらいではあるが。……本当に、無事で安堵しているだけだ」

秋実も龍那美と同じように傍にしゃがみ込む。龍那美は息を吐きながら疲れ切った顔を膝に伏せた。

言っていることは穏やかではないが、それほどに心配していたということなのだろう。傍目《はため》に言動は怒っていたようにも見えていたが、どうやらそれ以上に安堵しているようだ。

秋実は龍那美の肩をそっと撫でる。それに反応してか、龍那美はまたゆるりと顔を上げた。

「黄泉宮に落ちたと思って、気がどうにかなりそうだった。何度も闇宵を訪ねたが、いないと追い返されて」

「私、黄泉の国に落ちた後すぐに、闇宵比売様にお助け頂きました。出口を教えて下さって、そこから偶々淵水宮に出たようだったので、ちっとも長い時間彷徨っていたわけではないのです」

じっと目を覗き込んでそう説明すると、龍那美はようやく少し気を取り直したようだった。

疲れたような空気は完全に去らないまでも、彼は立ち上がってまた鳥居へと歩き出す。

「ひと月かふた月か、ほとぼりが冷めるまでは大狛宮にいてくれ。さすがに心の臓が持たない」

「それで龍那美様のお気が済まれるのであれば……はい。異論はありません……」

柔らかく外出禁止を言い渡されてしまい、良心がちくちくと痛む。だが、蟄居《ちっきょ》か——とはさすがに怒られそうなので口にはしなかった。それだけ心配を掛けたという自負はある。

秋実は龍那美の後を追いながら再び詫びた。

「すみませんでした。まさか叢雲宮から落ちてから、月が変わるほど時が経っていたとは、よもや思わず……本当にあなた様にずいぶん気を揉ませてしまったようで」

それに、気を揉ませたのは龍那美だけではない。筒紀も黄泉宮に来たと聞いている。龍那美の後ろを歩きながら秋実は肩を落とした。

「筒紀霜比売様にもご迷惑をお掛けしてしまって……あの方も、態《わざ》となされたことではありませんでしたから、龍那美様がお怒りでなければよいと思っていたのですが」

よく考えれば叢雲宮の屋敷の建つ場所に亀裂が入ったのだ。建物は無事だっただろうかと疑問は浮かぶ。

だが、筒紀の名を出した途端に龍那美の空気が厳しくなる。

「あの間抜けの災害女……どうしてくれようと何度思ったか」

「原因になった私が申せることではないとは存じますが、その、八つ当たりはいかがかと……」

「筒紀なんぞ今はどうでもいいだろうが」

「あっ、はい、律たちにも心配を掛けてしまって、誠に心苦しく思います」

切り捨てるような素っ気ない物言いに、秋実は苦い顔でそう答えた。これも心配の裏返しなのだろうが、しばらくほとぼりは冷めないのではないだろうか。

龍那美も好きで怒っているわけではないだろうし、気が収まるまで待つしかないだろう。彼がそれほど執念深い性質とは思ったことがないので、三日ぐらいでどうにかなってくれればいいが。

それほど長く歩かない内に、黒檀の巨木を組んだ鳥居の下に辿り着いた。

龍那美が腕組みをして境の手前に立ったため、秋実はその隣に並ぶ。

――ああ、何はともあれ、ようやく帰れる。

闇宵に礼を言ったり、筒紀に報せをやったり、火座や阿須理に詫びたり、色々やるべきことはあるが、幸いにしてすべて一人でやるわけではない。寝るまでには落ち着くといいが。そう思って胸を撫で下ろす。

――が、なかなか龍那美が動かない。秋実は何とはなしに首を傾げた。

「潜らないのですか？」

潜ればすぐに大狛宮に着くだろうに、どうしたことなのだろうか。

不思議に思ってつい口に出すと、龍那美は形容しがたい表情をして急に秋実の方を見る。

「……抱えていいか」

そう藪《やぶ》から棒に尋ねられた。薄々言わんとしていることが分かった秋実は脱力する。

「そんな、迷子を迎えにきた親御のような……」

「実際迷子だろうが」

「それはそうなのですが……」

ぐうの音も出ない。その通りだ。

龍那美にはきっと、鳥居を潜ってはぐれるのではないかと思われているのだろう。

叢雲宮で離れ離れになったためだろうか。大狛宮に戻るのだったらそんな心配はないだろうに、そんなにか――と悩んだ。

それで安心するのなら、言う通りにすればいいだけのことなのだろう。

だが、小さな懸念がある。

「私……驚いて、突き飛ばして……しまうかも」

佐嘉狩に抱き締められた時のように、恐怖で取り乱してしまうかも知れない。

自分でも時々、不意に男に近付かれると驚いてしまうことは分かっていた。だが、あれほど激しく動揺するとまでは思っていなかった。佐嘉狩には本当に申し訳ないことをした。

きっとそうなっても龍那美は怒ったりはしないだろうが、申し訳ないことに変わりはない。

「それでならそれでいい」

返事も碌に聞かず、龍那美が秋実に向かって手を広げる。

――入れということか。

多少身構えた後、秋実は心を落ち着かせるようにゆっくりと息を吐いて、その懐に入り込む。屈んだ龍那美に片腕で持ち上げられ、一気に見える場所が高くなった。一瞬の浮遊感に、思わずその肩に手を置く。

龍那美の片腕に腿《もも》の裏を置くような体勢で、もう一方の腕で背を支えられている。龍那美の顔が下にあった。

彼は少しも重たげな素振りを見せずに尋ねてくる。

「突き飛ばすか」

そう尋ねられたが、秋実は腕力に驚いて半分呆けながら首を横に振った。

「いいえ……」

足は浮いているが、両手が自由になるせいか怖いとは思わなかった。完全に迷子を連れ帰る姿勢だなとは、認めたくはなかったが。

――何ともない自分に安堵した。

それに、抱き上げられて龍那美と身体が触れているのも、背中にきつく腕を回されているのも、無性に落ち着かないが嬉しかった。甘えた自分を自覚するのは恥ずかしかったけれど。

秋実が人知れず息を吐いていると。

「……佐嘉狩に」

そう言って、龍那美が鳩尾のあたりに頭を凭れさせてくる。佐嘉狩の名前を出しているが、顔が見えないので不機嫌なのかどうか分からない。

秋実は何を言うつもりなのかと続きを待った。

「はい」

「……何ぞ戯《たわ》けたことを言われたんだろう。嬉しかったのか」

急に怒りを思い出したのか、低く不機嫌を底に敷いたような声で尋ねてくる。

間に割って入った時、佐嘉狩に向けて言った言葉のことだろう。戯けたなどとはとんでもないが――。

雨音に紛れそうだったが、龍那美にも聞こえているつもりで話していたことだ。今になって改めて聞かれるのも無理はないのだろう。

秋実は気恥ずかしさに苦笑した。

「そうですね。私、他人様に好意を伝えられたことが、なかったものですから……本当に有難いと思いました」

思ったまま素直に答えて、でも、とすぐに言葉を続ける。

「それ以上に大狛宮に帰りたかったのです。……頭に浮かんでいたのが、生家でもありませんでした。自分でも不思議ですけれど」

龍那美が訝しそうに顔を上げた。秋実が何を言いたいのか分からない様子だ。

珍しく察しが悪いのだなと、秋実はどこか困ったように表情を崩して笑う。

「佐嘉狩様にも言われましたが、それほど私が龍那美様を頼みにしているからなのでしょう。あなた様が待っていて下さると思うと、大狛宮が恋しかった。ですから、探して、迎えにきて下さって、とても嬉しかった……」

ありがとうございました、としみじみと感謝を思い出して小さな声で伝えると、龍那美は眉尻を下げて苦く笑う。

「いざ迎えにきた途端、お前をそっちのけで喧嘩に走ってもか」

「誰にもお怪我がなくてよかったです」

「……お前は本当に」

そう深く息を吐いた後、改めて笑う。

「帰るか」

秋実ははい、と答えて龍那美の首に腕を回す。何だか色々とありすぎて、ひどく甘えた自分がいることも、そんなに大きなことではないように感じる。

あとほんの一歩の距離ではあるけれど。

仮に何かの手違いで、このまま別の神域に着いたとしても、これなら龍那美と離れることもないだろう。

そう思うと、秋実の胸には少しの不安も過らなかった。


大狛宮に戻った日は、さすがに夜まで慌ただしかった。

それに、心配を掛けていたためか、白露と律がなかなか離れず、結局その日は同じ部屋に床を敷いて、川の字で寝た。龍那美は犬を甘やかし過ぎだとずいぶん不服そうだったが。

――翌日の昼下がり、縁側を歩いている時に丁度来客の姿が見えて、秋実は慌てて下駄を引っ掛けて庭に下りた。

「筒紀霜比売様！」

門の前にはともすると雪像にも見えそうな白い髪と肌の姫神――筒紀がいた。

秋実が声を掛けると、桔梗色の瞳が向けられる。なかなか外に出てこないと聞いていた気がするのだが、筒紀自ら来てくれたとは、相応の大事だろうか。

そう思っていると、秋実の顔を見て、筒紀は表情を動かさずに言う。

「無事だったな」

昨日の内に人形を遣っていたので、話には聞いていたはずだ。秋実は深く頭を下げた。

「はい。ご迷惑をお掛けいたしました」

「不注意を詫びる。つい気が逸った。……許されよ」

神域から秋実を落としてしまったことだろう。事故であったようだし、詫びられるとは思わなかった。秋実は目を丸くした後、ゆっくりと笑みを向ける。

「承知してございます。お詫び頂くことは何も」

だが、玄関の方からすぐさま怒声が飛んでくる。

「勝手に許すな！」

「あっ申し訳ございません……」

龍那美だった。来客があったと気付いてそこまで出てきたのだろう。まだ大狛宮に戻って一日と経っていない。筒紀に対する怒りは解けていないようだ。

筒紀の眼差しはどことなく冷たくなる。

「誠、狭量な男だな」

「さ、左様なことは決して……」

独り言のような悪態に思わず首を横に振るが、強くは言えなかった。どうしても畏れ多い気持ちが勝る。

龍那美がまだ姿を現さないと見て、秋実は気を取り直して筒紀に尋ねた。

「そういえば、叢雲宮が壊れてしまったかと案じていたのですが、大丈夫でしたか」

秋実が立っていたのは門の内側だ。どこから走った亀裂かよく見ていないが、建物に影響があったのではないかと思っていた。

筒紀はゆるりと首を横に振る。

「大事ない。亀裂は塞いだし、門が多少崩れただけだ。ただの自業自得」

秋実は「よかった」と息を吐く。

ようやく不機嫌顔の龍那美が外に出てきたが、話し込んでいると見て口を挟まなかった。腕組みをしたまま傍に立っている。筒紀も龍那美に用がある風ではなかった。

秋実は筒紀の手元が手袋に包まれているのを見て微笑む。

「筒紀霜比売様が火の気や熱をお厭いになられますのは、神域に影響が出てしまうゆえのことだったのでございますね」

外気と殆ど変わらないような部屋に座っていたのを思い出す。人形たちも肌の熱がなく、雪風に吹かれるままの凍るような冷たさだった。

「人と会うのが久方振りで、注意を疎かにしていた。私の責だ」

「何度も叢雲宮を壊してしまっては申し訳が立ちませんから、次は私も手袋を用意いたしましょう」

いつのことかは分からないが、あれだけのことがあったので忘れることはないだろう。うっかり肌が触れてしまっては、また叢雲宮を直させることになる。

だが、筒紀は何を思ったか「次か」と呟いた。

秋実はまさか、二度と来るなと言われるのかと途端に恐々としていたが、筒紀は袖に手を入れて何か探っている。

袖から手が出たかと思えば、それを秋実に向けて突き出してきた。

「蝶が一匹足りない」

「え？」

何の話だったかと思って筒紀の手を見ると、以前に贈った袱紗が握られていた。困惑しながら筒紀の目を見ると、桔梗色の玉のような瞳にはやはり何の感情もなかったが。

「もう一匹入れてくれないか」

秋実は何か気に入らなかったかと、恐る恐る袱紗を手に取って広げた。

蝶が十一匹入れてある。それを見て、ようやく叢雲宮での出来事を思い出し「ああ」と声を漏らした。

「入れたら、叢雲宮に持ってきてくれ。急がない。……己が厭ならば、人形に持たせても構わない」

筒紀はふいと目を背ける。それが気を遣っての言葉だと気付いたのは、少し遅れてからのことだが。

筒紀の神域に、かつて寿命を迎えて闇宵の元に返された人形の墓が、十一あった。秋実が訪れた後に、ちょうどそれは一つ増えていたはずだ。

「先触れも要らないし、いつでも構わない。聞き入れてくれるか」

秋実は「喜んで」と頷いた後に、雪山で見た白い小さな蝶の姿を思い出して。

「……白い蝶にいたしましょうか」

筒紀は応とも否とも言わなかったが、その眼差しはどことなく優しく細められた。冬の盛りの昼下がりに差す日の光のような、仄かな暖かさがあるように思った。

と、筒紀が僅かに首を傾げた。

「ところで、己はなぜこれを私に」

「龍那美様が、蝶を十一匹と仰せになったので、私は従ったのみにございます」

決して秋実が気を遣って思い入れのありそうな柄を入れたわけではない。

苦笑して正直に答えると、龍那美を見る筒紀の空気が途端に冷たくなった気がした。

「……私の神域の人形の数でも数えているのか？　気色の悪い奴」

「早く帰れ、雪女」

龍那美が苛立たしげにそう言うと、本当にもう用事は済んだのか、筒紀は踵を返して門の方へ戻ろうとした。

そのために来たのかと、半ば驚きながらその背を見送っていたが、秋実は急に思い立って呼び止める。

「筒紀霜比売様」

筒紀が足を止めて振り返った。

秋実は微笑んで闇宵から聞いたことを伝える。

「黄泉の国で闇宵比売様にお会いいたしました。……冴の魄に疵一つなかったから、いずれ新たに生まれてこられるだろうと仰せでございました」

要らぬことだろうかと思いながらもそう言うと、やはり筒紀はどことなく優しげに目を細める。

声色だけは淡々と「当然だ」と短く答え、すぐにその背中は門の中に消えた。

玖《きゅう》

「邪魔するぞ、龍那美」

特に沙汰があったわけではなかったが、その日は手に風呂敷を提げた火座が、大狛宮にいきなり現れてそう言った。

十二神の一柱、水無月の姫神、火座之幻比売。

見る者によって姿が異なり、近しい者の姿に映ると言い伝えられている神だ。

火座は龍那美が縁側に座って茶を啜っているところにやってくると、そのまま縁側にどかりと座る。

「枇杷《びわ》がたんと生《な》ったもんで、誰ぞ食わんかと思うて持ってきた。どうじゃ、汝のところにあるか？」

その手にある風呂敷の中身は、神域に生った枇杷らしい。

龍那美は近くに控えていた白露に目配せしながら

言った。

「枇杷か。それはいいな」

「手前味噌じゃが、なかなかいい味じゃったもんでな。外れもあろうが。ほれ」

「助かる」

火座は下げていた風呂敷を龍那美の隣に置いた。風呂敷いっぱいにごろごろと枇杷の実が包まれているのが見て取れる。

白露が茶碗と菓子を持ってきて、火座の分の茶を淹れた。そして、屋敷の奥へと姿を消す。

龍那美は風呂敷を解いて枇杷を手に取りながら、思い出したように言った。

「先は悪かったたな。訪問の約束を反故にして」

先月のこと、婚礼の祝いの礼を言いに神域を尋ねると約束していた。だが、その矢先に秋実がいなくなる騒ぎが起きて約束は流れ、それっきりになっていた。

代わりに人形は遣わしていたが、こうして会うのは神議りのあった神無月以来か。

火座は出された茶菓子の最中《もなか》を齧りながら言った。

「いやいや、秋実が黄泉宮に落ちたそうではないか。すりゃ、訪問どころでないわいな」

「最悪の心地だった」

「お察しもしようぞ」

沈痛な面持ちの龍那美に対して、火座は言葉とは裏腹に面白がる気配を隠せず笑っている。

「汝が『嫁御に落っこちきって目も当てられねェ有様』らしいと、いつだかに聞き及んでおったしの。掌中の珠《たま》が転がり落ちて、さぞ業を煮やしていることかと思うておったわ」

誰の言葉を真似たものかすぐに分かるのが腹立たしく、龍那美は顔を顰めた。

「その物言いは手兼だろうが。ふざけるな」

「あれ、違うのかえ」

「業を煮やすあまり誰彼構わず摑み掛かりたいほどだったからな。お前からでもいいぞ」

「荒事はいかんぞー」

龍那美の怒りをのらりくらりと躱《かわ》し、火座は一口茶を啜った。

茶碗を置き、ふと思い出したというように不思議がって首を傾げる。

「あの後、闇宵のところにも顔を出したが、彼奴《あやつ》も意外そうじゃったな。よう生きていたものだと言うておった」

師走の姫神、闇宵比売。黄泉の国の主であるあの女は、火座のことを全身の毛を逆立てる勢いで嫌っているはずなのだが。

当の火座自身はどこ吹く風だ。龍那美は火座に胡乱な眼差しを向ける。

「お前、嫌われているのによくそう何度も押し掛けられるものだ……」

「困ったことに、あの能面姫のしかめっ面が妙〜に味わい深《ぶこ》うて。何ぞ楽しゅうなってきてしもうての」

龍那美が心底から「最悪だな」と呟くのを、聞こえていながら聞き流し、火座はまた一口最中を齧った。

都合の悪いことは聞こえないのだろうかと龍那美は思ったが、繰り返すのも億劫で言わなかった。

代わりに秋実の口から聞いていた話を思い出して言う。

「前に闇宵から貰っていた邪気払いの実を食っていたのと、お前が何ぞ護符を渡していたというので、無事だったのでないかと言っていたが」

だが、言われた火座の反応は本当に心当たりがなさそうだ。怪訝な顔で首を傾げる。

「そうそう、闇宵も左様なことを言うておった。それらしい覚えはないんじゃがな」

「秋実がそう言っていたから、俺は知らんが。まあ、偶々が重なって命拾いしたんだろう。……でなければどうなっていたことか」

「ふむ。まあ、大事なかったようで何よりじゃな」

落ち着いた口調でそう言って、火座はきょろきょろと周囲を見回した。

「それで？　件《くだん》の珠玉はどこかいの」

龍那美が溺愛していると専ら噂の若者の姿は、ここにはないようだ。

龍那美はなぜそんなことをと言いたげな顔をする。

「秋実？　天岩戸《あまのいわと》にお籠りだぞ」

怪訝な顔で「天岩戸？」と首を傾げる火座に、龍那美は北宝殿だと答えた。

引き籠っているということは、何かしら龍那美に対する無言の抗議があるということだろうか。そう思った火座は、最中を齧ろうとする手を止めて、しげしげと龍那美を見る。

温厚そうな若者に見えていたが、実はそうではなかったのか、あるいは龍那美がそれだけのことをしたのか。

「何じゃ。何ぞ怒らせたかや」

「心当たりはあるような、ないような。正直よく分からんが。佐嘉狩と揉めた時の俺の言い様が気に入らなかったのかも知らん」

「むくれておるのかえ」

「何と言うか……距離が」

故意にしろ不注意にしろ、うっかり近付くと微妙な距離を取られるのだと、龍那美は言う。

それに、目も合わないらしい。怒っているというよりよそよそしいだろうか。無礼というほどの態度ではなく、むしろ一定の節度を保とうとしているようにも取れなくはないが。

その説明を聞いた火座は、いっそう怪訝に思い尋ねた。

「それで、詫びもせず腹も立てず、ただ放っておるのか、汝は」

分かっていてなぜ何もしないのかと蹴飛ばしたい気持ちで尋ねる火座に、龍那美の態度は煮え切らない。

「何ぞ質した方がいいかという気持ちも、あるにはあるんだが」

「応」

頬杖を突き、目を伏せてぽつりと続けた。

「大狛宮にあいつの気配があるだけで、それ以上のことはないと……」

火座は石で殴られたような衝撃を覚える。

いてくれるならそれでいい。そういうことだろう。

幾ら行方知れずになったことがこたえたのだとしても、さすがにここまで及び腰になるとは思わなかった。

火座の龍那美に向ける視線は半ば憐憫交じりのもの

になる。

「こんっな殊勝な言葉を聞けて感動していいやら、生息子の言い分のようで気色悪いやら、摩羅《まら》をひっこ抜かれたかと心配していいやら、儂は複雑じゃぞ……」

「馬鹿にしているな。蹴り出されたいか」

「よもやじゃな」

残りの最中を茶で飲み込み、火座は大儀そうにのろのろと立ち上がる。腰に手を当て、勝ち誇ったような満面の笑みでふんぞり返った。

「まあ、儂は秋実の機嫌を損ねておらんので、ちっと顔を覗いてくるかの」

「黙って行け」

「龍那美と違《ちご》うて秋実はかわゆい笑顔で迎えてくれるじゃろうからな。さぞかし羨ましかろうな。せいぜい腸《はらわた》を煮えくり返して捩《よじ》れさせておればよいわ。ガハハ」

「隙と見ればいちいち虚仮にせねば会話もできんのか、クソ婆……」

火座は縁側を過ぎ、母屋を左手側に迂回した場所にある北宝殿へと足を向ける。


前に見た時よりずいぶん小屋は直されていた。覚えのない屋根もある。仕事がしやすいように色々と手を加えられているのだろう。

火座は入り口の引き戸を軽く叩いた。

「邪魔するぞー」

返事を待たずに引き戸を開けて中を覗くと、秋実は端切れを持ってこちらを見ていた。

床一面、色とりどりに染められた端切れが広げられている。何やら散らかしていたところだったかと火座が思っていると。

「えっ？　え、あのっ、たっ、ええ？」

秋実が端切れを握り締めたまま火座の顔を見て困惑している。

こうした反応はそう珍しくないため、誰かの幻を見ているのだろうなと思った。いつだかは母親と、身内らしき女の名前を呼んでいたか。

しかし、以前も同じ幻を見ているはずなのに、そう取り乱すのも妙な話だろうと、火座はすぐに思い直した。

「おん？　何じゃ何じゃ、汝には一体どう見えとるんじゃ。母御だか何とかだかのなりに見えとるのではないのかえ？」

板間に尻をついて座り、意外という顔で火座は尋ねる。

すると、それを聞いた秋実はようやく僅かに混乱が収まったような目をする。

「あ……そのお声は、火座様……？」

「左様。健勝そうじゃの。よいことじゃ」

秋実はそれでもまだ狐に摘まれたような顔をして、火座の顔をまじまじと見て固まっていた。


火座を招き入れた秋実は、平身低頭で詫びた。

「申し訳ございません、すぐに火座様と気付き申し上げることができず……」

散らかしていた端切れを慌てて寄せて座る場所を作り、そこに火座を招いた。

火座は「よいよい」と明朗に手をはためかせる。顔を上げた秋実に不思議そうに尋ねた。

「一体汝にはどう見えておる？」

「その、何と申し上げましょう……」

秋実は難しい顔をして言い淀んだ後に、釈然としない様子で続ける。

「龍那美様……によく似ておいでの女性で、どなたか女きょうだいがおいでだったかと、だとしたら今までご挨拶もなく大変申し訳ないことをしてしまったのではなど、ひと時に色々考えておりました」

「だっはっはっはっはっは！」

吹き出した火座は腹を抱え、床を叩いて笑っている。そんなにも笑うことかと思ったが、秋実の目には今も龍那美に酷似した美女が大笑いしているようでどうにも直視しづらい。

ひとしきり笑い転げた後、火座は滲んだ涙を拭きながら何度も頷く。

「なるほど……なるほどなあ」

以前に見た母や妹の姿は、初めて姿を見た時に驚きはしたが、安堵も覚えた。だが、今見えている紅葉《もみじ》のような赤い髪と銀杏の瞳の、世にも稀なる美女は、表情の一つ一つが龍那美とよく似ている。正直に言うと目の前にいると落ち着かない。

茶を淹れてくるかと尋ねたが、縁側で飲んできたと断られた。

秋実はどうにか相手は火座なのだと自分に言い聞かせながらまた詫びる。

「おいでになられていたのでございますね。いつぞやはお約束をふいにしてしまって、申し訳ございませんでした」

「構わぬ。黄泉に落ちたり、三馬鹿に囲まれたりと、大変じゃったことは聞いておるでな」

三馬鹿というのが誰のことかは聞けなかったが、うっすら浮かぶ顔があることを秋実は申し訳なく思った。

「落ち着いた後に改めて伺えばよかったのですが。大狛宮にいるようにと龍那美様から仰せ付かってございまして」

外出するかという話になると、途端に龍那美が考え込んでしまうので、結局秋実が申し訳なくなって断念してしまう。それはそれでほんの少し、気持ちのどこかで嬉しいような思いもなくはないのだが、さすがに恥ずかしいので口には出さなかった。

しかし、火座はしみじみと不憫がりながら呟いた。

「気持ちは分からんでもないが、彼奴も阿呆《あほう》になり下がったものよの……」

「いえあの、私が外で面倒事ばかり起こしてしまいましたので……」

確かに心配してくれてもいるのだろうが、それにしたって度が過ぎる。きっとまた外で面倒事を起こさないかと疑う気持ちもあるのだろうと秋実は思っていた。

しかし、火座はぽんと膝を打って尋ねてくる。

「そうそう、龍那美が、何ぞ汝がむくれておるとかおらんとか申しておったが、どうした？　よもやそれで不満に思うたわけでもあるまい」

だが、秋実は心当たりがなく、むしろ火座の言葉に驚いた。

「私でございますか？」

「違うのかえ？　龍那美に思うところがあるのでないのか？」

秋実は首を傾げて思案した。そして、幾らか間を置いてようやくその原因に思い至り「あっ」と小さく声を上げた。

――自分としてはそういうつもりではなかっただけに、とんでもない誤解を与えていたのだと青褪めた。

「いえ、誤解でございます。龍那美様に不満があるようなことは、決して。私が勝手に考え事をしていて、それで少し」

「考え事？」

不思議そうな火座に、秋実の顔が途端に渋くなる。ここまで言ったら説明しないことには話が終わらないのだろうが、秋実の口は重かった。

「あの、他人様にお話しするには誠お恥ずかしい話で……」

「そういう時こそ神頼みであろ。まあ気休めと思うて聞かせてみよ」

目を輝かせて身を乗り出す火座に、秋実はますます渋面を深める。絶対に面白がっている。あまり真剣に聞こうという気概を感じない。

それに、神々は噂が回るのが早いので、ここで聞かせると明日には皆に知れ渡っているのでは――とは思うのだが。

とても言わずに終わりそうもないと、秋実は諦めに小さく息を吐く。

「私、近頃一寸、龍那美様への甘えが……」

目を伏せてぼそぼそと答えるが、さすがに堪えられず赤面してしまう。火座の姿が龍那美に似ているのもましてよくない。秋実は袖で口元を隠す。

「甘え？」

「口にするのも誠にお恥ずかしいことながら、身内に対するような甘えた気持ちが、ございまして……」

正しく言えば身内以上ではあるのだが、さすがにそこまでは言えない。

幼子のようにであっても、抱えられるのが嬉しかった。親に抱き締められるような安らぎもあった。それ以上に落ち着かない気持ちもあったけれど、少しもいやではなかった。

またそうして欲しいと思う気持ちもある。

だが、身内などとんでもない話だ。十二神を相手に父や兄のように思っているなど、不敬にもほどがある。

「さすがに畏れ多いことですから、堪えなければと、あまりお傍には寄らないように心掛けておりました。それで、おかしな誤解を招いてしまったようです」

「龍那美はいやとは言わんじゃろ」

「私の歳でいつまでもそんな甘えたことではいけませんので……」

確かに龍那美は受け入れてくれるだろう。だが、仮に身内と思っていたとしても、一端《いっぱし》の男がそんなに甘えたことではいられない。

それから、態度がぎこちなくなった理由はもう一つ別にある。

「それと先に、龍那美様が佐嘉狩様にお怒りになった時、御身の怪我を些末事だと仰せになって」

妹の紅の時もそうだった。痛くとも死ぬわけでないから、傷付いて済むならそれでいいと言っていた。自分の怪我をそれほどおおごとだと捉えていない節があるかも知れない。

けれど、勘違いをするには十分な言葉だと思う。

「もちろん龍那美様がお怪我をなさるのは厭ですから、そんなことなさらなくていいと申し上げましたが……私その、思えば家族以外の方から左様に大切にして頂いたことは、ないものですから」

秋実の頭の中に、叢雲宮での出来事が浮かぶ。

泣きついて、宥めすかされて。子供扱いだったかも知れないが、大事にされているような気がした。

けれど、中津国で秋実の周囲にいたのは職人気質の男が多かったので、龍那美のそれは秋実にとって、身内にしては過ぎた甘さだ。自分の立場が分からなくなってしまいそうなほどに。

「そう思ったら、どんな顔をして龍那美様とお話ししたらよいのか、ますます私分からなくなってしまって」

一通り説明してようやく息を吐く秋実に対し、それを聞いた火座は、額を押さえて顔を伏せていた。

「何じゃ、婆の心臓に悪すぎるではないか……胸が苦しゅうなるわい」

何か悪い話をしてしまったかとはらはらしたが、火座が何でもないというので秋実はまた続けた。

「……龍那美様は神様であらせられますから、人に優しくして下さることに他意はないのやも知れません。神様方が、私などではとても理解が及ばぬ面をお持ちだということは、何度か痛感する場もございましたから」

そう言って秋実は寂しく笑った。

筒紀のところで思い知った。自分は身勝手に相手を理解しようとしてしまう。けれど、相手は神であって、人とは違う理で生きている。高天原だって、中津国の決まり事とは違うそれで動いている。

獣なら獣の理、人なら人の理。神には神の理があったのだ。そして、今まではずっと、彼らを秋実の物差しで測っていたに過ぎないのだ。そんなことをすれば本質を見誤るのは必然のことだろう。

「私は神様の優しさを、人の優しさと同じように考えてしまっているのだと思います。ですから龍那美様を前に、斯様に動揺してしまうのでしょう。……思い上がっているようで、お恥ずかしい限りでございます」

秋実は複雑な思いでそう笑う。

龍那美が秋実に優しいのは、人に優しいからで、そこに区別はないのだろう。人に信仰されて生まれた神だから、口ではぞんざいに言いながらも見限ることはないのだ。

——きっと自分は勘違いをしているのだろう。

元来人に優しいから、ここにいるのが自分以外であっても、同じように龍那美は目を掛ける。きっとそういう性分を持っているから。

自分で言って少し気落ちしながら何気なく火座を見ると、火座は頭を抱えていた。

「そう来たかあ」

「あの……？」

「間違うてはおらんが。おらんのじゃが……」

一体何だろうかと秋実が首を傾げていると、やはり火座は何でもないと言ったが。

だが、節度を保とうとした態度で却って龍那美に妙な誤解をされては畏れ多い。

「こんなことで、私が怒っているなどと誤解をなされては、龍那美様に申し訳が立ちませんから。きちんとお詫びしなくてはいけませんね」

「いやぁ。面白いからそのままでよいと思うぞ。儂はの。もう全然。そのままの汝が一番好きじゃぞ。まじで」

「?」

有難い言葉ではあるが、そういうわけにはいかないのではないだろうか。

それに、話してみたはいいが結局何の解決になったわけでもなく、ただの話し損になってしまった。明日には誰かしらにもう伝わっていることだろうと思うと、恥ずかしくていたたまれない。

変なことを話して龍那美の恥にならなければよいのだが――と秋実が悩んでいると。

「ん?」

扉を叩く音がして、火座が顔を上げた。

秋実も顔を上げて、誰が来たのか見当がついて返事をする。

するとすぐに、秋実の予想に違わず、律がひょこりと姿を現した。

「律、どうかした?」

秋実がその場を立って近付くと、律は土間に立ち止まったまま、黙って木箱を差し出した。

秋実はそれを見てああ、と喜びの声を上げる。

「本当に律は自分のことのようによく気が付いて、動いてくれるのだから。なかなかできることじゃないよ、ありがとう」

頭や顔をわしゃわしゃと撫でて「可愛い可愛い」と手放しに褒めると、律は目を細めてどことなく嬉しそうな顔をする。そして、ほどなくして満足そうに北宝殿から姿を消した。

秋実は箱を持って火座の傍に戻る。

「どうした?」

「火座様から頂いた印籠でございます。気になっていたのですが」

黄泉宮で闇宵から聞いたが、二重底の間に護符が入っているらしい。

こういうものを勝手に開けていいものか分からなかったので、手を付けずに箱に仕舞って置いていた。

箱を開けて印籠を見た火座は「そうそう」と思い出したようにそれを手に取った。

「護符が入っておるという例のか。悪いが入れた覚えがのうてな」

「私も、もしかすると火座様がお忘れになっているものかと思っていて。お会いした時に伺おうと思っていたのでございます」

勝手に底を開けていいのかと迷っていたのですが、と言うと、火座は印籠を開けて、いとも容易く縁を摘んだ。

「障りはないから開けてもよいぞ。開けよう」

御守りも中身を覗いてはいけないような思いでいただけに、あまりにあっけらかんと言われて力抜けする。

そんなに軽くてよいものかと頭を悩ませながら、火座が内側を引き出した印籠をひっくり返すのを見ていると、何かが軽い音を立てて床に落ちた。

秋実が拾い上げると、四角い薄い木の皮のようだった。焼き付けたような文字が書かれている。

「これが護符でございますね」

紙でなかったため、おそらく長く放っておかれても形が残っていたのではないだろうか。

そう思いながら木片を渡すと、火座が受け取って護符をまじまじと見下ろす。

「確かに儂の護符じゃな。闇宵もよう気付いたものじゃ。何ぞ毛嫌いするあまり過敏になっている節があるのか。案外左程に儂のことを好いておるのか」

「……ど、どうなのでございましょうか」

黄泉宮で見た渋面を思い出す限りは、さすがにそうだとは思えなかったが。

「火座様に覚えは？」

尋ねると、少し遅れて思い出したように火座は「ああ」と声を漏らした。

「昔、中津国で贄に渡してやったものじゃ」

秋実は思いがけない話に目を丸くする。

「贄？　神婚祭の……でございますか？」

確か、神婚祭が始まって二百年も経っていないはずなので、その間のことだろう。だが、あれは中津国の人が始めた生贄の悪習だ。櫛炉や大暁のような例外はあっても、神が関与することは少ないと聞いている。龍那美も長らく傍観していたはずだ。

驚いていると、頷いた火座は護符を眺め、他人事のような軽い口調で話し始めた。

「その年は、年端もいかぬ男《おのこ》の贄が捧げられての。丁度親に先立たれて身寄りがなかったようで。それで贄に出されたようであった」

「大社によって贄の選び方が違うのでございますね」

「左様。だがまあ、本当に十にもならぬ幼子で、あの歳ではさすがにちっとばかし哀れでな。神籬《ひもろぎ》の傍に括られて捨て置かれているところを、路銀を持たせてそこらに逃がしてやろうかと思うて顔を出したんじゃが」

そういえば龍那美が、逃がしてやる神もいると神婚祭の時に話していた気がする。

今さらながら火座のことだったのだなと思っていると、火座は自嘲気味に笑った。

「……この見てくれがようないわいな。『母《かか》さま』と呼ばれてはの。何ぞ情が湧いてしもうて」

その贄の少年には、火座の姿が死に別れた母の姿に見えたのだろう。どれほど切実にそう呼ばれたかと想像すると、胸が締め付けられた。その時の火座の思いも。

「……無理もございませんよ」

やんわりとそう言うと、火座はそうだろうと言いたげに苦笑して頷いた。

「――結局、柄にもなくしばらくその子を連れて、住まいを探して世話をした。親紛いのことをしておったよ。他の連中にはさんざ馬鹿にされたがの。さぞ人の真似事は楽しかろうと抜かしけつかりよった。腹の立つ連中じゃろう」

「それは誠、勝手なことを仰いますね」

「然り。その中には龍那美もおるがな」

「…………」

確かに皮肉っている姿は浮かぶが。

これまで散々貶し合う姿を見てきた秋実は、何も庇う言葉が出ずに押し黙った。言うだろうなと素直に思った。

火座はどこか自嘲気味に笑う。

「まあ、どうあれ無理はあった。人によっては妻《さい》であったり親であったり子であったり、あるいは二度と見《まみ》えることなき死者であったり、どんなに顔を隠そうとも口の端に上る。住まいを得て母子の真似事をして、どれほどひっそり暮らしておっても、いずれ噂が立ってしまう。そのうち狐のあやかしじゃなんじゃ、すわ退治じゃという話にまでなってな」

火座という神が、人によって異なる姿として映るため、愛着が却って裏返り、恐怖の対象になってしまったのかも知れない。人の中に混乱を招いてしまうのも無理はないだろう。現に秋実も、こうして目の前にいられると只管に落ち着かない。

火座は微かに寂しそうに微笑んだ。

「こりゃいかんと思うて、あの子を縁者の家に置いて、儂は消えた。……母と二度も別れさせて、誠に気の毒なことをした」

「……火座様にもきっとおつらいことでございましたでしょうね」

喩え腹を痛めたわけでなくとも、赤の他人と母子の真似事をするほどには愛着があったはずだ。子の思慕を振り切るのに、身が裂かれそうな思いをしたのではないだろうか。

秋実の言葉に、火座は何ともいえず寂寥《せきりょう》を帯びた微笑を浮かべた。印籠の二重底を戻して蓋を閉める。

「その時、この印籠に礫《つぶて》ほどの金塊と、何かあった時の薬を入れて、底に護符を入れて置いていったのじゃった。これ自体もよい品であるから、売りにいけばそこそこ値はつくであろうし」

しばらく生活の活計《たつき》に困らないよう渡した品だったようだ。それほどにその子を案じていたのだろう。

火座は懐かしそうに目を細める。

「その子とはそれきりで、儂は神域に戻りだらだら飲んで、起きては飲んでと、まあ自堕落の限りを尽くして暮らしておったんじゃが」

自棄酒《やけざけ》だったのかも知れないが、果たしてそこまで明け透けに語る必要があるのだろうかと、何も言えずに聞いていると。

火座が困ったように、けれどどこか嬉しそうに笑った。

「……気が付いたら、あっという間に時が経つものでな。朱門《あけかど》大社にあの子が来た。すっかり一人前になって。何でも結婚して子が生まれて、それが水無月の生まれじゃったようで」

――火座を祀る朱門大社。

時が経ったとはいえ、贄として捧げられた場所だろう。戻るにはなかなか勇気が要りそうなものだが、父子共々水無月の生まれだったのは、やはりそういう巡り合わせだろうか。

きっと火座は驚いたことだろう。

「朱門大社に印籠を納めていった。……感謝していると言うておったの」

その子は印籠を売らずに大切に持っていたのだろう。秋実が手にした時も、傷一つない綺麗な状態だった。

火座のことを母ではないと知っていたのか。後からそう気付いたのか。

どちらにしても同じことだろう。

「慕われておいでだったのでございますね」

人でも神でも、死にゆくと分かっている幼子を見捨てられない気持ちに、さほどの違いはないのかも知れない。子を慈しむ気持ちも。

と、火座は急に手を振り、声を上げて笑った。

「まあ、誠に短い間のことじゃから、今の今まで忘れていた程度ではあるのじゃがな」

それが本意なのか、誤魔化しなのかは、秋実にはきっとまだ分からないけれど。

「印籠はお返し申し上げましょうか」

箱に印籠を戻した火座に、秋実はそう尋ねた。

そのように思い入れのあるものを贈ってくれた気持ちだけでも十分嬉しく思う。だから、品物は火座の手元に置いた方がいいのではと思った。

だが、火座は「よい」と首を横に振った。

「ま、護符だけは持って行こうかの。龍那美に目くじらを立てられてはかなわんし、役目も果たしたようであるから」

　小さな木の板を袖にぽいと無造作に入れて、火座はもそもそと立ち上がる。

　秋実も送っていくべきかと立ち上がりながら言った。

「おかげ様で餓鬼なる異形に喰われずに済んだようでございます。ありがとうございました」

「であればよいがな」

　火座はそう言って笑った後、秋実に近付いてぽんと頭に手を置いた。

　慈しむような目の細め方も、薄い唇がゆっくりと弓なりにしなる微笑み方も、秋実がよく知る彼のものだから、胸の内を擽られるような気恥ずかしさに襲われる。

　どうしていいか分からずにいると、火座は頭上に置いた手でゆっくりと秋実の頭を撫でた。

「確かに、神と人が共にいることは、色々と難しいやも知れんな。稀有《けう》なことでもある。先人が多くない道は迷い易かろう……が、そういう時に頼りにできる相手があるなら、それは幸運なこと」

　――龍那美は秋実が困っていると言って、邪険にするような性質ではない。

　火座の言う通り、秋実は幸運だろう。秋実が『何を考えているのか分からない』と素直に言えば、彼はきっと教えてくれるのだろうから。一人で勝手に想像しているのでは、却ってよくない誤解を招いてしまう。

「儂に話せしことなれば、同じく汝の伴侶にも語り聞かせられよう。言葉が通じぬでなし、よう語らっしゃれ。高天原でも時の限りはあろうでな」

　なぜ火座がそう言うのか、先ほどの話を聞けば痛いほどに分かった。

「――はい」

　羞恥に口元を隠しながらもしっかりそう答えると、火座は上機嫌で「愛《う》い愛い」と秋実の頭を撫で回した。


火座に見送りを断られたため、秋実はしばらく北宝殿で仕事を続けていたが、日暮れが近付いて手元が暗くなったため小屋を出た。

母屋に戻って真っ先に龍那美の姿を探し、自室で冬の道具を片付けていたところに訪ねていく。

そして、言葉を発するより真っ先に平伏した。

「何だか誤解があるようだったので、何卒申し開きをさせて頂きたく……」

龍那美の表情はよく分からなかったが、短く「聞こう」と返事が聞こえた。

どこか怒っているような気もしたが、朝に会った時にはそう思わなかったので、何か機嫌を損ねることがあったのだろうか——と思いつつ。

「火座様が仰せだったのですが。私が臍《へそ》を曲げていると思っていらっしゃると……」

顔を上げると、龍那美はああ、とどこかぼんやり返事をした。怒っているかと思いきや急に気のない返事で、どうも様子がおかしいような気がする。

が、ひとまず先に弁明だけはしておこうと思い、斯々然々《かくかくしかじか》、こういう事情でこんな態度でございましたと火座に話したように説明していく。さすがに妙な思い上がりをしているなどという話は畏れ多くて言えなかったが、それでも十分誤解であったことは伝わっているようだ。

その証に、話していくうちに龍那美がどんどん頭を抱えていった。

秋実は肩身の狭い思いになり、もうどうにもならず直謝《ひたあやま》りになる。

「お酒をお召しになる前に参らねばと……お気を悪くされておりましたらお詫びを申し上げます……」

龍那美は顔を上げろと言うが、秋実がそれに従うと、彼は眉間を押さえてすっかり俯いてしまっている。

「何でそんなねじ曲がった発想に……」

「ほ、本当に。すみません、誠に一人で悩むのはよくありませんね……」

龍那美が何も言わなかったので、てっきり気にもしていないだろうと思っていた。自分としては、おそらく節度を保てているものだろうと一人で安心していたところを、火座に言われてやっとそうではないと知ったのだが。

龍那美は長々と息を吐いたかと思えば、ようやく気を取り直したように顔を上げた。

「甘えを悪いと、俺が言うと思うのか」

「そう仰るだろうと思っておりましたから、余計に自制せねばならぬと思っていたのです」

「どうしてそうも依怙地《えこじ》なのやら……」

「その、恥ずかしいので……」

他に言い訳のしようもなく、秋実は肩を竦めてそれだけを答えた。

龍那美は「恥ずかしい？」と理解できない様子で首を傾げ、臆面もなくまた言う。

「伴侶の支えの何が恥ずかしい」

――伴侶、という言葉を龍那美の口から聞いて、秋実はどきりとした。

「私……」

果たして伴侶でよいのだろうか。建前の話であるならば、それは殆ど務めであって、凭れかかるような間柄ではいけないはずだ。けれど、支えになってもいいということは、少なくとも彼は務め以上に思ってくれているということだろうか。

――もしも好いた相手ができても同じように言ってくれるのだろうか。

それを聞けるような心積もりは何もない。秋実は慌てて首を横に振る。

「いえ、そうは仰せになりましても、なかなか……」

曖昧にそう答え、すぐさま「ところで」と話を逸らした。

「龍那美様は何かありましたか？　怒っておいで……なのかも、分からないのですが。何だかご様子が変わっているように思えて」

先に秋実がひと月の消息知れずから大狛宮に戻った後も、龍那美はたびたび物思いに耽《ふけ》る様子が見られた。だが、最近ようやくそれも収まったところだったはずだ。それが、うまく言えないが、思うところがあるようだった。

てっきり秋実は自分のせいかと思ったのだが、自分の態度のことを話し出した時の龍那美は、ずいぶん関心が薄い様子だった。

秋実が尋ねると、龍那美は顔色を変えた。眉間に皺を寄せ、何か堪えるように途端にその口は重くなる。

「……帰りしな、火座が妙なことを……」

「か、火座様でございますか」

やはり火座が何か言ったのだろうかと、秋実も気まずい顔になる。火座に色々と赤裸々に話してしまったため、思うところがあってそんな反応になってしまった。

頭に浮かんだ龍那美にそっくりの顔も拙く、頭を撫でられたことを思い返して動揺していると、龍那美にすかさずそれを見咎められた。

「お前こそ何だ、その反応は」

「これは、私、あの」

尋ねられ、とうとう赤面が堪えられなかった。手の甲を反対側の頰に押し当て、その熱さにますます恥じ入りながら目を伏せる。

「てっきり龍那美様に女子のご親族がいらっしゃったかと思って。よく似ていらしたので、びっくりしてしまって」

「何の話だ……？」

どうやら話に脈絡がなかったようで怪訝な顔をされ、秋実は「火座様です」と慌てて答える。

「お話をしてやっと火座様だと気付いたのですけれど。声色は火座様なのに、表情や仕草も本当に以前と違って。もし龍那美様が女性だったらこうなのかと思うようなお姿に見えて、なかなか戸惑ってしまって。……火座様のお姿は、その時々で変わられるようなものなのでしょうか」

人の心を映した姿に変わるという話は聞いていたのだが、会うたびにころころと姿を変えられてはかなわない。以前に家族の姿に見えていたのはさほど不思議には思わないが、どうして今回は同じ姿ではなかったのだろうか。

「お話ししている間も始終落ち着かなくて……」

そこまで言った秋実は、龍那美の反応がないことを不思議に思って顔を上げる。

「龍那美様？」

「……火座の、姿は」

眉根を寄せた表情に怒っているのかと思ったが、すぐにそうでないと分かった。だが、やはり何を思っての表情かは見て取れない。

彼は息を吐きながら前髪をぐしゃりと掻き乱す。

「見る者の望む姿を映す幻で……火座が時々で変えているようなものではなく」

「私の望む姿？」

何を言わんとしているか分からず、秋実はきょとんと問い返す。

龍那美はこくりと頷いた。珍しく気まずそうな顔をして、ふいと顔を背けてしまいながら。

「殆どは、一等恋しく思う相手の姿になることが多く……」

「……え？」

「女なのは、火座が女《め》の神だからそう見えたということなのだろうが」

「…………」

秋実は愈々失言を自覚して固まった。火座の姿がその者にとって一等恋しい相手を映すということは、今の秋実にとっての一等恋しい相手が龍那美で、今まさにそのことを彼に伝えてしまったことになる。

龍那美が目を逸らしてしまったのも、そのためで。

今からでも何かの間違いにならないだろうかと必死に考える秋実へ、龍那美は僅かに言い淀んだ後、改まったように尋ねてくる。

「──お前、俺の姿に見えたのか」

金色の瞳が真っ直ぐに秋実を見た。

秋実は硬直したまますぐには返事ができなかった。

恥と思って口にしなかったものを、思わぬ形で知られてしまい、何と答えれば誤魔化せるのか分からなかった。

色々と考え、結局諦め交じりに息を吐いて、目を瞑る。自分の物の知らなさに落胆してしまうほどだ。

もう黙っていようがないと思い、恐縮しきりに詫びる。

「ご容赦下さい、私、何だか思い上がって……」

龍那美にどう思われただろうかと、それぱかりが頭を占める。

――いや、仮に龍那美がよいと言っても不遜には変わりない。勘違いをしている我が身が恥ずかしくて仕方がない。

「どうかしていますね、私……あなた様を勝手に家族か何かのように思ってしまっているのやも知れなくて。お傍にいて優しくして下さるからと、誠に無礼な勘違いを……」

動揺が激しく、恥が多いか畏れが多いか、自分でもよく分からない。叱られた子供のように背を丸めてどうにかそう言うと、龍那美が怪訝な声で言う。

「無礼？　なぜ」

「畏れ多きことでございます。妹や母に対するように、あなた様に身内のような親しみを感じているなど」

傍にいれば誰にでも懐く仔犬《こいぬ》のようでいたたまれない。仮にそうであったとしても、自分より遥かに貴い相手に対して仔犬の如くに思慕を抱いていいはずもないだろう。本来なら手の届きようもない遥か高みの存在だ。

龍那美は思案げに呟く。

「父や兄のようにか」

はい、と言いかけて、秋実は一度口を噤んだ。

そして、きっと嘘になってしまうと思い、正直に答えた。

「いえ、申し訳ありません。分かりません……」

「……分からない？」

不可解そうな龍那美の声に、秋実は恐縮しながら頷いた。

「私、父や兄弟子に、こんな気持ちになったことが、なくて……自分でも扱いかねていて、何と呼べばよいのか分からなくて」

かといって、かつて最も恋しいと思っていた母や妹のようにも思っていない。秋実の知る誰に対する想いとも違う。

――それが何かということも、どこかで分かっているはずなのに、自分はきっと気付かないようにしている。

それではいけないと思っているから。

「でも、これはすべて私一人が勝手に思っていることで。龍那美様にご迷惑などは……」

「手を」

龍那美がそう言って秋実に手のひらを向ける。

秋実は考える間も置かず、促されるままそこに手を置いた。藍色と紅色が混ざり、くすんでみすぼらしい色をしている。決して綺麗ではないと思うのに、龍那美はその手を宝物のように扱ってくれる。

簡単に解けるような柔い力で、包むように両手の中に入れられた。

「俺がお前に伴侶として触れたいと言ったら、お前は恐ろしいか」

秋実は驚いて顔を上げる。

触れたい、というのがこうしてただ手を握るだけではないことは、龍那美の目を見れば分かった。

だが、龍那美が男を好むとは考えたこともなかった。秋実がおかしな想いでいるせいで、龍那美にも気を遣わせているのではないか。だからそのようなことを言い出したのでは。そんな疑いも浮かぶ。

「……伴侶としてと仰せになるのは、その」

秋実は一瞬口籠って、恥じ入りながらおずおずと確かめた。

「夫婦の……閨《ねや》のこともでしょうか……」

「何と言って欲しい」

尋ねられ、首を傾げる。是でも否でもないのかと困惑していると、龍那美は慈しむように目を細めて、握った手を揺らす。

「俺はお前が、外に出すのも悩ましいほどに大事なんだ。お前が幸せでなければ何をしても満たされない。お前をつらい目に遭わせるのが俺であるのも堪えられない」

――大事にされているとは思っていた。けれど、こうもはっきり言葉にされると、その驚くほど深く大きな想いに胸が詰まる。

自分などにと恐縮する気持ちもあるのに、それ以上に嬉しくて、何だか泣けてきそうだった。

「お前がひとこと恐ろしいと答えれば、俺はこの先ずっとお前の父や兄であっても構わないんだ。それで

「お前が心安らぐなら」

秋実が男を恐れていることを知っているから、そんな風に言ってくれるのだろう。

自身が傷付くのも厭わないほど大切にしてくれているのを知っている。その言葉もきっと嘘ではない。

「そんなお前にどんな形であれ一番に思われて、喜びこそすれども、なぜ無礼だと思う」

秋実は思わず龍那美の手を強く握った。

弁えなければいけないと強く思うのに、それ以上に何でも赦《ゆる》してくれるから、自分の想いを抑え込めない。後ろめたいのに、嘘でも違うとは言えない。

――言葉が通じるのだから、不安や考えがあるならちゃんと話せばいい。そう火座が言ってくれたことを思い出しながら、恐々《こわごわ》と切り出す。

「……私」

胸が詰まるあまり、声が掠れる。

なぜそれほどまでに大事にしてくれるのか、理解ができない。――秋実の思う理解が合っているのか分からない。

「あなた様がお優しい理由が分からぬのです。端からお優しかったですが、いつからか増してそうで……私の勘違いだろうかと何度も思い直しておりました。龍那美様がそういう神様だから人に優しいのだろうとも……思いました」

男と女ならば。人ならばどれほど単純なことだっただろう。けれど、人ではないから、簡単に考えてはいけないのでは。そう思った。

神様が総じて優しいのではないとは知っている。でも、龍那美が優しいことが、神様ゆえの理由でないとも言い切れない。大事にしてくれていることが、人の好意と同じものだと思うのは間違いだろうと思っていた。

「あなた様が私にお優しいことで、おかしな勘違いをしたらいけないと思っておりました。きっととても傲慢で、私がそんな風に思ったらご迷惑になってしまうと。でも、もしかして……そうではないのでしょうか」

「……少々考え過ぎたな」

龍那美はそう苦く笑う。秋実はますます胸が締め付けられる。

けられるような思いで、縋るように彼を見た。

「あなた様のお心は、神様の性分ではないところにあるものでしょうか」

「神の性分なら贔屓《ひいき》が過ぎる」

「ならば、私と同じように思い、感じるものなのだと考えるのは、誤りではないのでしょうか」

期待と不安と緊張で胸が押し潰されそうだった。痛みさえ覚える。

縋るように尋ねる声に、龍那美は穏やかに「そうだな」と答えた。

その言葉にようやく安堵を得て、秋実は龍那美の片手を引き寄せた。

自分の頬に触れさせる。嫌悪感は少しもない。

「私、あなた様に触って頂くのは、平気で。怖かったことがなくて……いえ。龍那美様が恐ろしくないようにと、お心を配って下さっていたのだと、分かっておりましたが……」

思えばなるべく触れる前に秋実の意思を確認していた。それに、触れたとしても着物の上からか、手ぐらいのものだった。不意に動けないよう押さえ付けられたことは一度もない。

――幼子のように抱えられるのも、抱き締められるように感じて嬉しかったのだ。

「もう少し、と望んでしまうのは……浅ましいことではないのでしょうか。不心得者で、満足に閨のことも分からないのですけれど、きっとあなた様に怖いと思ったりはいたしませんから」

万が一怖いと思ってそう言えば、龍那美は聞き入れてくれることも分かる。そう信頼をしているから、どんな風に触られたって少しも厭だとは思わないだろう。

「――私が真の伴侶になりたいと申し上げたら、龍那美様はご迷惑ではないでしょうか」

いつか現れる他の誰かに怯えなくてもいいのだろうか。務めではなく、本当の意味で彼の伴侶として傍にいてもいいのだろうか。

遠慮がちに尋ねると、龍那美が頷くのが見えた。

「当然だろう。迷惑など、少々悪い冗談が過ぎる」

龍那美がそう優しい声で返してくるのを聞いて、秋実はきつく目を瞑る。

生まれ育った地よりも恋しく思うほどに、彼の傍にいたいと願ってしまって仕方がない。

龍那美はふっと脱力するように微笑むと、改まったように尋ねてくる。

「本当に、望んでここにいてくれるんだな」

「は、い」

不本意に連れてこられたなど、一度だって考えていない。

秋実は少し迷った後、頰にある龍那美の手に重ねていた、自分の手にきゅっと力を込めて、遠慮がちに打ち明ける。

「私、畏れ多くもあなた様に……焦がれて、しまっているのでしょう……」

龍那美は秋実に自分の顔を寄せ、軽く額を合わせる。

「お前に望まれることが、俺にとって嬉しくないなどと、どうして思う」

目の前にある龍那美の双眸が、愛おしそうに細められて、伏せられた。

「……それがお前にとって幸福なら、俺にとってもそれ以上のことはないのに」

秋実は目頭が熱くなるのをぐっと堪えて、熱い胸の内を宥めるように自身の胸に手を当てた。

はい、と答えたはずの声は、万感の思いに掠れて、上手く声に出せたかどうか分からなかった。


夜、秋実が厨を出て自室に向かおうとしていると、ちょうど出入り口のところで龍那美と鉢合わせた。

酒器を戻しにきたらしい。今夜の晩酌は終わりなのだろう。

「もう休まれますか」

酒器を置いた龍那美と共に廊下を歩きながら尋ねると、龍那美は酔いで多少上機嫌に笑う。

「そうだな。摘みも切れたし酒は終いだ」

「そういえば枇杷をお召しになっていたようですが、摘みにはなるものですか？」

「いまいちだった」

それはそうだろうと思わず笑ってしまう。何か摘みが欲しかったにしても、果物はさすがに手あたり次第が過ぎる。枇杷自体は決して悪くはないのだが。

「でも、誠に美味しい枇杷でしたね。火座様にお礼を申し上げなくては」

甘くて香りもよく、ちょうど熟れていた。秋実の摘む手もつい止まらなかった。

だが、火座の名前が出た途端、何を思ったか龍那美は急に怒りを思い出したように低く言う。

「火座の奴……」

どうしたのかと見上げると、龍那美は上機嫌から一転して、憎々しげな顔をしていた。

「火座の姿がお前には家族に見えていないようだと。お前に家族よりも恋しい者が現れて、相手は誰だろうなと、散々はぐらかして、答えもせずに帰っていって」

「か、火座様が？」

「そのせいで、まさか相手は佐嘉狩の奴でないか、あるいは目を離した間にどこぞの女に現《うつつ》を抜かしたかと、俺は……」

秋実は驚いて「まさか」と声を上げてしまった。

だが、思えば夕餉の前、龍那美の様子がおかしかった。それはどうやら、火座がそのように龍那美をからかって去ったせいらしい。

「要らん心配をした」

秋実は思わず曖昧に笑う。本当に要らない心配ではあったのだが、龍那美には気が気でなかったのだろう。

火座も悪いことをするものだとしみじみ思う。からかうにしたって悪戯に不安を煽るのはよくないのではないか。

しかし、秋実も今さらだが違和感が腑に落ちて、胸の内に留めていられず思わず呟いた。

「私も、火座様があれほどお笑いになられていた理由が、ようやく分かりました……」

火座の姿の話をした時、いやに笑っていると思ったが。

今思うと恥ずかしい限りだ。揃って火座にたいそう弄ばれていたらしい。

神様というのは本当に——と溜め息を吐いた。不思議そうな顔をする龍那美には、何でもないと答えたが。

「それでは、お休みなさいませ」

それぞれの自室に伸びる廊下の角でそう言うと、龍那美は酔いを帯びた目でゆるりと笑う。

「お前も。ゆっくり休め」

湯上がりで身なりが堅くないのも併せて、どことなく緩んだその微笑が、つい目を背けたくなるほど艶やかだ。こういう時は少しどぎまぎしてしまう。

きっと色気なるものがこれなのだろうなと、いつか櫛炉に言われた『色気がない』という言葉を苦く思い出しながら、秋実は頷いた。

自室に戻ろうとする龍那美の背中を見送って、自分も戻ろうかと身体の向きを変えて。

——ふと、足が止まる。

「…………」

たぶん、この場を立ち去ってもいいのだろう。挨拶をして、ここで別れてもいいのだろう。

いつも通りに自室に戻って、床について。

眠って、朝起きて。

少し遅れて起きてきた龍那美に挨拶して。

それでもいいのだろうと思う。秋実自身も、それで駄目とは思わない。想いが通じたからといって、すぐにどうこうなるものでもないだろう。ずっと伴侶ではあったのだから、今さらという思いもなくはない。

なのに、足が止まった。

何気なく龍那美の方に視線を向けると、丁度振り返った彼と目が合った。彼は秋実の視線に、少し迷うように一度視線を外して。

「——来るか」

にべもなく、しかし静かに尋ねられる。

たぶん、自分は何か言ってくれるのを待っていたのかも知れない。龍那美もそれを察してくれたのかも知れない。

秋実は爪先の方向を変えながら答えた。

「……はい」

近付くと、手を伸ばされた。

遠慮がちに手を差し出すと、そっと指の先を握られて、歩き出す。簡単に振り解けるように手を引かれて、導かれるまま歩いた。

龍那美の寝室の前に立つ。龍那美が開けた障子戸を、彼を追うように潜り、秋実は暗い寝室に足を踏み入れる。

迷うような間を置いて、龍那美の視線が秋実の表情を窺って。

とん、と小さな音を立てて、障子戸は秋実の背で閉じられた。


手燭の火を行灯に移すより先に、言葉もなく頬に触れられた。

軽く耳を摘んで撫でられ、顎の形に沿って指が滑る。顎の下を指先がついと撫で、上を向かせられた。皮膚の表面を辿るように撫でられる感触は、くすぐったくて落ち着かなくて、何だか少し足元がそわそわする。

手燭の微かな明かりの中で、金色の目が近付いて、秋実を見下ろしてくる。近くで見ると透き通って輝いて、琥珀《こはく》かべっ甲《こう》のように艶やかだ。

きっと、誰が見ても美しいと思うのだろう。

見入っていると、小さく笑われた。

「目を閉じられないか」

秋実が驚きの声を上げて慌てて目を閉じると、唇を龍那美の指が撫でる。何をするつもりなのか伝えるような仕草に、秋実も擽ったさを堪えてじっとその場で待った。

そういうことをするのだろうと分かっていて部屋に来たから、恐怖ではなく緊張があるだけだ。どういうことをするのか、多少の男女の知識しかない秋実には見当も付かないでいるが。

軽く触れた鼻先を避けて、そっと唇に重なる感触があった。

――これが口吸いかと、ぼんやり秋実は思った。

仄かな温もりは、触れたと思えばすぐに消える。目を開けると、龍那美は秋実の顔を撫でて苦笑した。

「行灯に火を入れる前にやることでもなかったな。暗いか」

秋実は動悸に乱れた息を吐き、緊張したまま答える。

「暗いのは、平気ですよ。点けましょうか」

「いい。座っていろ」

そう言って部屋の奥に向かった龍那美は、行灯の覆いを開けて、中の灯芯に手燭の火を移した。覆いを閉めて手燭の火を吹き消し、振り返る。

そして、座る場所に迷って結局入り口に棒立ちになっていた秋実を見て、また苦笑を浮かべた。

「此方《こちら》に」

敷かれた布団の上に呼ばれ、秋実は戸惑いながらそっと畳を踏む。

畏れ多く思いながら恐々足を持ち上げ、敷布団に上がった。龍那美に手を引かれ、躊躇いながらその場にゆっくり正座する。

あまりに物慣れない秋実の様子を見て、龍那美は堪え切れなかったようだ。

「……何だったか。大人と言ったか？」

「意地の悪いことを仰せになりますね！」

秋実は赤面しながらついそう詰《なじ》る。

龍那美が笑い出すのを見て、秋実は袖に顔半分を埋めた。

「すみません……本当に厭ではないのですが」

「確かに、不心得だと言っていたからな。笑っては悪いか」

「あの、何か指南書などあれば学びます……」

だが、顔を隠す手をやんわりと退けられた。

手を触れ合わせたまま、額に口づけられる。下ろした髪が鼻先で揺れて、湯上がりの肌の匂いも合わさって、何だかひどくよくない気持ちになる。

「教えるから要らん。痛いこともつらいこともないから、そう構えるな」

「……はい」

つい逃げそうになる身体を、腰に腕を回されてやんわりと引き止められた。

秋実の目を覗き込んで、そこに恐怖がないのを見て取ったようで、もう一度唇を合わせられる。

触れて、軽く唇を啄《ついば》まれて、離れた。

そういうものと思っておずおずと目を開くと、目の前に龍那美の玉のような瞳があった。繋いだ手を悪戯めかして龍那美の指に擽られて、つい肩先が跳ねる。

「口、開けられるか。舌を寄越して」

「し、た？」

食事の時には口の中を見せるのもはしたないような気がしていたのに、なぜそんなことを。

そう思って戸惑いながらも遠慮がちに従うと、龍那美がふ、と息で笑う気配がする。

何か違ったのかと一瞬不安が過ったが、すぐに柔らかい感触が舌に触れて、驚いた秋実は舌を引っ込めてしまった。

「っあの……」

龍那美は身体に回した手で、軽く腰のあたりを撫でる。いやらしい触り方では少しもないのに、何だかぞわぞわと落ち着かない気持ちになった。

「もう一度」

果たして龍那美の声はこんな風だったろうか。頭の芯が溶けて何も分からなくなりそうな甘い声だ。

囁かれ、秋実は必死にそれに従った。見られるのも恥ずかしいような顔をしていると思い、羞恥に苛まれながらも舌を突き出すと、それを龍那美が唇で食《は》む。

「ん、む」

驚いて鼻に掛かったような声が漏れた。

それでも努めて舌を引っ込めないように堪えていると、龍那美の舌が触れた。

舌を舐《なぶ》られ、唇で吸われて、息が漏れる。柔らかく滑って、何とも言えない感触のものに舌を絡められ、自分でない熱に包まれて、唾が溢れそうになるのを舐《な》め取られる。

息苦しさについ口を開くと、龍那美の舌が唇の間から差し込まれて、中を探られた。凹凸を辿られて、舌の根元を弄られる。水音が立つのも恥ずかしくて、どんどん頬が熱を持っていく。

息に混じる酒精の香りと、酒気を帯びた舌から酔いが回りそうだ。

「ん、……んう、っふ」

つい頭が後ろに動いてしまう。それを止めるように、腰を抱えていた手が秋実のうなじを覆った。産毛が擦れてくすぐったいような、何とも言えずぞわぞわするような。逃げられなくなって、切ないような、よく分からない感覚に苛まれる。

散々口の中を暴かれて、危うく溺れそうだったところでようやく、鼻で息をすることを思い出す。けれど、かといって何か楽になるわけでもなく、絡めた指の節をなぞったり指の間をくすぐったり、絶えず手のひらを弄ばれ、うなじを押さえる指に熱くなった耳を軽く摘んで擦られ、下肢から這い上がってくるような何とも言えない感覚に息が上がった。

「っんふ、あ……」

ようやく口吸いを解かれる頃には、緊張などは頭の隅に追いやられていた。

秋実は真っ赤になって肩で息をしながら、濡れた口元をつい袖で拭う。龍那美は小さく笑うような息を漏らした。

「……真っ赤だな」

秋実は目を伏せて膝を摺り合わせた。羞恥に炙《あぶ》られた身体がいやに熱い。

龍那美の顔を見ることもできずに呆然と呟く。

「私、変な声が……」

「普通だ」

それが嘘か本当かはよく分からない。

俯いた顔を上げさせるためか、顎の下に龍那美の手が滑り込む。秋実はいやとも言えず従順に顔を上げるが、龍那美の目を正視できない。

猫でもじゃらすように喉を擽られて、むず痒《がゆ》さに堪えかねようやく龍那美の顔を見ると、彼は思いの外楽しそうだった。

「……私で遊んでいらっしゃいますか……?」

つい尋ねると、龍那美は上機嫌に笑う。

「愛おしいなと」

そう答えられてしまっては、もう二の句が継げない。黙り込んでいると、龍那美の手がするすると喉から胸、さらに腹に落ちていき、秋実の腰に巻かれた伊達《だて》締《じ》めに指が掛かる。

――脱ぐのかと、何だか少し意外に思った。何とな

く裾を上げればことが済むような気でいたからだ。

結び目を解いて、抱き締めるように腰に腕を回され、巻き付けていた伊達締めを外された。腰紐が残っているので、長襦袢が崩れはしないが、気持ち腰回りが緩んだように感じる。

そのまま腰紐を解かれるのかと思ったが、そうではなく、急に身体を返されて膝に座るような体勢にさせられた。

「あの……っ」

重いのではないだろうか。

そう思って秋実は慌てて降りようとするが、腹のところで手を組んでいて放してくれそうにない。

膝の上でまごついていると、後ろから耳元で声がする。

「じっとして」

秋実は途端に動けなくなった。

裾を捲《まく》り、ふくらはぎを手が這う。膝、腿と裾をはだけながら片脚が露わにされて、空気に触れる。

足の付け根、内側の窪みを撫でて、下帯の内に指が潜る。

――そして、そこでようやく秋実が身を強張らせていることに気付き、龍那美は手を引いた。

「駄目だな」

どこか苦くそう呟いて、秋実の身体を横向きに膝に抱え直す。

秋実は白い顔で俯いた。龍那美だと頭では分かっているのに、急に身体が竦んでしまった。

「すみません……」

「謝らなくていい。顔が見えた方がいいか」

そう宥めるように悠々と言いながら、軽く秋実の首筋に唇を押し当てた。

秋実は龍那美の首に腕を回して、その身体に抱き付く。酒精と龍那美自身の匂いを確かめて安堵の息を吐き、その髪をひと房手に取った。

無二の色が目に見えると恐怖が解ける。

龍那美の肩に甘えて顔を伏せて、秋実は小さく懇願する。

「お気を悪くなさっていなかったら、その……続きを……して下さいませんか」

ぽつりとそう口にすると、僅かに身体を離した龍那美に顔を覗き込まれた。

真正面からまじまじと表情を窺われ、さすがに恥が襲ってきて、白かった頬にぱっと朱が戻る。思わず目も背けていた。

龍那美は秋実の表情を確かめて。

「気を悪くするものか」

そう穏やかに言って、秋実の唇を軽く食んだ。口唇に挟んで、小さな音を立ててすぐに離れる。裾を膝のところまで捲り上げられ、龍那美の脚を跨ぐようにして、向かい合わせに座らされた。

秋実も龍那美がそうしたのと同じように、彼の首筋に顔を寄せて、きゅっと唇を押し当てる。そのまま離れがたくなり、首筋に顔を埋《うず》めてじっと抱き付く。

秋実の腰紐に龍那美の手が掛かった。

秋実が抱き付いていて下が見えないためだろう。襦袢と紐の間に指を差し入れ、腰から腹を辿って結び目を探っている。臍の前あたりの結び目に辿り着き、それを手探りに解いて。

途端に白い襦袢が緩んだ。重さに従って紐が撓《たわ》み、次第に襟が開いていく。

龍那美は秋実の首筋に軽く歯を立てて甘く嚙んだ。

「っん……」

驚いてつい声を漏らすと、龍那美は宥めるように嚙んだ場所を唇で撫でる。鎖骨を唇で挟んで、骨の凸凹を肌の上から確かめる。襟に鼻先を埋めるように胸の尖りを探り出し、そこにちろりと舌を当てて。

唇で挟んだり、押し潰したりと弄った後、間もなく離れて、合わせを手で捲り上げながら。

「まだ鈍いか」

「それは、どういう……」

「追々な」

そう返事とも言えないような返事をして、龍那美は秋実の平たい胸を手のひらで撫でた。

女のように乳房があるわけでなし、そんな風に触ったところで龍那美には心地よくも何ともないのではないか。そう思うばかりだが。

腰紐を取り外されて、半端に閉じた合わせの隙間から、先ほどのようにまた下帯に触れられた。

後ろにある下帯の端を、紐に巻き付けたのとは反対に解かれていく。下帯が緩んでいく感覚に、目で見ていないのによくそうも器用に外せるものだと、恥ずかしさと感心が一緒に浮かんだ。

だが、外される間どうしていいか分からず、自分で脱いだ方がよかっただろうかと葛藤していると。

「……お前こんな、尻の出るようなものを」

「えっ」

下帯をはぎ取って放り出しながら、龍那美に呆れたようにそう言われる。

六尺褌《ふんどし》なのでおかしいものではないはずだが、信じられないというような龍那美の呟きに、自分は何か拙いことをしただろうかと思いながら。

「男の尻が出ていたところで、別に恥ずかしいことは」

「他にもあるだろうが、尻が隠れる下帯ぐらい」

「ありますけど……何というか、緩々として落ち着かないというか、気持ちまで緩みそうな」

そう言うと、龍那美に首の付け根を噛まれた。痛くはないのに、硬い歯の感触が肌に浅く沈んでどきりとした。

「真っ昼間からそんなのを見せられては、困る……」

いつぞや尻っ端折りを窘められた理由を、秋実は今さらようやく理解した。

――もう尻っ端折りは止めなければ。

そう思いながら何と答えていいものかと悩んでいると、龍那美の手が襦袢の合わせを捲り、急に秋実の下肢に触れる。

「っあ」

僅かに芯は持っているものの、まだ膨らみきらない茎が、龍那美の手に包まれている。

言い様のない羞恥と、秘めた場所を触られる微かな不安に襲われて、顔を上げられずに唇を噛んでいると。

「は、っう……」

悪戯に手の中で弄ばれて、茎だけでなく奥の双球を指先でくすぐられて。

つい腰が引けて逃げてしまうのを、もう片方の腕が腰に回り押さえられた。

　龍那美の手のひらを軽く押し返すように茎が張り詰めていく。その凹凸を確かめるように手の中でもみくちゃにされて、秋実は真っ赤になって縋るように龍那美の襦袢を握り締める。

「や、だめ……それ、っしないで……」

　龍那美の手を外そうと下肢に手を伸ばすが、先端の小さな穴を指先で撫でられて、途端に力が抜ける。撫でられた時の滑った感触に、自分のそれがはしたなく濡れていることを知って、身体がかっと熱くなった。

「たつな、っさま……御手、が……」

　すぐにでも気をやりそうだった。

　脚が震えて腰が引けるのに、腕が回っていて逃げられない。自分でそうしたこともあるはずなのに、龍那美の手のひらに包まれて擦り立てられると、頭が真っ白になって何が何だか分からなくなりそうだった。下腹がじんと痺れて、先走りにひどく濡れるのを堪えられない。

　全身を震わせて龍那美に縋り付き、秋実は必死に懇願する。

「や、だめです、っは……はなし、て」

　だが、下肢を弄る龍那美の手に、自分の手を重ねた途端。

「気をやっていいぞ」

　耳元に吹き込まれる甘い艶やかな声に、一瞬気を取られて。

「っ――――……！」

　堪えていたものが弾け、血色を帯びて赤く張り詰めた先端から、白濁した雫《しずく》がぱたぱたと漏れ出してしまう。

　その間も何度か手で擦り上げられ、残滓《ざんし》が溢れ出した。秋実はそのたび快楽に身体を震わせて、やがて熱い息を吐く。

「っは……」

　くらくらするような快に沈んで、陶然と脱力していると、龍那美が手に付いた白濁した雫を見下ろして。

「出たな」

　その声を聞いた途端に秋実ははっと陶酔から覚め、

慌てて袖でその手を拭いた。

何ということをしてしまったのかと皮膚をこそぐような勢いで擦り、ぐす、と思わず洟を啜る。

龍那美は愛おしそうに秋実の頰に唇を押し当てた。

「何で泣く」

秋実は混乱し、自分でももうなぜ泣いているのか分からない中で、ぽつりと答えた。

「汚してしまって……」

「別に汚くない」

そう言って宥めるように背を優しく叩かれる。

「よくなかったか」

「そうでなく……あなた様にとんだ醜態を晒して、恥ずかしくて……」

「醜態なものか」

「私だけこのような」

拭った龍那美の手を両手で握り締めて、途方に暮れるような思いでそう呟く。

すると、それを聞いて困ったように微かに笑った龍那美が、秋実の手を取った。

「なら、触ってくれるか」

自らの襦袢の裾をはだけ、硬くなっていた下肢に秋実の手を触れさせる。

秋実は驚いて一瞬だけ息を詰め、手の下の硬い感触にすぐに安堵を覚えて目を細める。達した余韻から正気を取り戻し、羞恥に塗れて真っ赤になりながら。

「……はい」

溜め息のような声でどうにか答えると、龍那美が苦笑する。

下帯に指を入れ、硬くなった欲情を手に取った。その指先に触れる熱さに一瞬だけ戸惑うように僅かに手を引いて、すぐさま龍那美がそうしたように手のひらに包む。

「おいで」

腰を引かれて促され、秋実は龍那美と身体が密着するように前に動く。

龍那美の手に、欲情を吐き出したばかりの茎をまた愛撫されて、びく、と身体が跳ねた。

「私、いま触られる、と……」

「駄目か」

軽く口を吸われて、上目でそう尋ねられる。彼の膝の上にいるため、普段と違うその目線に不思議な気持ちが掠めた。

秋実は潤んだ目でその視線を受けて、否とも言えず諦念に挫《くじ》けてゆるりと首を横に振る。

「いいえ……」

彼に望まれていることを、秋実はどうしたって駄目と言えるはずがない。

握られた茎を龍那美のそれと重ねられ、手のひらに収めて擦られる。

自分もそうしなければと思って下肢に手を遣ってみるが、過敏になった花芯を扱《しご》かれると、すぐさま力が入らなくなる。龍那美にされるがまま彼の身体に縋り付き、裏側に擦れる熱ぐて硬い感覚に、目が眩むような羞恥を感じた。

やがて、秋実が龍那美と共に二度目に気をやった後は、疲れ果てて朦朧《もうろう》として、何があったのかもよく覚えていなかった。


朝餉の支度を手伝うために起き出して、いそいそと自室に戻って着替えを済ませた。

夜の内に湯で拭ってはいたので、身体は綺麗なはずだ。わざわざ朝から湯に浸かっている時間もないし、普段そんなことをしないので何事かと思われてしまう。

大丈夫だと自分に言い聞かせながら厨に行くと、錦木と夜霧、律がいた。荒鷹はおそらく外だろう。厨の外で足音がしていたので、楓ももう起きて洗濯物を集めているようだ。白露も寝坊はしないだろうし、今はおそらく身支度の途中だろう。

皆朝早いなと思いながら慌てて挨拶をして、錦木に仕事を聞いてと、秋実もいつも通りに動き出す。

だが、律が手を止めて秋実を見上げ、首を傾げる。

「どうしたの？」

目が合って尋ねてみると、首を横に振った。

無言のままいつも通り献立に合わせて皿を出してい

く。

秋実も不思議に思いながら、鍋に水を汲んで昆布の表面を拭って薬味を刻んでと汁物の準備を続ける。

と、袖を括りながらぱたぱたと厨に駆け込んできた白露が「おはよう」と元気に挨拶する。

「おはよう」

秋実が振り返って挨拶を返すと、途端に白露が怪訝な顔をした。

秋実の傍にやってきて、周りを歩き回る。

「秋実様、主様の匂いがする」

すんでのところで悲鳴は堪えたが、真っ赤になって言葉を失う秋実に、錦木が「匂い？」と不思議そうな反応をする。

夜霧と律は無言のまま作業を続けていた。どうでもいいのか、察していたのか――おそらく後者なのかも知れない。

だが、白露はそれに留まらず、火を扇《あお》ぐための団扇《うちわ》を取りながら、いっそう不思議そうな顔をした。

「交尾したのか？」

「そ……」

秋実は何も答えられずに両手で顔を覆う。

そういえば人よりも耳や鼻がいいのだったか。朝まで同じ布団にいたのだから、当然匂いもするだろう。かといって、ひた隠しにするために湯を浴びても同じことだろうし、どうすればよかったのだろう。

いつまでも隠し遂《おお》せるものではないと思っていたが、さすがにこんなに早いとも思っていなかった。

錦木が悩ましそうに振り返って言う。

「おめでとうございます……でよいのでしょうか」

「いえ……お気遣いなく……」

「小豆の用意ができていなくて、赤飯は間に合いそうになく、不徳の致すところです。炊くなら昼になってしまうのですが……」

「お気遣いなく……」

何の辱《はずかし》めだろうかと思いながらどうにかそう答えるが、錦木は冗談でもなんでもなく言っているようだ。

蔵に仕舞ってあったはず、と独り言のように続けているので、秋実の言葉を拒否ではなく遠慮と取ったのかも知れない。

どう言えばいいのだろうと途方に暮れていると、かまどの火を扇いで燃やしながら、白露はまだ不思議そうに質問を重ねる。

「交尾って子供を作るのにするんじゃないのか。男同士で交尾してどうするんだ？」

「どう……しようね……」

心底分からないというような白露の悪意のない問い掛けに、秋実は恥ずかしさでうまく返事ができずにいる。

代わりに錦木が、削った鰹節《かつおぶし》を鍋に放り込みながら穏和に言った。

「人にとっては、子ができるできないは、関係ありませんからね」

「そうなのか？」

「特別に好いた相手とするもので。それ以上の理由は要らないのです」

ですよね、と錦木が穏やかに尋ねてくる。

秋実はようやく多少なりとも羞恥心から立ち返り、小さく息を吐いた。

確かに錦木の言う通り、それ以上の理由が要るものでもないのだろう。

「そうですね」

静かに頷いて。

伴侶ですから、と秋実は微笑んだ。

拾《じゅう》

秋実が初めて床を共にしてから、龍那美の寝室で眠るのが日常になった。

何も言わなくても楓がそこに秋実の布団を敷いてくれるというのもある。だが、ただ眠るだけの日も龍那美の布団で一緒に寝ることが殆どで、夜に楓が敷いてくれたまま、朝まで秋実の布団は乱れもせずに置かれていたりする。

一揃いだけ出してくれと言うのが先か、夏が来て暑さに堪えかねて床を分けて眠るのが先か、どうするべきかと毎夜頭に過るが。

何もない夜もあれば、淫蕩《いんとう》にも思えるような締まりのない夜もある。龍那美に触れられると、途端に頭から布団の云々は消えてしまう。

——てっきり、互いの口が触れることが口吸いなのだろうかと思った瞬間もあったのだが。

舌を吸われ、敏感な口の中を柔いものに弄られ、音を立てて口を合わせて。食事をする時にはどうとも思わないのに、龍那美の舌となると途端に震えが走る。その間に手のひらに顔や首を摩られると、いっそう脈が速くなる。

——なぜこうも息が上がるのだろうと、自分でも自分の身が不思議に感じる部分もあるが。

口吸いの合間にも伊達締めや腰紐、下帯など、身に着けているものが容易く外されていく。口の中を愛撫されて陶然としている間に、はだけた襦袢が残っているだけの姿にされて、龍那美の目に裸身が晒される。

つい恥ずかしくなり襟を掻き合わせてみたが、すぐに秋実も思い出したように慌てて龍那美の腰紐に手を伸ばした。結び目を解いて、お互いの着ているものを脱がせる。

汚してしまうと楓に手間を掛けさせてしまうし、それ以上に恥ずかしい思いをすることになる。別に恥じるようなことではないと言われるし、人形たちにはもう知れているので無用の心掛けになるのかも知れないが、さすがにこんなものを洗わせるわけにいかないと思う。

龍那美の腕から襦袢の袖を抜き取って、互いに何も身に着けていない姿になって。

男の裸などは風呂屋でも野良仕事でもよく見かけたし、大して珍しいものでもない。けれど、目の前に見える彫像か何かのように均整の取れた身体は、それとは別のもののようだ。美しいと言われる女の絵姿よりも余程見入ってしまう。

だが、さすがに風呂屋に行ったとしても下肢までまじまじと見たりはしない。腹から下が目に入って急に羞恥を思い出し、秋実は慌てて目を背けた。

俯いていると、抱き締められる。くすくすと笑う声が耳元で聞こえた。

「何度も見ているのにそのたび律儀に恥ずかしがるから、からかいたくなって困るな」

「それは……その」

「いいだけ触ったはずなのに、どうして見たらいけない」

「……私は見られたら恥ずかしいと思うので……」

自分がされたくないものを、誰かにできようはずもない。

赤面しながらどうにかからかいに答えると、龍那美は笑ってそれ以上は言わなかった。

膝の上に抱えられ、首や胸元を唇で愛撫される。舐られ、吸われて、微かな痛みも気持ちがいいから何だか困ってしまう。

夜毎《よごと》、肌に吸った痕を残されると、湯に浸かるため自分の身体を見て、そのたび夜のことを思い出して動揺してしまう。——それ以外に、龍那美の情が目に見えるようで嬉しいような気持ちもあるのだが。

薄くて硬い、大して見栄えもしないだろう身体でも、大切そうに愛おしそうに触ってくれるから胸が詰まる。

自分ももう少し龍那美のよろこばせ方を覚えたいと思うのに、恥が邪魔してなかなかうまくいかない。

龍那美の首筋を軽く唇で食んでみると、耳元でやんわりと笑う気配がする。

「くすぐったいな」

「あ……すみません、あの」

顔を覗き込んだ龍那美が「うん？」と飛び切り甘い声で先を促すから、どうしても顔が熱くなる。

口元を隠して秋実は遠慮がちに続けた。

「吸い痕を……真似してみたくて」

俯きそうになる顔を、喉から上に指の背で摩られ上げさせられる。それでも目を逸らしていると、腰を抱き寄せられ、顔を近付けて耳元で尋ねられる。

「付けてくれるか」

「っ、お厭でなかったら」

美しい声にすぐ傍で囁かれると、恥や考え事が溶けてしまいそうになる。自分の容姿や声が美しいことなど、彼には承知の上のことなのだろう。

「嬉しいだけだな」

笑みが混じったその声に、胸が苦しくなって息が上がる。わざとそうも近くで言うのだろうと思うと怒りたい気持ちもあるが、それ以上に腹が熱くて切なくて、何も考えられなくなる。

息を吐き、もう一度同じ場所に唇を付けた。

「口に入れるんじゃないかもな。口を少し開けて押し付けて吸ってくれ」

つい口で食んでしまう秋実に、龍那美が優しい声で教えてくれる。

言われるままに唇を押し付けて吸ってみると、力が足りなかったのかすぐに唇が離れてしまった。もっと強くていいと言われ、思い切って強く吸い付いてみるが、僅かに色が付いたかどうかという程度だ。

はっきりと分かるほどの痕にならない。秋実は状況も忘れて真剣に考え込む。

「下手ですね、私」

「つい遠慮するんだろう。一度で駄目なら、同じところを何度も吸えばいい」

秋実は物の試しともう一度同じ場所を吸ってみる。遠慮が邪魔してどうしてもすぐ離れてしまうが、確かに先ほどよりは色が濃くなったかも知れない。

まじまじと痕を眺めていると、龍那美が悪戯めかして耳を軽く噛んだ。

「まあ、噛むのでもいいけどな」

「それは……痛いでしょう」

「お前に齧られたところで痒い程度の気もするが」

「そ……いえ。確かに、あなた様を強く噛んだりだなんて、とんでもない」

そんなにどこもかしこもひ弱なわけではないと一瞬は思ったが、龍那美を相手に力いっぱい齧ったりはきっとできない。つい反論は萎んでなくなってしまった。

龍那美は秋実の口に指を入れて、指の腹で歯列をなぞり、上顎を擦る。

「そう言われると噛ませてみたくもなるが」

「ふ、ぅえ……？」

乾いた指に上顎を擽られて、舌を摘んで撫でられる。口吸いとは違う感覚に、何だかひどくぞわぞわした。いつもはもっと柔らかくて湿って熱いのに、時折硬い爪が当たって微かな不安が冷たく湧き上がる。それが何だか却って熱さを明確にした。

「っ、は……あう」

口が閉じられず、うまく唾が飲み込めなくて溢れそうになる。と、ようやく指を抜いてくれた龍那美が、濡れた口の端を舌で舐めた。

「いずれな」

そう笑い、濡れた手で秋実の下肢に触れた。びく、と肩が跳ねて逃げそうになるのを、腰を押さえて止められる。僅かに欲情を吸って膨れた茎を軽く押さえて、先端を指で撫でられた。

秋実は途端に上擦った声を小さく漏らす。

「あ、それ、っいや」

「いやか」

「ちが……汚れ、て……」

そうされると途端に先が潤んで、龍那美の手を汚してしまう。

龍那美にしがみ付いて、朦朧とした頭でだめ、と何度も繰り返したが、彼が止めてくれる気配はない。くすぐったいほどの力で優しく弄ばれて、濡れた音がひどくなっていくのが恥ずかしくて堪らない。

腰が引けてしまうのを押さえられて逃げられず、口元を押さえて必死に堪えていると、ふと胸の先に龍那美の唇が当たる。

「っあ」

口の中に包まれて、驚くように肩先が揺れた。あってないようなものだと思っていた場所も、毎夜のように触られてはさすがに擦れてひりつくことがある。

「あんまりそこ、触ったら」

「痛いか」

「それも……他にも、むず痒くて」

痺れに似た痒みがあって、昼間に気になることがある。

それに、歯を立てずに唇に摘まれて、何だか少し硬くなるような違和感も気に掛かる。あまり触られていると妙な気になってしまうのも。

「何も感じないよりいい」

「私は、気になるのであまり……」

　だが、下肢を擦られて、胸を弄られると、つい言葉が出なくなった。じんと下腹が甘く痺れて、声を抑えるので精一杯だった。

　一方的にされるばかりではいけないと思い、秋実が慌てて龍那美の下肢を手で探ると、僅かに兆した気配がある。自分と同じように高揚しているのかと安堵を覚えながら、手のひらに包んで遠慮がちに擦り立てる。

　龍那美が小さく熱っぽい息を漏らすのに、秋実の方が却ってそれ以上の羞恥に苛まれることになるのだが。

　よくしようと恥を忍んで必死に手を使っていると、口元の手を退けられて、また口を吸われた。

「ん、む」

　うなじを押さえられて、舌を押し込まれる。

　そのまま龍那美に引っ張られて転がり、横になった龍那美の上に乗る体勢になった。

「んん……！」

　慌てて身体を起こそうとしても、うなじを押さえられて動けず、抗議の声を上げることになった。口の中に龍那美の舌があって、噛むことも押し返すこともできないので、言葉一つも発することができない。胸に手を突いて体重を預けるような形になって、畏れ多くて仕方がなかった。

「っは……」

　抗議が効いたのか否か、ようやく口吸いが解かれた秋実は、龍那美に乗せていた重さがなくなるように手足の位置をずらす。それでもうなじに手があって、身体を起こすこともできずに肩に顔を伏せたままだ。

「あの……」

　下肢が触れていてつい腰が引ける。だが、首を押さえられていてどうにもできない。恥じ入りながら声を掛けると、首から手が離れた。

　ようやくと秋実が身体を起こすと、代わりに両手で腰を掴まれて、下肢が触れ合うような体勢のまま逃げられなくなる。

「……龍那美、さま」

「このまま腰を動かせるか」

龍那美の腿の上に乗って、下肢を押し付けるように腰を動かす――ということだろう。

想像し、あまりに猥《みだ》りがわしい痴態に、秋実は真っ赤になって震え目を伏せる。

「……その、大変お見苦しい姿に……」

「お前がどんな姿であろうと愛おしいだけだ」

「……尤《もっと》もらしくも、辱めたいだけでは」

「そうだな。辱められてくれるか」

否定もせずにのうのうと答えられ、秋実は羞恥に焼かれるような思いで悲痛な声を上げる。

「助平……！」

「お前の悪態は可愛らしいだけだな」

自分としては精一杯の反撥だっただけに、簡単にそう答えられてもうどうにもできなくなってしまった。

腰を押さえられ、時折指で肌を撫でられて擽られ、身体がびくりと跳ねる。上に乗ったまましばらく葛藤していたが、やがてどうにもならないと悟って、彼の腹に手を突いた。

――どこかの神に頭を覗き見されたらもう生きていられないだろう。夜毎に恥が増えていく。

秋実は腹を据えたように目を伏せて、高ぶったものを押し付けるようにして腰を揺すり始める。

「～～～っ、ふ……、っく」

自分のものが龍那美のものと擦れて、つい腰が引けそうになる。それを堪える葛藤に、知らず目の端が潤んだ。

こんな恥を増やすようなことが本当に子を作ることだろうか。親になった者は皆こんなことをしたのだろうかと、信じられないような思いだ。だが、現状秋実がそれを聞けるのは龍那美しかいないわけで、その彼がそういうものだと言うから、疑う理由もなく。

「っん、んん、……ふ、っく」

歯を食い縛って、自ら貪る快楽に脚が崩れそうになりながらも、必死に腰を動かした。擦れ合う茎が濡れそぼって滑ってしまうので、僅かに身体を前に倒し、強く擦れるようにして刺激を続ける。

だが、僅かに顔が近付いたせいで、龍那美の目に顔が見えてしまう。

どれほどひどい醜態だろうかと想像すると、猛烈な恥ずかしさに頭が煮える。これ以上ないというほど顔が赤くなったまま、一向に冷める気配はない。

みっともなく腰を振っていると、龍那美の両手が茎を一緒に握り込んだ。

「続けて」

優しい声にいやらしいことを促されて、何だか騙《だま》されているような気がしながら、秋実は洟を啜る。

「私、もう……っ」

堪え性がなく、今にも達してしまいそうなのもあって、手で包まれて擦れてしまったらもう我慢できそうにない。

全身を震わせて涙声でそう訴えると、龍那美が愛おしそうに目を眇《すが》めて頬を撫でる。

「いいぞ」

「っん――……」

その言葉に張り詰めていたものが緩んで、腰を前に突き出した途端、高ぶっていたものの先端から白濁が溢れる。全身ががくがくと震えて、龍那美の胸元に崩れ落ちてしまった。

「っは……、はあっ……」

肩で息をしながらしばらくうつ伏せていたが、汚したものを拭かなくてはと思い出して、慌てて身体を起こす。

そして、下肢に擦れた感覚に、一瞬固まった。

「………あ……」

達したのは自分だけで、龍那美の茎はまだ硬く秋実のものを押し返している。

つい視線を下げると、それに気付いた龍那美が苦笑した。

「適当に始末するからいいぞ」

「あ、いえ……その」

秋実は口籠り、重い身体を起こして姿勢を正した。

言葉の代わりに下肢に擦れるように身体を押し付けると、龍那美が目を細める。

「……もう少し頑張《がんば》ってくれるか」

秋実は目を伏せて、整わない息を堪えるために一度深く吐いて、吸って、ぐっと息を詰めて。

「はい……」

龍那美がそうしたように滑らないように下肢に手を添え、羞恥に泣き出しながらも龍那美が気をやるまで必死に動き続けた。


朝、布団を抜け出ようとすると、龍那美に捕まって朝寝に誘われることが多い。

それを家の者の目を考えて丁重に断り、朝餉の支度を手伝って、朝食を済ませる。龍那美が起きるのを待って朝餉を出す。

そして、片付けが済んだら普段ならば秋実は北宝殿に籠るのだが――。

「よう、迎えにきたぜ」

その日は巳《み》の刻に掛かる頃に、大狛宮に手兼が姿を見せた。

今日は麗しい姫神の貌で、たすき掛けした小袖と袴で身軽そうな姿だった。

しばらく秋実が大狛宮から出ていないというので、手兼が自分の神域である鷹羽宮に遊びに誘ってくれたのだ。

当然と言うべきか、龍那美も行こうとしていたのだが、今日は龍那美を祀る社の祭日に掛かっているらしい。そちらを優先して欲しいと言ったので、苦渋の末にそのようにしてくれたのだが。

散々悩んだ後に、律を連れていけと言われたので、今日は律に外出着を着せている。

「手兼様。本日はお招き下さいましてありがとうございます」

「龍那美は出掛けたか」

「はい。ずいぶん渋っておられましたが……」

見送りだけはと留まろうとしてくれていたのだが、巳の刻にはもう祭祀が始まってしまうため、不満を漏らしながらひと足先に出掛けていった。

秋実が苦笑を浮かべながら答えると、それを聞いた手兼は呆れた様子でいつものように腐した後、神域に戻るために門へと向かった。

秋実と律が揃って後ろに立つと、それを確かめて門を潜る。秋実もそれを追って門を出た。

眼前に只管平地が広がっている。

一部に林もあるが、それ以外は清々しいほどの草原だ。耕作の様子はないが、馬が放されている光景が見える、長閑なところだった。遠くに川が流れている。

ここが鷹羽宮なのか。

そう思って頻《しき》りに周囲を見回す秋実と違い、律は見慣れた様子で手兼の後ろを歩いている。

「あの馬は、手兼様が見ておられる馬でございますか？」

「おう。馬が好きなんだよなぁ。駿馬《しゅんめ》を掛け合わせて色々試してんだ。性分でな」

「軍馬でございますね」

郷里にいた馬は農耕用の馬が殆どだったので、軍馬を間近で見たことはない。何となく遠目に体つきが違うだろうかと思いながら、手兼の後ろに付いて歩く。

周囲を見た限りでは建物らしきものの影が見えないが、ここから遠いのかも知れないと思っていると、手兼が振り返る。

「その内、馬を連れて迎えがくるから、それまで歩いてくれ」

「お気遣い頂きありがとうございます」

「あっ……いや歩くのに難儀するようなら負ぶってやろうか」

「えっ？　私は健脚のつもりでおりますが……私がでございますか？」

困惑しながら思わず問い返すと、手兼が驚愕の面持ちで呟いた。

「火座が何ぞ面白《おもしれ》ェこと言ってやがったんで、てっきり俺ァもう龍那美の奴と懇《ねんご》ろなのかと……」

「ね……」

一体火座は何を手兼に話したのだろうか。先の月に火座が大狛宮に来て色々と話したので、きっと碌なことではないのだろうと思うが。

本当に彼らは噂話が好きらしい。黙っていてはくれないだろうと思っていたが、本当にあっという間に広まっている。

「それは、火座様は何と……」

「詳しいことは聞いちゃいねえな。ただ、秋実が佐嘉狩を振ったのだと話したら、龍那美に惚れているんだろうと」

秋実の不安を汲んでくれたようで、手兼はそう聞いた話を教えてくれた。それを聞いた秋実は、本当に詳しい話ではなかったのだと思い、小さく息を吐く。佐嘉狩を振ったというのは、改めて口にされるといたたまれないが。

——惚れている、と言葉ではっきり言われると、どうしても気恥ずかしさもある。

「その……確かでございます……」

「龍那美の野郎も、男のなりで近付くなと言うし、気の小せえ野郎だ。笑えるぜ」

けらけらと笑う手兼の言葉に、秋実は知らない話だと目を丸くする。

「龍那美様が？」

「お前さんをお姫《ひい》さんとでも思ってんだろ。……女のなりは背丈が足りねえもんで、馬に乗るのにもちっと難儀するんだがなあ」

「おそらく冗談で仰ったのだと思いますが。お気を遣わせてしまって恐縮でございます……」

龍那美が悋気《りんき》でそう言ったのか、秋実を案じてなのかは分からないが、手兼に要らぬ気を遣わせてしまっていたらしい。

だが、自分の知らぬところでそのようなやり取りがあったのかと知ると、改めてしみじみ思う。

「龍那美様と手兼様は、誠に親しくてあらせられるのでございますね」

何気なく口に出すと、手兼が青い顔色で振り返った。

「それは……怖気《おぞけ》がするような意味合いじゃねえんだよな？」

「あ、いえ、そのような。純粋に、仲がよくていらっしゃるというか、ええと……」

友人です、と適した物言いを探し出してそう答えると、手兼はようやくほっとしたように表情を緩めた。

少しばかり気まずそうに言い淀む様子はあるが。

「あー……まあ、歳の近い悪友……みたいなもんではあるかもな」

渋い顔ではあるものの、本音らしきその言葉を聞いて、秋実は意外に思う。

「お歳が近くてあらせられるのですか？」

何となく年上らしいという神がいることは知っているのだが、龍那美と手兼が同年代というのは初耳だ。

「抑々神様方にご年齢があるとも、よく考えておりませんでした」

「そうかもな。俺ら自身、いつの間にか在ったたっつう感じではあるし、はっきり何年生まれってモンがあるわけでもねえんだが」

手兼は自分が元は男か女かも分からないと言っていたし、どのぐらい長く生きているかぼんやりとしか分かっていないのではないだろうか。

首を傾げていると、手兼がまた言葉を続ける。

「中津国で権力者が変わり、神統譜《しんとうふ》が編纂《へんさん》されて、そこに書かれて生まれた神が俺と、龍那美と佐嘉狩だ」

聞きなれない言葉に、秋実はつい聞き返す。

「神統譜……？」

「分かりやすく言や、家系図だな。権力者の何々様は遡れば神々の血を引いている、その中にはこんな神やあんな神がいます、っつう歴史書だ。まあ、その前から細々と祀られて、すでに名前はあったのかも知れねえが、どっちが先かは分かったもんじゃねえな」

秋実は怪訝な顔をする。

「……歴史を……作った、のでございますか」

「神々の逸話と共に権力者の血統が確かなモンになるわけだ。箔《はく》が付くだろ？」

秋実は一瞬、呆けてしまった。

「そんな話が通じるのでございますか」

「実際こうして、広く書が知れ渡って、神の名が広まり、祀られ、俺はここにいるわけだ。まあ、十二神と呼ばれるようになったのはもうちっと後の話だが。……権力者が先祖を祀る社を建てさせたりもしただろうしな」

そうしている内に、社が増えて神の名も広まり、万人に信仰されて、こうして気が付けば神としてここにいる――ということか。

時の権力者の勝手で神が生まれるのだと思うと、何だか不思議な気持ちになる。

「同じ家系図に名があるということは……皆様血縁があるということでございますか？」

「そこはもう血縁なんぞあってねえような遠縁だ。そう思われちまうと違和感はあらァな」

どのぐらい遡った家系図なのか分からないが、秋実の知っている家系図はもっとこぢんまりとした松田家のものなので、それを想像してしまっていた。それとは比べ物にならないほど広範囲にわたり書かれているのだろう。

「つまり……同じ書物によって名が広まって、祀られるようになって生じたのが御三方で、だから歳が近いということなのでございますね」

「そうそう。だからまあ、どっか気兼ねしねえとこもあんのかもな」

手兼がそう頷くのに、秋実は驚きと共にその横顔をじっと見上げる。

十二神と祀られるようになる前の彼らのことさえ、秋実は考えたことがなかった。それに、家系図が後世から遡って作られて、神がそれを起源として生まれるというのも、何だかあべこべで不思議な気分だ。

「……ああでも、何だか納得いたしました。思えば神議りの場で、わざわざ手兼様が私などにお声を掛けて下さったのは、龍那美様が不逞の輩を連れてきたのではとご案じなさったからなのでございますね」

所在なく座っていた秋実のところにわざわざ来て、声を掛けてくれたのは、興味本位以外にも理由があったのだろう。秋実が龍那美の傍にいてはいけないような人間か否かと検分していたのだ。

友人が突然伴侶と言って、それまでの好みとはかけ離れたような相手を連れてきたら、何事かと思って当然だ。

だが、気付けば手兼が苦い顔をしていた。

「……どうしてそうなる」

「そうでもなければ、手兼様のような貴い方が私などに話し掛けて下さったりしないかと」

十二神以外の神々だって、幾ら暇とはいっても人などにわざわざ声を掛けてきたりはしなかった。

思い返せばそういうことかと納得するが、手兼は形容しがたい表情で手をひらひらと振った。

「俺ァ可愛けりゃ誰にでも声を掛ける」

素っ気なく短くそう言った後、またすぐに。

「お前さんは特に度胸があって気に入ってるしな。今ァ女のなりなのが残念でならねえよ」

と、手兼の手が秋実の顎を摑んで、顔を覗き込んでくる。まさか覗き見をするのかと焦ったが、そうではなかったようですぐに目を逸らし、ずいと顔を寄せられた。

「でもまあ、よく考えりゃ別にこれでも、張形《はりがた》なりずいきなりで可愛がってやれるわけだしな。そこらへん考えが甘くって野暮天《やぼてん》はいけねえな」

「？」

「お前さんも別に端ッから男好みじゃねえわけだし、やわっこい女の方がいいだろ。どうだ、俺と火遊びするか？」

冗談めかして掛けられる色めいた誘いに、しかし秋実は別なことが気に掛かり、つい怪訝に質問を返した。

「張形？　と、ずいき……と仰せになりますのは、何でしょうか」

手兼は「えっ」と小さく声を漏らした後、秋実から手を離してどことなく神妙に答える。

「……摩羅《まら》の形の……道具？」

「それは……あの、もしや私に使われるということでございますか？　……使いようが……あるのでございますか？」

「ええ……？」

秋実の質問に困惑する手兼の反応を見て、きっと自分は何かおかしなことを尋ねたのだろうと、秋実は赤くなりながら慌てて言う。

「申し訳ございません。私、埒もないことをお尋ねしてございましょう……お恥ずかしきことながら、衆道の色事というのが分かっておらず」

「枕絵なんぞも見なかったか？」

明け透けな問い掛けに、秋実は急いで律の耳を塞ぎながら、やや赤くなって答える。

「だ、男女のものなら……兄弟子のところにあって、何度か目にしてはおりましたが……」

「田舎で陰間もいなかったか？」

「さ、左様でございます。そういった茶屋はございませんでした」

決して何もない不便な田舎ではなかったが、都ほど何でもあるというわけでもなかった。少し離れた温泉宿に女郎がいて、そこに出掛けていく男がいると聞いたことがある程度だ。陰間は都にいるとしか知らない。

だが、手兼の話を聞いていると、おそらく男に対してもそういった道具を使うということだろう。そうなると思い当たることはなくもない。

「……こういうことをお尋ね申し上げるのがいいとは決して思えないのですが、その」

薄々そうではないかと思いながら尋ねようとすると、手兼は顔色を変えずにあっさりと言った。

「菊座に摩羅突っ込むのかってことか？」

「き……」

予想はしていたが、明け透けに言われると動揺してしまう部分はある。

だが、秋実は律の耳を塞いだまま息を吐いて、すぐに落ち着きを取り戻した。

「やはりそうでございますよね。何だか家の者にやたらと身体を気遣われて、色々とおかしいなと思っておりましたし。……言われてみればその、陰間茶屋なども、触って終わりというわけではないのでしょうから、あのように好む者がいるわけで……」

律の耳を塞ぐために両手が動かせず、真っ赤になった顔を隠すすべがない。

俯きながらもようやく色々と腑に落ちてそう言うと、手兼が信じられないという悲壮な声で言う。

「触って終《しめ》ェだったのか……」

「その……お答えは控えさせて頂けると……」

「龍那美あいつ信じられねぇな。もったいつけた水揚げ好みの変態爺か？」

「水……？　いえ、左様なことは……」

よく分からないが貶されていることだけは分かる。

なぜ今まで龍那美がそうしようと言わなかったのか、秋実にそれを教えることさえなかったのか、その思いはよく分からない。

だが、そういう手段があって、それで龍那美を満足させられるのであれば、と思う気持ちはある。自分一人で考えたところで仕方がないのかも知れないが。

しかし、秋実が顔を赤くしているのを見て、さすがに何も言わずにいられなかったようで、手兼が笑いながら秋実にずいと詰め寄ってくる。

「初心《うぶ》がいいたァ思わねえが、これはこれでそそるもんがあるわな。龍那美の野郎と兄弟になるなァ寒気がするが、本格的に一遍ぐらいちょっかい掛けたくなってきた」

それが本意でも冗談でも、そういうわけにはいかないのは互いに分かっていることだ。秋実は苦笑しながら丁寧に断った。

「私、ここで何かあったら今度こそ龍那美様から不信を頂戴して、大狛宮から出して頂けなくなってしまいますので……」

他の神域に行くたびに面倒事を起こしたので、さすがに今度こそ平和に帰りたい。

心の底からそう答えると、手兼は多少同情した様子で一歩下がった。

「心の狭ェ《せめ》伴侶で大変だな」

「いえ……」

想像して、そんなに厭だと思わない自分がいることを、秋実は恥ずかしく思った。

それほど長居せず鷹羽宮から戻り、縁側で針仕事をしながら過ごしていると、夕餉の前に、龍那美が門から帰ってくる姿が見えた。

夜半まで飲んでこなかったのだなと思いながら出迎えると、龍那美は僅かばかり表情を寛げた。大狛宮に戻っていることは分かっていたはずだが、目で見てやはり幾らか安堵するところがあったようだ。手には地酒が提げられているが、それ以外にも買ってきたらしい土産をくれた。

夕餉の後、酒に誘われ、縁側に並んで一緒に盃を傾けながら、秋実は聞かれるままに昼間のことを話す。

「景色がよくて、お屋敷がとても立派でした。それに、あのように間近で軍馬を見て、背に乗ったのも初めてで。大きさなども農耕馬より小さいのに、脚が早いそうで」

「楽しかったようだな」

「はい。手兼様がお誘い下さって、龍那美様がよいと仰って下さったおかげです」

そうか、と優しい声が返ってくる。

手兼の名前を出しても、特に気を悪くした様子はない。大抵どの神の名前を出しても一言二言腐すのが常なのだが、やはり気が置けない仲なのだろう。

「……手兼様が仰せだったのですが、龍那美様と年頃が近くていらっしゃったのですね。道理でよく手兼様御自らお越しになると思っておりました」

人形で済むような用事で姿を見せることもあったし、龍那美が手兼を訪ねることも何度かあったようだ。他の神と比べても交流が多いような気はしていたが、先の話を聞いてようやく納得した。

が、龍那美はやはり素直にそうとは言わない。

「あいつはただ暇なだけだぞ」

「お、お話好きであらせられるのは、そうやも知れません……。そうではなく、同じ神統譜から広まった神様なのだと聞いて」

「それは……まあ、間違ってはいないが」

龍那美は口元に手を遣って何か考えている様子だ。

「神統譜というのは過去に遡って書かれているからな。神統譜が広まった後に生まれたと言うのか、神統譜が編纂されて、子孫が生まれる遥か以前に生まれていたことになるのか、何とも言えん」

「そういえば、そこのところが食い違ってしまうなとは思っておりました」

「だから歳が近いというのも見方によってという程度で、お前たちのいう同年代とは微妙に違ってはいるのかも知れんが」

本の記述の通りなら、本が書かれた遥か以前に生まれたことになるのだろう。実際に生じた時期なら、本が書かれて、それが民衆に広まって以降ということになる。彼らにはどちらとも言い切れないようだ。

「難しいのですね」

「……まあ、そういう要因で話が合うところはあるのかも知らん。癪だが」

不本意そうな物言いに、秋実は苦笑してまた尋ねた。

「火座様と大暁神様はお歳が上であらせられるようでしたけれど、それは神統譜が古いからでしょうか?」

「ああ、そうだな。載っている神統譜自体も古いし、系譜もより遡ったところにいる」

「ご先祖様でいらっしゃる?」

「系譜では世代が上というだけで、血縁というと皆近くはない。近かったらぞっとするな」

火座の顔が龍那美と似ていたため、女きょうだいがいたかと慌てふためいた気持ちは記憶に新しい。

龍那美の血縁も載っているということだろうかと思いながら秋実は言う。

「神統譜というのは大狛宮にあるでしょうか。もしあるのでしたら一度見てみたいものです」

「ああ……どうだったかな。探してみるか」

「ご迷惑でなければ私も一緒に」

龍那美は「そうだな」と微笑んだ。その表情はすぐに苦く崩れるが。

「……こういうのは本来、手兼でなく俺の口から教えるべき話なんだろうが。手兼に何ぞ言われそうだな」

「ああいえ、私もこれまで何度か聞く機会はあったのに、深く気に留めなかったので。決して龍那美様の責では……」

「手兼は他に何か言っていたか」

何気なく尋ねられ、秋実は一度いいえ、と答えようとした。しかし、戻ったら確かめなければと思っていたことを思い出し、言い淀む。

人形の姿がないことを確かめてから目を伏せ、恥を堪えながら小さく告げた。

「その、偶々話になったのですけれど……男同士で媾《まぐわ》う方法、と申しますか……」

龍那美が噎《む》せて咳き込んだ。秋実は慌ててその背を摩る。

「も、申し訳ありません、よくない時に言ってしまったようで」

「い、いや……だ、大事ない」

息も絶え絶えにそう言ってひとしきり咳き込んだ後、落ち着いたように龍那美は息を吐く。

そして、おそらく手兼に対してであろう怒りを見せた。

「何をどうしたらそんな話題になるんだ、あの野郎……」

「いえ、私が物知らずなのがいけないので……」

道具の使い道も分からないからと手兼のからかいをあしらうこともできず、たいそう間抜けなことを尋ねてしまった。龍那美に要らぬ恥を掻かせた上に、手兼へ怒りが向かっては拙いと、慌ててそう宥めた。

恐縮しながらも、誤解がないようにと秋実はなおも言う。

「龍那美様がご存じの上で黙っておられたなら、何かご案じになっていたのかと、そう思ったのですが……」

決して物を知らない秋実に呆れたり、嗤ったりするためではないはずだ。何か理由があって言わなかったのだろうとは思っている。だから決して不満があるわけではないのだが。

「今日まで気付かずにいた私が言うことではないのやも知れませんが、ひとこと仰って下さったら、すぐには難しいことでも、心構えなどもできますし」

悪意があったことでないのはよく分かっている。それでも相談してくれないのは寂しいし、龍那美だけで納得されてしまっては何だか情けない。端から無理と決めつけられて諦められているような思いになる。それが秋実のためを思ってのことだとしても。

「私を案じて黙っていて下さったのかも知れないとは思うのです。でも、私は龍那美様に望まれることでそんなに厭と思うことは、たぶんなくて」

恥ずかしいとは思うが、どうしてもしたくないとは思わないだろう。今まで龍那美が秋実にしたことで、もう二度と御免だと思うようなものはなかったし、この先そんなことを龍那美がするとも思えない。

状況が怖くなってふと身が竦むことはあるかも知れないが、龍那美自体がその後ずっと怖くなるわけでもない。仮に痛いことだとしても、龍那美が悪意でもってそうしない限りは平気だ。

「何も言わぬ内から、これは無理だろうと思われてしまったら、私、できることもできないことになってしまいますから……もし龍那美様がお厭でなければ、一度で構いませんので尋ねて下さると……」

恥を忍んで必死にそう告げると、龍那美が困ったように頷いた。

「そうだな。悪かった。……いずれでいいかと思っていた」

「いえ、私も察しが悪くて、お気遣いに気付くこともできず、申し訳ありませんでした……」

朝起きて厨に行った時に、奉公人にまだ寝ていていいと身体を心配されたことがあったので、そこで少しはおかしいと思えばよかった。自分の鈍さに呆れてしまう。

話している内容が閨のことだけにどうしても気まずい空気にはなってしまったし、龍那美も苦い顔をして盃を置いてしまったが。

「酔いが覚めた……」

秋実は恐縮しながら詫びる。

「すみません、せっかくの地酒ですのに」

「それは別にいいんだ。酔って話にならないより余程いい」

そうは言っても、頻繁に買いにいく酒屋の酒でもないのに、碌に楽しまない内から気を逸らさせてしまったようだ。

悪いことをしたと自省していると、もう酒に手を伸ばす気が起きなくなったのか、膝に頬杖を突いた龍那美がぽつりと尋ねてくる。

「……試してみるか」

秋実は目を丸くして問い返した。

「い、今からですか？」

「無理にとは言わないが」

今日は祭日だったので、てっきり夜半まで飲み耽ってしまう。

て寝てしまうのかと思っていた。そのため、何の心積もりもしていなくて少し慌ててしまった。

だが、こんな話を出しておいて、今日はと断るのも妙な話だろうと、秋実はどうにか腹を括る。

「私が無理だと申し上げるのは、龍那美様がお厭なことだけです……」

彼が不本意で言っていることでなければ、断る理由はない。

そう思いながら龍那美の目を見据えると、彼はふと目を細めて表情を緩める。

「来てくれるか」

率直な誘いの言葉に、秋実は僅かに身を硬くした後に。

「……も、もちろんです」

その言葉とは裏腹に、緊張と羞恥で表情を強張らせながらどうにか頷いた。


月の高さを見る限り、まだ寝るには早い頃ではあったが、酒や摘みを片付けて龍那美の寝室に引っ込んだ。

行灯を灯した後、秋実が所在なく布団の脇に座っている一方で、龍那美は部屋の隅の長持を開けて中を探っている。

待っていると、油壺や懐紙を持って戻ってきた。

「丁子油ですか？」

「そう」

見覚えのある陶器の入れ物は、いつぞや短刀の手入れを教えられた時に使ったものだ。

刀の手入れでも始めるのだろうかと思っていると、それらを布団の脇に置いて、龍那美は布団の上に胡坐《あぐら》をかく。

「なぜ黙っていたかということなんだが」

手招きされ、秋実も布団の上に座り直す。

龍那美が言い出したのは、先ほどの話の続きだろう。そういえば衆道の色事について秋実に黙っていた理由を聞いていなかったか。

秋実が頷くと、彼は多少なりとも難しい顔をした。

「体勢が……どうしたものかと」

「体勢ですか？」

どういう意味か分からずつい聞き返すと、龍那美は渋い顔をして頷く。

「組み敷かれるとか、後ろから抱えられるとか、そういう姿勢が楽なんだろうが。そういうのが不得手だろうかと思っていたから。しばらく避けるかと」

秋実が怖がると思って言えなかったようだ。

薄々そういう要因だろうかとは思っていたが、本当に過ぎるほどに大事にされていて、却って申し訳ないほどだ。

秋実は膝立ちに前に出て「失礼します」と断り龍那美の懐に潜り込む。

龍那美に背を凭れさせるように座って、驚く彼を振り返った。

「こういう……ことでしょうか」

秋実はそう尋ねながら、龍那美の腕を摑んで前で組ませる。初めに龍那美とこういうことをした夜に、秋実が身を硬くしていた体勢だ。

それでしばらくは無理だろうと思われていたのだろう。そう思われるのも当然だったかと、先の自分の言い分に申し訳ない思いになってしまったが。

「平気か」

前に回った腕に軽く力を入れて抱き締められる。腕の上からそうされて動けなくても、龍那美の匂いや、肌の温もりや感触があって、勝手に身体が竦んだりはしなかった。

秋実も自身に安堵しながら笑う。

「さすがに龍那美様の御手なら、後ろから触られてももう分かります。……怖くありません」

「本当に？」

「神様に誓いましょうか」

そう冗談めかしてみると、回された腕にいっそう力が入る。身体の力が抜けているので、抱き締められるまま息が苦しくなってしまうが、恐ろしくもいやでも何でもない。

「仮に何か無理強いをされても、私、一寸やそっとで龍那美様のこと嫌ったりできないと思います。それほどには、その、あなた様を慕っておりますので……」

「俺はお前が痛がって泣いたら気分が悪くて仕方がないから、自分のためにも無理を強いたくない」

「それは……な、なるほど」

龍那美は人を痛めつけて喜ぶような非道な性分ではないだろうし、迂闊《うかつ》なことを言ってしまった。あまり後ろめたく思う必要もなかったかも知れない、とも思う。

前で組まれていた腕が離れて、一方が秋実の腹を抱え、もう一方が膝を撫でる。

裾を上げるように言われて、秋実は自分の手で襦袢の裾を持ち上げた。

「どのぐらい上げたらよろしいでしょうか」

「膝ぐらいまででいいか」

言われるがまま正絹の裾を膝のあたりまでたくし上げると、龍那美の手が裾から入り、脚を撫で上げた。

そのまますするすると上がってきた手が、下帯に掛かる。いつものように触るのかと思ったが、腰帯を解かないまま、下帯だけを器用に外された。

このまま後ろを触るのかと思ってやや緊張していると、龍那美が耳元で言う。

「すぐに入れるのは難しいだろうし、今日は少し触るだけだ。……痛ければそう言っていい」

それを聞いて、秋実は複雑な思いで尋ねる。

「今日はまだ、できないのでしょうか。その、入れた方がよい思いをして頂けるものなのかなと思っていたのですけれど……」

今までのことを考えると、龍那美に物足りない思いをさせていたのではないか。女子だったらこんな手間はなかったのだろうか。

そんな申し訳ない気持ちもあって言うと、龍那美の声はどこか咎めるような響きがある。

「俺だけよくてどうする……」

「あっ、はい。考えが足りておらず……お忘れ下さい……」

それでは気分が悪いだけなのだと、まさにたった今聞いたばかりだ。何を聞いていたのかと叱られて仕方がないことを言った。

そこまでは言わないまでも、龍那美は一つ息を吐く。

「慣れるまであまり気分のいいものではないと聞いているし、無理と思うところで止めるから、すぐ言え」

そう言いながら油壺に手を伸ばし、中身を手のひらに零した。甘くつんとした馨《かぐわ》しい匂いが周囲に広がる。

龍那美は手を握って指を油で濡らし、先ほどと同じように襦袢の裾から手を差し入れる。緊張する秋実の脚の間を探り、会陰を伝って、その奥を指で探り当てた。

思わず秋実は肩を竦める。

「う」

何とも言えない恥ずかしさと抵抗感があって、ついそこに力を込める。きゅう、と窄《すぼ》まった場所に指が置かれていて、触られていることを強く実感する。

触られただけでこうなのだから、指を入れられるなど、大丈夫なのだろうか。

今さらながらそんな不安も湧き上がってくるが。

「歯を食い縛ると力が入るから、開けていた方がいい」

「あ……はい」

そう言われて、秋実は慌ててそれに従った。口を薄く開けて歯を食い縛らないように、努めて呼吸を続ける。

奥のつぼんだ場所を、丁子油を馴染ませるように何度も擦られる。触られる違和感が少しずつなくなって、身体の力も抜けてくる。

しばらくそうして触っていたかと思えば、龍那美がぽつりと耳元で呟いた。

「入れるぞ」

「は、い……」

指の先が襞《ひだ》をかき分けるように押し込まれるのが分かった。途端、ぞわぞわと悪寒のようなものが下肢から頭の先まで走る。

痛くはないが、他人はおろか自分でだって触ったこともないような場所だ。そこに分け入られる違和感は、龍那美が懸念していた通り、確かに気分のいいものではなかった。肌が粟立ってどうしようもない。

「っ、は……」

つい歯を食い縛りそうになり、慌ててまた口を開けた。

本当に指の先だけを含ませられ、丁子油を塗り込まれる。指の向きを変えながら油を刷り込まれて、襞を引き摺りながらずるりと指が抜けた。息を吐く間もなく、油の滑りを確かめるようにまた指が押し込まれる。

抜き差しされるたび、言いようのない感覚にぞわりと背筋を擽られた。身体の中を異物が動く拒絶感に近い。

龍那美の指が少しずつ身体の中の深い場所まで探る。中で指を動かされると、ぎこちなく僅かほどだが腹の奥で襞が動くような感覚があって、それもやはり不快とも感じるような違和感ではあったが。

「平気か」

「っ、無理では、ありません……」

秋実は呼吸に紛れてどうにかそう答えた。

痛みはないし苦しくもない。どうしようもなく気分のいいものではないが、止めるほどの苦痛はなかった。止めなくていいと訴えるようにそう答えると、龍那美は「そうか」と苦笑交じりに答える。

油を塗り込んで、抜き差しが幾らか容易くなってきた頃、また少し深くに指が押し入ってくる。

中で指を動かされて、それもはじめよりかは幾らかきつくなくなってくるのが分かった。それでも龍那美を受け入れるには到底足りないのだろうとも思う程度だが。

「ふ、……く……」

思わず漏らした自分の声に、また歯列を閉じていたことに思い至る。秋実はもうどうにもできずに自分の指を噛み、只管に違和感を堪えた。

すると、それに気付いた龍那美に指を取り上げられ、代わりに彼の親指を口の中に押し込まれる。

「大事な手を噛まないでいい」

――だからと言って、龍那美の手を噛むことだってとんでもないことなのだが。

そう思って、歯を立てないよう秋実は必死に口を開けてその状態で堪える。

中を探る指が動くたびについ歯を食い縛りそうになりながら、そのたび慌てて呼吸を整え、顎の力を緩めた。

　そうしている内に、少しずつ深くなっていた指が、中から腹の方へとくっと襞を押した。

「あ」

　――ざわ、と背筋がそそけ立つ。思わず声が漏れた。

　これまでの違和感とはどこかが明らかに違った。身体の境目を侵される違和感以外の何かだ。

　だが、具体的に何がどういうのが分からない。今の感覚は何だろうかと思っていると、龍那美が確かめるように同じ場所を指の腹で撫でる。

　声が漏れるのは堪えたものの、ひくりと足の先が動いた。下腹がじわりと違和感に浸される。

　その感覚も決して快《よ》いものではないのだが、うまくは言えない。

　強いて言うのなら、厠に行きたいような感覚が近いだろうか。ただ撫でられるだけで無性に落ち着かなくなる。

　ただ、幸いにしてそれほど明瞭な感覚があるわけではない。何度か指先がそこを行き来するが、最初に触られた時の違和感は少しずつ馴染んで薄れていく。

　ほっと息を吐いていると、指はそこからさらに奥に押し込まれた。

「……意図したことじゃないんだろうが、指を少し深く入れようとすると締まるな」

「言わないれ、くらさ……」

　より深い場所を探られる時、どうしても一瞬構えて、そこを窄めてしまう。

　言葉にされるといっそう恥ずかしく、つい反論の言葉が漏れる。それも指を噛まされていて、何とも舌足らずになってしまったが。

　そこからまた何度か指が抜き差しされて、奥を拡《ひろ》げようと動いて――やがて、龍那美は諦めたように呟いた。

「今日は指一本で終いか」

　指を根元まで入れない内に、中の指は襞に硬く押し返されて動かなくなった。もうこれ以上は無理と思ったか、龍那美がそう言って、秋実に噛ませていた親指を抜く。

どうにか歯形を付けずに済んだと思い、秋実はこっそり安堵に息を吐いたが。

何とも言えず情けない気持ちは起こる。

「これは、私が自分でやってもよいのでは……？」

「触りたいから、させてくれ」

軋みそうな奥からも指を抜かれて、龍那美の手は傍らに置いていた懐紙を取った。垂れた丁子油を拭うためにだろう、懐紙を脚の間に宛がわれる。

尻から会陰に掛けて油を拭われるが、それが粗相の始末のようで恥ずかしく、ひどくいたたまれない。

それも自分ですると申し出てみたものの、やはりすぐさましなくていいとの返答が来る。そうなるともうどうにもできない。

たぶん、一夜で駄目だったのだから、明日からもまた同じようなことをするのだろう。そして、そのたびこんな恥ずかしい思いをするのだとも。

――なかなかに大変かも知れない、と想像だけで疲弊して項垂れていると。

「寝るか？」

道具を片付けた龍那美に尋ねられた。

秋実は裾を直しながらぽつりと答える。

「……龍那美様がお眠りになるのであれば」

秋実自身が疲れていないと言ったら嘘ではあるだろう。このまま眠ってもいいのだろうけれど。

それほど時間が掛かったわけではないので、どうせなら他に試してから眠ってもいいように思い、秋実は裾を握り締め、恥を堪えて申し出てみる。

「……でなければ、いつもみたいには、いたしませんか。怖がったりしませんから、試しに組み敷いて頂いても、構いませんし……」

いつも着物を脱いで抱き合っていたから、作業のように触られて終わるのでは何だか寂しく思ってしまった。

はしたないだろうかと思いながら尋ねてみると、それを聞いた龍那美は腕が触れ合うほどの距離に座り直して、ゆっくり秋実の肩を摑んだ。

そのまま押されて敷布団の上に倒され、龍那美に顔を覗き込まれる。

「こういうことか?」

平気かと尋ねるように頬を手のひらで撫でられた。

秋実は龍那美の顔を見上げて「はい」と微笑を返す。

彼の頬を手で撫で返してみると、いつもそうしてくれるように優しい口吸いを落とされて、秋実は目を閉じてその甘さに浸った。


毎夜のように身体を弄り合っていたが、後ろを使うとなって、そこに後ろを慣らす時間が加わった。

はじめは指一本でさえまともに付け根まで入らなかったが、毎日触られて解《ほぐ》れていくのが自分でも分かった。数日を掛けて指が入る限りまで開かれて、本数が増やされていき、襞が引き攣れそうな苦痛も薄れていく。

あれだけ固かった場所が、いつの間にか中で指を動かされても柔軟に受け入れられるようになっていた。

痛みもなく、身体の中を侵されるどうしようもない不快感にも慣らされていった。

だが、触られると妙な感覚のあった場所は、毎日弄られていると慣れるどころか、不思議と感覚が強くなっていく。

指で触られる内に微量の毒でも少しずつ蓄積したかのように、痺れがひどくなった。勝手に動悸が激しくなって、じっとしていられず、触られてもいない茎が芯を持つ。あまりそこばかり触られると、考え事ができなくなって、つい抵抗の手が伸びてしまうこともあった。

――それが快いことなのかどうかは、未だによく分からないでいるのだが。

指が三本どうにか入るようになって、少し苦しくなったところに、緩く膨らんでいた茎を弄られて痛みを逸らされた。一度にあちこち触られると、色んな感覚がない交ぜになってしまって、瞬く間に思考が混濁する。

苦しさと直截《ちょくせつ》な快感に呼吸を荒げて堪えている内、比較的楽に抜き差しできるほど拡げられて。

それのみならず、指を中ほどまで入れたところで腹の方に押し上げられた途端、急に腹の奥がじんと痺れて、上擦った声が上がった。

「っあ……！」

驚くように、脚の先が思わず跳ねた。

秋実が逃げるように動いたため、奥から指が抜かれる。だが、それでもまだ腹の中の痺れと、跳ね上がった動悸が収まらない。

自分でも何が何だか分からず呆然としていると、龍那美に宥めるように抱き竦められる。

「痛かったか」

「……ち、違います……」

困惑しながらもどうにか答えると、額や頬に龍那美の唇が触れる。そんな刺激にも、先ほど触られた場所がじくじくと脈を持ってしまって、どうしていいか分からない。

俯いていると、懐紙で手に付いた丁子油を拭った龍那美が、道具を片付けようとしている。今日はもう終わるのかと、それを見ながら秋実がぼんやりと考えていると。

「もう入れられそうだが、どうする」

それを聞いて、愈々かと思いつい肩先が跳ねた。

だが、そのために夜毎こんな恥ずかしい思いをしていたのだし、しないと答えるはずもない。

秋実は頬を赤くしながら尋ねる。

「して……下さい、ますか」

目的は十二分に分かっていたが、今日いきなりと言われては何の心積もりもしていないだけに、動揺はなくもない。

そんな気持ちを堪えながらおずおずと尋ねると、龍那美は見透かしたようにふと笑って、軽く肩を撫でた。

「明日な。今日ではまだ気構えもないだろう」

いっそ今日済ませてくれれば、明日に要らぬ緊張をしなくていいかも知れないが、かといって今からするかと言われて、二つ返事ではいとも言えない。

明日か――と思っている内に、懐紙で脚の間の丁子油を拭われ、始末をされる。何気なく触られるだけでも、下腹の残り火がじくりと煽られてしまい、自分の身体の違和感に困惑した。

これで明日は大丈夫なのだろうか。

そんな不安もあるにはあるのだが。

その後はいつものように着物を脱いで身体を触り合って、欲を吐き出して。今日はひとまずそれで終わり、揃って眠りについた。


日中は事あるごとに夜のことを考えて、仕事の手が止まってしまった。不安と恥ずかしさと、それから多少なりとも嬉しさがないわけではなかったが。

どういうものか知らないから想像して恥や不安を覚えるのであって、それならばいっそ昨晩の内にしておけば、と多少悔いた。それに、いつもは作業をしているとあっという間に一日が過ぎるはずなのに、考えに耽る時間が増えて、やけに昼が長いように感じた。

龍那美と共に夕餉の席に着いても、少しばかりよそよそしい会話になってしまい、思い返すと恥ずかしい限りではあったが。

夕餉の片付けを済ませて、身体を清める。龍那美が要らないと言うので晩酌の用意もせず、身支度を整えて龍那美の寝室に向かった。

何かしていないと落ち着かず、行灯を点け、丁子油や懐紙、手拭いなどを出す。そして、一通り道具を揃えると、持ち込んだ本を読んではみたが――残念なことにまるっきり頭に入らなかった。

どう過ごしていいか分からないまま時間を持て余していると、戻ってきた龍那美がそれを見咎めた。

「……落ち着かなそうだな」

秋実は両手で顔を覆って、やっとの思いで答える。

「私、手持無沙汰が苦手でいけませんね」

「そうだろうとは思っていた」

半年以上一緒に過ごしているのだから、知られてしまっているのは仕方がないのだろう。

秋実がこっそり嘆息していると、龍那美が鏡台の引き出しを開けた。中から何か出して引き出しを閉じ、布団の上に座る。

龍那美に呼ばれるままに秋実が向かい合って座ると、彼が何かに気付いたようにぽつりと呟いた。

「知らない匂いがする」

「あ、花の露……だそうです。律が作ってくれて、香油が混ざっているようで」

花から蒸留水を作って香油を混ぜ、肌に塗るものらしい。いい匂いがするし、肌の触り心地もいつもと少し違うだろうか。

人によって香りの好き嫌いはあるだろうし、龍那美にとってこれはどうだろうかと不安が過る。

「お厭でしたか」

「お前の匂いも好きだが、たまにはこういうのもいいな。手触りもいいし」

それを聞いて多少安堵した。

律は秋実の不審な態度に何かしら勘付いて持ってきてくれたのだろう。同じ屋敷で暮らしていると、本当に何も隠し事ができない――と思いながら、秋実は顔を赤くする。

「……丁子油の匂いが朝まで残るので、鼻が利く律たちには、色々と気取られてしまって。何というか、こんなに爛《ただ》れていてよいのかと思ってしまったりするのですが」

もう毎日のことなので何も言わなくなったどころか、夜霧が頃合いを見て身体を拭うための湯を持ってきてくれるようになったので、それはそれでいたたまれない。普通はこんなに頻繁に色事に耽ったりしないものではないかと思いはする。

ただ、巷《ちまた》の夫婦たちの閨の頻度など知りもしないし、誰に聞いても恥知らずになってしまうし、少しばかり悩ましかった。

「伴侶なんだから、恥じることでもない。家の者なら、余所に要らぬことを喋りはしないし。そうでなく、身体がつらいというなら考慮した方がいいんだろうが」

「身体は……」

初めて触られた時にどうとも感じなかった場所が、今はひどくくすぐったかったり熱かったりして、少し困るのだが。

つらいとか怠いとかいうことではないのでうまく言

えず、結局「平気です」と答えてしまった。

　慣らすだけの時は大抵裾を上げればいいのだが、今日は伊達締めや腰帯を解かれて、着物を脱ぐのだなと気付く。いつもと違うことがあると、何だかそれだけで脈が速くなって動作がぎこちなくなってしまう。

　すべて脱いで、畳んだ着物を布団の傍らに押しやると、腰を抱えられて、頬や首筋を触られた。酔っていない分、いつもより龍那美の声が落ち着いていて何とも甘い。

「いつもと手触りが違うな」

　楽しそうに呟いて、肩や腕も触られた。骨や関節の凹凸を確かめるようにじっくりと指の先まで辿られて、首筋に顔を寄せ、肌を潤ませる花の露の匂いを確かめられる。

　正直、つける前も後も、いかにもという気がしてかなり恥ずかしかったのだが、今思うとつけてきてよかったかと単純なことを思った。

「こちらの方がお好きですか」

「どちらも結局好きではあるんだろうから、答え難いが。お前が俺の好みを考えて頭を悩ませているると分かるのがいいな」

　――見透かされている。

　秋実はやや肩を落として非難がましく言う。

「……そういうことは、分かっても黙っていて下さいませ……」

「お前が初心なりに慣れないことを頑張っているなと思うと、嬉しくなる」

「はっきり下手と仰って頂いても構いませんが」

「俺が教えると言ったんだから、お前が下手なら、教え方が悪いんだと開き直っておけ」

　そんなのはとんでもない八つ当たりだと思うのだが、確かに指南書など要らないと言ったのは龍那美だ。下手でも仕方がないと思ってくれているのだろう。

「ついでに、そんなに早く上手くならないでくれ。俺しか知らないと思うとそれなりに床下手も惜しい」

　それを聞いて、怒っていいやら安堵していいやら、複雑な思いになる。

「そんなもの惜しんで何になります……」

脱力したような声で思わず嘆くと、龍那美は小さく笑って、それには答えなかった。

口を吸われて、それ以上の会話は途切れた。

やんわりと舌を唇で食まれ、吸われて、言い様のない感覚にぞくぞくと背筋が震える。

口の中で自分以外の舌が動く感覚は、未だに慣れない。うっかり噛んでしまわないかと少し怖かったり、口内の熱さにその都度驚いたりもする。

その間に脇腹や首筋を触られると、手のひらの熱が心地よくて、考えがぐずぐずと蕩《とろ》けて恥や理性が緩んでしまうような気がする。

実際、普段ならできそうにないことをしている自分がいるから、口吸いが昼との区切りになっているようにも思えた。

「ん」

唇が離れて、つい声が漏れる。

濡れた口唇を舐められて、首筋に龍那美の唇が触れる。首筋から続く骨、そこからさらに下、胸の間の僅かな窪みに唇が押し付けられた。そのまま敷布団に仰《あお》向《む》けに押し倒される。

緩く一つに束ねられた龍那美の髪が幾筋か滑り落ちてきて、その鮮やかさに目を奪われた。

夜に紅葉狩りをしたならこういう感じなのだろうかと思えて、最近まで知らずにいたことが、少し勿体なかったような気持ちもなくはない。

秋実の胸から薄い腹に龍那美の唇が滑り、脚を撫でられる。内腿を触られると背筋がざわざわとして落ち着かなくて、つい顔を背けてしまう。

「……っ……」

内腿を撫でていた手が、秋実の膝裏を押し上げて両脚を開かせた。

油壺を取り、龍那美の手のひらに丁子油が垂らされる。周囲に広がる甘い香りに、秋実は秘部を晒される羞恥に視線を逃がして堪えながら、震える息でぽつりと嘆いた。

「私、短刀の手入れの時に、要らぬことを思い出すようになってしまって……」

刃の手入れをする時にも丁子油を使うので、昼間にこの匂いを嗅いで、夜のことを思い出すようになってしまった。

そう零すと、龍那美は笑ってあっさりと答える。

「俺もだ」

「何とも自分が爛れているような気が……」

だが、言っている途中で奥まったところに龍那美の指が触れ、言葉が切れた。

いつもすぐにそこに入れようとはしない。丁子油が馴染むまでしばらくその周囲を撫でたり押したりと弄られる。

触られた瞬間はついそこに力が入ってしまうのだが、触られている内に力が緩んでくる。それを見計らったように、指先がゆっくりと奥に沈んだ。

「う……」

はじめに指が入る瞬間は、どうしても異物感を覚えて呻いてしまう。

だが、最初に指を入れられた時ほどの固さはなく、油が絡んだ指は根元まで比較的容易に押し込まれる。

丁子油が馴染むように指を動かされ、抜き差しされるのも左程に襞は軋まない。

それでも、腹の中で何かが動く感触に、どうしても息が上がる。

「ふ、っく……」

指を掛けて隙間を作り、そこから二本目の指が押し込まれる。丁子油が奥に流れるように中で襞を拡げられて、指の腹で撫で摩られる。

指を咥《くわ》える場所が龍那美の目には見えているのだろうと思えば、いっそう羞恥に頬が熱くなる。いつもと違ってすべて見えるような体勢を、今さらながら激しく悔いた。今からでもいつも通りにしてくれと言おうか迷うほどだ。

葛藤していると、またもう一本指を押し込まれた。

さすがに少し苦しいが、何度か抜き差しされても痛みはない。少なくとも指で慣らされた場所までなら、龍那美を受け入れることもできそうだ。

そう思っていると、龍那美の指が中から軽く会陰の奥を撫でた。

「ひ、う……」

昨晩に触られた時にもあった、何とも言えない痺れがじわりと広がる。

びく、と身体を竦ませて小さく声を漏らすと、龍那美は何を思ったのか、その場所を何度か指で擦り上げる。

声を堪えていても、そのたび身体が竦んだ。下腹部の中が冷たく濡らされるような、じくじくと脈を打つたびにかっと熱くなるような、矛盾した感覚が広がる。

震える手で口元を押さえて堪えていると、撫でていただけだった指が、そこを軽く押し上げた。

「っんあ……！」

途端、堪え切れなかった声が漏れる。

すぐに指は離れたが、跳ね上がった動悸はやはりそのまま残されている。

自分でも知らないような甘えて上擦った声と、じっとしていられない感覚に、何が起きたのか分からずに呆然と龍那美を見上げていると。

「これならよくなれそうだな」

指を抜かれてそう呟かれ、秋実は困惑する。震えてうまく声が出ず、吐息交じりにどうにか答える。

「わけが分からなくなってしまうから、そこは……」

「直に分かる」

そう言って、宥めるように目元に龍那美の唇が触れた。

何だか自分の身体なのに、自分で動かせているような気がしない。走ったわけでもないのに無性に息が苦しくて、勝手に指先が震える。

それでも止めてくれそうにないことは、龍那美を見上げた時に分かった。

欲に濡れた艶やかな琥珀の瞳が秋実を見ている。気をやりそうな時に何度か見かけた目だ。そんな目を向けられて、止めてくれとはとても言えなかった。

下腹がじくじくと脈打っている。いやに喉が渇いた。

「…………」

秋実は龍那美の手を取ると、それを自分の胸元に触れさせる。

目を伏せて、無言でこの先を受け入れると伝えれば、龍那美の手に優しく頬を撫でられた。

震える手を伸ばして龍那美の腰紐に指を掛けてみるが、うまく結び目を解けない。

手間取っていると、龍那美の手が重なって、自身の腰帯を解いた。自ら着ているものを脱ぎ、秋実と同じように一糸纏わぬ姿になる。

直視が憚られて目を逸らしていると、龍那美は布団の傍に落ちていた白い紙の包みを手に取った。

薬包紙に見えるが、今になってようやく秋実はそれに気付いて、なぜこんなところにと思う。

「それは……？」

そういえば何やら鏡台の引き出しを開けていたか。そう思い出しながら尋ねると、龍那美は薬包紙を開きながら答えた。

「通和散《つうわさん》」

「つう……？」

「丁子油だけでは足りないかと思って」

そう言って、龍那美は薬包紙を傾けて中身をすべて口に含んだ。

放り出された薬包紙に僅かに残った中身は粉のように見えるが、それをどうするつもりなのかよく分からない。

困惑しながら龍那美を見上げていると、彼は秋実の脚を摑んで腹に押し付けるように持ち上げる。

奥まった場所を晒されるような体勢にされて、秋実は焦燥感に駆られて彼の名前を呼ぶ。

「たつな、み、さま……！」

何をするのかと羞恥で激しく動揺しながら声を上げると、さらに信じがたいことに龍那美は指で開いた場所に顔を近付けた。

それを見た秋実はまさかと思い、悲痛な声で制止する。

「——ッやめ……」

だが、龍那美はその声を無視して、唇を奥に触れさせた。秋実は目を瞠り、言葉を失う。

何ということを。

そう衝撃を受けて固まっていたが、それだけに留まらなかった。

指ではない知らない何かに奥を開かれて、ぞわ、と背筋が総毛立つ。

熱い。滑って柔らかいものが、ぐにゃぐにゃと中を押し開いていく。それが龍那美の舌だと分かっても、忌避感に考えが縺れて頭が真っ白になる。

「ッ……、っ、う……！」

駄目だと言いたいのに、悲鳴を飲み込むのが精一杯で何も言えない。

押し込まれた舌の隙間から、どろりと滑った何かが流し込まれる。唾ではない粘液のような感覚だ。

思わず奥に力を入れそうになるが、深いところまで粘液を垂らすように舌で襞を押し開かれて、途端に身体の力が抜ける。

「ん、う」

襞を粘液がゆっくりと伝い落ちる感触がある。柔くて熱い舌がとんでもない場所を開いていて、恥ずかしいやら申し訳ないやら、考えがぐちゃぐちゃになって、気付けば目元が濡れていた。

一体何をやっているのだろう。

こんなことをさせてはいけないのに。

頭ではそう思うのに、秘めた場所を舌で開かれる感覚に気持ちがいって、話すどころではなかった。ただ息を詰めて堪えるしかできない。

僅かな抵抗のために下肢に顔を伏せている龍那美の髪に触れてみるが、さらに奥へと舌が押し込まれて力が抜ける。

「や……！」

びく、と足先が空を掻いた。

奥から舌を抜かれたかと思った途端、代わりにまた指が思いの外容易にずるりと付け根まで押し込まれ、中の襞を探られる。耳に届く濡れた音と、いつもと違うぬるついた感触に、肌が一気にそそけ立った。

慣らされているだけの時とは明らかに違う。自分の身体がこんな風にされるとは思ってもいなかった。

何とも言えず不快な感触のはずなのに、秋実の茎はもう硬くなって先が濡れている。痛くもつらくもないものの、何にそれほど高揚しているのか自分でもよく分からなかった。

「は……、っ」

指を抜かれて、下肢が浮くほど持ち上げられていた脚を下ろされる。秋実はくたりと脱力して息を吐いた。

通和散と言った薬包紙の中身のためだろうか、粘液で濡れた口元を懐紙で拭って、龍那美は秋実を見下ろす。

秋実は荒い呼吸を繰り返しながらぽつりと呟いた。

「私、とんでもないことを、龍那美様に……」

「『した』か？『された』？」

「えっ」

そういえばどっちになるのだろうと迷っていると、龍那美が小さく笑った。

愛おしそうに目を細めて、秋実の口元を親指で撫でる。

「少し苦しいだろうから、噛んでもいいから堪えてくれ」

龍那美はそう言って、秋実の唇の隙間に親指を入れ、歯列の間に噛ませる。

何のためにと思って困惑していると、先ほど粘液を含ませられた場所に、丸みを帯びた先端が当たった。

——あ、と思ったのは一瞬で、すぐに粘液の滑りを帯びながら、龍那美の屹立《きつりつ》に沿って脚の間を開かれていく。

だが、指とは違った圧迫感と、襞を限界まで押し開かれる感覚に、声にならない息が漏れて、思いがけず歯を食い縛った。

「————……ッ！」

指と違って先端でさえつかえて、なかなか奥に進まない。

性急にこじ開けるような手荒なことはないにしても、じわじわと押し拡げられていくのも何とも言えず苦しくて、つい身体を硬く強張らせてしまった。そのために余計に龍那美を受け入れられなくなっている。

咄嗟に脚を閉じようとしてしまい、それは龍那美の身体に阻まれて叶わなかったが。

「っ、力を抜け」

かろうじて呼吸はしているが、つい歯を食い縛ってしまって力が抜けない。自分でも思いの外身体が言うことを聞かず、何をどうしていいのか分からなかった。

すると、噛ませられた親指が舌を撫でるように動いて、秋実は龍那美の指を強く噛んでいることをはたと思い出す。

何ということをしたのかと、我に返って慌てて詰めていた息を深く吸うと、ようやく少し身体が緩んだ。

もう一方の龍那美の手が、秋実の茎を手に包んだ。あやすように摩られて、快感に気が逸れて秋実は首を横に振る。

「っんン、……ぅ……」

途端に快楽と苦痛の区別ができなくなる。誤って龍那美の指に歯を立てないように唇で食んで堪えていた。

痛みはないが、内から開かれる苦しさというのはどうしていいのか分からない。それに、一つずつの感覚なら堪えられても、一遍にあちこち触られてしまっては気が散逸する。自分が今どういう状況なのか理解することがいやに難しい。

――と、含ませられた先端がじわりと先を開いて、指で触られた時に痺れを覚えていた場所をくんと押し上げる。

途端に頭の先までびりびりと震えが走った。

「あ……ッ」

上擦った声が漏れて、顎が浮く。背中が反って、咥えさせられていた龍那美の指が外れた。

以前にそこを指で触られた時と同じで、動悸が激しくなる。じっとしていられなくて闇雲に逃げたいような気持ちになるのに、身体が震えて力が入らない。

何が起きたのか分からず、秋実は困惑に龍那美を見上げる。

「っや、ぁ……それ、は」

僅かに茎を抜き出されたと思えば、また身体を揺すられ、同じ場所を浅くくじられる。粘液の滑りでゆるゆると動かれ、そのたび身体が何度も跳ねて、自分でも堪えようがない。

何度も泣き所を抉《えぐ》られ、握られたままだった茎を擦られて、身体の芯が震えた。先端がさらに奥へと逸れても、そこを擦られるとじくじくと疼《うず》いて熱い。いやなわけでもないのに考えがまとまらず勝手に泣いてしまう。

――ひどい違和感はもう、快楽としか捉えられない。

「だめ、っあ、しないで……っ」

触れられる感覚で、自分の欲情が濡れて龍那美の手を汚していくのが分かってしまう。無我夢中でその手に指を掛けるが、中を突かれると指の節がふにゃりと脱力して思うようにならない。

啜り泣きながらうわ言のように制止の言葉を口にすると、うなじに手を添えられて口を吸われる。

「ん、んむ、ッ……ふ」

繋がった場所も口内も濡れた音を立てて、鼻にかかったような甘い声が押し出される。

いつもはどうにか呼吸をしていたはずなのに、奥を擦られると途端にその方法が頭から消えてしまったように、うまく息ができない。

溺れそうになっていると、それに気付いたように唇が離れる。

「っ、は……！」

水面に出たかのように大きく息を吸い、その後も浅い呼吸を繰り返す。

その間、龍那美は動かないでいてくれていた。秋実の目尻を指で拭って、優しい声で尋ねてくる。

「痛みは」

甘やかすようなその声にいっそう涙腺が緩んで、涙が溢れてしまう。

「……ありません……」

「その割に泣いてるな」

秋実は途方に暮れたように呟く。

「私ばっかり、気持ちがよくて」

何だか本当に駄目になってしまいそうなほどに気持ちがいいから、どうしていいか分からない。思ってもいないことを口走ってしまうし、自分の身体が自分の意思に反して動いたり動かなかったりと、わけの分からないことにもなっている。涙が出るのも本意ではないのだが。

秋実の呟きに、龍那美が笑う気配がした。

「別にお前だけじゃない」

涙に濡れた目を瞬かせて龍那美を見上げると、額に汗を浮かべた龍那美が微笑んでいる。

秋実は窺うような視線で見上げ、言葉でも尋ねた。

「ほんとうですか」

「それはそうだ。……むしろ、慣らすのは気分が悪かっただろうに、よく辛抱してくれたと思って」

「私はあなた様に触って頂くのが好きですし……よくなって頂けたら、嬉しいので……」

下手でもいいとは言われてしまったが、いつも触って貰う時の幸福感に返せるものが自分にあるのなら、素直に喜ばしいと思う。

安堵に崩れるように笑って、秋実は龍那美の背に腕を回す。やんわり抱き寄せると、龍那美が姿勢を倒して近付いてくれた。

顔が見えないことに安堵しながら、龍那美の耳元で秋実はそっと告げる。

「あの、もう少し奥まで来て下さっても、私は平気です」

指で慣らした場所までまだ来ていない。龍那美の指はすらりと長く、かなり奥まで慣らされていたし、龍那美のものがそれより奥に来ることも、触っていたのだから知っている。

だが、秋実が言った途端、中で欲情が膨らむのが分かった。

「……あ……」

秋実が赤くなって視線を彷徨わせると、顔が見えないながらも龍那美が息を吐く気配がする。

「一応自制はしてるから、誘い文句もしばらくは下手でいてくれ……」

「自制されているのですか」

「身勝手に抱き潰すのは、いずれな」

そう宣言されて、瞼に龍那美の唇が触れた。

いずれそうされるということか——と想像できないやら恥ずかしいやら複雑な気持ちでいると、龍那美が上体を起こした。

両脚を抱え直され、秋実はそこで思い出したようにぽつりと言う。

「きっとお笑いになるとは思うのですけれど、お尋ねしてもよいでしょうか」

——正直、まだ色事によく分からないことが多い。

この体勢で尋ねることではまったくないとは思うのだが、幸い龍那美が「どうした」と言ってくれたので、秋実は遠慮がちに続ける。

「その、入れた後は……」

入れるとは聞いたが、その後にどうしたらいいのかは、正直よく分からない。

龍那美は笑ったりしなかったが、意味ありげに答えただけだった。

「すぐ分かる」

「えっ」

――彼の言う通り、どうするのかは直後に身をもって思い知らされた。

指で慣らした場所まで、なだらかな切っ先に開かれる。

そこが粘液で濡れて軋まないことを確かめると、龍那美は茎をゆっくり抜き出した。

抜いてしまうのかと思った瞬間、開かれた場所までを一息に貫かれ、喉から声にならなかった悲鳴が漏れる。

「ッ――……！」

中にある弱いところが強く擦れて、逃げるように弓なりに背筋が反り返る。

意図せず突き出した胸を龍那美の手に撫でられ、いつも擦れてひりついていた小さな蕾《つぼみ》を軽く摘まれた。

いつもは鈍かったはずの感覚が急に明瞭になったように、じんとした痺れが胸から下腹に走る。

――今までなかったはずの目が眩むような快感に、喉から堪え切れず声が漏れた。

「や、そこ、だめ……ッ」

思わず胸にある龍那美の手を摑んで、もう一方の手もその腕に縋るように指が絡む。それでも構わずに胸の先を押し潰し、撫でられて、びくびくと足先が跳ねる。

逃れようとして捩《よじ》ってしまう身体を、肩を押さえられて止められた。何度も大きく奥を突き上げられて、胸を指先に愛されて、快楽を逃すすべがない。

しゃくり上げながら声を上げる。

「あ、やだ、いや、いい」

「どっちだ」

「ああ、も、分からな……ッ」

悪戯めかして掛けられる声にわけも分からずそう答え、秋実は洟を啜る。

腰を押し付けられるたびに下肢が揺すられて、その刺激にも下腹の疼きが脈を持つ。水音を立てながら何度も何度も襞を擦り上げられて、下腹が切なくて堪らなくなった。それでも、茎を触らなければどうしても達せず、気をやりたくてもやれない甘やかな苦痛に苛まれた。

口吸いを交わして、龍那美が果てそうになった頃にやっとのこと下肢を触られて。そうしてようやく秋実も龍那美と一緒に果てた。


夜霧が桶《おけ》に入れて運んでくれた湯を受け取り、龍那美が秋実の身体を拭ってくれた。その際、後ろに指を入れて粘液を掻き出され、それにもまた煮え立ちそうに恥ずかしい思いをしたのだが。

始末を任せるなど畏れ多いが、疲れて身体が上手く動かない。龍那美がしてくれるというのに甘えて、眠るために身支度を整えた。

だが、その手にくっきりと歯形が残っているのを見て、どうしても秋実は詫びずにはいられない。

「誠に申し訳ありません……龍那美様の御手に何ということを」

最中はそれどころでなくすっかり詫びを失念していた。

恐縮しきりにそう言うと、腰帯を結びながら龍那美はなぜか楽しそうに笑う。

「吸い痕より熱烈だな」

「手当を……」

「舐めておけば治る。それとも舐めてくれるか」

「はい」

「冗談だ。放っておいていい」

至極真剣な顔で力強く答えた秋実に、龍那美はやや脱力したようにそう答えた。

真面目に言ったわけではなく、そういうからかいだったのだと遅れて気付き、秋実は今さら顔を赤くする。

龍那美は気にした様子もなくまた言った。

「自分の指を噛まれるより余程いいからな」

確かに秋実にとって命と同じく大事な仕事道具ではあるのだが。

秋実はつい自分の両手を見下ろして、それでもやはり納得がいかずに言う。

「いえでも、木っ端でも噛ませて頂いて構いませんので」

「それは……却っておかしくならないか」

「えっ。なぜです」

「そういう嗜好の人間もいるというか。お前が好きなら別にいいが」

「ええ……」

何が何だか分からず、それ以上は言葉が出なかった。何か咥えるのが好きな人がいるものだろうかと首を傾げるが、鼠を咥える猫の姿しか浮かばない。

眠気と疲労が重なって、つい欠伸が零れた。

早くに部屋へ引っ込んだとはいえ、あれからそこそこ時間が経ったような気がする。一体今はどのぐらいの時刻だろうと、龍那美が開けた障子戸を見るが、月の姿が見えなかったので諦めた。

龍那美は庭に湯を撒《ま》いて戻ってくる。障子戸を閉めて、秋実が座っていた布団に入った。

だが、秋実が枕を二つ並べて横になろうとすると、敷布団に薬包紙が紛れてぽつんと置かれているのに気付いた。

一つだけではなかったのかと、包みを拾って龍那美に尋ねる。

「これは、通和散というのでしたか。中を見ても構いませんか?」

龍那美が「ああ」と答えるのを聞いて、秋実は中身を零さないよう慎重に包みを開ける。

紙を開くと、乳白色の粉末が入っていた。それを見てつい首を傾ける。

「粉ですね」

「黄蜀葵《とろろあおい》の根の粉だな。唾に溶かして使う」

そのために口に入れていたのだなと納得したが、それを思い出すとどうしても羞恥心に駆られる。

あんなことをまた龍那美にさせるのは、知らずに任せるのとは違って、今後はとてもでないが堪えられない。あれよりもう少しましな使い方はないのだろうか、と心中でつい考え込んだ。

だが、それを口に出すことすら恥ずかしく、秋実は黙って小物を収めた漆器に薬包紙を入れる。

龍那美が上掛けを捲ってくれたので、布団に潜り込んで横になる。向かい合って、龍那美が秋実の頬を撫でた。

「身体は痛くないか」

尋ねられ、後ろにまだ違和感が残っているとはまさか言えず、秋実は平静を装いながらどうにか答える。

「大事ないです。脚の付け根がおかしい程度で」

手兼がいつぞや歩けるかと気を遣ってくれた理由もやっと分かった。明日にどれだけ響くのか分からないが、すでにそれなりの軋みはある。

「まあ、いずれ慣れる」

龍那美も気を遣った分疲れたのか、眠そうに瞼が落ちている。

秋実は頬にある龍那美の手をそっと握って、布団の中に戻した。龍那美の手が動いて、秋実の手に指を絡めて繋ぐ。

秋実は軽く指を握り、微睡みながら呟いた。

「……私、もう少し上手になりますから。そうしたら、龍那美様の身勝手にして下さるのですよね」

多少手荒にされても平気な程度には慣れられればと思う。おっかなびっくり触るのでは龍那美だって疲れるだろう。

だが、眠そうだった龍那美の顔が途端にぐっと顰められる。

「誘い文句……」

「いえあの、そうでなく」

寝ようとしているところに要らぬことを言ってしまったかも知れない。

慌てて違うと訂正して、秋実も重い瞼を下ろしながら静かに言う。

「大事にして下さって嬉しいですけれど、そんなにお姫様みたいにして頂かなくても、私丈夫ですから。……いずれご安心なさって欲しくて」

　他の神域で面倒を起こして、しばらく大狛宮を開けていたせいか、龍那美は秋実をひどく気遣ってくれる。だが、そんなに気遣いばかりでは疲れさせてしまうような気がするし、申し訳ない気持ちにもなる。

　でも、運がいいか悪いかは分からないにしろ、こうして無事に大狛宮に戻っている。神議りの場でだって、佐嘉狩に命を奪われることもあり得たのだろうが、何とか切り抜けられた。腕は立たないが丈夫だし、とりわけ気弱というわけでもない。

　今すぐでなくとも、いつか安心してくれるといいのだが。そう思って言うと。

「……そうだな」

　眠たげな声で龍那美がぽつりとそう答えた。ほどなくして寝息の音が聞こえてくる。

　秋実もうつらうつらと微睡みながらも、何だか眠るのが惜しくて、しばらくその寝顔をぼんやりと眺めていた。

拾壱《じゅういち》

　冬の道具を完全に仕舞い込んだ頃に訪れた、爽やかな初夏もどこへやら、ある日の雨を境に入梅が始まり、連日雨が続いている。

　そんな梅雨時でも布を蒸すために北宝殿は竈に火を入れており、おかげでこの時期は蒸し風呂のような暑さだった。

　暑気から逃げるようにして母屋に戻り、厨の暖簾を潜ると、いつものように錦木が中で食事の支度をしている。

　椅子に座って作業台で何かしている様子だ。暖簾の揺れに気付いて顔を上げ、穏和な微笑を浮かべる。

「秋実様」

　秋実は微笑みかけられて同じように笑顔を返す。

大狛宮の厨番の錦木は、朝から晩まで厨に詰めているることが殆どだ。それ以外にも聞き上手なので、秋実も手伝いと称してよく世間話をしに来ている。時間を余した時の皆の溜まり場で、話していて心安らぐ相手だった。

「水を貰いに来ました。暑くて茹《ゆ》だりそうで……ここにある湯呑は使ってもよいですか」

「ええ」

拭いて伏せてあった湯呑が作業台の上にあったので尋ねると、錦木がそれを手に取って渡してくれた。

有難く受け取って水瓶《みずがめ》から水を汲み、一息に飲み干す。

そうしてようやく一息吐くと、湯呑を洗い、拭いて元の場所に戻した。振り返り、何やら作業をしている錦木に声を掛ける。

「手伝いますよ」

「ああ、もう終わるところなのですが……では、少しだけお願いしてもよいですか?」

「もちろん」

何やら魚の身を解しているようだ。脇に避けてあるのは小骨だった。焼いた魚の香ばしい匂いがしている。錦木に箸を渡されて、秋実も魚の身を選《よ》り分けながら骨を探し始めた。

そんな中、錦木が思い出したように言う。

「そうそう、叢雲宮から暑中見舞いに氷が届いていますよ」

秋実は顔を上げてぱっと表情を明るくする。

叢雲宮というと、筒紀からだ。あそこは真夏でも氷室の中に氷が残っているらしい。それを送ってくれたのだろう。

「何と、嬉しいことですね」

「本当に。後でかき氷で頂きましょう。それと、せっかくなので昼餉は氷を入れた冷汁《ひやじる》で」

「冷汁?」

「一部の国にある、冷たい茶漬けのようなものです。食欲がない時によいですよ」

「それは美味しそうですね」

秋実の住んでいた国ではそういった料理はなかった

と思う。少なくとも秋実の家では出されなかった。

　よく分からないが錦木の腕なら美味しいのだろう――と漠然と思っていると、錦木は苦笑を浮かべた。

「焼きたての柔らかい内に解しておけばよかったのですけれど、雨のせいか億劫で、後回しにしていたら箸が入りにくくなってしまいました」

「今時分は何をするにも大儀でいけませんね」

「まったくです。それに食材もすぐに傷んでしまって。白露たちがすぐ臭いに気付くので、傷んだものをお出しする心配がないのは幸いですが」

　気怠そうに嘆息する錦木に、秋実は苦笑を浮かべた。この悪天候続きと暑さでは無理もない。洗濯物もなかなか乾かなくて、とうとう広間の欄間に紐を吊って干し始めた。来客がないのが救いだ。

　が、今の話から錦木はそれほど嗅覚が鋭くないという事実に気付き、秋実は首を傾げた。

「そういえば錦木は、犬の人形ではなかったのでしたっけ。何の人形なのですか？」

「私は人でございますよ」

　錦木の言葉を理解するまでの間、手が止まった。

　顔を上げた秋実は、困惑を面に浮かべて気が抜けた声を漏らす。

「えっ」

「あれ、申し上げておりませんでしたか。それは失礼を」

「人……とは、つまり、私と同じ……」

「はい。神でも人形でもない、人の女の腹から生まれた、神域にいる只人《ただびと》です」

　秋実は今まで自分が大変な思い違いをしていたことに初めて気付き、やや青褪めた。

「勘違いしていた私の方が失礼なのであって！」

　秋実が端から人形と思い込んでいただけで、言っていない錦木が悪いということはない。もっと早くに聞けばよかったのに、自分の思い込みで納得してしまいそうしなかった。

　だが、今思えば陸の獣に避けられる佐嘉狩の神域へ遣いにやるのは、他の奉公人ではなく錦木だった。それは厨番の錦木の仕事ではないのでは――とも思った覚えはあるが、その時はそういうこともあるのかと深く気に留めなかった。

「人……だったとは。私、知らず知らずのうちに誤解で何か失礼を申してはいなかったでしょうか」

「そのようなことはないですよ」

錦木は本当に気にした様子はなく、いつもの穏和な笑顔で自分の顔を指した。

「言われてみると、人に見えますでしょう？」

だが、秋実は複雑な思いで錦木の顔をまじまじと眺める。

「うーん……人形というのは、顔立ちが整っているように思っておりましたから。錦木の髪色や目の色は人らしいかなと思う程度で、見た目が明らかに違うとは……」

「嬉しいお言葉をありがとうございます」

あちこちの神域で人形を見てきたが、彼らは個々の顔立ちの特徴が人よりかは比較的薄いものの、概ね端正に見えた気がする。神々が作るせいだろうかと勝手に思っていた。

それと並んで遜色あるかというと、そうではない。神々の容姿が格別に輝かしいため分かりにくいが、中津国にいれば錦木は相当な美男の類だろう。役者と言われても納得しそうだ。切れ長の目が涼しげで、それでいて柔和な笑みを絶やさないので印象がよい。

だが、そこで急にある可能性を思って、秋実は冷や汗をかく。

「贄……ではないのですよね。龍那美様にはそのようには聞いていないはずで」

そうだとしたら、彼も自分と同じ立場だ。『秋実様』などと恭しく呼ばれて敬われるのはとんでもない話だろう。

冷や冷やしながら尋ねると、秋実の表情にその内心を察したのか、錦木は苦笑して「違いますよ」と柔らかに言う。

「中津国で会って、路頭に迷っていたところを拾って貰ったのです。拾われた捨て犬といったところなので、人形たちと変わりはないですね」

「龍那美様に？」

錦木は首を横に振った。

「いえ。荒鷹です」

灰色がかった髪と、鋭い金色の目。上背のある細身の体軀《たいく》の、荒鷹の姿が頭に浮かぶ。

――なぜ、といっそう不思議な気持ちになった。そして、その疑問を堪えられなかった。

「詳しく聞いてもよい話です？」

「大した話でもありませんが、それで構わないのでしたら」

秋実が力強く頷くと、錦木が仕方ないというように笑った。

「人形は時折、中津国に遣いに出たりしていますでしょう。その時荒鷹が立ち寄っていた小料理屋に、住み込みで奉公しておりましたのが、私です。もう百年以上前のことですね」

百年以上。とうにもう中津国に知り合いもいないような昔のことだ。姿は秋実より幾らか年上だろうかという程度なので、いまいち実感としては薄いのだが。

「ご奉公されていたのですか」

「ええ。生まれは農民の末子でしたから、幼い頃から。親の代に都が荒れて、その影響でなかなか大変だったようです」

「ご苦労なされていたのですね」

自分はずっと生家にいたので、幼い時分に親元を離れるという経験がない。それだけでずいぶんと苦労をしたように感じる。

当の錦木は「大したことはありませんよ」と謙遜するが。

「ただ、長く働いているうち、困ったことにその店のお嬢さんに好意を寄せられたのです」

僅かに表情を曇らせる錦木に、思わず真剣に答えてしまった。

「それは……錦木のような人が傍にいれば、自然かも知れません」

「有難いお言葉ですが。身分の違う方ではありましたから、そういうわけには参りません。そう言って宥めていたのですけれど……今思うと、煮え切らない態度も却ってよくなかったですね」

素気無く突き放したりもしなかったのだろう。錦木の柔らかい言動を見ていると何となく目に浮かぶ。だが、同じ立場だったら秋実もそんなに冷たく突き放せはしなかっただろうから、気持ちはよく分かった。

錦木は困ったように笑う。

「その内お嬢さんが、私に言い寄られているのだと旦那様に訴えたのです。旦那様と奥様のお怒りを買って、私は奉公先から追い出されてしまいました」

——ひどい話だ。

それを聞いた秋実は、理不尽極まりないと衝撃を受ける。思わず「明白《あからさま》な嘘なのに、なぜ」と不満を滲ませて呟いた。

だが、錦木はやはり穏やかな口調を崩さない。

「それが嘘だと知っていても、同じ奉公人たちは陰で囀《さえず》るばかりで、弁明してくれる者はありませんでした。私一人放り出されたところで、何も困ることはなかったからだと思いますが」

「薄情な……！」

「自分以外の者のために矢面に立つのは、なかなか難しいことですから。お嬢さんを嘘吐き呼ばわりなどできないでしょうし。私も同じ立場だったら、害が及ぶのを恐れてきっと何もできませんでしたから、そう思ったら仕方がないのかなと」

だとしたって誤解で住まいも仕事も奪われるのではひどすぎる。そんなものを見過ごした人たちに同情を向ける必要なども、微塵もないと思う。

そう憤懣《ふんまん》やるかたない秋実はしばらく渋い顔をしていたが、錦木に宥めさせるのもおかしい気がして、それ以上は堪えた。

一つ息を吐いて、代わりに思ったことを呟いた。

「お嬢さんは……悪意があってそんな嘘を言ったわけではないのですよね、きっと」

袖にされた意趣返しだったとは思いたくない。錦木と一緒になれればという思いがあって、そんな風に親に言ったのだろう。その結果が思いがけない方向に行ってしまっただけで。

「そうかも知れません。でも、大事な一人娘の相手が奉公人ではね。それに、言い寄ったとなれば身の程も知らないのかとお怒りを買うのも無理はなかったのでしょう」

「だとしても、後からでも嘘だと言って詫びればよかったのに」

好いた相手が放り出されそうになっているのに、自分可愛さに見過ごすなど、好いた相手への仕打ちとは思えない。

やはり腹立たしい話だと不満を浮かべる秋実に、錦木もやはり笑顔を崩さず頷いた。

「……でも、その話をした時に、主様が『思ったことと違った方向に大きな騒ぎになって、怖くなったのやも』と仰って。それを聞いた時、私も……それがよいなと思いました」

だからいいのだと、錦木はやんわりと言う。

他にも選ぶものもあった上でそれにしたような物言いが、何とも言えず不思議な気持ちになるのだが。

「そうだったらよい、ですか」

「もう黄泉に行かれた方ですからね。真実などは確かめようがありませんから、どうやったって私の心持ち一つしかないのです」

それで今はもう、そんな風に笑って話せるようなことになったのだろう。

秋実が怒ったところで、とうに昔のことだ。どうにもなりはしない。そう思って少し項垂れる。

錦木はやはり笑みを崩さない。

「着のみ着のまま追い出されてしまって、給金も貰えずでした。お金がなくては住まいも探せませんから、どこか住み込みで雇って頂けないかとあちこち回ったのですけれどね。手が足りているというので、すぐにはなかなか」

生家も遠くて戻れなかったですしね、と錦木は軽い口調で言う。

「散々ですね……」

給金ぐらい出すべきだろうに、非情にも程がある。思わずそうぼやいてしまった。

錦木も否定はしなかった。

「思い返せば何ということもないのですけれど、当時はさすがにそう思いましたよ。神も仏もないものだと。

働き詰めで奉公人以外に知り合いもいなかったので、その日は本当にどうにもならなくて、何も食べられず、夜は道端で寝ました」

「ああ……」

「慣れなかったので、眠れたような、眠れなかったような。うつらうつらとして夜を過ごしたでしょうか」

年月が経っていることでも、そこまで克明に覚えているのは、錦木にとってそれだけ大きな出来事だったからだろう。

今は何でもないことのように言うが、当時の錦木にはまったくそうではなかったのだなと、秋実はようやく思い至った。

「次の日は、今日のような雨でした。傘もなくてずぶ濡れになっているところに——私は荒鷹に声を掛けられました」

さぞみすぼらしく見えたことだろうと、錦木は冗談めかして笑った。腹立たしいばかりでちっとも笑えないのだが、とは、さすがに思っても言わなかった。

錦木は複雑な顔の秋実を見て苦笑しながらまた言う。

「荒鷹はそれまで何度か、奉公先にお客さんとして来ていました。あんな背の高い方はそう見ないのと、気に入ったのだと小鉢の作り方を聞かれたことがあって覚えていました。とはいえ顔を見知っている程度の間柄だったので、声を掛けられたのが意外なぐらいではありましたが」

それほどひどい有様だったのだろうと錦木は言う。それればかりは荒鷹に聞かなければ分からないが。

秋実の思う荒鷹は、口数が少なくて周囲にあまり関心を持っていないか、最低限の会話しかしないという印象だった。そういうところは夜霧のつれなさと似ているので、生来の性分というものなのだろう。それが自分から声を掛けるというのは意外だ。

「荒鷹は話すのが煩わしい性分なのかと思っていましたが、意外な面もあるのですね」

「荒鷹はね、飯を作る人には結構懐きます」

「あっ……」

「狼の名が泣きますよ」

——狼の人形なのか。

言われてみれば佐嘉狩が大狛宮に来た時、荒鷹も姿を見せなかった。龍那美が言っていたうちの犬――の中にはまさか、と思ったが、秋実は深く考えるのを止めた。

色々と、もっと早く聞いておけばと思うような話ばかりだ。

続きを促すと錦木は頷いて、話を始めてようやく初めて少しばかり顔を顰めた。

「恥ずかしながら空腹だったので、なりふり構わずお願いして飯屋に連れて行ってもらいました。……大した人間ではないとは言え、さすがにそのようなことをするのは葛藤もありましたが、背に腹は代えられず。思い返すも本当に、生涯で五指に入るほど恥ずかしかった出来事です」

「それは仕方がないことかと……」

錦木は苦く笑って、少し気恥ずかしそうに続ける。

「確かに、他にどうにもできなかったのですけどね。お腹が満たされたらだいぶ気が晴れて、本当に救われましたし、恥ずかしいばかりでもないのですけれど」

「荒鷹は何と？」

「何も。恥を忍んで空腹なので飯を食わせて欲しいと言ったら、分かりましたと言って、それだけ」

彼らしい気もする。笑い声を上げる錦木と同じように秋実も思わず笑ってしまった。

「飯屋では、彼が無口なので、私は一人で勝手にあましを語っておりました。もちろんその中には奉公先への恨み言もありましたし、この先どうしていいか分からないという泣き言も繰り返していました。その間荒鷹はずっと困っていました。うっかり声を掛けただけなのにさぞ災難だったことでしょう」

何となくその光景が目に浮かぶ。恨みつらみを語る錦木というのは想像ができないが、大きな身体を丸めて居心地が悪そうに座っている荒鷹の姿は、割と容易に思い描ける。

そうして食事が済んで、話も尽きて、聞いて貰った礼を言って。腹が膨れて少し気が済んで、雨の中また雇い先を探そうとしたのだと、錦木は言った。

「もう荒鷹とはそこで別れるのだと思っていました。

惜しかったですけれど、それ以上彼に面倒を見て貰う義理もありませんから」

「では、そのまま別れたのですか？」

「いいえ。そうしたら今度は荒鷹が私に宿を取ってくれました」

しばらくそこにいるように言われて、宿代を払っていなくなったそうだ。

「私は荒鷹がどういうつもりなのか分からなかったのですが」

着物を乾かしたり、少し眠ったり、出された食事を食べたりして過ごしたらしい。

わけも分からないまま宿屋に置かれて、自分なら落ち着かなくて出歩きたくなりそうだと苦笑する。

そうしている内に荒鷹が戻ってきたという。

「戻ってきたら、仕事先があるから来るようにと言われて」

「……まさか、大狛宮ですか？」

錦木は何とも言えない笑顔で頷いた。

そういう経緯で大狛宮に住まうことになったのかと一度思ったが、錦木の続く話は何となく秋実の思ったものとは違っていた。

「寝起きする部屋を借りて、着替えを見繕って頂いて、三度の食事の支度を手伝いました。へんてこ極まりないことに、私は絶対に食事をするなと言われ、味見もさせて貰えず、必ず荒鷹が持ってきてくれたものを食べていました。中津国から調達してきた食事だったのでしょう」

「……それは、いずれ中津国に戻れるように、ということですか？」

「はい。後から思えばそう気を遣って貰っていたようです」

その後、錦木はひと月ほど大狛宮で寝起きして働いていたらしい。

「当時は、今はおりませんが野分《のわき》という人形が厨番をしていて、私は彼から色々とものを教わりました。それに、色んな土地の食材が手に入るので、知らない料理もたくさん覚えられて――まあ、口にできないので、歯噛みする日々でしたけれど」

「そんなへんてこな仕事場、あるものではないですよね」

「本当に。ただ、あの十二神に数えられる龍那美神と呼ばれる方がいらっしゃって、あのように常人離れしたお姿なのですから。さすがに人がいるべき場所ではないのだろうとは思っていました」

口には出しませんでしたけれど、と錦木は笑う。秋実も頷くしかない。

余程勘の鈍い者でなければ、おかしいと思って当然だろう。荒鷹はよくそれでどうにかなると思ったものだ。

「ひと月経って、まとまったお給金を頂いて。長屋暮らしには十分でしたし、しばらく仕事を探しても食い繋げる程度には頂いて、どうするかと言われたのですが」

そう言って錦木は少し困ったように眉尻を下げて苦い口調で笑う。

「まあ、大狛宮の居心地がよいやら、中津国での人の縁が元々薄いやら、野分の下で学びたかったやらで、そのまんまずるずると居座ってしまったという……」

「ああ……」

確かに気持ちは分かる。帰りたい場所があるわけでないのなら、ここに留まりたいと思うのは自然だろう。主人は無茶を言わないし、人形は働き者で気持ちがいいところだ。

ただ、それでもさすがに神域の食事には怯んだとは、錦木はぽつりと付け足す。

「見知った土地とは完全に無縁になると思うと、何だかわけもなく足踏みしてしまって、なかなか食べられず。五日ほどは手をつけられずに過ごしていたような」

「…………」

自分を顧みて無言になる秋実に、幸いにして錦木はそのことには触れないでいてくれた。

「そんなわけで、狼に拾われた元捨て犬のようなものですから。人でも人形でも何も変わりはしないかと」

「とんでもない。ずっと料理をして働いてきたから、錦木の料理はあのように美味しいのですね」

「他にできることがないのです。困りもので」

「いえ、分かります。私も生業《なりわい》以外のことはてんで」

誰かに聞きながらの家事の手伝いなら苦労はないのだが、いざ自分で全部を考えて動くとなると難しい。洗濯や掃除などは楓と律に頼り切っているし、厨仕事なら錦木に指示を貰っている。

そういうものですよね、と錦木は穏和に言ってくれたが。

「……荒鷹がよく中津国で食べたものの作り方を聞いてきて、私に作ってくれとせがむので。私も色々と知れて楽しいですし、未だに勉強中の身です」

熟《つく》々《づく》錦木から聞く荒鷹の話は知らないことばかりだ。

「荒鷹にも好むものなどはあるのですね」

「意外と食道楽なところがあって」

「本当に意外な面を聞きました。きっと錦木の料理が好きなのでしょうし、気持ちは分かりますけれど」

自分も錦木が作る食事はいつも美味しいし、厨で色々と工夫が施されているのを知ると感心する。何気なく秋実が家で食べていたものの話をした後、その料理が出されたりして驚いたりもした。

「そういえば、荒鷹はいつぞや夜霧も拾ってきたのでしたっけ」

そう思うと、錦木を連れてきたというのも、それほど驚くようなことではないのかも知れない。

錦木は薄い微笑で頷いた。

「彼は弱っている者を見捨てられないところがあるのかも知れません」

「そんな気がしてきました」

と、魚の小骨を除いていた錦木の手が止まる。

どうしたのかと思い顔を上げると、錦木はどこか少し自嘲の気配を潜ませて、穏やかな声で独りごちるように言った。

「……荒鷹の残りの寿命は、もう百年ほどです。時が来れば黄泉の国に返されて、彼は新たな生を受けることになる」

錦木が中津国にいた百年以上前から、荒鷹は大狛宮にいた。それより長く生きているということになるのだが、今の話が本当なら、二百年はここにいるということになるのだろうか。

人形が消耗し切るまで、凡そ三百年。当たり前だが、荒鷹も他の人形も、いずれその時を迎える。

「私もどれほど生きるかは分かりません。荒鷹に食事を作ってやれるのがあと百年あるかないかと考えると、人には十分過ぎるほどの時間のはずなのに、何だか無性に惜しくなってしまいますね」

人は五十年生きられるかどうかという程度だ。それを思えば遥かに長いはずでも、錦木はすでに大狛宮に来てそれ以上の時間を過ごしている。ここに来てからの時間はそう長いと感じていなかったのだろう。

だが、それを言う錦木は、不安を覚えているわけではないようだ。

「贅沢は切りがありません。それだけが今の困りごとです」

そうどこか嬉しそうに笑うのが印象的だった。

秋実が何と声を掛けていいのか分からずにいると。

「錦木。氷を砕いてきました」

背中を曲げてのっそりと暖簾を潜って現れた、荒鷹の低い声が割って入った。

驚く秋実とは対照的に、少しも動じた様子のない錦木が、荒鷹が桶に入れて運んできた氷を覗き込んでいる。

「ありがとうございます」

「これでよろしいですか」

「はい。昼餉に使わせて貰いますね」

氷の塊を砕いてきてくれたようだ。力仕事なので荒鷹に頼んでいたのだろう。

秋実の何とも言えない表情と、いつも通りにこやかな錦木と、作業台の上を一通り見て、荒鷹は微妙な空気を感じ取ったようだ。

「……そのように魚を挟んで、何を話し込んでいらしたのです」

訝しそうな質問に、錦木は揶揄するように答えた。

「あなたの食い意地が張っている話をしていました」

「いえ、そんなことは……」

そう言う荒鷹の視線がどこかへ逃げる。それを見た錦木は笑っていたが、それ以上は特に何も言わなかった。

ようやく小骨の選り分けが済み、錦木が椅子を立って、作業台の上に他の食材を並べていく。そろそろ昼餉になるようだ。

秋実も椅子から立ち上がって笑う。

「本当に、錦木の料理は美味しいですよね。私も初めて食べた時、どこの料理屋に入った時よりも美味しかったので驚いたぐらいです」

そう言うと、普段は素っ気なく『そうですか』ぐらいの返事しかしない荒鷹が、ふと目を細めて秋実を見た。

「……そう思います」

思いがけず率直な答えが返り、やはり意外に思った。

せっかく母屋に揃っているので昼餉を一緒に取ろうと、囲炉裏を塞いだ間で龍那美と共に膳を出して貰った。

初めて口にする冷汁は、味噌風味のだし汁に漬かった丼飯で、薬味が効いていて食べやすかった。さすがにこのところじめじめとした空気のせいで食欲もなかったので、冷たい舌触りがかなり嬉しかった。筒紀に会った時に必ず礼を言わなければならない。

秋実は何とはなしに先ほど錦木と話していたことを話題に出す。

「そういえば今日まで私は誤解をしていたのですけれど、錦木は人だったのですね」

それを聞いた龍那美も、一瞬、知らなかったのかと言いたげな顔をした。が、それを言う前に、龍那美の表情はしまったという顔に変わる。

「言って……なかったな」

「夜霧が狐で、白露と律が犬で、錦木が人で、荒鷹が狼で……ちなみに楓は？」

「狸《たぬき》」

「なるほど」

赤毛の犬よりやや黒い毛色だと思っていたが、狸か。言われてみれば納得だ。それと冬場、やけに楓だけふくよかになっていたのも、他の人形と違う魄だったのが理由か。

　そう納得しながら秋実は話を続ける。

「ずいぶん錦木と荒鷹は親しいようで。あまり今までそう思っていたわけではないので、それも意外で」

「そのようだな。荒鷹が錦木に懐いているのか、逆なのか、よく分からないが」

「ちなみに狼ということは、野の獣ですよね。どんな狼だったのです？」

　尋ねてみると、龍那美はやはり知らないとは言わなかった。

「俺が知っているのは、連れ合いの雌を人に殺されて、人を噛み殺していたことぐらいか」

　それを聞いた途端、急に背筋が冷える。

「……ご冗談では、ないのですよね」

「ない」

　人間の秋実にしてみれば、人を殺した、という言葉には何となく忌避感を覚えるが、抑々番《つがい》の狼を殺されているのだから、やっていることは人も狼も変わりない。むしろ先に手出しをしたのは人の方なのだ。

　それに、荒鷹の元になった狼の話であって、必ずしも同一ではないのだろうとは頭では思うのだが。

「あれで元は激しいところがあったのですね……」

　呆然と呟く秋実に、龍那美は事もなげに。

「案外な」

　それだけをあっさりと言った。

拾弐《じゅうに》

――花の香りがした。

　秋実は縁側で足を止めて何気なく庭を振り向くが、そんな香りを放つようなものはなく、いつもと同じく大狛宮の風景があるばかりだ。

　立秋を過ぎてずいぶん日中の暑さも和らぎ、北宝殿に籠っているのも苦ではなくなってきた頃だった。大狛宮の山々は未だ青く、あちこちに夏の花も見えるのだが、こんな風に屋敷の周辺まで甘い匂いが漂ってきたことはない。

縁側からは見えないが、秋実の知らぬ場所で新しく何か咲いたのだろうか。

そう思っていると、上の方から声がした。

「こっちよ！」

「わっ……」

見上げると、屋根の上からばさ、と黒い影が降ってくるのが見えた。

そんなところに人がいるとは思わず無条件に驚いていると、人影は屋根から軽々飛び降りて庭に降り立つ。その姿を見て、秋実は「ああ」と気の抜けたような声を漏らした。

波打つ豊かな新緑の髪に、幾重にも絡む蔦。その中に何輪も咲き零れる百合の花。

麗しい少女のかんばせは悪戯めかしてくすくすと笑っている。

覚えのある顔だ。というよりも、十二神の顔は不思議と一度見たらそう忘れない。ただ漠然と美しいという以外にも、無条件に抱かせられる畏怖のようなものが合わさった結果ではないだろうか。

十二神の一柱、卯月の姫神、豊季比売。

以前は素っ気ない黒い袍を着ていたが、今日は鮮やかな単衣《ひとえ》の振袖で、外見相応のあどけなさが際立っていた。

「秋実だったわね。龍那美の嫁の」

名前を呼ばれ、秋実は恐縮しながら慌てて頭を垂れる。

「豊季比売様。神議り以来でございますね。その節はご挨拶申し上げず……」

「別にいいわ。人に挨拶されたところで興味ないもの。十二神を負かしたお前の肝の据わり方が愉快だったから、口を利いても許してやっているだけよ」

「それは……ありがとうございます」

高みから放たれるような物言いだが、実際偉いのだから反撥《はんぱつ》も何もない。それに、年下に見える外見のためか、不遜と取れるような言動も微笑ましくさえ感じた。

実際は秋実より遥かに長く生きているので、外見に惑っているとは自覚しているのだが。

　それにしても、豊季が訪ねてくるのは初めてだったので、さすがに驚いた。いつぞや龍那美の挙げた神域に挨拶をしに行ったが、その時に名前が出なかったところから察するに、龍那美とそれほど深い親交があるわけではないはずだが。

　まさか縁側から声を掛け続けるわけにもいかないので、秋実は下駄を引っ掛けて庭に降りる。

「大狛宮においでになられるのは、もしや稀なことなのでございましょうか」

「そうね。十年は来ていなかったと思うけど、とっても暇だったのだもの。何だか他の連中がやたらお前に構っていて楽しそうだったし」

「ご……ご期待に添えるとは思いかねますが……」

「盆に忙しいのは神社じゃなくて寺と坊主なのだから、今時分はどうも余すわ」

「確かにそうでございますね」

　腰に手を当てて嘆息する豊季に、秋実も納得しながら頷いた。盆に神社へ詣でるという話は、少なくとも秋実のいた国では聞いていない。豊季を祀る社——豊《とよ》末《すえ》大社の氏子も同じなのだろう。

　秋実は豊季に微笑みかける。

「龍那美様は外出中なのですが、お茶を淹れますから、よろしければ座っていかれませんか」

　腰に手を当てたまま尊大に胸を反らした豊季は、ふんと鼻を鳴らす。

「構わないわ。座っていってあげる」

「はい、誠に光栄でございます」

　豊季は風呂敷を持った手を突き出してきた。慌ててそれを受け取って中を見ると、羊羹《ようかん》らしき包みが入っている。

　厭なら厭と言うはずなので、きっとそういうことなのだろうなと思いながら、秋実は礼を言って縁側を勧めた。

　人形を探そうかと思っていると、律が見透かしたように廊下の先から姿を現した。秋実が豊季からの土産を渡すと、頷いて姿を消したので、おそらく切り分けて茶を持ってきてくれるだろう。

茶を任せて秋実は縁側に座った。豊季は頬杖を突いて意外そうに言う。

「あんな面《かお》だけの男に嫁いで、今頃泣いて暮らしているかと思ったけど、やっぱり肝が太いわね。元気そうじゃない」

やはり必ず一言貶すところから入るのだな、とは思っていても言わなかったが。

「ええと……龍那美様はよくお気遣い下さるお優しい方でございますよ」

「何それ、鳥肌が立ちそうだわ。気味が悪い」

心底気味悪そうに目を眇めて、豊季は自分の両腕を摩っている。

「十二神ともあろう者が、よくああも人の程度にいちいち添っていられるものだわ。どれだけ這い蹲《つくば》って目線を下げてやればそんなことができるのやら、知れたものじゃない。却ってどこか頭がおかしいのじゃないかしら」

言い方こそ辛辣《しんらつ》だが、言いたいことは分からないでもなかった。苦笑しながらどうにか答える。

「確かに……神様方と人の道理は大きく異なっておいでのようでございますから。あのように人の気持ちに添って下さることは、稀なことやも知れません」

「正気とは思えないわ。気ッ色悪い」

「それは……一概にそうとは、私には分かりかねますが……」

人の身としては有難い限りなのだが、神々の感覚ではそういう風に感じるものなのだろうか。よく分からないので肯定も否定もしようがない。

しばらく苦笑いをしていたが、秋実はふと豊季の横顔にあることを思い出す。

「ですが、豊季比売様は、人……として祀られた神様では」

秋実がそれを言った途端、豊季の顔から表情が消えた。

あれほど感情豊かだった面が急に色を失うと、独特の気迫を帯びる。まだあどけなさの残る娘の貌が、臈《ろう》長《た》けた女の貌のように映るのが不思議だ。

「誰に聞いたのよ」

「神統譜を見た時に、少し話を聞きました」

気を悪くしただろうかと思いながら答えると、白けたような目つきの豊季は、しかしずいぶんあっさりと答えた。

「そうね。間違っていないわ」


——月の初め、まだ盆前の頃のこと。

屋敷の片付けをしている最中、龍那美が神統譜を出してきてくれて、秋実はそれを見たのだった。

龍那美が持ってきたのは世に出回っている中でも比較的数の多い写本から、系譜のところを抜き出して巻物にしたものだった。

文字が古くて読めなかったので、ざっくりと掻い摘んで説明して貰ったが、辿っていくと、下の方に人らしき名前が見つかる。これが当時の為政者だったのだろう。

龍那美の名前のところには、何柱か連なる名前があった。

「龍那美様の……御尊父様の御名でしょうか。それと、ご兄弟がおられるようですが」

話題にすら挙がったことのない縁者の存在に驚きながら尋ねると、龍那美は関心なさげな物言いで答える。

「父は黄泉の国だ。兄弟は中津神だから関わることもないし。共に過ごした時間があるわけでなし、殆ど他人だな」

「そうなのですか」

それでは、深い付き合いがある間柄ではないようだ。きっと昔からそうなのだろうし、神々の接し方に自分が口を挟むのもおかしいかと、秋実は諸々の感情を呑み込んだ。

続いて龍那美が示す通りに見ていくと、大暁や手兼の名前が見つかった。遡った世代がどこかで交わっている気配もないので、血縁ではないようだ。

一通り眺めて、他の見知った神の名前を探してみたが、なかなか見つけられなかった。本当にあるのかどうかもよく分からない。

「十二神の中で、名前がおありでない方もいますか？」

佐嘉狩の名前なども載っていないように見える。同じ神統譜に編纂された神だというが、ここに名前がないのはどういうことなのか。

首を傾げていると、龍那美が頷く。

「そうだな。原典の中に名前が書かれているだけで、系譜に入っていない神もいる」

「ああ、抜き出す前の写本の方ですね」

「そこには神にまつわる逸話が書かれていて、そこにしか名前がない神もいる。それと、阿須理なんかは天《てん》竺《じく》由来の神だから名前がない」

「天竺？」

「そういう国があるらしい。そこから流れ着いた蕃神《ばんしん》があちこちで祀られて生じたから、元々の神とはまた違うものになっているのだろうが」

「蕃神とは何ですか？」

「海を越えた遠い他《あだ》し国の神だ」

――考えもしなかったが、これまで他の国の神を祀っていたのか。

何だか難しくてうまく想像できないでいるのだが、とりあえずこの神統譜から生じた神とは違う、というところだけ理解した。

龍那美は思い出したように言う。

「豊季なんかは若いから、この神統譜の末裔《まつえい》よりもだいぶ後の生まれだしな」

秋実は神議りの場で姿を見た豊季を思い出す。外見は確かに若かったかも知れないが、見た目はあてにならないのだろうし気に留めていなかった。

――どうやら、見た目に違わず龍那美たちよりも歳若い神だったらしい。

だが、歳の見方が曖昧な龍那美たちが、はっきりと年下と断言することは珍しい。秋実は何だかどこかが引っ掛かって首を捻る。

「……生まれというのは、中津国に名が広まった後のことでしょうか？」

「いや。豊季は元は人だから、人の腹から生まれたところだな」

それを聞いて少し驚いたが、そういえばそういう話も聞いていたなとすぐに思い出す。

「祀られたのですね」

槌鳴宮の櫛炉の妻、託基という女性がその例だ。

だが、彼女は遠い昔に櫛炉に見初められた女性で、古い文献にも名前が載っているし、何より櫛炉の名前と共に中津国に浸透している。だから祀られていても不思議はない。

ただ、豊季が生まれてから、祀られるほど長い月日を経ているとはとても言えないだろう。何だか奇妙なことにも思えた。

「……祀られるような理由があった……のですよね？」

怪訝に思いながらつい尋ねると、龍那美は頷く。

「元は贄だった。神婚祭を始めた権力者の、側室の末娘。かつては豊姫《とよひめ》と呼ばれたようだな」

秋実は目を剝いた。

神婚祭が始まってまだ二百年経っていない。当時の為政者の娘だったということは、豊季が神に成ってからの時間もその程度ということだ。

それでも、贄だったなどどこかで信じたくないような思いで、秋実は恐る恐る尋ねる。

「それは……自分の娘を贄に差し出したということですか？」

「そうだな」

「当時の為政者は……神託が嘘と知っていたはずでは。嘘の神託のための贄がどうなるか、分かった上で……？」

龍那美は秋実の動揺にも「そういうことだろう」と静かに答えた。

秋実が悲痛に眉を寄せる。

——悪政で民を大勢苦しめて、悪習を築いてこれまで数多の子供の命を奪ってきた挙句に、親子の情さえなかったのかと思うと、憤りさえ覚えた。人のやることとは思いたくない。

「神婚祭の贄を捧げるにあたって、反撥を弱めるために自分の血縁の娘を一人差し出した。国のために命を擲《なげう》つ献身的な姫だと世に謳ってな」

「……ひどい戯言《ざれごと》ですね」

やり場のない怒りを逃がすように呟くと、龍那美は宥めるような声で「そうだな」と優しく言った。

「――人だった豊姫はそこで死んでいる。だから厳密に、今の豊季と豊姫が同じ者かというと、微妙に違うんだろうが」

「では、あの豊季比売様は？」

「豊姫の逸話を取り込んで存在する姫神……ということになるのか。まあ、人ではないんだろうが、人として祀られて神になったというか」

とりあえず、中津国で生まれて人のまま大狛宮に来た秋実とは違うのだろう。託基もまた、人のまま神域に上がり神に属したのだから、豊季の状況とは違うはずだ。

豊季は人としてはもうすでにその生を終えていて、今は純粋に神であるということになるのだろう。

それを語る龍那美の表情はどことなく不愉快そうだった。

「幾ら贄を殺したところで、乱れた世が収まるわけじゃない。今度は自分の娘のための社を建てさせて、民草の怒りを買って、あの為政者は失墜した。殆どが刑罰を受けて、細々と落ち延びた血縁者がいるかいないかというところだろうな」

最後には悪政が討たれて終わったようだ。結局それでも、始まってしまった贄の慣習だけは続いてしまったようだが。

豊季の縁者は、国を恣《ほしいまま》にしただけの罰を受けたのだろう。

「でもそれは……豊季比売様に非があるわけではないのでは」

ただ縁者に命を奪われただけの少女だったはずだ。祀られたのだって彼女の意思ではない。

龍那美は頷いたが、表情は冴えないままだった。

「豊季に罪はなくとも、血腥《ちなまぐさ》い女ではある」

律が切り分けて持ってきた羊羹を口に放り、茶を啜り、ややあって息を吐いた豊季は口を開く。

「まあ、別に知れたことだもの。隠しているわけでなし、聞かれたって構いやしないわ」

秋実が豊季の話を聞いた時はずいぶんと動揺していたものだが、当の豊季は何でもないことのように言う。

その心境が本当に言葉通りなのかどうかは、秋実には分からないが。

豊姫への憐れみを彼女に向けるのも失礼かと、秋実は心を落ち着けるように小さく息を吐いた。豊季は続ける。

「聞いたなら余計に、妾が人など好かないぐらい分かるでしょ」

「豊姫様という方と、豊季比売様が同じ方ではないということは、龍那美様に聞いておりますが」

「でも、豊の記憶は妾が持っているわ。どうやって死んだのか、事細かに語り聞かせてあげられるわよ」

秋実は驚きの目で豊季を見る。

彼女の柑子《こうじ》色の目は怒りに激しく煮え滾《たぎ》っているような、悲しみに冷め切って凍り付くような、どちらにも見えるようなものだった。

その目は豊姫のものなのか、豊季のものなのか、秋実には分からなかった。

「……人に見捨てられる絶望も、人知れず葬られる苦痛も、一時だって忘れたりしない」

秋実は言葉が出なかった。その時の気持ちがどれほど秋実の想像の範疇を超えるのか、その目を見れば思い知らされた。

豊季は白けたような横顔のまま言葉を続ける。

「父に、神に捧げる供物にされたわ。母上も兄弟も乳母も女中も、自分の命が惜しいから、父上に諫言《かんげん》一つしなかった。妾の前ではひどいと嘆いて見せても、誰も妾のために異を唱える者はいなかった」

「……あ……」

「所詮他人事だから、妾の前ではしおらしく泣いても、父上の前ではだんまりだったわ。ずいぶん都合のいい涙もあるものよね」

皮肉げに片頬を上げて豊季は嗤った。

錦木も同じようなことを言っていた。人が自分以外の者のために矢面に立つのは難しいことで、自身にも難しいことなのだと。

――良くも悪くも、人にはそういう側面がある。豊季はそれを最悪の形で知ってしまったのだ。

「ねえ秋実。妾がその程度の人間だったから、仕方がなかったのかしら。誰にも庇って貰えないような人間だったから、皆に見捨てられたのかしら」

「っそんなはず……」

「父上の娘は他にもいたのに、妾は側室の娘だったから、死んでもいいような者だったのかしら。……要らなかったのかしら」

言葉が詰まる。やっとの思いで絞り出した言葉は、もどかしいほどに短過ぎた。

「いいえ……豊季比売様」

豊季の耳には届いていないようだった。

「死にたくなかったけど、誰にも望まれなかったから、妾もう生きていられなかった」

淡々と紡がれる言葉の、迫り来るような生々しい絶望は、確かに豊姫のものなのだろう。

聞いているだけで胸が痛い。息が苦しくなる。

泣いてしまいそうになるけれど、豊季には鬱陶しいだけだろうと、必死に涙を堪えた。

豊季は一つ嘆息して、ぽつぽつと続ける。

「……気が付いたら自分の神域にいた。人の信仰で人のために生まれたのですって。こんな屈辱があるものなのね」

人に殺され、人の勝手で神に祀られて、他人の身勝手に晒され続け、どれほど怒りを抱えているのだろう。存在し続ける限り踏みにじられるような屈辱ではないだろうか。あまりにも——皮肉なことではないだろうか。

豊季は疲れたような溜め息を漏らした。

「人の生き死になどどうだっていいわ。憎くて憎くて仕方がない。人の悲喜交々《こもごも》に添ってやれる慈悲など持ち合わせがないの。豊を殺した虫けらがぬけぬけとやってきて、幾ら泣いていたって苦しんでいたって、妾には愉快な暇潰しなだけよ」

こんな神で、信徒は哀れね。

そう囁くような愛らしい声で豊季は呟いて。

「それだって妾には滑稽《こっけい》なだけだけれど」

投げ出すような言葉は、その裏に沸き立つような怒りを孕《はら》んでいることを、さすがに分からずにいられなかった。

当然だろう。同じ思いをしていたら、秋実だってどう思ったか知れたものではない。

豊季はもう話は終わりと言わんばかりに羊羹を口に詰め込んだ。しばらく黙って咀嚼を繰り返し、ぼんやりと庭に目を遣っている。

やがて、無言の中で何を思ったのか、小さく「んぐ」と呻き声を漏らした。

茶を飲んだ後に忌々しげに言う。

「……思い出した。こんなだから熟《つくづく》龍那美の奴と話が成り立たなくて、大狛宮から足が遠のいていたのだわ」

今からでも帰ろうかしら、と億劫げに言う豊季に、秋実は何も言葉を掛けられなかった。

先の話からまだ考えが戻ってきていない。うまく答えられずにいた。

そんな秋実を見て、豊季は不快なものでも見たというような険しい顔をする。

「もうやだ、そんな辛気臭い顔しないでよ。龍那美に見られたら面倒じゃない」

「あ……」

豊季の表情に、未だに自分がひどい顔をしているのだと気付かされ、秋実は慌てて自分の頬を軽く叩いた。

茶を飲み下し、息を吐いて、ようやく自分を落ち着かせる。

「失礼をいたしました……」

豊季は頬杖を突いて顔を顰めている。

「似た者同士の伴侶で結構なのかも知れないけど。まあ、龍那美の奴ほど偉そうじゃないから、お前と話すのはだいぶましよ」

「私のような只人は、豊季比売様に物を申し上げられるような立場ではございませんから」

「立場？　厭だわそんな言葉。妾は十二神に楯突《たてつ》くお前だから虫けらよりましだと思ってやっているのに、がっかりさせないで頂戴」

秋実は深く息を吐いて動揺をぐっと堪えた。

「……はい、豊季様」

そうはっきり答えると、豊季は満足そうに頷く。

接点がなくとも快く思われていたのだなと意外な思いになった。自分としては宴の場を騒がせて恥としか思っていなかったものだが。

やはり神々のものの考えはよく分からないなと思いながら、一口茶を飲んで、思ったままに言う。

「……確かに、人の悲喜交々は傍から見て愉快なところもあるからこそ、皆芝居や読本などを好むのでございましょう。どれほど憎まれていても、見たくない聞きたくないと仰せにならない豊季様は、それだけでご立派な神様であらせられるのでしょうね」

豊季が怪訝そうに言う。

「おべっかのつもり？」

「私などがそれを申し上げたところで、豊季様にとっては取り立てて何の価値もない、数ある賛辞の一つに過ぎないことかと」

「まあそれもそうだわ」

「人に望まれるからここにおられるわけで。……どれほど民草を蔑まれていても、望まれ続けているのなら、きっとそれでよいのでしょう」

氏子や参拝者がそんなことを知るはずもないし、生じてからずっと豊季は十二神に数えられる神で在り続けているのだ。どれほど憎もうと蔑もうと、豊季にとっても民草にとっても悪いことは、これまでにもこの先にもたぶんない。

もし駄目だと言う者がいるなら、豊季の——豊姫の気持ちが想像できない者だろう。

「人をお恨みなさらないで下さいとは、私にはとても申し上げられません……」

豊季は一瞬、どこか遠くを見るような眼差しをした後に。

「おかわり頂戴」

「あ、はい」

茶碗を突き出されて、秋実は慌てて急須から茶を注いだ。

秋実にとっては衝撃的な話でも、豊季にとってはもう長らく自分の一部として持っていた出来事で、今さら動じるようなものではないのだろう。そう思って苦笑を浮かべる。

茶を飲んだ後、豊季は思い出したように呟いた。

「龍那美がお前に馬鹿に参っていると聞いたけど、本当そうね」

なぜそんな話になるのかと思わずにはいられないが。

「いえ……そんな大それた話では。それに、私の方が慕っているのであって」

「十二神が人のように誰かに焦がれることがあるものなのね。不思議だわ」

物珍しそうな口調に、秋実はそうかも知れないと思う。

自分と違う理で生きている相手と添うのは難しい。自分にとって当たり前と思う何もかもが、相手にとってはそうではない。それは人であっても同じことなのかも知れないが、少なくとも同じ決まり事の縛りの中で生きている。神はそれさえも違う。

秋実が気付いていないところでも、龍那美が秋実に歩み寄ってくれていることは多いはずだ。

でも、だからといって絶対に無理だということもないだろう。

「いずれ豊季様にも、急に現れるものやも知れません」

そう言うと、豊季は何とも言えない表情で「想像もできない」と小首を傾げる。

「抑々同じ十二神相手でさえこんなに話が合わなくて仕方がないのに、ましてや人なんて」

「でなければ、他にも天津神《あまつかみ》や中津神がおられますが」

「格下でしょ。相手にできない」

天津神で高位の一柱に数えられる貴い神なのだから、それも仕方がないのかも知れない。

どうなのでしょうね、と苦笑して曖昧に返事を呟き、秋実は羊羹を口に運ぶ。

中津国の土産だろう。こっくりとした小豆の上等な甘さがじんわりと染み入るようだ。後で律たちにも食べさせなければ、と思いながらもう一口と手を動かす。

だが、羊羹に舌鼓を打って言葉を奪われている間、秋実は何をきっかけにか、ふと言い様のない違和感を覚えた。

――十二神。

贄を捧げる神婚祭の始まりからして、すでに十二の大社があった。だが、その内の一柱である豊季は、当時は神ですらなかった。

それはおかしなことではないだろうか。

「……あの、贄なのですけれど」

恐る恐る尋ねる秋実に、豊季は訝しそうに答える。

「ん」

「初めの年に捧げられたのが、十二人で……その中には豊姫様がいて。では……」

その頃から十二神は十二柱揃っていたということだ。

「その時、季神《すえのかみ》様は豊季様ではなかったのでございますよね？」

豊季はああ、と小さく言った。秋実が何を言わんとしているのか察した様子だった。

彼女は明日の天気の話でもするような、何でもないことのように。

「前の十二神なら、消えたわよ」

それを聞いた秋実は、彼女が何を言ったのか一瞬分からなかった。

「……え……」

「もういないわ。この世のどこにも。天下をひっくり返してみたらもしかしたら名前が書かれた書物の一つ二つは見つかるかも知れないけれど。どんな神だったのかしらね」

「それは……」

神が消えるとは何だろう。この世のどこにもいなくなるとは。

死ぬということかと思ったが、だとしたら豊季は消えるなどという言い方をするだろうか。

豊季は「知らないの？」と不思議そうな顔をしてから答える。

「言葉通りよ。前の季神を祀っていた大社は、為政者によって妾が祀られ、取って代わられた。前の十二神にまつわる文献も多くが焼き払われた。多くの社で妾が祭神に置き替えさせられて、前の神は信仰を失い、人から忘れ去られた」

「そんなことが許されるのですか……」

「抵抗した神職も皆殺されてしまったもの。どれだけ渋々祀ったところで人などその内死んじゃうし、世代が変わればまた尊ばれる。元々何を祀っていたのかなんて、案外簡単に忘れ去られるみたい」

――血腥い女だ。

そう龍那美が言っていたのはこのことかと思った。社すらも血で穢しながら祀られた神なのだ。豊季がそうさせたわけではないにしろ。

「妾たちは信仰されるほど力を持つけれど、反対に信仰を失っていくと神格が落ちる。大多数の人間に忘れ去られると、最後にはその神は存在しなくなる。妾たち神々にさえも、その神がいたかどうか、ぼんやりとして思い出せない。顔を合わせた神もいたはずなのに、不思議よね」

「死ぬこととは……違うのですか」

「死んだら骸が残るでしょ。知り合いの記憶にも少しは残る。神は何も残らない」

人に忘れ去られたらもう、遡って存在していたかどうかも、誰にも分からなくなる。

そう豊季は当たり前のように言った。

秋実は心底信じがたい思いで、動揺に揺れる声で尋ねる。

「そんなことが……あるのでございますか」

「だって妾たちは人に祀られて在るのだもの。祀られなかったらいられないでしょ」

確かにそうなのかも知れないが、人に忘れ去られて、誰の記憶にも残らず、葬られることもないとは――それまで神として祀り立てておいて、あまりにもひどい仕打ちではないだろうか。

秋実の衝撃とは裏腹に、豊季の口振りはどうとも思っていなさそうだ。

「人に忘れられればもう存在する理由もない。妾たちは別に、人のように馴れ合って生きる性分ではないもの。妾たちはいわばその時々の大衆の知識の寄せ集め。人が忘れた神のことは知らない。妾自身が過去を覚えていられることも、ない」

「神様だって、思い出は残るのではないのですか」

「そりゃ、記憶はあるわよ。何年前にこんなことがあったわねって。昨晩食べたご飯の献立を忘れたりしないでしょ。でも、神が消えると虫食いみたいにそこがなくなるの」

秋実は言葉が出なかった。

面識があるはずの神々の記憶の中からさえも消えてしまうのだ。人ではあり得ないことだが、彼らは人ではないのだから仕方がないことなのだろうが。

——だとしても、仕方がないで済ますにはあまりにも残酷ではないだろうか。

「何かないな、って思うのよ。でも、何だか分からない。ないかどうかも分からない。あったような気がするけど気のせいかも知れない。あやふやなものよね。名前を聞いたって分からない。だってもう中津国の人間は殆どが覚えていないのだから。確かめようがないし、手がかりもないし」

顔を合わせたはずなのに、名前を聞いても顔すら浮かばない。どんな神だったのか覚えていない。

——大衆が忘れ去ったから。

「妾たちは多くに祀られる限り存在するけれど、そうでなくなったら、いずれ存在したことさえも分からなくなる」

秋実の頭の中に、龍那美の呟くような声が蘇る。

——怖いというと少し違うかも知れないが。

——忘れられること、か。

いつかに龍那美が教えてくれた、怖いものの話だ。

今ならようやくそう言った理由が分かる。

人に忘れられるということは、まるで初めから存在しなかったかのようにこの世に何も残さず、すっかり消えてしまうということなのだから。

知らず涙の粒が一つ二つと零れた。慌てて止めようとしたが、胸が痛くて、止めるどころか却ってひどく溢れてくる。

「龍那美の奴、言わなかったのね。小心者だって笑い者にしてやろうかしら」

「いえ、それは……」

豊季は見かねたように溜め息を吐いて立ち上がり、秋実の前に立った。顎を掴まれて、袖で涙ごと顔を擦られる。

「妾が泣かせたみたいになってしまうのだもの、止めてよね。別に人が死ぬのと変わりないでしょ、そんなの」

「私たちは死んだ後も、自分を知る誰かに偲んで貰うことができますから……」

「別にそうとも限らないわよ」

「ですが」

　偲ばれる者ばかりとも限らないかも知れないけれど、必ずどこかで関わっていた者はいて、他愛なくとも言葉を交わした者がいる。何か作れば名前と共に残る。

それすら残らない神とは違う。

　龍那美を知る皆が、彼と過ごしたことを忘れてしまって、彼を偲ぶこともなく、何もなかったかのようにいつも通り日々を過ごしていると思うと——考えるだけで悍ましくて切なすぎる。

「端から存在しなかったかのように消えるなんて——そんな、惨すぎる、こと……」

「別に惨くはないわよ。消えるぐらい、痛くも痒くもないのだもの、死ぬよりましじゃないかしら」

「死ぬよりもひどいのでは……」

「ああもう」

　豊季は面倒という顔を隠さずにまた溜め息を吐く。面白がったりはしないのだなと、こんな時なのに少し不思議に思った。

「別に何かしろなんて言われないんだから、そんなに気にしたところで仕方がないでしょ」

「何かしろと言われた方がましです」

むしろ、できることがある方が気が楽だ。

すぐさまそう答えると、豊季は悩ましそうに大きく首を傾けた。

「そんなにどうしても気が済まないなら……」

　悩ましそうな苦渋の表情をしていたかと思えば、やがて「そうね」と急に穏やかな目をする。

　少女の顔立ちでも、母親のような深い慈悲を帯びた眼差しに、こんな状況なのにやはり彼女もまた姫神として長くこの世に在る存在なのだなと思った。

「……妾はつらかったわ。もし哀れと思って、そしてお前が誰かを大事だと思うなら、自分と同じように大事にして、そんな目には遭わせないでやりなさい」

——そうしたら、消える時まで幸せでいさせてやれるでしょ。

そう言って秋実の肩を軽く叩いた豊季に。

「胸に刻みます……」

ますます涙が止められなくなって、ぼろぼろと涙の粒を落としてしまう。豊季が慌てたように悲鳴を上げているが、どうにもならなかった。

豊季の情が人のものなのか神のものなのかは分からないが、龍那美に彼女のような思いをさせたくはない。きっと忘れまいと胸に誓うが。

——その時、よくないことに、それまでここにいなかったはずの主の低い声が急に響いた。

「何をやっている」

顔を上げると、龍那美が戻っていた。おそらく大狛宮に豊季が留まっているのが分かって、早めに用を切り上げてきたのだろう。

怒りを帯びた威圧するような声に、思わず秋実の方が竦み上がる。豊季が苦々しい顔をした。

「げっ。帰ってきちゃった」

「何をしたひとの嫁に！」

「何もしてないわよ！　すぐ疑って気持ち悪いわね！」

秋実は違うのだと慌てて口を挟もうとしたが、豊季はその間もなくさっさと踵を返して歩き出した。

「もう、厭な奴の顔を見たら気分が悪くなったわ。帰る！」

「帰れ、疾《と》く、今すぐ！」

「何よばーかばーか、くたばれジジイ！」

稚《いとけな》い罵り文句を残して足早に門の中へと姿を消してしまった豊季に、怒りの冷めない龍那美が吐き捨てる。

「お前からすれば大体ジジイだろうが……ッ」

居合わせた場が悪過ぎた。引き止める間も誤解を解く間もなく豊季は去ってしまったので、後で詫びに人形でも遣ろうかと思いながら秋実は龍那美を見る。

彼は秋実の視線に気付いて目の前に来てくれた。

「何を言われた」

秋実はその袖を摘んで、その場に引き止める。涙は止まらなかったが、怒りを解かねばとゆっくり首を横に振った。

「豊季様は何も悪いことを仰せになったわけではない

のです……お気を遣って頂きました」

「そうは見えないが」

龍那美は顰め面だった。

秋実は「龍那美様」と涙に揺れる声で呼びかける。

「豊季様の前の季神様のこと……お忘れでいらっしゃるのですよね」

確かめるように尋ねると、龍那美は少しだけばつが悪そうな顔になった。

「……そうだな」

それを聞いて、豊季の言ったことは本当なのだなと思い知る。

「決して非難しているわけではないのです。……神様とはそういうものなのだと、豊季様が教えて下さって。私たちが忘れ去った神様たちのことが、記憶から消えてしまって、端からいなかったようになってしまうのだと」

龍那美は少しの沈黙を置いて「そうだな」と肯定した。心の底にあったほんの欠片ほどの疑心も、それでようやく消えてなくなった。

秋実は申し訳ない思いで目を伏せる。

「あなた様がなぜ人に忘れ去られることを憂いていらっしゃったのか、私、ずっと知らなくて……」

深く気に留めもしていなかった。そうなったら悲しいとは思ったけれど、同時にそんなことないだろうと高を括って、彼の不安を冗談か何かのように済ませていた。今になってそれを悔いている。

龍那美は泣く子供に向けるような苦笑を浮かべていたが。

「為政者が変わって、急に社の多くを焼き払われでもしない限りは、そう起こることじゃないからな。案ずることでもない」

「明日にでもそうならぬと、何の約束があるのでしょうか……」

少なくとも前にいたはずの十二神だって、そんなにあっけなく消えることになるとは思わなかっただろう。

幾ら低い可能性であったとしても、龍那美がそうならないという確たる証はどこにもない。

「私のつらかった思い出は、あなた様が分かち合って下さいました。でも……私はあなた様に何ができるのでしょう」

豊季の父と違って、中津国の大衆を思いのままに動かせるはずもない。仮にそれだけのことができたとしても、必ず無理が生じるし報いがある。人の血も多く流れた。

豊季が言ってくれたから、彼を幸せでいさせるすべは知った。でも、彼が消えないために何もできることが浮かばない。

そう思っていると、縁側に膝を突いた龍那美に、頭をやんわりと抱えられる。

「お前は、生きている限りは俺のことを忘れずにいてくれるんだろう。……ああ言われて嬉しかったんだぞ」

抱き寄せられるまま龍那美の胸元に頬を埋め、秋実は洟を啜る。

「……だって、何の慰めになります。神様は……多くに信仰されなければ消えてしまわれるのでしょう？　私一人が、祀っても……」

「神々の記憶からは消えるかも知れないが、人の記憶から名前まで消えるわけじゃない。お前が生きている限りは、皆に忘れ去られることにはならない」

――人の記憶には残るのか。

神々の記憶からは忘れられるとしても、自分は龍那美を忘れたりしないのか。他の神々が消えて、龍那美までがそれを忘れてしまっていても、自分の中には彼らの記憶が残ってくれるのか。

そう思うと安堵が押し寄せたが、それも一瞬のことだった。

「でも私、いつか先に……」

「分からないだろう。そんなこと。……神も人も同じことだ」

てっきり自分は龍那美より先にいなくなるものだと思っていたけれど、そうではなかったことに気付いた。

亡骸が残っても、残らなくても。いずれどちらかが先にいなくなる。それは神でも人でも同じだと龍那美は言う。――そうかも知れないなと秋実も素直に感じた。

それで納得しようと、そうしなければと思っていると。

「それに、お前が作った着物は残る。どちらがいなくなっても、端からいなかったことにはならない」

秋実は目を丸くする。

弾かれたように龍那美の胸元から顔を上げて、放心したように涙に濡れた目で彼をじっと見上げた。

「――本当ですね」

龍那美は慈しむように目を細めて、秋実の目元をぐいと親指の腹で擦った。

「百年か二百年か、それより先かも知れないことを、今からそう不安がっても仕方がないだろう」

秋実はまたすん、と洟を啜った。自分でも涙を拭い、神妙な顔をして頷く。

「仰せの通りです」

「本当に説明が足りていないな、俺は。驚かせたか」

「そのぐらい龍那美様がおおごとだと思っていらっしゃらないのだな……とは思っております」

「悪かった」

責めるつもりはなかったが、刺のある言葉と取られてしまったらしい。違うのだと一応首を横に振ったが、どちらにしても気を悪くはしていないようだった。

ようやく涙が収まって、秋実は龍那美の顔を見上げて詫びる。

「すみません、お見苦しいところを……豊季様にもお手間を掛けさせてしまいました」

「ところで何であいつが来ていたんだ？　というか、どいつもこいつもどうして主が留守の間に来るんだ。先触れを寄越せというように」

「あ、お手すきだと話し相手になって下さって……お気になさらず」

ただ暇潰しに来たらしいとは失礼なので言わなかった。が、どうやら察したらしく呆れた顔をしている。

秋実は一応と伝えた。

「羊羹を頂きました」

「何の詫びにもなるか」

「いえ、何も悪いことを言われたわけでもないのに、あのように帰してしまわれて、悪いことをしたのはむしろ私どもですよ」

そう穏やかな口調で咎めると、龍那美はぐっと渋面を作って答えなかった。薄々自覚はあるようでよかった。

　秋実はそれ以上咎めることはせずに、ふっと脱力するように微笑む。

「……そろそろ仕事に戻りたいと思います」

　そう伝えると、龍那美は優しい声で「そうか」と言ってくれた。


　その晩、寝室に向かう途中、一度庭に下りてから北宝殿に寄って、戻ってきた。

　まだ寝室は障子戸を開け放して蚊帳《かや》を吊っている。ごそごそと網を潜って中に入ると、龍那美が背を向けて手紙を書いていた。いつものように他の神域への連絡だろう。

　その背中に近付いて、秋実は持っていた正絹の布を広げる。

「龍那美様、失礼いたします」

「ん？」

　声を掛けて、その肩に羽織らせる。

　龍那美は驚いたように筆を置いて、文机から離れて肩に掛かったものを見た。

「——できたのか」

　驚いたような視線を向けられて、秋実は微笑んで頷く。

　糸くずがあちこちに付いていたので、昼間に洗って北宝殿に干していたのだが、夜になってようやく乾いたようだった。

　墨色の羽織は、一面僅かに光沢のある紗綾形《さやがた》文様だ。髪が何しろ目の覚めるような紅葉色なので、色がない方がいいかと黒に近い色にした。内に着る着物も選びやすいだろう。

　龍那美はしげしげと羽織を眺めて手で捲り、内側を見てまた少し驚いた後に、ふと笑みを零す。

「いい出来だ」

　墨色の羽織の内側は、龍那美の髪にも劣らない鮮やかな紅葉《もみじ》の赤だ。僅かな黒地を埋め尽くすように、赤と金色の紅葉《もみじ》の柄が刺繍で縫い取られて浮き出ている。我がことながら満足のいく出来だったため、秋実も笑みを零した。

「お気に召して頂けましたか」

「本当に見事だ。近頃北宝殿から遠ざけられていた甲斐がある」

「それはすみませんでした……」

完成前に何度も見たとあっては驚きも半減どころではないだろうと、秋実も泣く泣く追い返していたので心苦しい。

龍那美は「冗談だ」と笑って、ゆるりと目を細める。

「うん。……美しいな」

嬉しそうに呟かれたその声の温かさに、じわりといっそうの喜びがこみ上げてくる。呟く言葉は苦いものになるが。

「正直、羽織一つに一年近く掛かるとは思いませんでした……」

自分の生家では他にも人がいるのでこれほど時間が掛からないのだが、大狛宮では秋実が殆ど一人で、手が足りない時に律の加勢があった程度だ。それに、仕事以外でも色々あったり――何度か朝寝の誘いに負けたり――本当に、色々あった。

「慌ただしかったからな。仕方がない」

のうのうと言われてしまっては、釈然としないところもなくはなかったが。

龍那美は羽織の袖に腕を通して、立って見せてくれた。もうそろそろ羽織が要る時期なので、間に合ってよかった。

「似合うだろう」

「誰より」

控えめな光沢のある墨色の羽織の上に、赤い髪がいっそう鮮やかに見える。彼のための誂《あつら》えなのだから、それも決して過ぎた賛辞ではなかった。

秋実はそれを見てようやく一仕事終えた実感が湧いてきた。思わずふうと息が漏れる。

「だいぶ安堵しております。龍那美様、いつもよいお召し物を着ていらっしゃって、私少しばかり妬《や》けてしまっていたので……」

　毎朝、龍那美が身支度をして起きてくるたびに、これ以上の仕事をしなくてはと人知れず重責と嫉妬心を煽られていた。それもようやく少し楽になりそうだ。

　龍那美が呆れたように言う。

「お前の妬くところはそこなんだな」

「すみません、いつもどれもよく似合っておいでなのですけれど……その分、私の仕事を奪われているような気がして」

「違う場面で妬いてくれ」

　理解できないというような目で言われてしまい、秋実は力なく苦い笑みを返すしかなかった。

　龍那美が苦笑しながら再び座る。秋実はそれを見ながら嬉々として言った。

「次はもう少し早くできそうですから。……何にいたしましょうね」

　これからの時期なら袷がいいのだろうが、完成までを考えると、作っている間に暑くなる気がする。そうなると単衣で、今度ははっきりとした色で染めて拵えるのがいいだろうか。帯も捨てがたいが、まだ早いか。

　色々考えていると、龍那美がそれを見て微笑む。

「楽しそうだな」

「はい。ずっと私、自分の作ったものをあなた様にお召しになって頂きたかったので」

　と答えた後に、やけに明朗な自分の声に自分で驚いた。

　思わず口元を手で押さえる。

「……いえ、何だか私、平常心から離れておりますね。お恥ずかしい」

「別にお前だけでもない」

「そうでしょうか」

「これでも浮かれている」

　龍那美はそう言って、嬉しそうに目を細めて秋実の頬を撫でる。

「大狛大社で気紛れに声を掛けて、あの時の自分に感謝したいぐらいだ」

　大狛大社というと、中津国での話か。龍那美と初めて会った神婚祭の日だろう。

秋実は擽ったがるように笑う。

「そんなこともありましたね」

「見る目は間違ってなかったなと」

「私は妙な神主様だなと思っておりました。失礼な態度でしたね。今思うと申し訳ないことを」

「思い煩《わずら》っていたんだろう。怒っていない」

抱き締めてくれる腕を受け入れて、秋実もその背に腕を回す。あの頃はこんなこと、考えもしなかったけれど。

「……私、この先、箪笥一杯に着物を作りますから。どちらが先にいなくなっても、忘れようがないぐらい、たくさん」

昼間に豊季が言っていた話が、澱のように心の底に残っている。でも、どちらかが先にいなくなるのは当たり前のことで、毎日恐れて暮らすようなことでもなかった。

それに、自分の仕事は互いを偲ぶことができるものを形として残せる。

「至らぬことが多い伴侶ですが、精進を続けますので……どうかこれからもよろしくお願いいたします」

そう言って身体を離し、茜の染料で染まった手をそろそろと差し出すと、龍那美の手が下からその指を掬い上げた。

やんわりと指先を握られる。宝物に触れるように。

「――こちらこそ、だな」

顔が近付いて、秋実は自然と目を閉じる。重ねられる唇の感触に、胸の内が幸福感で満たされていた。

終

どうやら中津国の今年の神婚祭は、長月に大狛大社で執り行われる番らしい。暦の巡りで決まるらしいが、秋実は未だに詳細なところをよく知らない。

とはいえ、長月の龍那美神に贄の娘が捧げられなくなって久しい。巫女舞の奉納はあるらしいが、巫女が捧げられることもなく、それ以外に立派な反物が奉納されているようだ。

大狛宮にいた秋実は、龍那美が反物を貰って帰ってこないことを切に願っていたが、幸いにして祭祀を終えて夕方に戻ってきた龍那美の手には、酒瓶と野木原の菓子土産があるだけだった。

母屋にいた秋実が出迎えると、龍那美は土産を渡してくれた。

「ありがとうございます」

「大したことじゃない」

そう言う龍那美は一つに括られた黒髪に黒い目の姿で、犬面を被っている。中津国に行く時には概ねその格好をしている様子だ。

その龍那美の黒髪が、瞬きの間に見慣れた赤に戻っていた。さすがに何百回と見た光景なので、今さら驚いたりはしなかったが。

「神婚祭とは懐かしいことですね。贄が捧げられなくなって、ずいぶん経ちましたけれど」

そう言うと、龍那美は犬面を外しながら答える。

「近頃は他の大社も贄がなくなり始めたらしいしな」

「……喜ばしくはあるのですけれど、大丈夫なのでしょうか？　理をおかしくして、何かよくない影響があったりは」

「特にないだろう。他の連中はどいつも肩の荷が下りたと言っているし」

それならよいのだが、抑々は大狛大社——というよりも、秋実が願ったために変えてしまった決まり事だ。思いがけない影響が及んでいると思うと、多少なりとも気後れを覚えるところもあるのだが。

屋敷に入って、龍那美が小腹が空いたというので茶を淹れて、土産の菓子を出した。夕餉の前なのできんつばを一切れだけだが、十分だろう。

厨では厨番たちが忙しなくしていたが、人手が足りているようなので、秋実もしばらくここで茶飲みだ。

龍那美は茶を啜った後に口を開く。

「そういえば、本当に祭祀を行えるのかと思っていたが、つつがなく済んだようで、何よりだったな」

きんつばを今にも齧ろうとしていた秋実は、何だかその口振りに違和感を覚えて手が止まる。

「？　それは……何か問題があったということでしょうか？」

怪訝に思って尋ねると、龍那美はしまったという顔をしながら答えた。

「先月だったかに、雷でやられて、大社を直しているところだったんだが……」

「初耳ですが!?」

思わず秋実は身を乗り出して龍那美の着物の袖を摑む。龍那美はさすがにばつが悪そうだった。

「……言ってなかったな」

「な、な、何ぞ障りは……龍那美様のご神格に悪い影響などは」

「ないない。大社は屋根が周りより高いせいで、どうも雷が当たりやすくて。まあ、周りの被害がなかったから、代わって下さったのだと有難がられているが」

「心の臓に悪いですよ……」

龍那美はどこにいても常に中津国の社の参拝者に気を配っているため、それに気を取られて言い忘れることがあるようだった。それなら責めても仕方のないことなので、秋実もあまり大袈裟な反応をしたくはないのだが。

「大社を直すというと、どのぐらいなのでしょう」

「そこそこ古くなっているからな。修復するにも全部だろうし、宮司の住居の方もついでに直すとか」

「なかなか長期間になりそうでしょうか」

「そうだな。まあ、あの辺は大工も腕がいいし、心配ないだろう」

それで安心して言いそびれていたのだなと、何となく理由も見えて、秋実は胸を撫で下ろす。

「よかった……」

「それで、社を直すついでに、お前を祀るかという話になっているらしくて」

「へ？」

秋実は思わず頓狂な声を上げてしまった。龍那美は気に留めずに続ける。

「紅の孫？　だかひ孫？　だかが、修繕のために大狛大社にそこそこ寄進をしたらしい。それで、大狛大社の最後の贄として差し出された、龍那美神の寵愛《ちょうあい》厚い先祖を祀ってくれと言ったそうだ」

秋実の妹の紅は、大狛大社の参拝中に会った青年に見初められ、酒問屋の内儀として嫁いだ。子宝に恵まれて、大病に見舞われることもなく穏やかに生涯を終えたようだ。

その子孫が秋実を祀ってくれと言っているらしい。

「そんな無茶な」

「別に無茶でもないぞ。間違っていないわけだし」

「そう……なのやも知れませんが」

「ただまあ、伴侶というので、うっかり宮司が姫神として祀ろうとしたようで。危うくお前が秋実姫になるところだった」

確かに、彦神の伴侶と言えば女と思うだろう。

苦笑しながら秋実は言う。

「そうなると、何か拙いのでしょうか」

「手兼みたいな男か女か分からんようなのになるかも知れないだろ。俺は厭だぞ……」

たぶん龍那美は手兼のような性格の秋実を想像しているのであって、女の姿の秋実を想像しているのではないような気もする。

が、秋実は女の姿が手に入るのなら、と思ったことが何度かあるので、そういやとは感じない。

「そうしたらあなた様の稚児《ややこ》が授かれるかも」

何気なく思った通りを呟くと、龍那美が僅かに葛藤のためか押し黙った。

そして結局、しばらく悩んだ後の結論は同じだったようだ。

「俺はお前が女であればと思ったことは一度もない」

それを聞いた秋実は、安堵に笑みを零す。それに、なりそうだった、という話であって、今はもう誤解は解けているのだろう。残念というべきか分からないが、女の姿にはなれそうにないようだ。

それでも秋実はすぐにまた別の気がかりが浮かんだ。

「……でも、私が龍那美様の伴侶として祀られたら、男色の相談事をしたい参拝者が押し掛けてきて、そうでない参拝者が近寄りがたくなってしまうような」

「来た端から破綻させてやる」

憎々しげに即答する龍那美に、秋実はそれはそれで問題があるような、と思いながらも言わずにいた。

――それにしても、まさか祀られるとは想像したこともなかった。

「では私、いずれ神様になるということでしょうか」

そういうことがあるとは知っていたので驚きはしないが、手の届かないような目上の存在と思ってきたものに自分がなると思うと、何とも不思議な気持ちだ。

「厭か？」

「いえ、よく分からなくて……そうなると何か変わるのかなと思っただけなのですけれど」

いやとも何とも思えるほどに想像ができていない。

だが、一つ大きな気がかりがある。

「私が人でなくなったら、龍那美様の信仰がなくなった時……」

秋実が人でいる内は、神々が信仰を失って消えても彼らのことを忘れずに記憶に留めていられる。人ではなく神になった時には、おそらくそうではない。

それを思って僅かに表情を曇らせた秋実に、龍那美はそうだな、と独りごつように言って。

「俺と共に祀られるのならたぶん、消える時は一緒で、どちらかが先にいなくなることは、なくなると思う」

俯きがちだった秋実が、目を瞠りながら顔を上げ、龍那美を見据える。

信じられないような、信じたいような思いで、縋るように尋ねた。

「……本当に？」

龍那美はこともなげに頷く。

「大狛大社で共に祀られるんだからな」

秋実は眉尻を下げて、崩れるように顔を綻ばせた。

「……それは誠に嬉しいことですね」

口元に手を遣って、心底からの歓喜が滲む声音でそう呟いた。

その指先を見た龍那美は、笑いながら秋実に手を差し伸べる。視線に促されるように秋実が手を差し出すと、彼は指先を軽く握った。

「今日は何だかすごい色をしてるな」

秋実の指は、元々の皮膚の色に濃い緑が重なって染み込んでいる。ひょっとするとどこか悪いのかと思いそうな濁った色ではあるが、龍那美の目は愛おしそうにそれを見ていた。

秋実はふふ、と顔を綻ばせる。

「深緑です」

「最近は濃い色がお気に入りか？」

「何でもお似合いになりますから、鮮やかなのが楽しくって」

落ち着いた色で重ねやすい着物は一通り作ったため、近頃は目の覚めるような鮮やかな色に染めて着物を仕立てることが増えている。赤い髪と併せると色味が強すぎる時には、髪色を黒くしていたようなので、何色でも似合わないということがない。

嬉々として答えた秋実に、龍那美は「完成が楽しみだな」と微笑んだ。

そして、何を思ったかぽつりと続ける。

「……お前は本当に、神婚祭で逢った頃と変わらないな」

「お厭ですか？」

「まさか」

慈しむように龍那美が秋実を見る。

秋実を変わらないという龍那美こそ、長い時間が経ったというのに、変わりなく想いを寄せてくれて、優しくしてくれていると思う。

龍那美は繋いでいた秋実の手と手のひらを合わせ、そのまま指を絡めて軽く握る。

「神になったら、自由に中津国に行けるようになる。どこに行きたい？」

そう言われてみれば、確かにそうだ。

秋実は途端にぱっと表情を明るくして、すぐさま答えた。

「それでは、修繕が済んだ大狛大社に」

龍那美が一瞬意外そうな顔をしたが、秋実は特に疑問を抱かずに続けた。

「その後は……そうですね、秋でもそれ以外でも構いませんから、大狛山の物見でもいたしましょうか」

いかがですか、と尋ねると、やはり龍那美は意外という顔をしたまま。

「……野木原じゃないんだな」

秋実の生まれ故郷の名前を挙げる彼に、秋実はそれで驚いていたのだなと納得する。

が、今はもう秋実の住んでいた家も、秋実の弟の子孫によって建て替えられていて、名残らしきものは何もない。見に行ったとて、郷愁に浸れるようなものも見つけられないだろう。

「私の帰る場所はここですから」

そう言うと、龍那美はようやく驚きから覚めたように「まあ、今さらだしな」と微笑んだ。

秋実はきんつばをひとかけ口に入れる。咀嚼して飲み込んだ後に、思わずというように呟いた。

「その日が楽しみですね」

新しくなった大狛大社もさぞかし立派なのだろう。大狛山も何年ぶりだろうか。もう大狛宮の方が馴染んでしまったので、知らない山のように感じるものだろうか。

そんな想像をしていると。

「そうだな」

龍那美が変わりなく優しい声でそう言ってくれた。

あとがき

はじめまして、タカサトと申します。この度は『秋実神婚譚《あきざねしんこんたん》～茜《あかね》の伴侶と神の国～』をお手に取って下さり誠にありがとうございます。

本作はｐｉｘｉｖ様のスキイチｐｉｘｉｖ企画『神々の伴侶』を元に作成し、ＷＥＢ上で公開していたお話を改題したものになります。推し企画です。あまりにも癖《へき》な企画様だったためウキウキで長すぎる構想を作ってしまって、永遠に書き終わらない気がしながら書いておりました。今回、千載一遇の幸運に恵まれて編集様にお声を掛けて頂き、このような形にして頂きました。

内容は神仏習合の時代のカオスな神様と、そこに（名目上）嫁入りした少年の話です。ド王道異類婚姻譚《いるいこんいんたん》の和風ファンタジーです。現実と色々違っていて整合性が取れないので和風とかファンタジーとかぼんやりと呼称するしかないのは、なにとぞご容赦下さい。

ＷＥＢに投稿する際には書いては投げ書いては投げ、趣味であることを免罪符に悪文の限りを尽くし省みもしなかったのですが、初めて本を出版して頂くにあたり色んな方のご助力を頂きまして、自分史上かつてなく読みやすい文章になっているかと存じます。お楽しみ頂ければ嬉しい限りです。

出版に際して、企画の使用ご許可を下さったｐｉｘｉｖ様。キャラクターたちをとっても魅力的に描いて下さったあおのなち先生。タイトルがあまりにも決まらなかったために諸々のご協力を頂きましたリンクス編集部様。大量の悪文を感動するほど丁寧にご確認下さった校正様。お力添え下さっているデザイナー様、印刷会社様、営業様。この方がいなかったら形にならなかったというほど大変にご尽力下さいました編集様。

それからお読み下さった方、この作品に関わって下さった色んな方々に多大な感謝を申し上げます。ありがとうございました。

【初出】

スキイチpixiv企画「神々の伴侶」
(pixiv上へ投稿後、小説投稿サイト「ムーンライトノベルズ」に掲載した作品を改題の上加筆修正)

秋実神婚譚 ～茜の伴侶と神の国～

2025年1月31日 第1刷発行

著者 タカサト

イラスト あおのなち

発行人 石原正康

発行元 株式会社 幻冬舎コミックス
〒151-0051 東京都渋谷区千駄ヶ谷4-9-7
電話03（5411）6431（編集）

発売元 株式会社 幻冬舎
〒151-0051 東京都渋谷区千駄ヶ谷4-9-7
電話03（5411）6222（営業）
振替 00120-8-767643

デザイン 円と球

印刷・製本所 株式会社 光邦

検印廃止

幻冬舎コミックスホームページ https://www.gentosha-comics.net